FRANÇOIS SAINTONGE

Dolfi und Marilyn

FRANÇOIS SAINTONGE

Dolfi und Marilyn

ROMAN | Aus dem Französischen von Olaf Roth

carl's books

Die Originalausgabe erschien 2013 unter dem Titel »Dolfi et Marilyn«
bei Éditions Grasset & Fasquelle, Paris.

FSC
www.fsc.org
MIX
Papier aus verantwortungsvollen Quellen
FSC® C083411

Verlagsgruppe Random House FSC® N001967
Das für dieses Buch verwendete FSC®-zertifizierte Papier
Lux Cream liefert Stora Enso, Finnland.

1. Auflage

Umschlaggestaltung: semper smile, München
Satz: Uhl + Massopust, Aalen
Druck und Bindung: CPI – Clausen & Bosse, Leck
Printed in Germany
ISBN 978-3-570-58537-5

www.carlsbooks.de

1

Ich heiße Mercier. Tycho Mercier. Mein Nachname ist ziemlich gewöhnlich, der Vorname weniger. Als Kind wurde ich damit immer aufgezogen. In der Schule nannten mich alle Psycho. Wenn ich protestierte, nannten sie mich Schizo. Ein Lehrer fand es witzig, wiederholt darauf hinzuweisen, dass ich mit solch einem Vornamen wohl hinter dem Mond leben würde und den Kopf in den Wolken hätte. Der Hintersinn dieser Bemerkung entging meinen Klassenkameraden. Die meisten von ihnen hatten noch nie von Tycho Brahe gehört, dem Astronomen mit der goldenen Nase. So ganz abwegig war die Anspielung meines Lehrers übrigens gar nicht: Ich war als Kind tatsächlich immer ein wenig zerstreut und weltfremd.

Mein Vater begeisterte sich für Astronomie. Er hatte nicht wie ich das Glück gehabt, sein Hobby zum Broterwerb machen zu können. Während seines gesamten Berufslebens war er Schleusenwärter gewesen, und direkt bei der Schleuse wuchs ich auch auf. »Sie ist mir treu geblieben«, pflegte er auf seine alten Tage zu scherzen. Ich vernahm in seiner Stimme ein Bedauern, das durch ein kleines Fernrohr gelindert wurde. In klaren Sommernächten richtete er es gen Himmel. Vielleicht hoffte er, indem er mir diesen seltenen Vornamen gab, dass er mich gewissermaßen auf die richtige Umlaufbahn bringen und ich mich zur Astronomie hin orientieren würde. Seine Hoffnungen wurden enttäuscht. Ich war schon von klein auf in Geschichte vernarrt.

Ich folgte meiner Neigung. Nie habe ich versucht, den

Gang der Geschichte zu beeinflussen, weiß Gott nicht! »Geschichte machen«, das überließ ich den Staatsmännern. Oder den Massen, die, so sehen das ja einige Leute, ihr eigentlicher Motor sind. Um ganz ehrlich zu sein, habe ich mir da noch keine Meinung gebildet. Jedenfalls habe ich mich schon als Kind leidenschaftlich der Geschichte hingegeben. Es hätte ja genügt, sie zu studieren. Am liebsten las ich Bücher, die mit Geschichte zu tun hatten. Davon kann man allerdings seinen Lebensunterhalt kaum bestreiten. Um von der Geschichte leben zu können, gibt es leider keine sechsunddreißig verschiedenen Möglichkeiten, sondern nur drei. Die erste besteht darin, sie zu machen (die Politiker, die behaupten, dies zu tun, arrangieren sich in der Regel mit ihr, um komfortabel leben zu können). Die zweite besteht darin, sie aufzuschreiben. Das habe ich versucht… Und schließlich kann man sie unterrichten. Mein Studium berechtigte mich dazu. Ich hatte die entsprechenden Examensprüfungen gleich beim ersten Mal mit bestem Ergebnis bestanden, das darf ich wohl sagen, ohne damit anzugeben. Nach meiner Doktorarbeit bekleidete ich den Posten eines Dozenten für Geschichte des zwanzigsten Jahrhunderts. Allerdings war ich als Lehrer alles andere als ein Naturtalent. Wenn ich mit meinen Studenten einigermaßen zurechtkam, so deshalb, weil ich, wie ich gerne betonte, die Geschichte am liebsten vor ihnen ausbreitete. Das ist vielleicht nicht die beste, aber auch nicht die schlechteste Motivation, um diesen Beruf auszuüben.

Wenn ich es rückblickend betrachte, haben meine Exfrau Phoebé und ich eigentlich eher durch Zufall geheiratet. Wir hatten uns an der Universität kennengelernt, ich war damals Assistent, und sie studierte noch. Ich war gut fünfzehn Jahre älter als sie. Nach unserer Hochzeit kehrte Phoebé der Uni schon bald den Rücken. Bruno wurde geboren, und Phoebé hegte nicht dieselbe Leidenschaft für die Muse Clio wie ich. Sie fühlte sich eher von der Muse Terpsichore angezogen und liebte es, sich zu bewegen und zu tanzen ... Sportlich, wie sie war, hatte sie ein Fitnessstudio eröffnet. Sie blühte auf, wenn sie ein Grüppchen Frauen mit Body, Turnschuhen und Stirnband herumscheuchen durfte, die den Blick nicht von ihr wandten und ihr Schweiß und Muskelkater zum Opfer brachten.

Schon nach wenigen Jahren fühlten wir uns einander entfremdet. Wir tauschten uns nur noch über Alltägliches aus. Ob irgendwelche Vorräte im Haushalt zu Ende gingen, Öl oder Kakao etwa, oder wenn die Überweisung der Grundsteuerrate anstand. Im Grunde hatten wir nur eins gemeinsam, unseren Sohn Bruno. Das war viel und wenig zugleich. Es war für sich genommen viel für jeden von uns, reichte aber nicht aus, um unsere Verbindung dauerhaft zu festigen. Zusammen mit einem Irischen Setter und einer riesigen Katze mit seltsam schmutzigbraunem Pelz bewohnten wir ein kleines Einfamilienhaus in einem ruhigen Vorort. Der Hund hörte, sofern es ihm gerade passte, auf den Namen Jingle-Bell. Die Katze nannten wir wegen ihres Fells Brownie. Wir hätten also glücklich und zufrieden sein können in unserem Kalksteinhaus. Bruno war übrigens durchaus glücklich, und seine Eltern hätten die Behauptung, sie seien unglücklich, damals weit von sich gewiesen ... Im Nachhinein habe ich das Gefühl, mich im Grunde nie richtig mit der Vorstellung auseinandergesetzt zu haben, was Glück eigentlich ist. Ich arbeitete bis zum Umfallen an meiner Doktorarbeit. Und Phoebé widmete sich voll und ganz ihrem Fitnessklub. Während die Tage vergingen, ohne dass wir dessen gewahr wurden, begann unsere Beziehung allmählich zu bröckeln. Phoebé merkte es als Erste. Als sie mir von sich aus erzählte, sie habe einen Geliebten, litt ich allerdings nicht so sehr, dass ich einen Krieg zu ihrer Rückeroberung angezettelt hätte. Die Zeit, da Eltern lieber zusammenblieben und auf ihr persönliches Glück verzichteten, um ihrer Nachkommenschaft ein trautes Familienleben vorzuspielen, war schon lang vorbei. Bruno war nicht das einzige Scheidungskind auf der Welt. Nein, es gab unzählige, und keines war bisher daran gestorben.

Wir hatten uns in gegenseitigem Einvernehmen getrennt. Phoebé hatte unser eheliches Heim verlassen und die ganze Schuld auf sich genommen. Da wir Gütertrennung hatten, kam es auch hier zu keinem Konflikt, denn wir besaßen fast nichts gemeinsam. Das Haus, in dem wir wohnten, hatte ich von meinen Eltern geerbt. Jeder von uns hatte sein eigenes Auto. Das Einzige, worum wir hätten streiten können, war das Sorgerecht für Bruno. Doch da sie sich ihrer Schuld bewusst war, hatte Phoebé sich hier verständig gezeigt. Wir lebten also in schönster Harmonie und so nahe beieinander, dass Phoebé Bruno jedes zweite Wochenende zu sich nehmen konnte. Ihr neuer Lebensgefährte, ein junger Bankangestellter, spielte sich auch nicht als Stiefvater auf.

Ich hatte meinen Sohn, den Hund und die Katze, meine Bücher, meine Studenten. Ich war nicht unglücklich, nur ein wenig zögerlich. Mit meinen fünfzig Jahren wollte ich nicht unbedingt ein neues Leben anfangen. Fleischliche Begierden, denen ich früher in normalem Ausmaß nachgegeben hatte, lockten mich mittlerweile nicht mehr allzu sehr. Freilich war auch ich nicht blind für die Reize einiger meiner Studentinnen. Aus Erfahrung wusste ich, dass man mit der Stellung und dem Prestige eines Professors ganz schön Eindruck schinden konnte. Trotzdem sah ich wohlweislich davon ab, mich erneut auf eine derartige Beziehung einzulassen. Obwohl das prinzipiell weiterhin möglich blieb, hatte ich meiner Ansicht nach die Vorzüge bereits genossen, aber auch die Nachteile zu spüren bekommen. Und so betrachtete ich heimlich, aber fast ohne einen Anflug von Verlangen die Figur der einen oder den Gang einer anderen. Natürlich konnte ich nicht umhin, die Marilyn von Bassompierre, meinem Nachbarn, zu bewundern. Wie eine Königin schritt sie mit ihrem geflochtenen

Korb am Arm umher. Wenn das Wetter es gestattete, trug sie hohe Absätze und das weiße Kleid, das Norma Jeane Baker auf einem indiskreten Lüftungsschacht zur Legende werden ließ. Bassompierre, Notar im Ruhestand, war viel älter und klappriger als ich. »Könnte ich doch eigentlich auch …«, dachte ich mir manchmal. Diese Begegnungen riefen hartnäckige Fantasien bei mir hervor. Doch abgesehen von moralischen Bedenken brachten sie der Gedanke an die Kosten und vor allem die Schwierigkeiten bei ihrer Umsetzung rasch zum Verschwinden.

Ich mochte meinen Vorort und meine Straße. Sie war genauso, wie ich mir die Straße, in der ich wohnen wollte, vorstellte. Sie war nicht allzu belebt, meist lag sie ganz friedlich da, bescheidene Einfamilienhäuser duckten sich auf grünen Rasenflächen hinter Mäuerchen mit Gitterzäunen, die im Laufe vieler sonniger Wochenenden gestrichen worden waren. Ich war aus tiefstem Herzen Vorortbewohner. Diese Art zu wohnen passte bestens zu mir, so wie mein alter Handschuh, der schon etwas ausgeleiert ist und sich an jede Bewegung anschmiegt. Ich zog ihn immer gerne an, wenn ich an den Tagen, an denen ich in Paris unterrichtete, am Bahnhof aus dem Zug stieg. Der ziemlich lange Weg bis zu meinem Haus machte mir nichts aus, auch im Winter nicht. Auf dem Hinweg überlegte ich, mit welchem Scherz ich meine Zuhörer heute begrüßen würde. Auf dem Rückweg ließ ich im Geiste noch einmal meine Unterrichtsveranstaltung Revue passieren. Hatte ich genügend Überzeugung an den Tag gelegt, hatte ich meine Studenten auch nicht gelangweilt? Hatte ich die Mechanismen, die Europa und damit die Welt vor einem Jahrhundert nicht an den Rand, sondern mitten in den Abgrund hineingeführt hatten, deutlich genug dargestellt? Die tragische Vergangenheit, in der ich mich aus beruflichen Gründen suhlte, beschäftigte mich allerdings nicht den ganzen Tag. Da war noch Raum für angenehmere Themen. Zum Beispiel für die ersten Sommerferien, die ich mit Bruno verbringen würde, ganz allein, ohne Phoebé. Es mussten unbedingt ganz besondere Ferien werden! Momentan schien Bruno relativ gut mit den Beschwernissen zurechtzukommen, die so eine Scheidung verursachte. Anfangs hatte er ein paar Tränen vergossen, als ihm aber klar wurde, dass die Trennung seiner Eltern lediglich einige kleinere Unannehmlichkeiten mit sich brachte, hatte er sich wieder gefangen.

Das gute Einvernehmen, in dem sich das Ganze vollzogen hatte, tat ein Übriges. Dennoch konnte ich nicht ausschließen, dass Bruno unterschwellig Ängste empfand, die irgendwann zu Problemen führen könnten. Ich fühlte mich schon im Voraus schuldig, obwohl ich für die Situation ja gar nicht verantwortlich war … Das Einzige, was ich mir vorwerfen konnte, war, dass ich meine Frau hatte ziehen lassen. Um nun dem Kind die restlichen Überbleibsel einer möglichen Furcht und mir selbst jegliche Spur von Schuldbewusstsein zu nehmen, mussten diese Ferien unbedingt ganz traumhaft werden. Und zwar für beide Seiten! Ich hatte mich auch mit Phoebé darauf verständigt, dass Bruno einen fabelhaften Sommer verbringen müsse. Sowohl mit dem einen als auch mit dem anderen Elternteil sollte ein Höhepunkt dem nächsten folgen: Schwimmen, Wasserski, Reiten, Bogenschießen. Und dann, unter meiner Führung, eine ausführliche Rundreise zu den Orten der Landung der Alliierten und den Kriegsschauplätzen in der Normandie. Das war der Programmpunkt, der Bruno am meisten begeisterte. Er war in dem Alter, in dem die meisten Jungen von historischen Querelen und Auseinandersetzungen träumen, von Panzerschlachten und Luftgefechten. Diese kindische Passion verschärfte sich bei ihm noch durch das väterliche Vorbild. Schließlich verdiente ich mit den weltumspannenden Konflikten des zwanzigsten Jahrhunderts, und hier insbesondere des Zweiten Weltkriegs, meinen Lebensunterhalt.

An jenem Tag, es wurde schon Abend, ging ich die Avenue des 8. Mai 1945 entlang, der Tag steckte mir in den Knochen. Es war ein Montag. Immer wenn Bruno das Wochenende bei Phoebé verbrachte, schlief er auch von Sonntag auf Montag bei seiner Mutter. Diese fuhr ihn dann morgens zur Schule. Bruno war ein ausgezeichneter Schüler und hatte soeben die fünfte Klasse übersprungen. Und so sah ich ihn jeden zweiten Montag erst abends, wenn ich aus Paris zurückkam. Die Schule war nicht weit von uns entfernt. Bruno konnte allein nach Hause gehen. An den Tagen, an denen ich in Paris unterrichtete, bereitete ihm die Haushälterin Madame Bougrat eine Mahlzeit zu und kochte uns auch das Abendessen, das wir vor dem Fernseher verspeisten. Um nichts auf der Welt verpassten wir die Nachrichten. »Die Nachrichten«, sagte ich immer voller Überzeugung, »das ist Geschichte direkt von der Front, wie ein Rohdiamant der Ereignisse mit all ihren Irrgängen und Lügen.« Danach galt es natürlich, die Spreu vom Weizen zu trennen, zu sichten, zu dechiffrieren, auseinanderzuklamüsern. Ich hatte Brunos kritischen Geist schon früh zu schärfen versucht und war gar nicht mal unzufrieden mit dem Resultat. Für den Kleinen war es mittlerweile ein Spiel. Wenn die Staatspropaganda glasklar zutage trat, wenn ein Politiker mit niedriger Stirn oder der Sprecher einer Polizeigewerkschaft zu schamlos log, rief Bruno mit seiner Kinderstimme: »Na, das wollen wir mal sehen!« Oder er tat, als würde er in eine imaginäre Trillerpfeife blasen. Dann lachte ich anerkennend auf, indem ich den Kopf in den Nacken warf: Er hatte ein gutes Gespür, später würde er auch einen Blick dafür haben, und wer weiß, vielleicht mauserte er sich eines Tages zu einem scharfsinnigen Historiker.

Nach dem Abendessen ging ich mit Bruno die Hausaufgaben durch, dann Zähneputzen und ab ins Bett mit einem Buch. Jede Woche nahmen wir das Fernsehprogramm genau unter die Lupe. Wir markierten die »sehenswerten Sendungen«, vor allem die historischen Dokumentationen. Die zeichneten wir dann auf und schauten sie uns an den Wochenenden an, die Bruno nicht bei Phoebé verbrachte.

Wenn Bruno im Bett lag und die Nase in eines der Bücher gesteckt hatte, die er bei mir aus dem Regal genommen oder heruntergeladen hatte, ging ich in mein Arbeitszimmer. Dort rackerte ich mich eine oder zwei Stunden mit meiner Sisyphusarbeit ab: der Umwandlung meiner Doktorarbeit in ein möglichst massenkompatibles Sachbuch. Dabei ging es nicht nur darum, den Text von dem für eine akademische Arbeit unerlässlichen wissenschaftlichen Beiwerk zu befreien. Mir war auch daran gelegen, die Erwartungen des modernen Lesers zu erfüllen. In Augenblicken eines regelrechten Schaffensrauschs wollte ich ein Buch kreieren, das dem rechtschaffenen Menschen des einundzwanzigsten Jahrhunderts die Augen öffnete. Wenn es den denn überhaupt noch gab!

Es war Frühling. Auf dem Nachhauseweg vergaß ich plötzlich meine Müdigkeit und bewunderte eine Glyzinie, die sich über ein altes verrostetes Gittertor rankte. Wie viel Zeit blieb ihnen wohl, der Pflanze wie dem Tor? Ein Stück weiter begeisterte mich der weiße Flieder, der sich über eine Gartenmauer reckte. Wenn es nur nach mir gegangen wäre, hätte ich diesen Sommer in meinem Vorort verbracht, vergraben in meine Bücher. Aber aus Liebe zu Bruno hatte ich beschlossen, alles zu ertragen, den schmutzigen Sand, der einen kratzte, die sengende Hitze, den verseuchten Ozean. Man konnte nicht behaupten, dass man am anderen Ende der Welt paradiesische Reinheit vorfindet. Es ist überall das Gleiche, wenn nicht sogar noch etwas schlimmer. Da konnte man ebenso gut an die Côte d'Azur fahren und sich dann wenigstens ein französisches Sommerekzem holen. Dennoch, zwischen einem harmlosen spontanen Ausschlag und einem vorprogrammierten Melanosarkom bestand ein Unterschied. Ich schwor mir, darauf zu achten, dass der Kleine sein Sonnenkapital nicht allzu rasch aufbrauchte und sich nicht zur Unzeit in die Sonne legte. Ich hatte auch Phoebé eindringlich gebeten, darauf zu achten. Als wir noch zusammen waren, hatte sie mich im Zuge ihrer Fitnessmanie und ihres Körperkults immer dazu ermuntert, auch braun zu werden. Ich weigerte mich hartnäckig. Ich liebte den Schatten. Auch im Bett zog ich weiße Haut einem gebräunten Körper vor. Freilich musste ich da die Rechnung ohne Phoebé machen, die das ganze Jahr über auf der Sonnenbank ihres Studios brutzelte. Wenn ich sie umarmte, war sie niemals milchweiß, sondern mindestens goldbraun, meistens jedoch kupferfarben, wenn nicht gar rabenschwarz. Und heute? Fehlanzeige. Weder braune noch elfenbeinfarbene Haut, höchstens mal Marilyns blendend weiße Wade oder Arme, die zufällig mein Gesichtsfeld kreuzten. Ich glaube, ich begehrte sie. Wenn ich sie sah, leuchtete tief in meinem Inneren ein schwaches Lämpchen auf, in einem völlig stillgelegten Bereich meines Seins. Meine Gefühle gegenüber ihrem Besitzer Bassompierre waren weitaus intensiver. Bei seinem Anblick schwankte ich zwischen Neid und Verachtung. Neid aus Gründen, die wohl nur zu verständlich sind, und Verachtung, weil das, was Bassompierre tat, verwerflich war. Legal zwar, aber verwerflich, und so fühlte ich mich plötzlich schuldig, weil ich Bassompierre einerseits beneidete, andererseits aber auch verachtete.

Während ich über all das beim Gehen grübelte, überfiel mich dieses Schuldgefühl ganz besonders heftig. Ich stieß einen Seufzer aus. Was konnte ich denn dafür!?

Ich tastete in meiner Hosentasche nach den Schlüsseln. Uff, da waren sie ja! Dabei brauchte ich sie eigentlich nicht, denn Bruno sollte ja zu Hause sein. Doch so war es nun einmal, ständig war ich besorgt. Wie oft ich fürchtete, meine Schlüssel zu verlieren! Als Kind war mir das auch häufig passiert. Als ich dann größer wurde, verlor ich sie immer seltener, irgendwann dann gar nicht mehr. Was nicht bedeutete, dass ich mir keine Sorgen deswegen machte. Während ich nämlich nach den Schlüsseln in meiner Hosentasche tastete, fragte ich mich, ob Bruno überhaupt zu Hause war, vielleicht hatte man ihn entführt, oder er hatte einen Unfall gehabt und war von einem Elektroauto überfahren worden. Die hatte man zwar aus Sicherheitsgründen mit allen möglichen Rasseln ausgestattet, aber es gab noch alte Modelle, die kein Geräusch verursachten. Ich zwang mich zur Vernunft. *Hör auf mit dem Quatsch, und außerdem: Wenn man ans Unglück denkt, tritt es ganz bestimmt nicht ein.* Das ist wahr, sagte ich zu mir selbst, wenn ich mir in dem Augenblick, in dem ich ins Auto steige, vorstelle, ich hätte einen Unfall, dann habe ich bestimmt keinen. Das wäre ein großer Zufall, wie eine Vorahnung, und Vorahnungen gibt es nicht. Das sind Ammenmärchen, Hirngespinste … Wenn man es recht bedachte, gab es keinen besseren Blitzableiter als die Vorstellungskraft. Stellte man sich ein schlimmes oder dramatisches Ereignis vor, bevor es möglicherweise eintrat, konnte man der unmittelbaren Zukunft ein Schnippchen schlagen. Das galt umgekehrt aber auch für glückliche Ereignisse. Stellte ich mir zum Beispiel vor, Bassompierres Marilyn würde mir bei unserer nächsten Begegnung auf der Straße zulächeln, um mich danach in das kleine Wäldchen hinter dem Supermarkt zu zerren, geschah natürlich nichts dergleichen. Daher stellte ich mir so etwas vorsichtshalber gar nicht erst vor, wenn ich in aller Unschuld aus dem Haus trat – und somit war wieder alles möglich.

Läuft in den Köpfen anderer Menschen eigentlich derselbe Film ab? Erzählen sie sich die ganze Zeit Unsinn, um einander Angst zu machen oder sich gegenseitig aufzuheitern? Die Staatschefs, die Entscheider in den Banken, Pferdemetzger, Bauarbeiter am Straßenrand, alle? Wenn das der Fall ist, dann gleichen sich wirklich alle auf allen Breitengraden – dann ist die Menschheit wirklich ein Haufen Einfaltspinsel!

Ich stieß die kleine Gartentür auf. Ich müsste mal wieder

die Hecke schneiden und mich um meine Rosen kümmern … Ich schritt über die Bodenplatten auf die Vortreppe zu und stieg die sechs Stufen empor. Vor der Tür hielt ich unbewusst inne. Was, wenn die Tür nun doch zweimal abgeschlossen war? Wenn Bruno nicht nach Hause gekommen war? Also bitte! Ich hatte doch die Hypothese, dass ein Unglück geschehen sein könnte, bereits weggehext, indem ich es ausgesprochen hatte! Ich drehte den großen, sechseckigen Messingknauf. Sanft schwang die Tür auf. Ich trat ein und rief im Flur: »Bruno, bist du da?« Aus dem Wohnzimmer war seine helle Kinderstimme zu vernehmen: »Ja, Papa!«

2

Bruno lag, wie so oft, wenn ich nach Hause kam, auf dem Teppich, zu Füßen meines Lieblingsplätzchens. Das war ein riesiger Klubsessel aus blassgelbem Leder, eine Antiquität, Mitte zwanzigstes Jahrhundert, perfekt erhalten. Ich liebte ihn sehr. Nirgendwo las ich lieber. Zum Glück respektierte Brownie ihn und wetzte ihre Krallen nicht daran ab. Für Bruno war er ein Heiligtum: Er war der väterliche Thron. Eines Tages würde er ihn erben, das wusste er, und konnte dann nach Herzenslust darin lesen. In Erwartung dieses Tages verzichtete er darauf, ihn in Beschlag zu nehmen, selbst in meiner Abwesenheit. Für ihn war ein kleines Sesselchen mit geblümtem Stoffbezug bestimmt, das daneben stand. Er benutzte es jedoch kaum und zog es vor, im Bett zu lesen oder, noch lieber, auf der Erde kauernd, wenn nicht gar auf Knie und Ellbogen gestützt, die Hände unterm Kinn. Um sich zu entspannen, beugte er sich manchmal noch ein Stück weiter nach vorn, bis er mit der Stirn den Boden berührte wie ein Moslem beim Gebet. In dieser Positur fand ich ihn, als ich das Zimmer betrat. Doch Bruno war nicht allein, mein Sessel war belegt.

Jemand, ein Unbekannter, hatte darin Platz genommen. Aber eigentlich war das kein Unbekannter. In meinem Historiker-Unterbewusstsein schrillte eine Alarmglocke. Diesen Unbekannten kannte ich nur zu gut. Ich hatte seine Gesichtszüge so oft studiert, während ich meine Doktorarbeit schrieb, und tat es gerade wieder, während ich sie überarbeitete … Natürlich trug der Mann nicht die Uniform, in der er sonst meistens dargestellt wurde. Er hatte grobe Wollsocken und derbe Wanderschuhe an, darüber eine waschechte Lederhose samt Hosenträgern, mit Edelweiß und Eichenlaub verziert, und dazu einen dicken Wollpullover, ganz ohne irgendein Abzeichen oder eine Armbinde. Eines der beiden Charakteristika seines Gesichts, das seinerzeit die Bewunderung der einen, den Spott der anderen und schließlich den Abscheu aller hervorgerufen hatte, war deutlich zu sehen. Das zweite Merkmal fehlte allerdings, und das ließ mich an seiner Identität zweifeln: Die Haartolle hing ihm in die Stirn, doch das kleine, zweigeteilte quadratische Bärtchen, das zwischen Nasenlöchern und Mund wie eine doppelte Rotzspur klebte – es fehlte. Und doch war er es, wenngleich es sich um ein Ding der Unmöglichkeit handelte. Nachdem ich den ersten Moment des Staunens überwunden hatte, fing ich mich wieder: Die Biotechnologie machte so etwas sehr wohl möglich. Ich wusste es ja aus einschlägigen Quellen, ich war kein Opfer einer Halluzination geworden, und mit einem Gespenst hatte ich es auch nicht zu tun. Das Wesen, das da in meinem Sessel saß, gab es leibhaftig. Die einzige Frage, die sich stellte, war die, was es da wohl tat und wie es hereingekommen war. Denn abgesehen davon: Ein Klon war ein Klon, auch wenn das hier ein sehr spezieller war, und damit hatte es sich. Klone sah man im Fernsehen, im Kino, man begegnete ihnen hier und da, im Vorortzug, in irgendwelchen Geschäften, auf der Straße. Na, und was war Bassompierres Marilyn denn sonst!

Als ich eintrat, blickte der Klon in meine Richtung, ohne jedes Anzeichen von Neugierde. Er saß ziemlich aufrecht, die Hände lagen auf den Armlehnen, die Beine waren eng angewinkelt. Er presste die knochigen Knie aneinander, die nackt zwischen den Hosenbeinen und den Wollstrümpfen hervorguckten. Er hielt meinem Blick stand, aber ohne dreist zu wirken. Ehrlich gesagt drückten seine Augen gar nichts aus. Sie schienen lediglich zu registrieren, was sich um ihn herum abspielte, ohne eine Wertung vorzunehmen oder einen Kommentar abzugeben. Er war schätzungsweise fünfunddreißig Jahre alt: Hitler zur Zeit des missglückten Putschversuchs von 1923, der Angeklagte, der seine Richter zum Narren hielt und seinen Prozess in ein Tribunal verwandelte, der Gefangene von Landsberg am Lech, der seine Haft dazu nutzte, *Mein Kampf* zu schreiben. Ich fand es erstaunlich, dass er keinen Schnurrbart trug. Nein, ich konnte noch so lange überlegen, den Führer ohne Bärtchen gab es auf keinem Foto, zumindest auf keinem offiziellen. Ich hatte wohl das eine oder andere im Internet gesehen, als Gag, und war schon damals erschüttert. Auf einigen dieser Fotos glich der kahle Hitler sich selbst: Er sah noch schlimmer aus, noch eiskälter, noch unerbittlicher! Ich betrachtete den scheinheilig vor mir Sitzenden und versuchte mir den Eindruck granitener Härte ins Gedächtnis zu rufen, jener mörderischen Entschlossenheit, die mich auf den retuschierten Fotos angesprungen hatte. Vergebens. Sein Blick war leblos.

Natürlich war das Alter, das ich dem Besitzer dieses toten Blicks zuschrieb, nur fingiert. Mir war bewusst, dass die im Reagenzglas gezeugten Klone gleich nach ihrer Geburt in Kindergärten aufwuchsen und mit Beginn ihres achten Lebensjahrs in einem Becken einem beschleunigten Wachstumsprozess ausgesetzt waren. Dieser Prozess wurde drei Jahre lang unterbrochen, damit sich Knochen und Muskeln festigen konnten. Nach dieser erzieherischen und sportlichen Pause setzte dann erneut der künstliche Alterungsprozess ein. Hatten sie das für das jeweilige Modell gewünschte Alter erreicht, kamen sie offiziell in den Handel, und ihr biologisches Programm lief ab. Die Mängel, die die ersten Tierklone Ende des vorigen Jahrhunderts aufwiesen, hatte man in den Griff bekommen. Heute waren fast alle Klone lebensfähig, und eine durchschnittliche Lebenserwartung, angelehnt an das Vorbild des jeweiligen Produkts, wurde garantiert.

Jedenfalls fand sich das Wesen, das da in meinem Lieblingssessel hockte, auf der Liste der historischen Persönlichkeiten, deren Reproduktion seit Neuestem streng verboten war. Erst vor Kurzem hatte ich einen Artikel zu dem Thema gelesen. Es war eine Verordnung in Kraft getreten, der zufolge Fabrikanten die betreffenden Modelle, die bereits auf dem Markt waren, wieder zurückrufen mussten. Der Autor des Artikels schätzte, dass zum Zeitpunkt des Verbots etwa ein Dutzend Klone von Adolf Hitler im Umlauf waren. Vielleicht war einer von diesen dem Rückruf entgangen. Und nun saß er da vor mir.

Bruno sah von seinem Buch zu mir auf. Ein Lächeln umspielte seine Lippen, erwartungsvoll schaute er mich an. In seinem Blick lag sogar so etwas wie Jubel. Er hatte jede Menge Bücher und Zeitschriften mit entsprechenden Fotos gelesen, sodass er mit Sicherheit wusste, wen er da vor sich hatte – Bärtchen hin oder her. Voller Begeisterung schien er mir zurufen zu wollen: »Hast du gesehen, wer hier ist? Da bist du platt, gib's zu!«

Geplättet, das war ich, doch nicht nur das: Geplättet, gespannt und auch verärgert. Adolf Hitler hatte mich während meiner Doktorarbeit bis in meine Träume verfolgt. Im Grunde war ich nicht zuletzt seinetwegen Historiker geworden. Durch ihn hatte die Geschichte einen anderen Sinn und wohl auch einen anderen Charakter bekommen. Sie hatte sich zum Albtraum gewandelt, aus dem die Menschheit erst allmählich erwachte. Daher ließ mich dieses unerwartete Tête-à-Tête nicht gleichgültig, auch wenn ich mir sehr wohl bewusst war, dass sich nichts Besonderes daraus ergeben konnte. Der Klon überbrachte keine Botschaft, er hatte nichts zu enthüllen, war lediglich eine Erscheinung ohne Gedächtnis. Im Grunde würde er mir nur … jede Menge Scherereien bereiten. Er war verboten, es durfte ihn nicht geben. Der Handel mit ihm, sein Besitz, ja bereits seine Anwesenheit in einem Privathaushalt, all das war ja nun rechtswidrig.

Er war nicht automatisch aufgestanden, als ich hereinkam. Was genau brachte man den Klonen eigentlich bei, bevor man sie auf die Menschheit losließ? »Respekt«, hieß es, aber Respekt wovor? Gehorsam, aber wem gegenüber? Viel wusste ich nicht über Klone, stellte ich fest. In der Werbung wurde ihre Sanftheit angepriesen. Man konnte sie ohne Bedenken kaufen, sie täten keiner Fliege etwas zuleide. Unfälle waren nur ganz wenige publik geworden. Doch was verbarg sich hinter diesen »Unfällen«? Wenn es sich dabei um kaltblütigen Mord oder um ein blindes Gemetzel handelte, war das ja nicht gerade eine Beruhigung ... Na, na! Was auch der Grund für die Anwesenheit dieses Exemplars sein mochte, ich musste ihm gegenüber meinen Status als echter, nichtgeklonter Mensch geltend machen und zugleich als Hausherr auftreten. Obschon sich mein Puls deshalb beschleunigte, befahl ich dem Eindringling in so barschem Tonfall wie möglich, sich auszuweisen.

Er sprang auch sofort aus dem Sessel und nahm Habtachtstellung ein. »Nummer 6 der Serie Adolf Hitler, stets zu Diensten!«, rief er mit schnarrender Stimme. Sein Französisch hatte den teutonischen Akzent, den Schauspieler sich aneigneten, wenn sie deutsche Soldaten in den Filmkomödien spielten, die im vorigen Jahrhundert gleichsam als Racheakt zur großen Belustigung des Publikums gelaufen waren. Er senkte nun den Kopf und zog mit einem Finger seinen Rollkragen ein Stück herunter. Ich sah ein gutes Dutzend Buchstaben und Ziffern, die ihm am Halsansatz in die Haut eintätowiert waren, unterhalb des offiziellen Logos der Zulassungsbehörde für Klone. Was genau die Signatur bedeutet, wusste ich nicht. Doch der Anfang, *A.H.6*, war für mich die Bestätigung, dass das wohl tatsächlich sechste Exemplar dieser Baureihe vor mir stand. Der Klon brachte seinen Kragen wieder in Ordnung, hob den Kopf und trat drei Schritte zurück. Er verharrte in der unterwürfigen Haltung eines Dieners, der auf die Anweisungen seines Herrn wartet. Das gefiel mir schon besser! Betrug er sich so jedem »echten Menschen« gegenüber? Peinlich berührt, wandte ich mich zu meinem Sohn um.

»Bruno, kannst du mir das hier erklären …?«

Bruno schoss neben mir in die Höhe und stand nun A.H.6 gegenüber. Er ergriff meine Hand und rief voller Begeisterung: »Der ist super, oder? Mama hat ihn letzte Woche bei einer Tombola im Supermarkt gewonnen – es war der Hauptgewinn!«

»Davon hast du mir gar nichts erzählt …«

»Wir wussten ja auch nichts davon. Die Auslosung fand am Samstag statt, und Mama erfuhr es erst am Telefon, dass sie einen Klon gewonnen hatte. Wir mussten eine Adresse angeben, und jetzt ist er halt geliefert worden.«

»Hierhin? Wieso denn das, bitte schön?«

»Mama meinte, sie würde mir den Klon zum Geburtstag schenken, und deshalb wurde er eben gleich hierhergeliefert.«

»Aber … dieses Modell ist verboten! Wusste sie, um wen es sich handelt?«

»Nein, es war ein Überraschungsgewinn!«

»Und hatte er irgendwelche Dokumente bei sich?«

»Der Lieferant hat mich lediglich einen Zettel unterschreiben lassen, und das war's.«

»Und Madame Bougrat? Hat die ihn gesehen? Und nichts gesagt?«

»Sie hat nur gemeint, wenn wir den behalten, dann soll er uns wenigstens die Hecke schneiden. Sie hat gesehen, dass das ein Klon ist, aber was für einer, hat sie wohl nicht erkannt. Sie ist ja nicht besonders helle.«

Ich schlug die Hände über dem Kopf zusammen. Wieder mal ein Beweis für die bodenlose Dummheit der Haushälterin und Phoebés erschreckende Gleichgültigkeit. Und diese Leute im Supermarkt, die einem so mir nichts, dir nichts einen Klon unterjubeln, ohne Papiere! Ohne mich um den – im Übrigen undurchdringlichen – Blick von A.H.6 zu scheren, fauchte ich: »Na, großartig! Das ist eine große Verantwortung, so ein Klon! Man muss sich um ihn kümmern, ihn füttern, anziehen, ihm eine Unterkunft geben, ihn pflegen, wenn es sein muss … Das ist auf jeden Fall eine Belastung!«

»Aber dafür macht er sich auch nützlich«, gab Bruno zu bedenken. »Im Garten, im Haushalt, bei größeren Arbeiten … Er ist wie ein Dienstbote, den man nicht bezahlen muss. Eine Art Sklave. Deshalb sind sie normalerweise auch so teuer. Aber dieser hier kostet uns keinen Cent …«

»Das darf doch wohl nicht wahr sein! Und ich sage dir, dass dieser hier verboten ist! Wir können ihn nicht behalten.«

Plötzlich verunsichert, welche Wirkung meine Worte auf den Betroffenen haben könnten, warf ich einen Blick in seine Richtung. Doch A.H.6 rührte sich nicht vom Fleck. Korrekt eingestellte Klone zeigen angeblich weder Ego noch Eigenliebe. Trotzdem war es mir peinlich, in seiner Anwesenheit so von ihm zu sprechen. Musste man jemandem menschlichen Respekt erweisen, der als Ausbund an Unmenschlichkeit galt? Außerdem war ja gar nicht sicher, ob der Klon auch wusste, dass er ein Klon war! Trotzdem fragte ich mich, weshalb ein Gramm von meinem Fleisch mehr wert war als ein Gramm von einem Klon, selbst von diesem hier. Ich vertagte die Beantwortung dieser Frage fürs Erste und befahl ihm: »Raus! Schließen Sie die Tür hinter sich und warten Sie draußen im Flur, bis ich Sie rufe.« Schweigend gehorchte er. Ich hatte ein leises Zittern meiner Stimme nicht unterdrücken können. Dabei hatte ich es hier nicht mit dem Adolf Hitler zu tun, der auf Fotos abgebildet war und in Büchern vorkam. Das war nicht der Mann, der sein Jahrhundert verwüstet hatte, jener Adolf Hitler, wie ihn seine Zeitgenossen kannten, aber auch nicht der Hitler der Historiker, sondern lediglich ein … ein Ableger, eine Kopie der DNA des Diktators, die seinen Zähnen entnommen worden war. Diese hatte man in sowjetischen Archiven aufbewahrt. Sie waren ebenso wie die Schädeldecke der von Juri Andropow angeordneten Zerstörung der Leiche entkommen, die man 1946 im brandenburgischen Rathenow bestattet hatte. Im Zuge einer intensiven Meinungskampagne hatte der Europäische Rat nachträglich die Erlaubnis zum Klonen widerrufen und die endgültige Zerstörung dieser verfemten Reliquien angeordnet, deren Asche im Meer verstreut worden war. Tja, und dieser A.H.6 hatte nichts mit Hitler zu tun und besaß auch nicht sein Gedächtnis, er hatte niemandem den Krieg erklärt und kein Massaker befohlen. Ihm und seinesgleichen konnte man vermutlich allenfalls einen Besen, einen Rechen oder eine Schaufel in die Hand drücken oder ihn zum Staubsaugen oder Teppichklopfen verdonnern ... Er war unschuldig. Unschuldig!, sagte ich zu mir selbst, wo doch der Blick aus diesen blauen Augen, diese Haartolle und das hier fehlende Bärtchen für mich stets die Inkarnation des Bösen gewesen waren. A.H. wusste, dass er Adolf Hitler hieß. Er hatte es ja gesagt, als er sich auf meine Aufforderung hin vorgestellt hatte. Doch hatte er auch nur eine blasse Ahnung davon, wozu dieser Mann, dessen Namen und genetisches Potenzial ihm anhafteten, fähig war?

»Wir behalten ihn doch, oder?«, bettelte Bruno und zog mich an der Hand.

»Das scheint mir ganz und gar unmöglich«, murmelte ich, nachdem ich mich geräuspert hatte.

»Komm schon, niemand wird erkennen, wer das ist! Na gut, er sieht aus wie Hitler, aber wenn wir ihm die Tolle abschneiden? Seinen Schnurrbart hat er ja auch nicht. Der echte trug immer einen. Außerdem ist er ganz anders angezogen. Ich habe sein Foto zigmal in deinen Büchern gesehen.«

Natürlich, dachte ich. Vielleicht war sogar eines in dem, das er gerade las, als ich das Zimmer betreten hatte, und das noch aufgeschlagen auf dem Teppich lag.

»So hör doch, das Gesetz verbietet es«, nahm ich erneut Anlauf und zog die Brauen hoch. Ich würde Probleme bekommen, sicher musste ich Strafe zahlen, vielleicht sogar ins Gefängnis.

Bruno protestierte. Wenn es verboten war, diesen Klon zu besitzen, wieso hatte der Supermarkt ihn dann zum Hauptgewinn der Tombola erklärt? Warum hatte man ihn dann überhaupt geliefert? Und wenn wir ihn nicht behielten, was würde dann aus ihm?

Was aus Klonen wurde, die man aus dem Verkehr gezogen hatte, wusste ich nicht. Vielleicht wurden sie für Arbeiten unter Ausschluss der Öffentlichkeit eingesetzt. Irgendwie musste man sie ja recyceln, aber wie dieses Recycling aussehen mochte, entzog sich meiner Vorstellungskraft.

»Das ist nicht mein Problem. Ich empfinde seine Anwesenheit als ein Vergehen, und damit Schluss. Also ehrlich, ich bin stinkwütend auf deine Mutter! Das ist doch wirklich unglaublich!«

Wieder kochte die Wut in mir hoch. Phoebé hatte sich nicht im Mindesten darum gekümmert, was für einen Klon sie bei dieser blöden Tombola gewonnen hatte, und jetzt durfte ich zusehen, wie ich ihn wieder loswurde. Als hätte ich keine anderen Sorgen gehabt! Das Semester ging zu Ende, die Abschlussprüfungen standen an, außerdem musste ich die Arbeiten meiner Studenten korrigieren, von meinen persönlichen Aufgaben ganz zu schweigen! Das Umschreiben meiner Doktorarbeit in einen Bestseller schleppte sich seit Monaten dahin. Und die Konkurrenz schlief nicht: Ich drohte von einem Kollegen überholt zu werden, der über dasselbe Thema schrieb, und dann keinen Verlag mehr zu finden. Madame war das egal, aber auch sie würde schon noch ihr blaues Wunder erleben.

Ich versuchte mich daran zu erinnern, wie hoch die Strafe war, wenn man einen nicht autorisierten Klon behielt. Es gab ja nicht nur Hitler, sondern auch seine wichtigsten Komplizen und ein paar andere Diktatoren und Serienkiller, von denen man eine brauchbare DNA gefunden hatte … Gerüchteweise hatte ich von einem Schwarzmarkt gehört, auf dem Fantasiepreise erzielt wurden, auch gab es wohl Fälschungen, da waren Betrüger unterwegs, keine Frage … Aber eine Strafe? Was riskierte ich da? War in dem Artikel nicht von einer Haftstrafe die Rede gewesen? Na bitte: Ich lief also Gefahr, bestraft zu werden, vielleicht steckte man mich ins Gefängnis, oder es geschah womöglich noch Schlimmeres, vielleicht wurde ich sogar von der Universität suspendiert! Dabei konnte ich doch gar nichts dafür. Ich hatte diesen Kauz, der sich in meinem Sessel fläzte, lediglich beim Nachhausekommen vorgefunden. Ich zwang mich, einen kühlen Kopf zu bewahren. Der Hauptschuldige in dieser Geschichte war eigentlich gar nicht Phoebé, sondern der Supermarkt. Der Veranstalter der Tombola hatte versucht, einen Ladenhüter an den Mann zu bringen, den man gar nicht mehr herausgeben durfte. Freilich, Bruno hatte den Preis im Namen der Gewinnerin – zufällig seine Mutter – angenommen, er hatte eine Empfangsbestätigung unterzeichnet. Aber man konnte ihm in seinem jugendlichen Alter schlecht vorwerfen, dass er das Gesetz nicht kannte und einen liebenswürdigen, rechtlich einwandfreien Klon nicht von dem des größten Verbrechers der Geschichte zu unterscheiden vermochte, den der Europäische Rat in einer feierlichen Erklärung einstimmig auf den Index gesetzt hatte … Doch das änderte nichts an meinem Problem. Solange man noch nicht volljährig ist, übernehmen die Eltern die Verantwortung. Und das hieß: ich selbst, in meiner Eigenschaft als Erziehungsberechtigter.

Ich schüttelte Brunos Hand ab.

»Räum dein Buch auf und geh in dein Zimmer, ich muss in Ruhe überlegen.«

Bruno hob das Buch auf und klappte es zu, bevor er es wieder ins Regal stellte. Flüchtig erkannte ich, dass es das umstrittene Opus von Hermann Rauschning, *Gespräche mit Hitler*, war. Ich biss mir auf die Lippen. Wer war daran schuld, wenn diese Werke die Lieblingslektüre meines Sohnes waren? Ich hätte ihm einfach den Zugang zu meiner Bibliothek untersagen müssen. Sicher war es noch nicht zu spät, ihm die Faszination, die die dunkelste Epoche der Geschichte auf ihn ausübte, auszutreiben. Ich schwor mir, in Zukunft das Wohnzimmer, in dem das Bücherregal stand, abzuschließen, die Computer bei uns zu Hause zu kontrollieren und Bruno zur Lektüre von Büchern zu ermuntern, die für sein Alter besser geeignet waren. Mehr noch, ich würde ihn zum Drachensteigen mitnehmen. In der Schule war er zwar Mitglied einer Handballmannschaft, aber das genügte offensichtlich noch nicht, ich würde ihn auch noch für einen Judokurs anmelden. Doch im Augenblick sah ich mich mit einem dringenderen Problem konfrontiert: Ich musste diesen verdammten Klon loswerden. Plötzlich hatte ich einen Geistesblitz, so etwas wie eine Endlösung des Adolf-Hitler-Problems, die ich aber auf der Stelle gleich wieder verwarf. So weit brauchte man natürlich nicht zu gehen. Man konnte ihn ja einfach aussetzen … Sogleich wurde mir bewusst, dass ich damit vermutlich genau das Gegenteil von dem erreichte, was ich wollte. Der umherstreunende Klon würde aufgegriffen werden. Dank seiner Koordinaten würde man die Spur von A.H.6 zum Supermarkt zurückverfolgen können und von dort mittels der von Bruno unterschriebenen Empfangsbestätigung bis zu mir.

3

Nein, im Augenblick war da einfach nichts zu machen. Zunächst aber forderte der Alltag seinen Tribut. Es war Abendessenszeit. Nach dem Essen musste ich Brunos Hausaufgaben überprüfen, anschließend darauf achten, dass er sich die Zähne putzte, ihn zu Bett bringen … Der Tisch war gedeckt. Madame Bougrat hatte wie üblich etwas vorbereitet, das man nur aufzuwärmen brauchte. Sie hatte dann die Idee, dem Klon häusliche Aufgaben zu geben. Meine moralischen Überzeugungen aber verboten es mir, Klone auszunutzen. Trotzdem musste ich einen Augenblick schmunzeln, als ich mir Adolf Hitler mit Häubchen und Schürze vorstellte. Doch das Lachen verging mir sofort. Auch für den Klon war es schließlich Abendessenszeit. Sein Körperbau entsprach ja voll und ganz dem eines durch herkömmlichen Beischlaf gezeugten Menschen. Bestimmt hatte er Hunger. Er wartete da draußen auf dem Flur. Das Gebot der Menschlichkeit erforderte, dass ich ihm zumindest heute Abend etwas zu essen gab und ihn bei mir beherbergte. Doch sollte ich ihn am Tisch Platz nehmen lassen, oder musste ich ihn nicht besser in die Küche schicken? Ich überlegte kurz und entschied mich dann für die erste Lösung, eher aus Neugier als aus einem anderen Grund. Obwohl ich schon oft Klonen begegnet war, hatte ich noch nie mit einem gesprochen. Auch hatte ich mir nie Gedanken über ihr Bildungsniveau oder ihren Intelligenzgrad gemacht. Jetzt oder nie hatte ich also die Chance dazu! A.H.6 würde mit uns zu Abend essen wie ein normaler Gast, und ich würde die Gelegenheit nutzen, mir ein Bild davon zu machen, wie menschlich Klone konzipiert waren.

Nachdem ich ihn – nicht ohne eine Spur von Verlegenheit – aufgefordert hatte, mit uns zu essen, nahm A.H.6 an unserem Tisch Platz. Das Ganze war mir umso peinlicher, als ich ihn auch noch bedienen musste, was das Verhältnis zwischen mir und dem ungebetenen Gast völlig auf den Kopf stellte.

Bruno warf mir von Zeit zu Zeit einen flehentlichen Blick zu, den ich tunlichst unerwidert ließ. Der Kleine bestaunte den Klon während des Essens wie ein neues Spielzeug. Zu seinem Entzücken folgte A.H.6 seinem Beispiel und band sich die Serviette um den Hals, die ich aus der Schublade geholt hatte. Zunächst wurde das Schweigen nur vom Klappern des Bestecks unterbrochen. A.H.6 hatte tadellose Tischmanieren. Der Chicoree- und Rübensalat unserer Haushälterin schien ihm ebenso sehr zu schmecken wie ihr Kaninchenpfeffer. Zwar wusste ich, dass Klonen die Vorliebe für Alkohol ausgetrieben wurde, aber ich bot ihm trotzdem, als einmalige Geste, ein Glas Wein an, so wie ich es mir immer zum Abendessen gönnte. Er lehnte mit einer entschiedenen Geste ab. Als ich ihm ein Glas Mineralwasser einschenkte, leuchteten seine Augen dagegen erfreut auf. Über Hitlers Ess- und Trinkgewohnheiten war ich im Bilde, ich wusste, dass er Abstinenzler, Vegetarier, Nichtraucher gewesen war. Dennoch, nahm ich an, hatte man A.H.6 nicht notwendigerweise beibringen müssen, dem Alkohol zu entsagen. Ein vorsorglich eingepflanztes Implantat schien dies allen Klonen aus Gründen der Ökonomie und der öffentlichen Sicherheit zu verbieten. Dem Genuss von Fleisch hingegen war er im Unterschied zum Führer nicht abgeneigt.

Mir schossen hundert Gedanken durch den Kopf. Obwohl er zwischen dreißig und fünfunddreißig Jahre alt sein musste, hatte A.H.6 in Wirklichkeit erst elf Jahre gelebt, maximal zwölf. Vermutlich war er kurz vor dem Verbot in den Handel gekommen und hatte dann noch ein paar Monate in irgendeinem Lager herumgestanden. Wie auch immer: Trotz seines Körperbaus und seiner Erwachsenenstimme hatte ich eigentlich ein Kind vor mir, einen Jungen, der kaum älter war als Bruno. Das Alter, in dem Klone in Umlauf kommen, hängt zuallererst von der Person ab, deren Reinkarnation sie darstellen. Für die Produktionsfirma dieses Exemplars hier wäre ein Kinder-Hitler aus kommerzieller Sicht völlig wertlos gewesen. Wer hätte ihn gekauft? Was die potenzielle Kundschaft vor dem Verbot des Modells erwartete, war eine glaubwürdige, naturgetreue Nachbildung des Führers, wie er auf Fotos und in den Wochenschauen verewigt war: in voller Manneskraft, mit Haartolle und Schnurrbärtchen. Ja, es blieb ein Rätsel, weshalb A.H.6 keinen Bart trug. Ich stellte die Hypothese auf, dass ihm der Bart eventuell abrasiert worden war, damit man nicht gleich auf den ersten Blick sah, dass es sich hier um ein verbotenes Exemplar handelte. Doch dann hätte man ihm auch gleich noch die Tolle abschneiden sollen … Was ihre Bekleidung angeht, so werden Klone in aller Regel mit diversen Kombinationen in Umlauf gebracht. Der Käufer kann sie dann nach Herzenslust ausstaffieren. Der alte Bassompierre zum Beispiel hielt sich mit seiner Marilyn ganz an die klassischen Vorbilder: das weiße Kleid aus *Das verflixte 7. Jahr* oder die Jeans aus *Misfits – Nicht gesellschaftsfähig*, immer mit dem passenden Tuch, das sie um den Hals geknotet trug. Manchmal steht auch der Originalaufzug der Klone als Wahlmöglichkeit zur Verfügung. Die Lederhose und der Pullover, die A.H.6 trug, waren sicherlich Teil der Privatkleidung des Führers und somit eine Alternative zur berühmten Uniform mit langen Hosen, grauem oder braunem Hemd, passender Schirmmütze, Hakenkreuzbinde und Eisernem Kreuz.

Was halten Klone von ihrem Zustand, was haben sie für eine Vorstellung von sich selbst und dem Rest der Welt? Was für Erinnerungen haben sie an … nun ja, ihre Kindheit? Empfinden Sie einen Mangel, weil sie wie in einer Legebatterie aufgewachsen sind, ohne je eine Beziehung zu Eltern aufbauen zu können? Und wie lebten sie überhaupt in diesen Kindergärten? Schlossen sie dort Freundschaften? Was bekamen sie zu essen, in was für einer Art von Schlafsaal nächtigten sie? Ist ihre Aufzucht mit der Entwicklung einer eigenständigen Persönlichkeit vergleichbar, haben sie individuelle Vorlieben und Abneigungen, eine wie auch immer geartete Sexualität? Ich wusste nicht, wie ich diese mich brennend interessierenden Themen anschneiden sollte. A.H.6 aß mit gesenktem Blick, den Kopf aber nicht etwa dicht über dem Teller, denn er schien ja ganz gute Manieren zu haben. Von Zeit zu Zeit hob er den Kopf und sah mich an oder Bruno, oder er schaute sich mit unbeteiligter Miene in unserem kleinbürgerlichen Esszimmer um. Gut möglich, dass es sich hier doch nur um einen Idioten handelte, einen intellektuell Beschnittenen, eine Art menschliche Topfpflanze, von Anfang an durch die ihr angediehene Behandlung in ihrem Wuchs gezügelt, gestutzt und erstickt. Das andauernde Schweigen wurde unerträglich.

»Sie …«

Ich unterbrach mich und hüstelte. Ich hatte ihn soeben gesiezt! Eigentlich hätte ich ihn doch duzen müssen wie ein Kind. Hier trat man von einem Fettnäpfchen ins andere. Doch ob nun du oder Sie, die Frage, die ich ihm stellen wollte, blieb schwierig zu formulieren. Wusste A.H.6, dass er ein »illegaler Klon« war? Es ihn so geradeheraus zu fragen, schien mir heikel; wie würde er reagieren, wenn er es nicht wusste und es nun so unvermittelt erfuhr? Ich befürchtete keine gewaltsame Reaktion. Das war theoretisch unmöglich. Aber es widerstrebte mir, jemanden zu beunruhigen oder ihn körperlich zu verletzen, selbst wenn es sich um einen Klon handelte.

Als ich gerade planlos den Mund aufmachte, um etwas zu

sagen, kam mir A.H.6 rasch zuvor. »Sehr gut!«, sagte er mit kräftiger Stimme in überzeugtem, beinahe anerkennendem Tonfall.

Überrascht entgegnete ich nur: »Ach ja, hat es Ihnen geschmeckt?«

Um dann, erleichtert darüber, dass das Schweigen ein Ende hatte, noch hinzuzufügen: »Ist das hier anders als … als *da bei Ihnen?*«

Mit »da bei Ihnen« hatte ich ein unbequemes Thema angeschnitten, nämlich die Herkunft unseres Gastes. Würde er sich entziehen, einfach stumm bleiben oder mir eine barsche Antwort geben, ein Ja, ein Nein, das dann wie ein Fallgitter zwischen uns herabrasselte?

Er nickte energisch, als hätte er »Und ob!« ausgerufen. Dann sagte er wieder etwas, beinahe schüchtern, so als schämte er sich seiner von Natur aus kreischenden Stimme und halte sie künstlich zurück.

»Bei uns ist es mies, es gibt nichts als Kroketten. Wir haben nur zwei Sorten, gelbe und rote. Und zu trinken gibt es Wasser, aber nur aus dem Hahn, nicht so wie hier«, schnarrte er mit seinem lächerlichen teutonischen Akzent und ließ den Blick zwischen seinem leeren Glas und der Flasche Mineralwasser hin- und herwandern.

Ich streckte die Hand aus, griff nach der Flasche und füllte erneut sein Glas.

»Schmeckt Ihnen das?«

Der Klon nahm erst einen großen Schluck, bevor er antwortete: »Sehr, man spürt das Prickeln auf der Zunge.«

Dieser Typ hier war genügsam – der würde ganz bestimmt nicht die Hand nach Sudetendeutschland ausstrecken!, dachte ich amüsiert.

»Wonach schmecken denn diese Kroketten?«, fuhr ich fort, erfreut, dass die Fragen nach seiner Ernährung zumindest das Eis gebrochen hatten.

»Die roten enthalten Fleisch, die gelben Fisch. Man isst die roten mit Nudeln, die gelben mit Reis. Außerdem gibt es Blattsalat und zum Nachtisch einen Apfel oder eine Orange, oder einen Joghurt mit Zucker.«

Allmählich konnte ich mir ein Bild machen: Sie wurden in einer Kantine mit spartanischen Mahlzeiten abgefertigt, bestehend aus industriell gefertigte Kroketten in der Art von Hundekuchen, so wie es im antiken Sparta die berüchtigte Schwarze Suppe gegeben hatte.

»Und Brot?«

»Ja, wir bekommen auch Brot, aber kein so gutes wie das hier.«

Ich verzichtete darauf, ihn zu fragen, ob ihm Hunger vertraut sei, denn ich konnte mir schon denken, was er sagen würde: nein, mit Sicherheit. Er hatte nie Hunger gespürt, aber es hatte ihm auch an keinem Tag seines kurzen Lebens so richtig geschmeckt. Ein Elend mit System, Hygiene und wohl auch Nährwert. Die Regeln der Marktwirtschaft galten freilich auch hier. Zusätzliche medizinische Kosten mussten ebenso vermieden werden wie zu viel Abfall, die die Gewinn-Verlust-Rechnung beeinträchtigten. Der technisch-medizinische Anteil der Produktionskosten der Klone sollte gesteigert werden. Die Firmen sparten dafür bei allem anderen – den Aufzuchtbedingungen, der Nahrung, dem Unterhalt –, durften aber ein angemessenes Preis-/Leistungsverhältnis nicht aus den Augen verlieren.

»Und wo schlaft ihr?«

A.H.6 antwortete nicht gleich, obwohl es sich doch um eine ganz praktische Frage handelte. Es war, als müsste er sich die Frage erst selbst stellen und auf die eigene Antwort warten, bevor er mir diese dann mitteilen konnte.

»In einem Schlafsaal«, erklärte er schließlich und skizzierte mit einer weit ausholenden Geste einen großen Raum.

Also, das mit dem Schlafsaal kam mir seltsam vor. Aber

die Geste war beredter als das Wort, das sie begleitete. Ich stellte mir eine Art Bahnhofshalle vor, in dem Hunderte, ja Tausende kleiner Eisenbetten aufgereiht standen, soweit das Auge reichte. Ein Fabrik-Internat. Eine große Kinderkaserne mit vermutlich riesigen Zimmerfluchten, denn einige Modelle wurden ja sozusagen in großen Mengen konsumiert. Und inmitten dieser Massenartikel stand dann ein Dutzend Betten, das den kleinen A.H.s vorbehalten war. In dem Artikel, den ich gelesen hatte, hieß es, dass es auch Handwerksbetriebe gab, die auf Bestellung besondere Exemplare anfertigten, als Unikat. Doch dieses hier stammte offensichtlich nicht aus einem dieser Betriebe.

»Noch ein wenig Kaninchen?«

An seiner überraschten Miene las ich ab, dass er gar nicht wusste, was er da mit so gesegnetem Appetit verspeist hatte. Er hatte zum ersten Mal Kaninchen gegessen. War ihm bekannt, dass man so etwas essen konnte? Hatte er je welche in natura gesehen? Gehörten Kaninchen zum kindlichen Klon-Universum? Las man ihnen Geschichten vor, bekamen sie Spielzeug, Bilderbücher? Das hätte ich ihn zu gern gefragt. Er hielt mir seinen Teller hin. Sollten jemals niedliche Kaninchen in seinen Büchern vorgekommen sein, so schien er nicht schockiert darüber, dass man sie auch essen konnte. Ich gab ihm einen Nachschlag.

»Zum Nachtisch gibt es Eis… Bruno, holst du es mal aus dem Tiefkühlfach?«

Wir beendeten unser Mahl, ohne dass ich meine Fragestunde fortgesetzt hätte. Ich fühlte mich kein bisschen wohler in meiner Haut als zuvor, wohingegen Bruno dem Klon gegenüber eine erstaunliche Ungezwungenheit an den Tag legte. Nach dem Essen wollte er ihm unbedingt sein neues Computerspiel vorführen, *Die Schlacht um Frankreich*, eine Simulation des Blitzangriffs, der auf den Sitzkrieg folgte. Dieses Intermezzo gestattete mir immerhin, in der Wäschekammer eine Liege aufzustellen. Klick-klack und rasch ein Laken und eine Decke darüber, fertig war das Gästebett.

Als ich ins Zimmer meines Sohnes kam, führte Bruno dem Klon gerade den Blitzkrieg vor. Gebannt starrte A.H. auf den Bildschirm. Als Bruno ihm die Maus überließ, versuchte er linkisch, die französisch-englischen Truppen bei ihrem Sturm auf die Küste zu manövrieren – zum Entzücken Brunos, der ihn anfeuerte. Weit davon entfernt, sich darüber aufzuregen, scheiterte er kläglich. Ich verkündete, dass es nun Bettzeit sei. Bruno protestierte und bettelte darum, noch ein wenig länger spielen zu dürfen. A.H.6 dagegen nahm augenblicklich die Hand von der Maus und folgte mir brav in die Wäschekammer. Ich nahm einen sauberen Pyjama aus der Schublade einer Kommode und legte ihn auf die ausgeklappte Liege.

»Sagen Sie … haben Sie keine Wäsche zum Wechseln dabei?«

A.H.6 schüttelte den Kopf und zeigte seine leeren Handflächen als Ausdruck völliger Mittellosigkeit. Ich zog ein Handtuch aus der Schublade, außerdem eine frische Unterhose und ein T-Shirt, die ich ebenfalls auf das Gästebett legte. Dann fiel mir ein, dass ich ja vor Kurzem eine neue Zahnbürste für Bruno sowie eine Tube Zahnpasta auf Vorrat gekauft hatte.

»Sie können das Waschbecken in der kleinen Gästetoilette am Eingang benutzen. Da … da haben Sie jeglichen Komfort. Nun denn, gute Nacht!«

»Gute Nacht«, erwiderte A.H.6 ohne besondere Herzlichkeit, aber auch ohne Kälte.

Er dankte mir nicht für meine Zuwendung, so wie er mir auch nicht für die Einladung zum Essen gedankt hatte. Logisch, dachte ich bei mir. Alles, was man für ihn tat, erschien einem Klon selbstverständlich, denn er hatte ja keine Möglichkeit, für sich selbst zu sorgen. Er war von Natur aus auf seinen Besitzer angewiesen, dem er sich dann unterordnete. Und bis zum Beweis des Gegenteils war ich nolens volens Besitzer des sechsten Klon-Exemplars von Adolf Hitler. Ich hätte ihm jetzt befehlen können, den Boden aufzuwischen oder den Müll rauszubringen, oder auch alle Schuhe im Haushalt zu putzen – wahrscheinlich hätte er mir, ohne aufzumucken, gehorcht.

Ich blieb noch einen Augenblick in der Wäschekammer stehen, obwohl ich dort nichts mehr verloren hatte. Abgesehen von den Risiken, die ich auf mich nahm, wenn ich ihn behielt, bestärkte mich vor allem meine ständige Verlegenheit in dem Entschluss, A.H.6 gleich morgen an die Luft zu setzen.

»Gute Nacht«, sagte ich in mildem, beinahe mitleidigem Tonfall und ging hinaus.

Ich begab mich ins Badezimmer auf derselben Etage und unterzog mich einer flüchtigen Toilette. Ich hatte die schlechte Angewohnheit, mir nur abends die Zähne zu putzen. Jeden Abend aber, während ich dieses Ritual vor dem Spiegel ausübte, überkam mich der gleiche Gedanke. Es kam mir vor, als wären seit dem letzten Mal nur wenige Minuten vergangen. Seit etwa zehn Jahren überfiel er mich Abend für Abend. Und im Lauf der Jahre hatte sich der Eindruck, dass das Intervall zwischen zweimal Zähneputzen immer kürzer wurde, noch verstärkt. Die Zeit galoppierte immer schneller dahin, zumindest war das die Empfindung, die ich dabei hatte. Früher hatte ich das Gefühl gehabt, einen ganzen Tag zu erleben, der je nach dem Grad der Aufregungen oder Ernüchterungen mal länger, mal kürzer ausfiel. Damals war das Verhältnis zwischen guten und schlechten Tagen einigermaßen ausgewogen. Jetzt aber raste das Rad der Zeit einen immer steileren Abhang hinab. Indem es sich intensivierte, hatte mich dieses Gefühl dazu gebracht, die abgeschmacktesten Klischees über die Kürze des menschlichen Lebens mit neuen Augen zu betrachten. Genau genommen hatte ich keinerlei Recht, meine Wahrnehmungen von früher denen von heute vorzuziehen. Wenn die Tage, je älter man wurde, immer mehr zu Minuten zusammenschrumpften, und die Minuten zu Sekunden, dann bedeutete dies im Grunde, dass wir ihre Dauer nur träumten. Tage, Stunden, Minuten und Sekunden waren elastisch, sie waren schon von Natur aus … nun, ein einziges Fluidum. Nur unsere Blindheit institutionalisierte sie, maß sie, gab ihnen eine Bezeichnung. Die fünfzig Jahre zwischen dem Tycho, der gerade mit Zähneputzen beschäftigt war, und dem noch zahnlosen Neugeborenen, das an der Brustwarze seiner von der Niederkunft erschöpften Mutter nuckelte, die hatten nur einen Wimpernschlag lang gedauert, und von da aus war es nur noch ein kleiner Schritt zum Grab. Ja, der Tod war nahe, so stellte ich zwischen zwei Zahnputzintervallen fest, zwischen zwei flüchtigen Augenblicken, er stand eigentlich schon vor der Tür, ja, war fast schon vorüber. Mit schaumverschmiertem Mund schnitt ich meinem überraschten Spiegelbild eine Grimasse, dann machte ich kehrt und verließ das Badezimmer.

Im Vorbeigehen blieb ich vor Brunos Zimmer stehen, um ihm gute Nacht zu wünschen.

»So, und nun ab in die Heia! Und mach sofort das Licht aus!«

Dass er dieser letzten Aufforderung nachkommen würde, war illusorisch. Oft knipste er schon nach ein paar Minuten wieder seine Nachttischlampe an, wenn er abschätzen konnte, dass ich nicht wieder aufstehen würde. Ich wusste genau, was er tat. Manchmal wachte er mit einem ganz zerknitterten Gesichtchen auf, weil er zu lange William Shirer oder die *Erinnerungen* von Albert Speer gelesen hatte. Bloß, was konnte ich dagegen unternehmen? Sollte ich mich auf meine väterliche Autorität berufen? Das hätte ich vermutlich tun sollen, aber wir lebten ja allein, seit Phoebé uns verlassen hatte … Sie hatte vor allem mich verlassen, aber das Ergebnis war für Bruno dasselbe. Er hatte nur noch sehr sporadisch eine Mutter und ich hatte nicht den Mut, ihm gegenüber strenger aufzutreten. Außerdem schmeichelte dieser kleine Bücherwurm mit seiner Vorliebe für historische Werke meinem Ego. Bevor ich die Tür schloss, ließ ich meinen Blick durchs Zimmer schweifen. Irgendwo hier steckte ein Buch mit einem Haufen Schlachtenlärm und Aufruhr, mit Luftgefechten über England und Vernichtungsschlachten zwischen Orel und Belgorod. Ich war zu feige, etwas zu sagen, und begnügte mich mit einer wohlwollenden Beschwörung: »Schlaf schnell, damit du morgen in der Schule fit bist.«

Wir tauschten ein hastiges Küsschen auf die Wange aus, und ich wuschelte ihm durchs Haar. Dann schloss ich die Tür und erreichte mit ein paar Schritten mein Schlafzimmer.

4

Es war das ehemalige Schlafzimmer von mir und meiner Frau. Phoebé hatte das spezifisch weibliche Mobiliar mit in die Ehe gebracht: einen großen Standspiegel, außerdem einen altrosa gestrichenen Frisiertisch im Rokokostil mit aufklappbarem Spiegel und verschnörkelten Leisten und dazu der obligatorische goldlackierte Holzstuhl. Ich hatte sie bisher nicht ersetzt. Ohne diese Requisiten wirkte das Zimmer seltsam verwaist. Seit Phoebés Auszug war es den Büchern, die ich bis dahin in Schach halten konnte, gelungen, auch ins innerste Heiligtum einzudringen. Stapel belagerten die Kommode, den marmornen Kaminsims, die beiden Nachttische und sogar den Boden um das Bett herum.

Ich schlüpfte zwischen die Laken und schlug ein Referenzwerk über die Interessenkonflikte zwischen Japan und den Vereinigten Staaten von Amerika auf, die zu dem Pokerspiel um Pearl Harbor geführt hatten. Inwieweit hatte Roosevelt mit dem fernöstlichen Reich Katz und Maus gespielt und den Gegner dazu getrieben, einen fatalen Fehler zu begehen? Einen Fehler, der so gravierend war, dass er in keinem Verhältnis zu den Erwartungen des Provokateurs stand. Obwohl dies mein Fachgebiet war und ich mich gegen Verschwörungstheorien jeglicher Art sträubte, wurde ich diesen Gedanken nicht los. Freilich, 1945 hatte der Sieg über Japan den Vereinigten Staaten das gevierteilte, keuchende Asien ausgeliefert, so wie ihm die Niederlage Deutschlands den Weg nach Europa und nach Westen eröffnet hatte. War Paris früher eine Messe wert gewesen, so war ein volles halbes Jahrhundert wirtschaftlicher und kultureller Hegemonie es wohl wert, an einem Weltkrieg teilzunehmen … Doch heute Abend konnte ich mich an keiner dieser Fragen berauschen. Ich gähnte. Morgen würde ich wieder wie eine große Hummel, deren Rüssel und Füßchen in Tinte getaucht waren, Texte zusammentragen. Erst einmal aber hieß es schlafen, auch wenn ich wusste, dass wenige Meter entfernt in der Wäschekammer der perfekte Doppelgänger jenes Minotaurus, der noch immer durch das Labyrinth der Geschichte spukte, ebenfalls Schlaf suchte.

Brunos Schule lag wie gesagt nicht weit von uns entfernt. Ich war den Weg mehrmals mit ihm zusammen gegangen und hatte ihm eingeschärft, sich strikt an diesen gesicherten Pfad zu halten. Das Fach, das ich unterrichtete, prädestinierte mich nicht gerade zum Optimisten. Die Welt wimmelte von Gefahren, das Leben glich einem Minenfeld, die Menschen drohten ständig Opfer eines Unfalls oder irgendeiner Art von Gewalt zu werden. Daher begleitete ich Bruno immer, wenn ich konnte, zur Schule. Ich hätte es auch an jenem Morgen getan, wenn mir nicht das Auftauchen von A.H.6 einen Strich durch die Rechnung gemacht hätte. Als ich ins Esszimmer kam, war der Klon bereits auf. Er hatte sich am Fenster positioniert und hielt einen der Treviravorhänge in die Höhe. Nachdenklich blickte er auf die Straße oder den etwas vernachlässigten Garten hinaus. Er hatte mich nicht gehört, so sehr war er in Gedanken versunken, deren Inhalt ich nur zu gerne gewusst hätte. Ich räusperte mich. A.H.6 zuckte zusammen. Er ließ den Vorhang sinken und wandte sich zu mir um.

»Guten Morgen«, sagte ich als Erster.

»Guten Morgen«, erwiderte A.H.6 und drückte den Rücken ein wenig durch.

Er hatte kein *Monsieur* hinzugefügt. So wie man »Guten Tag, *Monsieur*, guten Tag, *Madame*« sagt, das lernten Klone nicht in ihrer … *Napola*, dachte ich. Denn der Ofen, in dem A.H.6 gebacken worden war, hatte sicherlich nichts mit den berüchtigten »Nationalpolitischen Lehranstalten« der Nazis gemein!

»Haben Sie noch nicht gefrühstückt?«, fragte ich ihn.

Er schüttelte den Kopf.

»Na schön … dann … dann frühstücken wir eben jetzt, und dann …«

Ich zögerte. Wie ärgerlich all das war! Die Gereiztheit, die ich seit gestern einigermaßen erfolgreich unterdrückt hatte, schwappte urplötzlich wieder hoch. Ich machte eine unwirsche Handbewegung und sagte voller Entschlossenheit: »Und dann bringe ich Sie … dorthin, von wo Sie gekommen sind, denn hier können Sie unmöglich bleiben! Ich kann Sie nicht behalten, verstehen Sie? Das war nicht vorgesehen …«

Ich war drauf und dran, mich zu rechtfertigen, auf Treu und Glauben zu argumentieren, mich beinahe zu entschuldigen. Nein, unmöglich! Ich spürte, wie ich rot wurde. Also verstummte ich. Der Klon schaute mich ausdruckslos an. Mir fiel ein, dass es außer dem Lieferschein, den Bruno unterschrieben hatte, kein weiteres Dokument gab. Ihn zurückschicken, das war leichter gesagt als getan. Wohin denn, in den Laden, zum Fabrikanten, zur Polizei? Oder zu Phoebé? Sie hatte mir doch wirklich nur Unglück gebracht! Nein, das stimmte nicht, sie hatte mir ja Bruno geschenkt. Wie sähe mein Leben heute aus, wäre da nicht Bruno gewesen? Ohne ihn hätte ich allem den Laufpass gegeben, der Uni, den Kollegen, ja sogar dem Buch, an dem ich schrieb. Ich wäre Sardinenfischer geworden. Die Sardine ist ein großartiger Fisch, sie hat schon seit ewigen Zeiten die Völker des Mittelmeers ernährt, so wie der Hering die Menschen des Nordens satt macht. Sardinen und Heringe, Weizen, Hopfen, Wein und Oliven – das ist das gesamte Abendland! Das Geräusch von schlurfenden

Schritten auf dem Kokosläufer im Flur zog meine Aufmerksamkeit auf sich, während ich in einer Ecke meines Traums gerade einen Weinstock und ein Olivenbäumchen pflanzte. Es war Bruno, der aus seinem Zimmer kam, im Pyjama, die Haare ganz zerzaust, die Augen noch geschwollen. Als er den Klon erblickte, lächelte er erleichtert. Er hatte wohl befürchtet, dass er am Morgen nicht mehr da sein könnte. »Guten Morgen, Dolfi!«, jauchzte er. Ich zuckte zusammen. *Dolfi!* Eva Braun hatte ihren Geliebten so genannt, wenn sie unter sich waren oder sie sich Briefe schrieben. A.H. schien das nicht zu wissen. Neugierig schaute er zu Bruno herab. Mir persönlich ging der Gebrauch dieses vertraulichen Namens ziemlich gegen den Strich. Woher hatte Bruno den nur? Aus der Bibliothek, kein Zweifel. Ich würde da wohl wirklich bald eine andere Lösung finden müssen … Ich fauchte meinen Sohn an: »Bruno, würdest du bitte …«

Erstaunt sagte er: »Was denn? Man muss doch wissen, wie man ihn anreden darf. Dolfi ist doch immerhin besser als *Mein Führer*, oder?!«

Ich gebot ihm zu schweigen. Wir brauchten uns gar keine Gedanken darüber zu machen, wie wir den Klon nannten, da er ohnehin nicht bei uns bleiben würde. Ich ahnte schon, dass Bruno mir deswegen Schwierigkeiten machen würde. Normalerweise war er kein störrisches Kind. Zum Glück standen die Ferien vor der Tür. Bei all den Vergnügungen an der frischen Luft und sonstigen sportlichen Aktivitäten würde er das hier bald vergessen haben.

Wir frühstückten. Wie schon am Abend zuvor band sich der Klon die Serviette um den Hals. So dekoriert, hatte er etwas Kindliches an sich, etwas … nun ja: Entwaffnendes. Während ich Bruno seinen Kakao in die Tasse goss, bemerkte ich, wie die Nasenlöcher von A.H.6 zu vibrieren begannen und sich ein Ausdruck der Begierde auf seinem Gesicht abzeichnete.

»Wollen Sie etwas davon, oder möchten Sie lieber Kaffee?«, fragte ich ihn.

Er hielt seine Schale in Richtung der Kanne mit dampfender heißer Schokolade.

»Von dem hier.«

»Was bekommen Sie denn dort bei Ihnen zum Frühstück?«

Ich hatte bewusst »dort bei Ihnen« gesagt, damit auch Bruno begriff, dass der Klon »dort« beheimatet war und auch dorthin zurückkehren würde.

»Getreideflocken mit Milch.«

Wahrscheinlich irgendwelche billigen Haferflocken oder Cornflakes, dachte ich. Passend zu den Kroketten. Ich setzte die Kanne ab und schob dem Klon das Brotkörbchen und die Schale mit Butter hin.

»Hier, da können Sie sich ein Stück Brot mit Butter bestreichen. Schmeckt lecker, wenn man es in den Kakao taucht, was, Bruno?«

Der Kleine nickte.

»Schmeckt super! Und du wirst sehen, Dolfi, am Sonntag holt Papa uns frische Croissants! Das musst du mal probieren!«

Begeistert rollte er mit den Augen. Ich rümpfte die Nase. Schon wieder »Dolfi«! Aber am Sonntag war der Betroffene ja mit Sicherheit nicht mehr bei uns. Gerne hätte ich das Frühstück beschleunigt. Das war jedoch nicht möglich, da ich ja selbst dem Klon angeboten hatte, sich ein Butterbrot zu schmieren. Also saß ich geduldig da und musste feststellen, dass mein Sohn gerissener war, als ich dachte. Das Kerlchen beschrieb voller Begeisterung die wunderbaren Ferien, die wir bald zu dritt am Meer verbringen würden! Das Ziel dieses Manövers war glasklar: meine stillschweigende Billigung dieses Plans zu erreichen. Doch da kannte er mich schlecht. Ich sagte kein Wort, sosehr Bruno auch seine Fantasie schwelgen ließ, ich schwor mir, dies waren die letzten Stunden, die »Dolfi« bei uns verlebte.

Als wir das Frühstück endlich zu Ende gebracht hatten, schickte ich Bruno in sein Zimmer, damit er sich anzog und kämmte. Nach einer hastigeren Inspektion als sonst – heute konnte es mir gar nicht schnell genug gehen, ihn loszuwerden – entließ ich ihn nach draußen, nicht ohne meine üblichen Ermahnungen: »Pass auf, wenn du über die Straße gehst!«

Die Serviette noch um den Hals gebunden, war mir der Klon vor die Tür gefolgt.

»Bis heute Abend, Papa! Bis heute Abend, Dolfi!«, rief uns Bruno zu, als er durchs Gartentor ging.

»Ja, genau – bis heute Abend«, grummelte ich hinterher.

Dolfi stand tatenlos da und schaute Bruno nach, er sah ein wenig lächerlich aus mit seiner karierten Serviette voller Schokoladenflecken um den Hals. Ich gab ihm ein Zeichen, ins Haus zu gehen – einstweilen. Mein Entschluss stand in jenem Augenblick felsenfest. A.H.6 hatte keinen Platz in meinem Leben. Es genügte schon, dass das Original so viel Raum einnahm!

Jetzt, da wir allein im Haus waren, stand er reglos und stumm im Flur herum, wie ein sperriges Möbelstück. Er trat von einem Fuß auf den anderen, offensichtlich in Erwartung eines Befehls. Ich hätte viel darum gegeben, ihn einfach mit einem Lappen oder dem Ärmel wegwischen zu können wie eine auf eine beschlagene Scheibe gekritzelte Zeichnung. Aber er war real, aus Fleisch und Blut, mit seiner Lederhose und seinem Wollpullover mit Zopfmuster und seiner verdammten Serviette um den Hals. Also, es reichte jetzt, konnte er das elende Ding nicht endlich ablegen? Ich befahl es ihm mit einer entsprechenden Geste. Er gehorchte und stand mit der Serviette in der Hand da. Ich hätte ihn gerne in den Besenschrank gesperrt. Platz war darin genug, er bräuchte wegen des Ablagebretts nur den Kopf ein wenig einzuziehen. Vielleicht wäre er damit einverstanden. Doch A.H.6, oder Dolfi, war schlussendlich eine Art menschliches Wesen. Sollte ich ihm besser eine sinnvolle Tätigkeit übertragen – warum eigentlich nicht? Mir fiel die zugewucherte Hecke wieder ein. Wie lästig mir das war! Was hinderte mich daran, Dolfi damit zu beauftragen – damit konnte er das, was er seit gestern gegessen hatte, wieder abarbeiten. Für diesen etwas schäbigen Gedanken schämte ich mich ein wenig. Das war nicht fein vom Professorlein, ich war doch a priori Humanist, wenn nicht gar Idealist! Doch sogleich begehrte ich gegen mich selbst auf: Der andere war seinerzeit auch nicht gerade zimperlich verfahren. In seinen Arbeitslagern starben die Häftlinge wie die Fliegen. So weit waren wir ja noch nicht. Dolfi zu bitten, die Hecke zu schneiden, war noch kein Verbrechen gegen die Menschlichkeit. Was mich davon abhielt, waren eher die Nachbarn. Gut möglich, dass einer von ihnen die Haartolle und den glasigen Blick erkannte und diese weltberühmte Visage mit einem imaginären Schnurrbart vervollständigte. Robert Brasillach hatte Hitlers Blick in *Notre avant-guerre* »als tiefblau und schwarz« beschrieben. Für den Schriftsteller und Kollaborateur (und künftigen Todeskandidaten) waren dies Augen aus einer anderen Welt, denen »ein wunderbarer Traum innewohnte, eine grenzenlose Liebe zu Deutschland«. Für mich, der ich viele Fotos – sowohl in Schwarz-Weiß als auch in Farbe – unter die Lupe genommen hatte und der ein wenig weiter sah, als Brasillach 1941 sehen konnte, waren es die Augen eines vom Thanatos besessenen Psychopathen. Wer weiß, ob nicht ein scharfsinniger Nachbar so weit ging, mich zu denunzieren … Ich hatte zwar meines Wissens keine Feinde, aber konnte man sich da so sicher sein? Und wenn ich mir einbildete, keine Feinde zu haben, so sah es im Fall von Adolf Hitler ganz anders aus. Man hatte es ja an der allgemeinen Entrüstung gesehen, die schließlich zum Verbot seiner Klone geführt hatte. Alle hatten sich eingemischt, Intellektuelle und Pseudointellektuelle, Parteien, Gewerkschaften, Kirchen, Verbände aller Art.

Da A.H.6 bei uns im Viertel vermutlich nicht zum Mitbürger des Monats gewählt werden würde, wollte ich lieber kein Risiko eingehen. Na gut, dann würde ich eben selbst die Hecke trimmen, morgen oder übermorgen, wenn ich diese lästige Angelegenheit hier abgeschlossen hatte.

»A.H.… Ähm, Dolfi?«

Der Klon drehte sich um und sah mich mit fragendem Ausdruck an.

Bruno hatte recht. Solange dieses Wesen hier bei uns war, musste man es ja irgendwie anreden. *A.H.6*, das hörte sich seltsam an. Und *Monsieur*, das ging mir gegen den Strich. Wenn die Sache so stand, weshalb dann nicht Dolfi? Es sei denn, er hatte abgesehen von der in die Haut geritzten Matrikelnummer bereits einen Namen, auf den er hörte.

»Sagen Sie mal«, setzte ich an, »was für eine Bezeichnung… Ich meine, wie heißen Sie eigentlich?«

»Wir wurden alle Adolf gerufen, in Verbindung mit der Nummer, die man uns am Hals eintätowiert hat und die auch auf unseren Trainingsanzügen steht. In meinem Fall ist es Adolf 6«, erklärte er und deutete mit dem Finger auf die Stelle seines Rollkragenpullovers, an der seine Matrikelnummer stand.

»Hier sagen wir Dolfi zu Ihnen. In Ordnung?«

»Dolfi, ist gut.«

Mir kam es vor, als hätte er unmerklich die Schultern hochgezogen. Eigentlich war es ja egal, man brauchte ihn gar nicht umzutaufen. In wenigen Stunden, war A.H.6/Adolf 6/Dolfi für mich Schnee von gestern.

»Gehen Sie in die Wäschekammer, Dolfi, und ruhen Sie sich ein wenig aus. Ich rufe Sie, wenn ich Sie brauche.«

Dolfi gehorchte ohne ein Anzeichen von Überraschung oder Genugtuung. Ich ging in mein Arbeitszimmer. In der vertrauten Umgebung hoffte ich, wieder Klarheit zu erlangen und die bestmögliche Lösung für die verfahrene Situation zu finden. Ich setzte mich in den alten, schrundigen Ledersessel vor dem schmalen, verstaubten Schreibtisch. Es lagen zumeist alte Zeitungen und Bücher darauf, heute wurde ja nichts mehr gedruckt. Dass ich noch auf die Werkzeuge aus einem anderen Zeitalter zurückgriff und das ganze Zimmer bis zur Decke mit Büchern tapeziert war, war purer Fetischismus. Ich hätte mich ihrer allesamt entledigen können: Was ich tagtäglich zu beruflichen Zwecken aus dem Internet herunterlud, genügte mir vollauf. Ich streckte die Hand nach meinem Handy aus, um Phoebé anzurufen und ihr tüchtig den Marsch zu blasen, doch dann hielt ich inne. Phoebé den Marsch zu blasen war gar nicht so einfach, das wusste ich aus Erfahrung. Zunächst einmal war sie sich nicht zu schade, einfach frech wieder aufzulegen. Und selbst wenn sie nicht auflegte, oder zumindest nicht sofort, konnte ich meiner Unzufriedenheit lediglich mit meiner Stimme Ausdruck verleihen. Angesichts ihrer Gleichgültigkeit musste ich zu schärferen Waffen greifen: dem Blitze schleudernden Blick unter furchterregend zusammengezogenen Brauen und wilden Gesten, die jegliche Widerrede, jegliche Entschuldigung wegfegten. Doch Achtung! Wenn ich meinem Ärger Luft verschafft und Phoebé mir eine lange Nase gezeigt hatte, am Telefon oder leibhaftig, hatte ich noch immer Dolfi am Hals. In Wirklichkeit brauchte ich ihre Hilfe, um den Klon wieder in den Laden zurückzubringen. Denn die Gewinnerin der Tombola und somit durch diesen gefährlichen Hauptpreis Geschädigte war ja eigentlich sie. Sie musste ihn zurückbringen. Als Kavalier würde ich sie natürlich begleiten. Zu zweit konnten wir gewichtiger auftreten. Moment mal, wir konnten die Firma sogar verklagen! Ich schwor mir, diese Drohung auszusprechen, sollte sich unser Gegenüber widerborstig zeigen. Na, das war doch die Lösung: Phoebé und ich stürmten in den Laden und machten eine große Szene. Zunächst würde ich mir jegliche Debatte verbitten: »Wir möchten diesen Klon zurückgeben, nur damit

Sie's wissen!« Doch wenn wir ihn zurückließen, brauchten wir auch eine Rückgabebescheinigung, die Hand und Fuß hatte.

Es war acht Uhr morgens. Was trieb Phoebé denn so früh am Morgen? Ihr Fitnessstudio öffnete erst am späten Vormittag die Pforten für die Müßiggängerinnen. Die berufstätigen Frauen kamen am späten Nachmittag nach der Arbeit … Die Chancen, Phoebé zu Hause anzutreffen, standen gut, bestimmt saß sie gerade im Morgenmantel in der Küche und frühstückte. Ihr Lebensgefährte, der das Haus früh verließ, um nach Paris in seine Bankfiliale zu fahren, absolvierte vermutlich bereits die tägliche Geduldsprobe im Stau.

Ich ermahnte mich vergeblich, ruhig zu bleiben, also zog ich mich hastig an und fluchte, als es mir nicht gleich gelang, die Schuhe zuzubinden. Dolfis Anwesenheit war wie ein Holzsplitter in meiner Handfläche, ein Schmerz, der bei der leisesten Berührung wieder aufloderte. Dabei konnte der Klon überhaupt nichts dafür. Im Gegenteil, er tat alles, was man ihm sagte, ohne Widerrede, ohne eine Frage zu stellen. Wäre er nicht offiziell verboten gewesen, was für einen fantastischen Dienstboten hätte er abgegeben! Alte Träumereien von Bassompierres Marilyn wurden einen Augenblick lang wieder in mir wach.

5

Während wir fuhren, ließ Dolfi den Blick mit dem gleichen sanften Ausdruck über Straßen, Gehsteige und Fußgänger schweifen. Wieder stellte ich mir Fragen. Was wusste er, und was war ihm unbekannt in jener Welt, in die ihn die nach Fortschritt und ungebremstem Merkantilismus gierende Gesellschaft geworfen hatte? War er sich bewusst, nur eines von vielen Konsumgütern zu sein? Vielleicht ein etwas problematischeres als andere … Früher wurde man als Sklave geboren, im antiken Griechenland, im Rom der Kaiserzeit. Und auch viel später noch, bis zur Mitte des neunzehnten Jahrhunderts. Um nur beim Beispiel Europa zu bleiben: Napoleon hatte, um der Familie seiner Frau zu gefallen, die Sklaverei wieder eingeführt, die der Nationalkonvent abgeschafft hatte. Heute konnte man als Klon zur Welt kommen. Der Unterschied war minimal. Es war noch nicht einmal gesagt, ob das Los eines Klons besser war als das eines Sklaven in früheren Zeiten. Er hatte nie eine Familie gehabt. Mit einer Kanüle in eine entkernte Eizelle gespritzte DNA, das waren sein Vater und seine Mutter. Er hatte nichts außer einem fernen Vorfahren, obwohl auch dieser nicht mehr war als eine Gussform, ein Ahnherr seines biologischen Zuschnitts, an den ihn nur eine vage Ähnlichkeit band. Niemand würde ihn je als das sehen, was er war, ein Mensch wie du und ich, der einfach über den Globus wandelte wie jeder andere auch. Durch ihn sprach man immer sein historisches Double an, oder zumindest über seine Schulter hinweg. Beinahe empfand ich Mitleid mit Dolfi.

Es gelang mir jedoch nicht vollends. Wenn ich zu meinem vorübergehenden Gast hinübersah, der da auf dem Beifahrersitz hockte, erblickte ich – auch ohne Bärtchen – den Führer. Das kaltblütige Monster, das im Verborgenen mörderische Entscheidungen traf, für die es nie die Verantwortung übernahm; das hysterische Monster der Reden vorm Reichstag, der selbst ernannte Übermensch, dessen wahre Leistung darin bestanden hatte, den Abschaum der Menschheit zusammenzuschweißen und ihm den Freibrief für alle Gräueltaten zu geben. Dagegen kam mein Mitgefühl nicht an.

Dennoch, allem Anschein nach hatte Dolfi niemals jemandem etwas zuleide getan. Hatte er in seinem kurzen Leben Zeit gehabt zu lügen oder ein Bonbon zu stibitzen, wenn er in seinem Waisenhaus überhaupt jemals ein Bonbon zu sehen bekommen hatte!? Bruno hatte sich wahrscheinlich schon mehr zuschulden kommen lassen als Dolfi! Ich seufzte. Was hatte ich damit zu tun, dachte ich, während ich weiterfuhr. Ich, ein einfacher Bürger, der noch nicht einmal gefragt worden war, ob er der Vermarktung von Klonen berühmter Persönlichkeiten der Vergangenheit zustimmte! Alles war ohne mich entschieden worden, und zum Großteil auch noch ohne mein Wissen. Mehr oder weniger hinter meinem Rücken: der wirtschaftliche Fortschritt, die Abwägung der mit der Frage verbundenen moralischen Aspekte, die Berichte der Ethikkommissionen, die Debatten, die Lobbyarbeit der Pharmaindustrie und schließlich die nächtliche Abstimmung im Parlament. Natürlich war im Fernsehen darüber berichtet worden, in der Presse, aber ich dachte damals an anderes, war damit beschäftigt, mein eigenes Leben zu leben. Ich hatte noch nicht einmal eine richtige Meinung zu dem Thema. Ich war nicht Fisch, nicht Fleisch, was das anging. Der Humanist in mir zuckte zusammen, während das Herz des Historikers für etwas anderes schlug … Tja, und da steckte ich nun in einem schönen Schlamassel. Je früher ich auf dem Absatz kehrtmachte und den Klon seinem Schicksal überließ, desto besser.

Wir saßen mit abgeschaltetem Motor vor Phoebés Haus. Ich war unschlüssig, ob ich Dolfi mit mir aussteigen lassen oder ihm befehlen sollte, im Wagen zu warten. Womöglich erkannte ihn jemand, und er verursachte einen Menschenauflauf. Da war es wohl besser, wenn er mitkam. Dann konnte Phoebé auch gleich den Ernst der Lage ermessen.

Die Überraschung in ihrer Stimme war durch die Gegensprechanlage nicht zu überhören: »Du? Was ist denn los? Mein Gott, Bruno …«

»Nein, nein, keine Sorge, Bruno geht es gut, aber es gibt da ein anderes Problem. Mach auf, wir müssen reden!«

Der Aufzug war winzig. Einer jener hochkant stehenden Särge, die einen direkt in den Himmel zu transportieren scheinen. An Dolfi gepresst, starrte ich angestrengt zur Decke, während der Klon meinen Adamsapfel betrachtete. In der fünften Etage hielt der Aluminium-Sarkophag an, es klickte, und wir wurden ausgespuckt. Phoebé wartete bereits auf dem Treppenabsatz, sie hatte ihren Morgenmantel und Pantoffeln an, wie ich es vermutet hatte. Obwohl sie sich nun keine Sorgen um Bruno machen musste, war sie nicht minder neugierig.

»Also, was gibt's für Probleme?«

Ich trat ein wenig beiseite, um die Sicht auf den Klon freizugeben, der mir folgte.

»Hier hast du es, dein Problem: deinen Hauptgewinn!«

Phoebé zurrte den Morgenmantel noch ein wenig fester über der Brust zusammen und betrachtete nun meinen Begleiter etwas genauer.

»Meinen Hauptgewinn? Aber …«

»Sagt dir diese Haartolle nichts? Stell dir dieses Gesicht mal mit einem kleinen Schnurrbärtchen vor!«

Phoebé hatte zwar ihr Geschichtsstudium nicht zu Ende gebracht, aber sie hatte immerhin den Bachelor gemacht, für alle Fälle.

»Ach du liebe Zeit! Das ist ja …«

»Genau, das ist er. Lass uns reingehen«, sagte ich und deutete auf die angelehnte Eingangstür. »Sonst steckt noch einer deiner Nachbarn den Kopf zur Tür heraus.«

Die Erklärung fiel knapp aus. Phoebé nahm die Sache nicht so tragisch wie ich. Mehrere Male musste sie sich zurückhalten, um nicht vor Lachen loszuprusten. Hitler, oder zumindest sein Klon, war bei mir gelandet, nein, wie komisch! Sie hielt mich, vielleicht nicht zu Unrecht, für einen vom Zweiten Weltkrieg Besessenen, und zwar so sehr, dass ich mit dieser Manie bereits unseren Sohn angesteckt hatte. Seit geraumer Zeit lag sie mir schon damit in den Ohren. Entsprechende Bücher und Filme über den Zweiten Weltkrieg, die Computerspiele und die Museumsbesuche, die das heraufbeschworen, war doch klar! Man musste Bruno an andere Dinge heranführen. Aber schon witzig, das Ganze! Von Zeit zu Zeit warf sie Dolfi einen Blick aus dem Augenwinkel zu. Er hatte bisher kein Wort gesagt. Wenn er auch nur einen Funken Intelligenz besaß, musste er merken, dass wir über ihn redeten, doch er ließ sich nichts anmerken. Das machte die Sache nur noch schlimmer. In stillschweigendem Einverständnis beschränkten wir uns bei unserer Absprache auf ein Minimum. Wir würden den Klon zurück zum Supermarkt bringen. Gemeinsam. Und zwar sofort. Alles andere war unwichtig. Phoebé forderte uns auf, in der Küche Platz zu nehmen und einen Kaffee zu trinken, während sie sich ankleidete. Dolfi verzog bei dieser Einladung das Gesicht zu einer Mischung aus Lächeln und Grimasse. Phoebé sah ihn fragend an, doch es kam keine Antwort. Dolfi wagte nicht, das Wort zu ergreifen. Ich sprang ein: »Er trinkt lieber Schokolade. Aber wir haben jetzt keine Zeit!«

»Doch, doch, der Supermarkt macht ja erst um Viertel nach neun auf... Ich kann ihm gerne einen Instant-Kakao anrühren.«

Etwas wie Dankbarkeit blitzte kurzzeitig in den Augen des Klons auf. Es wäre einfacher, dachte ich, wenn er nicht immer diese Jugenderinnerungen hätte.

»Beeil dich trotzdem«, bat ich Phoebé.

»Ich brauche nur eine Minute... Hast du die Papiere dabei?«

»Welche Papiere?«

»Na, seine«, sagte sie und wies mit dem Kinn auf den Klon.

»Der Lieferant hatte keine dabei, nicht einmal einen Lieferschein. Er hat Bruno eine Quittung unterschreiben lassen und ist wieder abgezogen.«

Phoebé pfiff durch die Zähne.

»Der Führer bekommt trotzdem seine Schokolade«, sagte sie entschlossen, füllte einen Kaffeebecher mit Milch und stellte ihn in die Mikrowelle. »Und du, greif zu, der Kaffee ist noch heiß.«

Angestellte, und hier vor allem Leute, die hinter einem Tresen stehen, hassen es, wenn man gleich bei Dienstbeginn etwas von ihnen will. Sie bevorzugen es, wenn ihr Arbeitstag sanft beginnt, als würden die nächtlichen Träumereien fortgesponnen. Ich machte also unweigerlich einen Fehler, indem ich mich gleich auf die Dame am Reklamationsschalter stürzte. Phoebé, etwas überlegter, wollte mich noch zurückhalten. Sie spürte, dass man sich dieser jungen Frau wohl besser freundlich näherte und sein Anliegen vorsichtig vorbrachte, nach dem Motto: »Guten Tag, Mademoiselle, also, wir haben da ein kleines Problem, aber das lässt sich bestimmt ganz schnell aus der Welt schaffen, wissen Sie, es ist nämlich so, dass...« Pfeif drauf! Mit zornigem Blick baute ich mich vor der Zuständigen auf und nahm den Tonfall eines besserwisserischen

Professors ein. Ich hätte es eigentlich wissen müssen, dass ich in dieser Rolle fehlbesetzt war. Anstatt sie zu umgarnen, kam ich ihr sofort mit der Knute. Zu allem Überfluss machte ich meine Gesprächspartnerin nicht nur gleich zur Schnecke, sondern verhaspelte mich auch noch in meinen Erklärungen. Sie verstand erst mal gar nichts, und der Tonfall, in dem ich mich an sie wandte, trug auch nicht gerade zu ihrer Begeisterung für meine Sache bei. Sie ließ ihren direkten Vorgesetzten ausrufen. Dieser, ein Fleischklops mit einem schlaffen Gesicht, hörte uns abwechselnd zu, der Angestellten, Phoebé und mir. Von Zeit zu Zeit warf er einen verwunderten Blick auf Dolfi. Als er verstanden zu haben glaubte, worin das Problem bestand, beschloss er, dass es außerhalb seiner Kompetenz lag. Er führte ein paar Telefonate. Der Verantwortliche der Operation Tombola befand sich auf dem Gelände. Er tauchte auch gleich darauf auf, eine gelbe Aktenmappe unterm Arm, es war ein junger, scharfer Alligator, dessen Zeit kostbar war. Auch er hörte sich an, was wir zu sagen hatten, ohne aber einen Blick auf Dolfi zu werfen. Ich sah darin ein schlechtes Zeichen. Der Alligator zog ein Blatt Papier aus seiner Mappe und hielt es mir vor die Nase. Als ich danach greifen wollte, zog er es mir weg.

»Monsieur, dieses von Ihnen unterzeichnete Dokument beweist, dass Sie den betreffenden Hauptpreis angenommen haben.«

»Ich habe weder etwas unterschrieben noch etwas angenommen! Mein Sohn war allein zu Hause. Der Lieferant hat die Schwäche eines Kindes ausgenutzt. Dieses Gekritzel hat keinerlei Wert. Das mag von mir aus ein Gericht beurteilen!«

Der Alligator schlug langsam die Wimpern nieder und klappte das imposante Gebiss zu.

»Monsieur, wenn es nottut, ziehen wir eben vor Gericht. Einstweilen nehmen wir den Hauptgewinn weder zurück, noch können Sie ihn eintauschen, wie es aus den Vorschriften unserer Tombola hervorgeht, an der Sie teilgenommen haben.«

»Ich habe an überhaupt nichts teilgenommen! Ich bin nicht einmal Kunde bei Ihnen! Meine *Frau* hat …«

Der Alligator steckte den Lieferschein ein und zog einen Kassenbon aus der gelben Mappe.

»Sehen Sie, hier habe ich den nummerierten Kassenbon, mit dem Ihre Gemahlin an der Verlosung teilgenommen hat. Sie hat *de facto* die Teilnahmebedingungen unterschrieben und die Adresse angegeben, wo der Gewinn von Ihrem Stellvertreter in Empfang genommen wurde.«

»Monsieur, die Dame hier ist meine Exfrau, wir haben uns nach allen Regeln der Kunst getrennt, und der, den Sie meinen Stellvertreter nennen, ist gerade mal zehn Jahre alt!«

»Monsieur, das ist weder mein Problem noch das der Unternehmensgruppe, für die ich arbeite.«

Ich habe noch nie jemanden geschlagen. Was einerseits schade, andererseits aber gut war. Schade, weil ich zumindest gewusst hätte, wie man sich dann verhält und welches konkrete Ergebnis zu erwarten ist. Gut, weil meine Unerfahrenheit mich davon abhielt und ich so an jenem Tag nicht auf der Polizeiwache landete – oder im Krankenhaus. Trotzdem erstickte ich beinahe an meiner Wut. Was er da sagte, »nicht mein Problem«, verriet eine zufriedene Rüpelhaftigkeit, einen verachtenswerten Egoismus, die schlichte Weigerung, sich für einen anderen zu interessieren, geschweige denn, sich mit ihm zu identifizieren. Ich glaubte mich erinnern zu können, dass ich diese Worte selbst vor gar nicht langer Zeit benutzt hatte … Hastig verscheuchte ich diese vage Reminiszenz. Der Alligator steckte den Kassenbon sorgfältig wieder in seine gelbe Aktenmappe. Wäre das schön gewesen, ihm jetzt mit einer Axt auf die Schädeldecke zu donnern, den Unterkiefer auszurenken und die Zähne zu Brei zu schlagen wie zu den seligen Zeiten der Neandertaler! Aber ich bin ein intelligentes, übervorsichtiges Wesen. Noch im Zornesausbruch wäge ich meine Handlungen genau ab und lasse es mit Bedauern nie zum Schlimmsten kommen.

Der Alligator deutete eine Verneigung an.

»Madame, Monsieur …«

Der Angestellten gab er mit einem Kopfnicken zu verstehen, dass der Fall für ihn erledigt sei und sie wieder ihre Arbeit aufnehmen könne. In der Tat stand da bereits eine Dame und wartete, einen Karton mit einem Haushaltsgerät im Arm. Der Eventmanageralligator tippte den Beschwerdemanagementalligator am Arm an, und beide verschwanden in den Tiefen des Verwaltungstrakts. Vor Erregung zitternd, ließ ich unter Phoebés Blick den Kopf sinken. Ich hatte es vergeigt. Doch mehr noch als Phoebés desillusionierter Blick schmerzte mich derjenige Dolfis, der noch immer ausdruckslos war. Der Klon hatte meiner Niederlage beigewohnt, und ohne dass er etwas sagte, beurteilte er mich. Ich versuchte das Gesicht zu wahren, zumindest vor Phoebé.

»Also, hast du das gesehen, so eine Unverschämtheit! Wenn ich mich nicht zurückgehalten hätte …«

»Er ist weg, entspann dich wieder«, wies sie mich zurecht. »Und jetzt?«

Ich hatte überhaupt keine Idee, wie es jetzt weitergehen sollte. Der Klon war noch immer da, es war nicht wegzuleugnen. Im Augenblick hatte er uns den Rücken zugewandt und betrachtete die Vitrinen der Einkaufspassage. Die ersten Kunden waren aufgetaucht und schoben große, leere Einkaufswagen vor sich her. Die Dame vor dem Reklamationsschalter hatte rasch einen Sieg errungen. Sie konnte ihr defektes Gerät zurückgeben und erhielt eine Gutschrift.

»Also, was jetzt?«, hakte Phoebé nach.

Ich machte eine entmutigte Geste.

»Ich werde ihn selbst zum Fabrikanten zurückbringen, nehme ich an. Dabei weiß ich nicht einmal, an wen ich mich da wenden soll! Vielleicht finde ich im Internet einen Hinweis …«

Phoebé schlug sich mit der flachen Hand auf die Stirn.

»Warte mal, ich kenne doch da jemanden, der das herausfinden könnte!«

»Wen den? Ach so, *ihn* meinst du …«

Mit einer halben Sekunde Verzögerung, wie mit leichtem Bedauern, hatte ich erraten, von wem sie sprach. Ihr derzeitiger Freund, der Bankangestellte, war nicht der einzige Mann, mit dem sie mich betrogen hatte. Noch heute wollte ich lieber nicht so genau wissen, mit wem sie es alles getrieben hatte. Vermutlich waren es keine Dutzende, ein paar halt, und dieser war eben der Erste, von dessen Existenz ich erfahren hatte, weshalb ich hier besonders nachtragend war. Ricardo Almanzor hatte damals eine gehobene Stellung beim Ministerium für Biotechnologie inne. Kurz, er befasste sich mit Klonen! So ein hoher Funktionär wechselt das Amt allerdings so oft wie seine Unterhose, wenn's denn nur der Karriere nützlich ist. Doch selbst wenn er seit seiner Liaison mit Phoebé mittlerweile in einem anderen Ressort tätig war, würde er mir sicherlich Antwort auf all die Fragen geben können, die ich auf dem Herzen hatte. Leider musste ich ihn dazu anrufen, und dazu hatte ich eigentlich keine Lust. Mit ihm hatte Phoebé mich richtig betrogen und damit die ganze Sache ins Rollen gebracht. Alle anderen waren dann Wiederholungsfälle. Von Mal zu Mal hatte es sich verschlimmert, bis zur Begegnung mit dem Banker, bis zur Scheidung. Hätte es Almanzor nicht gegeben, hätte es vielleicht auch alle anderen nicht gegeben. Ich hatte mich damit abgefunden! In den schlimmsten Augenblicken unserer Scheidung, und die gab es durchaus, hatte ich mir vorgestellt, einen Klon von Phoebé zu besitzen. Eine Ideal-Phoebé, unterwürfig, treu, eine tausendmal bessere Puppe. Eine aufblasbare Puppe, die mich verlässlich Abend für Abend, wenn ich von der Uni kam, zu Hause erwartete.

Die echte Phoebé hätte sich währenddessen herumtreiben können, wo sie wollte.

Sich die DNA der Frau zu besorgen, mit der man zusammenlebt, ist eine der leichtesten Übungen. Man findet sie in ihrer Wäsche, in den Haaren, die sich auf ihrer Bürste angesammelt haben, auf ihrem Milchzahn, den sie in Seidenpapier eingewickelt in einer Schublade aufbewahrte ... Ich hätte nicht gezögert, zur Tat zu schreiten, wenn das Gesetz es erlaubt oder ich den Mut besessen hätte, es zu übertreten, wenn meine Liebe so groß gewesen wäre, dass ich gewagt hätte, mich in ein solches Abenteuer zu stürzen. Es ist natürlich verboten, lebendige Personen zu klonen. Bereits die Praxis des Klonens von Menschen aus der Vergangenheit zu kommerziellen Zwecken ist in vielerlei Hinsicht äußerst heikel! Der Gesetzgeber hat nicht nur die Sperrfrist für das Klonen eines Verstorbenen wie beim Urheberrecht auf siebzig Jahre festgelegt. Er kontrolliert auch die Stückzahl und belegt diese Produkte, deren Herstellungskosten ohnehin sehr hoch sind, mit hohen Steuern. Bassompierre hatte für seine gesetzlich zugelassene Marilyn mehr bezahlt als für einen Luxuswagen oder ein kleines Flugzeug. Es gab Labors, so hieß es, in denen heimlich verbotene Klone großgezogen wurden, irgendwo im Dschungel. Dorthin konnte man genetisches Material bringen und eine Bestellung aufgeben. Fernsehsendungen und Presseartikel warnten das Publikum jedoch davor. Die Preise waren exorbitant, Betrugsfälle häufig, die Resultate mehr als ungewiss und die Strafen, wenn es herauskam, sehr, sehr hoch. Mehr als alles andere hielt die Mehrheit derer, die in Versuchung geraten könnten, jedoch die Tatsache ab, dass man sehr lange darauf warten musste. Im Durchschnitt dauerte es mindestens zehn Jahre, inklusive aller Entwicklungsphasen, bis man einen vorzeigbaren erwachsenen Klon produziert hatte. Immer wieder wurden Skandale ruchbar. Oft handelte es sich entweder um Kinder, die früh verstorben waren und von ihren Eltern wiederbelebt werden wollten, oder um Jugendliche, die für eine reiche, pädophile Klientel bestimmt waren. Im ersten Fall drückte die Justiz zuweilen ein Auge zu, im zweiten zeigte sie sich unerbittlich.

»Almanzor?«

Die Grimasse, die ich dabei schnitt, war Phoebé nicht entgangen.

»Ja, Ricardo! Niemand ist qualifizierter als er, um dir einen Rat zu geben. Ruf ihn an, triff dich mit ihm!«

»Ach ja! Ich darf mich mit diesem Kerl treffen, mich ihm zu Füßen werfen … Du vergisst wohl, dass du diejenige warst, die …«

Phoebé schnitt mir das Wort ab: »Du gehst mir auf die Nerven! Du kannst froh sein, dass ich überhaupt mitgekommen bin. Es ist schon spät, ich muss ins Studio. Meine Kundinnen drücken sich bestimmt schon die Nase an der Scheibe platt – die bin ich mit Sicherheit los wegen deiner Geschichten da!«

»Was heißt denn wegen *meiner* Geschichten?«, rief ich gequält. »Du bist gut! Aber weißt du, was ich tun werde? Ich werde dich einfach hier mit deinem Klon stehen lassen, und …«

Ich geriet ins Stocken und schwieg. Dolfi hatte dem Spektakel in der Einkaufspassage den Rücken gekehrt und starrte mich nun an. Phoebé dagegen hatte den gleichen Gesichtsausdruck wie früher, gegen Ende unseres Ehelebens, als sie mir vorwarf, meinen Enttäuschungen über unsere Ehe in Anwesenheit von Bruno Luft zu machen.

»Das lass mal schön bleiben«, zischte sie leise.

Phoebé war sehr nachtragend. Ich wusste, wenn ich meine Drohung tatsächlich ausführte, würde sie mir wochenlang Scherereien bereiten. Außerdem hätte mein soziales Verantwortungsbewusstsein nicht zugelassen, dass Dolfi auf sich allein gestellt war.

Ich kapitulierte und antwortete gereizt: »Ich setze dich beim Studio ab. Ich möchte nicht für den geschäftlichen Ruin der Mutter meines Sohnes verantwortlich sein.«

Wir gingen zum Parkplatz. Dolfi trabte hinter uns her. Der Führer folgte mir wie ein kleines Hündchen!

Als wir uns Phoebés Fitnessstudio näherten, kritzelte sie Ricardo Almanzors Nummer auf ein Blättchen, das sie aus ihrem Kalender gerissen hatte, und hielt es mir hin.

»Ruf ihn an und sag ihm schöne Grüße von mir.«

»Oh, er weiß bestimmt, wer ich bin …«

»Weißt du, was einem bei dir immer so auf die Nerven geht? Dieses ewige Genöle«, sagte sie mit himmelwärts gerichtetem Blick. »Lass mich da raus, das passt schon. Und halte mich auf dem Laufenden.«

Sie gab mir beim Aussteigen trotzdem ein Küsschen auf die Wange. Vor der geschlossenen Tür des Studios tauschten zwei Anwärterinnen auf die Traumfigur des Jahres Diätrezepte aus.

6

Völlig deprimiert fuhr ich wieder los. Es war kurz nach zehn. Die Hecke würde ich heute nicht schneiden. Geschlagen kehrte ich zurück, noch immer mit dem verfluchten Klon im Schlepptau, der wie ein Staatsoberhaupt auf Visite kerzengerade auf der Rückbank saß. Ich war nur sein Chauffeur. Ein Glück, dass Dolfi nicht auch noch die Menge grüßte. Der Führer hat den Hitlergruß ja auf ganz eigene Weise ausgeführt. Er streckte den Arm nicht mit ausladender Geste aus, als würde er auf einen entfernt dahinziehenden Schwarm Beutevögel deuten, so wie es seine fanatischen Anhänger mit Feuereifer taten, um ihren blinden Furor für die Sache und für seine Person zum Ausdruck zu bringen. Die Geste war für den Reichstag oder die Zeppelintribüne auf dem Reichsparteitagsgelände in Nürnberg bestimmt. Nein, auf zahlreichen Fotos hält er den Arm dicht am Körper angewinkelt. Und er grüßt ganz ökonomisch mit dem Unterarm, das Handgelenk beinahe kokett fortschleudernd. Im Grunde grüßt er ja nur sich selbst, es ist eine Art masturbatorischer Gruß, ein auf sich selbst bezogener Treueschwur, eine narzisstische Liebeserklärung. Hätte ich die Hand frei gehabt, hätte ich mir diesbezüglich eine Notiz für eine Fußnote meines im Entstehen begriffenen Buches gemacht. Wegen Dolfis Anwesenheit wagte ich aber nicht, meinem Bordcomputer eine Nachricht zu diktieren. Ich nahm mir vor, den Gedanken sofort niederzuschreiben, sobald ich zu Hause war, noch bevor ich Ricardo Almanzor voll dumpfem Groll anrief.

Ich erreichte ihn ohne Probleme. Phoebé hatte mir nicht seine Dienstnummer im Ministerium gegeben, sondern die seines Mobiltelefons. Almanzor hatte nach all den Jahren noch immer dieselbe, vielleicht hatten Phoebé und er ja auch noch Kontakt, zumindest von Zeit zu Zeit. Phoebés im Augenblick amtierender Favorit, der Banker, wiegte sich vielleicht zu Unrecht in Sicherheit... Doch genug mit diesen müßigen Verdächtigungen, den Nachwehen der ersten, weit zurückliegenden Untreue!

Ich hatte Almanzors Stimme nur einmal gehört, eines Nachts am Telefon. Der klassische Anruf zur Unzeit, bei dem der Geliebte den Ehemann an der Strippe hat. Unser Wortwechsel war kurz und knapp gewesen. Dennoch erkannte ich seine Stimme sofort wieder. Als hätte ich sie die ganze Zeit im Ohr behalten. Eine tiefe, wohlklingende Stimme mit einer eindeutigen Upperclass-Diktion und unterschwellig abschätzigem Tonfall, als Almanzor mich identifiziert hatte. Ich hatte ihm nicht gesagt, dass ich ihn auf Anraten Phoebés anrief. Ich hatte mich einfach mit den Worten »Hier ist Tycho Mercier« vorgestellt, nur mal so als Test. Ein kurzer Augenblick der Irritation, dann fasste sich Almanzor sofort und erkundigte sich höflich nach dem Grund meines Anrufs. Ich verhielt mich vorsichtig. Nachdem ich in Erfahrung gebracht hatte, dass er noch immer in dem Bereich tätig war, stachelte ich seine Neugierde an, indem ich fallen ließ, ich hätte da ein kniffliges »Klon-Problem«, das mir große Schwierigkeiten bereitete.

»Haben Sie heute Nachmittag Zeit? Kommen Sie doch bei mir im Büro vorbei«, sagte er sofort. »Ja, genau, im Ministerium. Ich sage unten am Empfang Bescheid. Um drei, passt Ihnen das? Einverstanden. Dann bis später.«

Ich legte auf, erleichtert und unzufrieden zugleich. Jetzt hatte ich ein Treffen vereinbart. Phoebé hatte recht. Almanzor war zweifelsohne die bestgeeignete Person, um die Situation einzuschätzen oder sogar Maßnahmen zu ergreifen. Dennoch, es widerstrebte mir, zu jemandem gehen zu müssen und als Bittsteller zu agieren. Und was dann? Almanzor würde ja nicht gleich zu mir nach Hause düsen, Dolfi beseitigen und jegliche Risiken der Strafverfolgung tilgen!

Das Treffen war also um drei. Was sollte ich bis dahin anstellen, und was sollte Dolfi bis dahin tun? Die Hecke kam, wie gesagt, nicht infrage. Der Rasen musste aber gemäht werden… Der Rasen hinter dem Haus war vor Blicken geschützt. Es hatte zwar vor ein, zwei Tagen geregnet, aber das hohe, dichte Gras war wieder einigermaßen trocken. Gleich als wir wieder zu Hause waren, führte ich Dolfi in den Garten, um ihm den Rasenmäher unter dem Schutzdach zu zeigen. Der Klon hatte noch nie ein derartiges Gerät bedient, aber das war ja nun keine Zauberei. Ich warf den Motor an, Dolfi brauchte ihn nur zu schieben. Er nickte. Das mochte ich wirklich an ihm, er war immer mit allem einverstanden. Einen Augenblick lang blieb ich stehen, um zu sehen, ob er alles richtig machte. Konzentriert, mit zusammengezogenen Brauen, erledigte er seine Aufgabe sehr passabel. Nach geraumer Zeit schien es ihm sogar Spaß zu machen: Er bugsierte den Rasenmäher wie einen Panzer bei einer Militärparade. Ich ließ ihn allein und ging in mein Arbeitszimmer hinauf. Jetzt musste ich nur noch für mich eine Beschäftigung finden. Sollte ich mich meinem Buch widmen? Noch unter dem Eindruck der unliebsamen Begegnung mit dem Alligator, sah ich mich dazu außerstande. Sollte ich mich vielleicht auf die Vorlesung vorbereiten? Nein, das auch nicht. Hausarbeiten korrigieren? Ja, vielleicht. Doch als ich die Arbeit einer meiner Lieblingsstudentinnen, der kleinen Madelon, über die französisch-sowjetischen Verhandlungen von 1938/39 und deren Konsequenzen vor mir hatte, gab ich den Gedanken gleich wieder auf. Ja, die Kleine hatte alles verstanden und in die richtige Reihenfolge gebracht. Der Widerwille sowohl der Franzosen als auch der Engländer, sich mit Stalin zu verbünden, ihre Hinhaltetaktik, die wechselseitigen Hintergedanken… Am 23. August 1939 unterzeichneten Joachim von Ribbentrop, der zum Bolschewiken mutierte Esel, und Wjatscheslaw Molotow, die harte Nuss, den deutsch-sowjetischen Vertrag, der als »Nichtangriffspakt« in die Geschichte einging. In Wirklichkeit ermöglichte er seinen Unterzeichnern, Polen anzugreifen. Die Demokratien hatten ihre Chance ungenutzt verstreichen lassen. Zehn Tage nach diesem meisterlichen Coup des ehemaligen miesen Weinhändlers (immerhin vertrieb er Champagner, das war er dem »von« in seinem Namen schon schuldig!) befand sich Europa im Krieg. Sechs Jahre später war es völlig ruiniert, desgleichen große Teile Afrikas und Asiens, sechzig Millionen Menschen waren eines gewaltsamen Todes gestorben. Madelon verdiente eine gute Zensur, ihre Darstellung entsprach zu hundert Prozent der herrschenden Lehrmeinung, aber einstweilen konnte ich mich nicht darauf konzentrieren. Ich saß an meinem Schreibtisch vor der Arbeit der jungen Frau und dachte daran, dass genau in dem Augenblick da draußen, wenige Meter von mir entfernt, ein Wiedergänger von Adolf Hitler meinen Rasen mähte. Der schicksalhafte Pakt, die Tänzer auf dem blutigen Ball, zu dem die Diktatoren das Signal gegeben hatten, ja, die Geschichte in ihrer Gesamtheit, die Daten, Fakten, Personen – all das erschien mir auf einmal seltsam irreal. Ein böser Traum, ein Albtraum, der mich seit meiner Kindheit verfolgte. Brunos ausgesprochene Vorliebe für die Geschichten aus dieser düsteren Epoche beunruhigte mich, aber ich selbst war ja ebenfalls von diesem Übel befallen. Ich forschte in meinem Gedächtnis nach dem Zeitpunkt, zu dem es erstmals aufgetreten war, was es hervorgerufen haben mochte. Ein bestimmtes Buch? Ein Film? Ich war mehr als ein halbes Jahrhundert nach diesem weltumspannenden Unwetter auf die Welt gekommen. Selbst mein Vater war nicht darin verwickelt gewesen. Ich war kein Jude. Abgesehen von einem

Cousin meines Großvaters väterlicherseits, der bei einem Bombardement ums Leben kam, war meine Verwandtschaft mit heiler Haut davongekommen. Warum also erweckte alles, was mit dieser Zeit und diesem Krieg zu tun hatte, mein lebhaftes Interesse, eine unstillbare Neugier? Ich hätte gerne meine Kindheit wie einen alten Schulranzen ausgekippt und dann den auf dem Boden verstreuten Inhalt durchsucht, denn da hatte ja alles begonnen … Ich beschloss, es früher oder später einmal in die Tat umzusetzen, wenn ich erst mal das Buch zu Ende gebracht hatte.

Ich gab mir einen Ruck. Der Rasenmäher schnurrte. Bald war Mittagszeit. Dann musste man Dolfi wieder etwas zu essen geben. Was für eine Unverschämtheit! Die Vorstellung, dem Klon wieder eine Mahlzeit zuzubereiten und ihn einzuladen, mir gegenüber am Tisch Platz zu nehmen, fand ich unerträglich. Nicht nur die Geschichte war ein Albtraum – auch mein eigenes Leben drohte einer zu werden. Morgen, schwor ich mir. Morgen war Dolfi nicht mehr bei uns. Gut, erst musste ich mal meine lästige Aufgabe erfüllen und Almanzor treffen. Nur für alle Fälle. Um mich zu informieren. Um dann gleich darauf in Kenntnis der Materie zu handeln. Doch bis dahin, wie sollte ich das mit dem Essen machen? Da es ziemlich unwahrscheinlich war, dass ich Dolfi bereits heute Abend an die Luft setzte, würde er wohl alleine in der Küche essen müssen. Wie ein Dienstbote, na und? Was war denn Schlimmes daran, wenn man beim Essen seine Ruhe haben wollte? Ohne dass gleich ein Tête-à-Tête mit einer Art weltweitem Kinderschreck daraus wurde? Ich empfand Erleichterung: Meine Entscheidung stand fest. Für Dolfi gab es eine Scheibe Schinken (war noch im Kühlschrank), Erbsen (aus der Dose, musste er sich selbst aufmachen) und ein Vanillejoghurt (tut mir leid, Schoko ist leider alle!). Und »Wasser, das auf der Zunge prickelt«, weil er das gern mochte. Ich für meinen Teil würde mit Bruno essen gehen. Es gab ein Restaurant auf halbem Weg zum Bahnhof. Die Küche war nichts Besonderes, aber das ging schon mal so zwischendurch. Der Gedanke streifte mich, dass ich dadurch vor allem mein schlechtes Gewissen beruhigen wollte. Ich verscheuchte den Gedanken wie eine lästige Fliege.

Vom »Gold der Republik« konnte man nicht mehr sprechen, allenfalls von ihrem Aluminium. Das Ministerium für Biotechnologie hatte nichts mehr mit dem Architekturpomp von früher gemeinsam. Da der Bauplatz an der Rive Gauche fehlte, hatte man auf der Rive Droite den Haussmann'schen Trödelkram abgerissen. Weg mit den Wandverkleidungen und dem Stuck, her mit dem Glas, dem Sichtbeton, dem gebürsteten Aluminium! Dennoch lagen auf dem Boden Teppiche, allerdings moderne und daher hässliche. Der Geruch der Macht war wohl derselbe geblieben, mutmaßte ich, als ich es bemerkte. Die gedämpfte Atmosphäre und das umständliche Gehabe des Amtsdieners ließen darauf schließen, dass Ricardo Almanzor zum engsten Mitarbeiterkreis des Ministers gehörte. Draußen vor dem Gebäude wäre ich beinahe wieder umgekehrt. Dann hatte ich mich besonnen. Das konnte mir doch nichts mehr anhaben, dass Phoebé mit diesem Typen ins Bett gegangen war. Wie lange war das her? Egal, ich hatte sie seit zwei Jahren nicht mehr angerührt. Ich ermahnte mich: »Komm schon, Tycho, du hast doch die ersten fünfzig Jahre deines Lebens ganz gut gemeistert, du bist doch kein Kind mehr!« Dann war ich doch hineingegangen.

Die ersten Augenblicke erwiesen sich wie erwartet als die unangenehmsten. Aber schließlich waren wir doch zivilisierte Menschen. Ricardo Almanzor sah jedenfalls zivilisiert aus.

Ein hübscher hoher Funktionär, elegant gekleidet. Ich hatte schon befürchtet, es mit einem Langweiler in Anzughosen und Pullover zu tun zu haben. Almanzor war fünfzehn Jahre jünger als ich. Phoebé hatte sich also ein deutlich jüngeres Kerlchen ausgesucht. Auch Almanzor musterte mich. Seine Neugier war nicht auf den Grund meines Besuchs beschränkt. Er stellte gerade fest, wie der Mann aussah, dem er die Ehefrau ausgespannt hatte. Bei dem Gedanken fühlte ich mich wieder unwohl. Almanzor erriet es. Er erhob sich und kam mit ausgestreckter Hand auf mich zu. Er sagte nicht, »sehr erfreut«, er erkundigte sich nicht nach Phoebés Befinden, sondern schenkte mir ein herzliches Lächeln. Dann bot er mir einen Platz an und setzte sich wieder an seinen Schreibtisch.

»Also, Monsieur Mercier, Sie haben da ein Problem mit einem Klon, sagten Sie …«

Ich räusperte mich und erläuterte: »Nun, ich habe einen gewonnen … das heißt, eigentlich hat ihn meine Exfrau gewonnen …«

Eine knifflige Passage, die Erwähnung der Exgattin. Es war, als versuchte Phoebé sich auf einmal zwischen uns zu drängen. Doch Almanzor verzog keine Miene.

»Sie hat bei einer Tombola im Supermarkt einen Klon gewonnen«, fuhr ich fort.

Ich erklärte es ihm. Almanzor hörte zu. Als ich den Namen Adolf Hitler und den Beginn der Matrikelnummer erwähnte, A.H.6, kniff er die Augen zusammen. Er wusste natürlich, dass die Produktion dieses Modells mittlerweile verboten war. Bestimmt war er höchst offiziell an der Durchsetzung des Verbots beteiligt gewesen.

Dann schwieg ich. Ich hatte meinen Bericht auf das Wesentliche beschränkt. Implizit bat ich um Hilfe, wenn nicht gar um Schutz. Mir war bewusst, dass ich mich strafbar machte, und ich wollte keinen Ärger.

»Verstehe, verstehe …«, begann Almanzor, unterbrach sich aber sogleich, schaute zur Decke, als müsste er dort die Teile seiner Antwort zusammensammeln. »Verlosungen und Sonderangebote, die Klone betreffen, sind immer problematisch. Sie sind es ganz unabhängig von der speziellen Tombola, die

Sie zu mir führt. Da glaubten wir, alle Aspekte der industriellen Produktion von Klonen und ihrer Einbettung in die Gesellschaft bedacht zu haben, und dann stellen wir jeden Tag aufs Neue fest, dass sie einen Störfaktor darstellen. Mit ihrem Auftauchen hat eine neue Ära begonnen. Das wird uns erst allmählich bewusst. Die Wahrheit ist, dass wir heute erst eine sehr vage Vorstellung der Umwälzungen haben, die sie möglicherweise, die sie *sicherlich* nach sich ziehen! In der Öffentlichkeit würde ich das natürlich nicht sagen.«

Ich nickte. Ein zur Zurückhaltung verpflichteter Funktionär würde nicht *coram publico* hinausposaunen, dass seine Regierung eine Entscheidung mit unkalkulierbarem Risiko auf die leichte Schulter genommen hatte. Doch Almanzors allgemein gehaltene Ausführungen erweckten bei mir nur müdes Interesse. Ich war hier, weil ich erfahren wollte, wie ich Dolfi wieder loswurde. Was ich von ihm erwartete, war eine Adresse.

»Sie sind Historiker, richtig?«, fragte Almanzor.

Ich nickte, eher beiläufig. Jawohl, ein Historiker ... Zumindest hoffte ich, ein vollgültiger zu werden, wenn ich das Buch endlich fertiggestellt hatte. Als zählten all die Jahre gar nicht, in denen ich meine Dissertation geschrieben hatte.

»Glauben Sie mir, die Historiker werden noch ganz schön zu knabbern haben an den Erschütterungen, die das Klonen nach sich zieht. Wir sind erst ganz am Anfang. Gehen wir einmal davon aus, dass das Gesetz eine Art heiliges Gefäß darstellt, in dem die Garantien für den zivilen Frieden aufbewahrt werden. Nun hat dieses Gefäß aufgrund des Klonens Sprünge bekommen. Von meiner Stelle hier im Ministerium aus kann ich sie ganz genau sehen. Und ich habe das Gefühl, dass sie immer größer und zahlreicher werden, bis das Gefäß eines Tages in tausend Stücke zerbricht!«

Wie denn, was denn? Was faselte er da von seinem Gefäß? Almanzors Augen funkelten ein wenig wie die eines Verrückten, er fuchtelte wild mit den Händen und unterstrich so das Gesagte. Ich fiel aus allen Wolken: Der erst so beherrscht wirkende leitende Angestellte da vor mir entpuppte sich plötzlich als ein Spinner, der sich an ethischen Erwägungen berauschte!

»Der Gesetzgeber wird doch wohl alle notwendigen Vorkehrungen getroffen haben«, wandte ich ein.

Almanzor setzte ein breites Lächeln auf.

»Dass ich nicht lache! Angesichts der lukrativen Möglichkeiten, die sich unternehmerischen Geistern da auftun, angesichts der Aussicht auf einen fetten Gewinn, um die Dinge beim Namen zu nennen, ist der Gesetzgeber machtlos. Wir werden völlig überrannt, seit der Stein ins Rollen gekommen ist.«

»Ja, was befürchten Sie denn?«

»Alles, beziehungsweise das Schlimmste!«, rief Almanzor. »Derzeit beschränken wir die Produktion von Klonen strikt auf Figuren der Vergangenheit, auf historische Persönlichkeiten in geringer Stückzahl. Da sie sehr teuer sind, was vor allem der hohen Mehrwertsteuer geschuldet ist, verlegt man sich zwangsläufig auf eine begüterte Kundschaft. Die hält man für unverdächtig, einen materiellen Profit aus ihrer Arbeitskraft ziehen zu wollen. Tatsache ist, dass ihre Besitzer sie meist als pittoreske Dienstboten einsetzen: als Chauffeur oder Butler ... Ja, Verzeihung, Sie wollten etwas sagen?«

»Ja ... das heißt nein, ich wollte nur ergänzen: als Gesellschaftsdamen oder liebreizende Kammerzofen«, sagte ich und dachte dabei an Bassompierres Marilyn.

»Ganz genau! Ich kenne einen Mann aus besten Kreisen, der den Tee von einem Klon Jackie Kennedys servieren lässt – vielleicht muss der Klon auch noch ganz andere Dinge erledigen. Snobismus, will heißen: Kindereien! Aber wenn es nur das wäre. Doch was das Klonen in Wirklichkeit zur Folge hat, ist nicht die Reproduktion einiger mehr oder weniger bemerkenswerter Individuen. Nein, es ist die Sklaverei. Dieses Übel, ein gigantischer Rückschritt, wird sich unweigerlich weiter ausbreiten und zu immer schlimmeren Auswüchsen führen. Bald wird es billige Klone geben, minimalistische, auf eine einzige Funktion reduzierte Kreaturen, die in Fabriken und Minen arbeiten. Man wird sie in den Untergeschossen der Kliniken sehen, wie sie darauf warten, dass ihnen ein Organ entnommen wird, damit dieses einem reichen Kranken eingepflanzt werden kann!«

Almanzor schloss die Augen und drückte sich mit den Fingerspitzen auf die Lider, als müsste er so seine Visionen herauspressen.

»Das ist das Schicksal, das uns … pardon, das ihnen blüht, davon bin ich überzeugt«, sagte er und schlug die Augen wieder auf. »Ich habe den Extremfall geschildert, ich weiß. Durch die Existenz der Klone wird noch ein Haufen Probleme auf uns zukommen. Noch sind sie ja friedlich, so wie Ihrer zum Beispiel.«

Noch sind sie friedlich, das war ja gut! Aber egal, Hauptsache, er kam endlich zu dem Ratschlag, den ich mir von ihm erhoffte. Seine moralischen Überlegungen zum Thema Klone, ihrer Zukunft und im Gegenzug derjenigen der menschlichen Zunft fand ich durchaus bedenkenswert. Doch mir ging es vor allem um einen bestimmten Klon, den ich allein bei mir zu Hause gelassen hatte und dem ich vor dem Gehen ein paar Aufgaben im Haushalt übertragen hatte, damit er während meiner Abwesenheit beschäftigt war, wenn er den Rasen zu Ende gemäht hatte. Und darin gab ich Almanzor im Voraus recht: Die Rückkehr zur Sklaverei ging Hand in Hand mit der Akzeptanz des Klonens!

»Ganz recht … Was wäre denn Ihrer Meinung nach das Beste, was in meiner Situation zu tun ist?«

Almanzor schmatzte mit den Lippen, zog eine Schublade auf und holte eine Aktenmappe heraus, in der er zu blättern begann.

»Adolf Hitler, sagen Sie? Was für eine dumme, perverse

Idee, den zu klonen! Außerdem hätte er überhaupt keine Zulassung bekommen dürfen! Denn diese Exemplare, deren Auflage selbstverständlich beschränkt ist, haben ganz offensichtlich einen ordnungsgemäßen Zulassungsprozess durchlaufen. Schauen Sie, es konnte ja nicht ausbleiben, dass sich jemand dieses Genmaterial unter den Nagel reißt, sobald es verfügbar war. Da wollen wir doch mal gleich dem Schwarzhandel einen Riegel vorschieben, wird man sich gedacht haben. Was für ein Unsinn! Nur der amtlich anerkannte Fabrikant hat Zugriff auf das Material, aber das ist nicht im Mindesten eine Garantie für die Zukunft, denn nichts ist einfacher, als aus bereits bestehenden Klonen neue Klone zu züchten! Andererseits wird man im vorliegenden Fall rasch festgestellt haben, dass er äußerst gewalttätige Reaktionen hervorruft: Skandale, Ablehnung, Wut, Hass, Furcht ... Das haben die Kampagnen gezeigt, die zu seinem Verbot geführt haben. Und da ist noch etwas. Kurze Zeit nachdem zwölf Klone von Adolf Hitler auf den Markt kamen, wurden einige bereits Opfer von Misshandlungen, Aggressionen oder Entführungen. Zwei wurden buchstäblich zu Tode gequält. Es stellte sich heraus, dass die Schuldigen in beiden Fällen die Besitzer waren. Klone sind sehr teuer, wie Sie wissen. Doch die Preisschwelle stellte offensichtlich überhaupt kein Hindernis dar. Diese Leute hatten sich den Klon angeschafft, um ihm wehzutun, um Rache zu nehmen – ein völlig illusorischer Gedanke – für die ein Jahrhundert zuvor begangenen Verbrechen. Ich hatte mit der Zulassung dieses Modells nichts zu tun, aber ich war Mitglied der Kommission, die mit der Untersuchung dieser Vorfälle beauftragt war. Wir haben uns die entsetzlichen Fotos angesehen. Man musste den Vorgängen Einhalt gebieten. Auf Anraten der Kommission hat das Ministerium daraufhin ein Totalverbot erlassen: Schluss mit dem Handel, Rückruf der noch in Umlauf befindlichen Exemplare – mit strafrechtlicher Verfolgung bei Zuwiderhandlung ...«

7

Bei der Erwähnung strafrechtlicher Verfolgung zuckte ich zusammen. Ohne in seinem Redefluss innezuhalten, schnitt Almanzor eine kleine Grimasse, die er gleich darauf mit einer besänftigenden Handbewegung kompensierte.

»Wir haben nachgerechnet. Den Unterlagen aus dem nationalen Klonverzeichnis zufolge hatte die Produktionsfirma zwölf Exemplare des Führers in Umlauf gebracht. Sie waren bereits alle verkauft, so dachte man fälschlicherweise, denn der Ihre war ja offensichtlich ein Irrläufer und in einem Lager gelandet, aus dem er plötzlich auftauchte, um dann in Ihren Besitz zu gelangen … Von diesen zwölf Exemplaren waren vier tot aufgefunden worden, entweder ermordet oder unter seltsamen Umständen ums Leben gekommen. Drei weitere waren eines natürlichen Todes gestorben, geflohen oder verloren gegangen. Es steht zu befürchten, dass auch sie ermordet wurden, entweder von ihren Käufern selbst oder von Leuten, die sie aus Hass auf Adolf Hitler entführt und dann ermordet haben. Ich sage bewusst ›ermordet‹, denn das ist die korrekte Bezeichnung dafür. Die Zerstörung eines Klons durch eine Privatperson wird nämlich mit Mord gleichgesetzt. Vier plus drei, da wären wir also bei sieben. Der Produzent, nun mit dem Rücken zur Wand stehend, ließ die restlichen fünf Exemplare zurückrufen. Vier Besitzer, die man offiziell ermittelt hatte, meldeten sich pflichtschuldig auf die Anzeigen, Rundschreiben und persönlich adressierten Briefe. Auf diese Weise tauchten drei weitere A.H.s wieder auf. Unsere Mitarbeiter konnten also bei elf von zwölf Exemplaren ein Häkchen machen: Wir hatten zumindest für jeden Einzelnen von ihnen eine Hypothese über seinen Verbleib. Blieb noch ein Exemplar, zu dem keine Informationen vorlagen: das Ihre, A.H.6, wenn ich das richtig sehe, und …«

Ich protestierte. Die Formulierung war missverständlich. A.H.6 war nicht »meiner«. Almanzor pflichtete mir bei.

»Schon gut, schon gut … A.H.6 also, der unter dem Deckmäntelchen einer Tombola von dem Direktor eines Supermarkts vertickt wurde, dem an einer Steigerung seines Umsatzes gelegen war. Durch Zufall habe ich erst gestern erfahren, dass einer der Vermissten, A.H.8, auf der Straße aufgegriffen wurde. Der war also ausgebüxt. Vielleicht hatte ihn sein Besitzer misshandelt … Doch zurück zu Ihrer Angelegenheit! Selbst wenn der Supermarkt im Unrecht ist – das Gesetz gilt auch für Sie. Nun wird das Geschäft mit Sicherheit den von Ihrem Sohn unterzeichneten Lieferschein hervorzaubern.«

»Aber er ist erst zehn Jahre alt!«

»Zehn Jahre, sagen Sie? Damit lässt sich vermutlich was anfangen. Aber der Vertrieb der Supermarktkette hat gute Anwälte. Mit aller Wahrscheinlichkeit werden Sie vor Gericht ziehen müssen. Stellen Sie sich schon mal darauf ein. Geben Sie den Klon ohne Umschweife zurück, damit Sie Ihren guten Willen beweisen. Und dann reichen Sie vorsorglich Klage gegen die Supermarktkette ein. Fahren Sie die Krallen aus, das rentiert sich fast immer.«

Nun, das war ja genau das, was ich wollte – den Klon zurückgeben. Dennoch hatte ich Angst bei dem Gedanken, einen Prozess anstrengen zu müssen. Mit meinen bescheidenen Mitteln sollte ich einen Konzern herausfordern? Das war ein bisschen wie David gegen Goliath. Außerdem hatte ein Prozess zwei unangenehme Folgen: Erstens kostete er Geld, zweitens zog er sich in die Länge. Der Kläger, besessen von seinem Fall, sah die ganze Welt nur noch aus der Perspektive desselben. Adieu, Gelassenheit, adieu, Konzentration! Die Vollendung meines Buchs würde beeinträchtigt, zumindest hinausgezögert. Na gut, dann würde ich eben den Klon zum Fabrikanten zurückbringen, wenn sich der Supermarkt schon weigerte, ihn wieder anzunehmen.

»Dieser Fabrikant … ich … ich weiß gar nicht, wo der seinen Sitz hat. Doch hoffentlich in Frankreich?«

»Sie haben Glück im Unglück, er sitzt tatsächlich in Frankreich. Labors und Aufzuchtstationen sind ja über die ganze Welt verstreut. Es gibt offizielle und illegale, Fabriken und Handwerksbetriebe. Die einen beachten die gesetzlichen Bestimmungen, die anderen ganz und gar nicht. Bei Interpol wissen sie schon nicht mehr, wo ihnen der Kopf steht. Es scheint sicher, dass der betreffende Klon bis heute nur in dieser limitierten Auflage erschienen ist. Zunächst war die verwertbare DNA von Adolf Hitler so selten wie ein weißer Rabe. Deshalb hatten es ja auch alle mit der Wiederbeschaffung der zwölf Klone so brandeilig. Seitdem aber diese erste Serie in Umlauf ist, sieht die Sache anders aus. Durchaus möglich, dass in den nächsten Jahren eine zweite Generation aus dem Ei schlüpft … Also, mal sehen: Die Firma, die ihn hergestellt hat, das war Heavy Friends. Ein englischer Name, wie fast alle heute, aber es ist ein französisches Unternehmen. Eine dynamische, erfinderische Firma. Ich suche mal die Adresse raus.«

Almanzor unterstrich einen Eintrag in der vor ihm liegenden Mappe und notierte etwas auf ein Post-it, das er mir dann hinhielt.

»Vielen Dank«, sagte ich und ließ das Post-it in die Innentasche meines Jacketts gleiten. »Werden die keine Schwierigkeiten machen?«

»Überhaupt keine. Die werden Ihren Klon in Empfang nehmen und bei Nummer 6 ein Häkchen machen.«

Almanzor klappte die Mappe zu.

»Und das ist alles?«, fragte ich.

»Nein, für Sie leider noch nicht. Heavy Friends wird die entsprechenden Behörden darüber informieren, dass A.H.6, der eigentlich an dem und dem Tag hätte zurückgegeben werden müssen, erst am Soundsovielten zurückgebracht wurde.«

»Aber«, wandte ich ein, »die entsprechenden Behörden, das sind doch Sie!«

»Nicht nur. Auch das Innenministerium wird informiert, außerdem das Justizministerium, und dann … Um es kurz zu machen: Ein paar Tage später fängt der Ärger für Sie an.«

»Nette Vorstellung«, sagte ich mit einer Grimasse. »Und er?«

»Er …? A.H.6, meinen Sie? Na, der wird in Verwahrung genommen.«

»Und dann?«

»Er wird in Verwahrung genommen, das ist alles«, sagte Almanzor und zuckte mit den Achseln.

»Aber was wird dann aus ihm?«

»Die machen mit ihm genau das Gleiche wie mit den anderen …«

Almanzor senkte den Blick auf die zugeklappte Aktenmappe.

»Und was?«, hakte ich nach.

»Ach, was weiß denn ich!?«, rief Almanzor und sah mich erneut an. »Haben Sie keine anderen Sorgen? Der Supermarkt wird versuchen, die Verantwortung auf Sie abzuwälzen. Wenn Sie nichts unternehmen, kriegen Sie eins auf den Deckel. Wenn Sie sich verteidigen, müssen Sie die Gerichtskosten vorschießen …«

»Das verstehe ich ja alles«, sagte ich mit leichter Ungeduld. Meine Frage ist: Was wird aus dem Klon?«

Almanzor stieß einen langen Seufzer aus. Er spielte einen Augenblick mit der Mappe vor ihm herum und verstaute sie dann wieder in der Schublade. Er saß mit hängenden Schultern da, wirkte auf einmal erschöpft und niedergeschlagen.

Noch immer ohne zu antworten, stand er auf, umrundete seinen Schreibtisch und blieb vor mir stehen. Ich dachte, nun würde er mir die Hand zum Abschied reichen, zum Zeichen, dass unsere Unterhaltung beendet war. Dann wäre mir nur übrig geblieben, nach Hause zu fahren, mit der Adresse von Heavy Friends in der Tasche.

»Sagen Sie mal, haben Sie es eilig?«, fragte er mich nach kurzer Überlegung.

»Wie bitte?«

»Haben Sie heute Nachmittag irgendwelche Termine? Ich weiß, Sie unterrichten.«

»Ja, ich unterrichte, aber heute Nachmittag habe ich frei. Weshalb?«

Er sah auf die Uhr.

»Ich könnte Ihnen etwas zeigen. Es ist nicht weit von hier, an der Stadtgrenze. Wir fahren mit meinem Wagen dorthin. Es dauert nicht lang. Sind Sie mit der Metro gekommen? Dann setze ich Sie auf dem Rückweg irgendwo an einer Haltestelle ab.«

»Aber worum geht es denn?«

»Das sage ich Ihnen lieber nicht. Sehen Sie selbst. Also, was ist, kommen Sie mit?«

Warum eigentlich nicht? Ich hatte Madame Bougrat einen Zettel hingelegt und sie darauf hingewiesen, dass Dolfi zu Hause war, wenn sie zu uns kam, um Bruno seinen Imbiss zu servieren und das Abendessen zuzubereiten.

Wir gingen runter in die unterirdische Parkgarage des Ministeriums. Almanzors Wagen war schwarz, er glänzte und war mit einem Dienstwimpel verziert. Er musste einen ganz schön wichtigen Posten bekleiden, Ministerialrat, Staatssekretär oder so … Er verzichtete auf den Chauffeur und setzte sich selbst ans Steuer für unsere kleine Spritztour.

Zunächst fuhren wir schweigend dahin. Almanzor, der sich bis gerade eben noch so redselig gezeigt hatte, blieb stumm. Er fuhr mit zusammengezogenen Brauen. War er besorgt, bedauerte er, mich mitgenommen zu haben, oder richtete er seine ganze Aufmerksamkeit auf den Verkehr? Endlich brach er das Schweigen.

»Und wie geht's Phoebé?«

Er hatte die Frage in ganz beiläufigem Tonfall gestellt. Das war nicht gespielt, das hörte ich. Er fragte nur aus Höflichkeit. Er wusste, dass ich Bescheid wusste. Phoebé war Teil unser beider Vergangenheit. Es war nur normal, sich nach ihrem allgemeinen Befinden zu erkundigen.

»Bestens«, antwortete ich mit der gleichen Ungezwungenheit. »Ihr Fitnessstudio floriert!«

»Wunderbar, ganz wunderbar! Es ist sicher nicht einfach, sich da seine Nische zu suchen. Wahrscheinlich ist die Konkurrenz ziemlich stark, oder?«

In der Tat, so war es gewesen. Ein anderer Klub hatte sich in der Nachbarschaft angesiedelt. Phoebé hatte aber ihre Kundschaft behalten. Ich nickte nur. Das Stadtviertel, in das Almanzor mich brachte, lag genau auf der entgegengesetzten Seite von Paris. Es war kein Wohnviertel, hier standen nur zerfledderte Gebäude, die ein Bild des Elends abgaben, verlassene Fabriken und leere Lagerhallen vor Gleisen, zwischen denen das Unkraut wucherte. Überall zerbrochenes Glas, Rost und verblichene Graffiti-Tags. Wir fuhren an dieser Brache vorbei und gelangten auf eine Schnellstraße. Auf einmal wurde die Umgebung beinahe ländlich. Am Ende einer Kurve bog Almanzor plötzlich in eine kleine Straße ein, die fast vollständig zugewuchert war. Auf einem Schild stand: »Zutritt nur für Beschäftigte«. Die schmale Straße schien wenig befahren zu sein, denn das Gras wuchs über den Straßenrand, und die jungen Triebe der Büsche schlugen seitlich gegen den Wagen. Dann fuhr Almanzor allmählich langsamer und blieb schließlich stehen. Einige Gebäude industrieller Bauart ragten hinter einem hohen Eingangstor empor, das von Stacheldraht gekrönt war. Auf ein Zeichen Almanzors ließ ein Wachposten das elektronische Tor zur Seite gleiten, und der Wagen fuhr hindurch. Der Wachposten hinter der Scheibe grüßte Almanzor, nicht ohne einen neugierigen Blick in meine Richtung geworfen zu haben. Er schien zögerlich, sagte aber nichts und ließ das Tor hinter uns wieder ins Schloss gleiten.

»Man kennt Sie hier«, stellte ich fest.

»Ich komme oft hierher. Ich hatte Ihnen vorgeschlagen, mich zu begleiten, weil … Ach, eigentlich weiß ich das nicht so genau! Das ist vielleicht nicht besonders schlau von mir, ich tue uns beiden da keinen Gefallen, aber ich hatte das Gefühl, es tun zu müssen.«

Die gleiche Niedergeschlagenheit wie kurz zuvor im Ministerium zeichnete sich auf Almanzors Gesicht ab, während er diese Worte sprach. Ich wagte nicht, ihm Fragen zu stellen. Wenn es hier etwas Interessantes zu sehen gab, dann würde ich es ja gleich zu Gesicht bekommen. Almanzor parkte auf einem Parkplatz mit nur wenigen Pkws und einem braunen Kleinbus mit abgedunkelten Scheiben. Auf der Seite des Wagens stand in großen weißen Lettern *Liquidierungszentrum*, ohne nähere Erläuterungen. Wir stiegen aus.

»Was ist das hier?«, fragte ich trotzdem.

Der Kleinbus mit den verspiegelten Scheiben beunruhigte mich ein wenig.

»Eine spezielle Einrichtung. Kommen Sie!«

Spezialisiert auf die Liquidierung wovon? Diese ständigen Rätsel begannen mich zu nerven, aber Almanzor war schon mit großen Schritten vorausgegangen. Ich heftete mich an seine Fersen. Wir gingen um eines der Gebäude, dann um ein weiteres. Almanzor ging sehr rasch, er lief beinahe. Durch die Fenster der beiden Gebäude, die wir soeben umrundet hatten und die wie Büros aussahen, sah ich vereinzelte Menschen, die über Schreibtische gebeugt saßen. Besonders hektisch schien es hier nicht zuzugehen.

Wir gelangten zu einem dritten Gebäude. Es war höher, hatte keine Fenster und wurde auf der Rückseite von einem ziemlich hohen Kamin überragt. Ein typisches Beispiel für die zeitgenössische Industriearchitektur, wirkte es wie eine riesige blaue und cremefarbene Schuhschachtel mit geriffelten Wänden, allerdings nicht aus Karton, sondern aus verzinktem Blech, die man mit der Öffnung nach unten auf den Rasen gestellt hatte. An der Seitenwand befand sich nur eine schmale Tür.

»Hier ist es! Gehen wir rein«, sagte Almanzor.

Der Raum, den ich hinter ihm betrat, ähnelte dem Warteraum eines ambulanten Klinikums oder einer Agentur für Arbeit, aber in einer Sparversion. Ein Dutzend Stühle, einige davon besetzt, standen links an der Wand aufgereiht. Gegenüber, hinter einem Schreibtisch aus Metall, saß eine Sekretärin in weißem Kittel, das grau melierte Haar zum Knoten zusammengebunden, eine Hornbrille auf der Nase. Sie hackte auf eine Computertastatur ein. Im Hintergrund saß ein Mann, ebenfalls in einem weißen Kittel, an einem kleineren Schreibtisch. Ein Muskelprotz. Derart breite Schultern und einen so massigen Hals wie diesen hatte ich nur im Fernsehen mal gesehen, bei der Übertragung der Rugbymeisterschaften. Ihr Besitzer schien sich nicht gerade zu überarbeiten: Die Füße auf die beinahe leere Tischplatte gelegt, glotzte er gelangweilt auf seinen Bildschirm. Als wir eingetreten waren, hatten die Sekretärin und der Koloss einen Blick in unsere Richtung geworfen. Die Sekretärin knipste ein breites Lächeln an, das für Almanzor bestimmt war. Der Rugbyriese nickte zum Gruß, bevor er sich wieder seinem Spiel widmete. Amanzor lud mich ein, ihm zu folgen, indem er mich am Ärmel zupfte.

»Guten Tag, mein hübsches Kind!«, rief er der Sekretärin zu. »Ich habe heute Nacht von Ihnen geträumt. Sie erschienen in Ihrem weißen Kittel vor mir und nahmen verführerisch die Brille ab …«

»Monsieur Almanzor! So seien Sie doch still!«, miaute sie.

Das war offensichtlich ein rituelles Geplänkel zwischen den beiden.

»Mein Lieber, darf ich Ihnen Mademoiselle Catriona Makarios vorstellen, die Seele dieses Unternehmens, ohne die alles schon längst den Bach runtergegangen wäre«, sagte Almanzor zu mir gewandt. »Catriona, Monsieur *Mumble* … hilft mir im Ministerium.«

Almanzor hatte meinen Namen so undeutlich gemurmelt, dass man ihn nicht verstand. Ich ließ mir mein Erstaunen nicht anmerken. Natürlich hatte ich niemals zum Ministerium gehört. Außerdem hatte Almanzors Stimme leicht gezittert, als er diese Lüge aussprach. Mademoiselle Makarios schien es nicht zu bemerken.

»Sehr angenehm«, sagte sie und verbeugte sich in meine Richtung.

Ich lächelte und verneigte mich ebenfalls.

Die Sekretärin flirtete munter weiter.

»Wir haben Sie schon erwartet, Monsieur Almanzor. Alles ist bereit.«

Was war bereit? Die Situation, die ich nicht durchschaute, beunruhigte mich zusehends. Allem Anschein nach brach Almanzor die geltenden Regeln, indem er mich hier einführte. Ich bedauerte, mich auf ein derartiges Abenteuer eingelassen zu haben, das durchaus übel ausgehen konnte. Doch meine Bedenken halfen mir nicht weiter. Ich konnte mich nur an Almanzors Fersen heften, auch wenn dieser vermintes Gelände betrat.

»Es ist ruhig«, sagte Almanzor. »Nur eine kleine Session, was?«

»Eine sehr kleine, Monsieur Almanzor. Es sind nur fünf. Aber wir wollen uns nicht beschweren!«, erwiderte die Sekretärin. »Warten Sie, hier habe ich die Liste …«

Mit wenigen Klicks wählte sie auf ihrem Bildschirm ein Dokument aus, das sie augenblicklich ausdruckte.

»Hier, bitte sehr.«

Almanzor nahm das Blatt. Er las es, nahm einen Stift aus dem mit Blüten verzierten Etui neben dem Bildschirm und schien den Stift aufs Blatt aufsetzen zu wollen, um das Schriftstück zu unterzeichnen, überlegte es sich dann jedoch. Das Blatt in Händen haltend, wandte er der Sekretärin den Rücken zu und zog mich auf die andere Seite des Raums, zu der Stuhlreihe an der Wand hinüber.

»Ich hatte Ihnen ja gesagt, dass Sie hier Ihr blaues Wunder erleben werden, na bitte, hier haben Sie es«, murmelte er.

Seit wir hereingekommen waren, hatten Almanzor und Mademoiselle Makarios meine Aufmerksamkeit so sehr gefesselt, dass ich die dort sitzenden Personen gar nicht wahrgenommen hatte. Es waren zwei Frauen und drei Männer. Sie saßen nicht nebeneinander, sondern es waren immer ein oder zwei Plätze zwischen ihnen frei. Was mir als Erstes auffiel, war ihr leerer Blick, er war nicht einfach gelangweilt wie er normal ist bei Menschen in einem Warteraum, sondern abwesend oder vielmehr erstaunlich hohl, beinahe erschreckend leer. Dann überlief es mich eiskalt: In dem Mann ganz links erkannte ich Dolfi … Doch es konnte nicht derjenige sein, den Bruno Dolfi getauft und den ich ein paar Stunden zuvor in dreißig Kilometer Entfernung mit kleinen Arbeiten betraut hatte. Es war ein anderer Dolfi, ein anderer A.H., ein Klon aus derselben Serie. Er hatte zwar einen Schnurrbart, doch der war nicht ordnungsgemäß gestutzt. Er war eigentlich überhaupt nicht gestutzt und ging in einen bereits wuchernden Bart über. Ich hatte einen bärtigen Hitler vor mir, der dennoch eindeutig zu erkennen war, zumindest für mich, der ich mit den Bildnissen des Führers mehr als vertraut war … Andererseits sah er weder aus wie Dolfi in seiner Bauerntracht, noch trug er die ominöse Hemdbluse und das Käppi. Mein Blick hatte ihn zunächst nur gestreift, weil er in einfache Jeans und Pullover gekleidet war und außerdem eine

Stoffmütze aufhatte, unter der nur ein Haarzipfel seiner berühmten Tolle hervorlugte. Doch er war es, er war einer von ihnen, jetzt, wo ich ihn eingehender betrachtete, gab es keinen Zweifel mehr.

»Darf ich Ihnen A.H.8 vorstellen, von dem ich Ihnen vorhin erzählt habe?«, sagte Almanzor leise. »Er wurde vor… zwei Jahren verkauft«, fuhr er fort, indem er erneut auf das Blatt schielte. »Vor sechs Monaten wurde er als verschwunden gemeldet, das heißt in den Wochen vor dem Bekanntwerden des Klon-Verbots und der Rückrufaktion. Vielleicht hat sein Besitzer schon geahnt, zu welchem Ergebnis die Meinungskampagne führen wird, und seinen Klon versteckt. Oder vielleicht wurde dieser hier misshandelt und ist aus eigenem Antrieb untergetaucht.«

»Weiß man denn, wer sein Besitzer ist?«

»Natürlich, sie sind alle registriert, was Pseudonyme nicht ausschließt. Auch Sie sind es vielleicht bereits oder werden es bald sein. Außerdem wird bei jedem Besitzerwechsel ein entsprechendes Dokument erstellt – genau wie beim Autokauf auch.«

»Und die anderen? Sind das alles Klone?«

8

»Ja, alle. Erkennen Sie sie?«

Ich musterte sie eingehend, einen nach dem anderen.

»Die da kenne ich, glaube ich, auch«, sagte ich und wies mit dem Kopf auf eine spindeldürre Frau, die in Lumpen gekleidet war. Trotz der Spuren, die der Alkohol (eigentlich waren Klone ja abstinent) oder auch eine Krankheit auf ihrem aufgedunsenen Gesicht hinterlassen hatten, schimmerte noch immer ihre frühere Schönheit durch.

Almanzor nickte.

»Ja, das ist Audrey Hepburn. Eine Raubkopie. Unbestimmte Herkunft. Billig, schlecht erhalten. Selbst in neuwertigem Zustand kaum erkennbar, und so natürlich erst recht nicht …«

Meine Aufmerksamkeit richtete sich auf eine andere Frau in Jeans, die zwei Plätze links neben dem Führer saß. Sie hatte ein gewöhnliches Gesicht, das keine Assoziationen bei mir weckte.

»Also, die kenne ich wirklich nicht!«

»Zerbrechen Sie sich nicht den Kopf, die ist völlig unbekannt. Wie Sie wissen, ist das Klonen von lebenden Menschen verboten. Sie trägt keine Matrikelnummer, aber es ist einfach, ihre Identität auf Basis eines Fragebogens herauszufinden, sofern man sie nicht mit Geisteskranken oder Schwachsinnigen verwechselt. Es sind schlichtweg lebende Puppen. Abgesehen von wenigen Ausnahmen sind sie nicht nur ungebildet, sondern wissen auch fast nichts über sich selbst.«

Die Frau blickte uns jetzt an. In ihrem Blick spiegelte sich ein tiefer Stumpfsinn, der die Worte Almanzors zu bestätigen schien: ein Mannequin aus Fleisch und Blut, ein Zombie, der aus Scherz, aus Rache, vielleicht auch aus Sehnsucht oder aus Liebe wieder zum Leben erweckt worden war.

»Vielleicht hat sie sich verirrt, wurde ausgesetzt, oder sie wurde gestohlen, bevor sie zu ihrem oder ihren Entführern gelangte ... Manchmal weiß man nicht einmal, ob diese nicht amtlich registrierten Exemplare lebende Individuen darstellen sollen oder Verstorbene, bei denen ziemlich häufig gar nicht sicher ist, ob die DNA gemeinfrei ist! Und der da, sagt Ihnen der was?«

Unschlüssig musterte ich den hochgewachsenen jungen Mann mit den geschmeidigen Bewegungen und den harmonischen Gesichtszügen, die aber ebenso ausdruckslos wie die seiner Nachbarn waren.

»Ich bin mir nicht sicher ... Ist das ein Sänger, ein Schauspieler?«

»Nein, da liegen Sie ganz falsch. Arnold Mitadji! Eine Fußballikone, einst der bestbezahlte Torjäger Europas ... Na ja, es ist sein Klon, auch er eine illegale Kopie. Der Fußballer starb vor fünfzehn Jahren auf der Höhe seines Ruhms. Er wird noch immer wie ein Gott verehrt. Auf welchem Planeten leben Sie denn, mein Lieber?«

Auch der fünfte war ein Mann, um die fünfzig, dunkelbraunes Haar, olivfarbener Teint. Seinen starren, ausdruckslosen Blick ersetzte mein Gedächtnis von selbst durch den feurigen Blick auf den Schwarz-Weiß-Fotos, die im letzten Jahrhundert im Gerichtssaal eines Schwurgerichts gemacht wurden. Er stammte aus meiner Lieblingsepoche! Aufgeregt stieß ich hervor: »Petiot! Doktor Petiot! Das ist er doch, oder?«

»Bravo! Wir haben es mit M.P.4 zu tun. Nur wenige Leute wären heute in der Lage, Marcel Petiot zu identifizieren. Es handelt sich um eine völlig legitime Miniserie. Das Original wurde 1946 guillotiniert, die DNA eines der schrecklichsten Mörder, den das ›Dritte Reich‹ hervorgebracht hat, ist also gemeinfrei. Einem ehrenwerten Produzenten, dessen Geschäfte recht gut liefen, war die Erlaubnis erteilt worden, ein halbes Dutzend Kopien anzufertigen. Zwei von ihnen sind Insassen auf Lebenszeit eines Instituts für psychologische Forschung. Die anderen wurden von einer privaten Kundschaft aufgekauft, die sich aus reichen Sammlern und exzentrischen Liebhabern schwarzen Humors zusammensetzte … Dieses Exemplar hier wurde wegen geringer Vergehen aus dem Verkehr gezogen. Gottlob nur geringer! Gewalt an Tieren, kleine Diebstähle … Vergessen Sie nicht, dass Petiot als Kind Katzen massakrierte und als Erwachsener Strom klaute, von dem, was folgte, ganz zu schweigen! Der Käufer von M.P.4 wird sich gedacht haben, lieber ein Ende mit Schrecken als ein Schrecken ohne Ende. Bevor er ihn Menschen abschlachten ließ, hat er uns lieber benachrichtigt. Trotz der Beobachtungen, die im Zuge des sich mehr und mehr verbreitenden Klonens von Menschen angestellt worden sind, ist nicht immer sicher, ob sich eine kriminelle Anlage vererbt. In einem derartigen Fall geht man stets auf Nummer sicher.«

In dem Augenblick ging die Tür im Hintergrund auf, und ein Mann in weißem Kittel, der hier wohl unabdingbar war, stand im Türrahmen. Er kam mit raschen Schritten auf uns zu.

»Folgen Sie mir, und sagen Sie kein Wort, nur ich rede!«, flüsterte Almanzor mir zu, bevor er sich dem Neuankömmling zuwandte.

Der hatte ein ziemlich barsches Gebaren, sein Händedruck war beinahe schmerzhaft. Almanzor beschränkte die gegenseitige Vorstellung auf ein Minimum: »*Mumble*, der mir zur Hand geht, Doktor Perronnet …«

Dieses »der mir zur Hand geht« verhalf mir glücklicherweise zum Schweigen.

»Wie ich sehe, haben Sie den Bon noch nicht unterzeichnet«, sagte der Arzt und deutete auf die Liste, die Almanzor noch in Händen hielt. »Gibt es Probleme?«

Aha, dachte ich. Die Liste ist ein Bon. Doch was für ein Bon?

»Nein, keine! *Nihil obstat*«, erwiderte Almanzor. »Sie können weitermachen.«

Daraufhin legte er das Blatt auf das gebeugte Knie und kritzelte in gebückter Haltung seine Initialen auf das Dokument. Perronnet entriss es ihm.

»Schauen Sie zu?«

Almanzor schüttelte den Kopf.

»*Mumble* hat noch keine Berechtigung«, sagte er.

Perronnet schaute mich durchdringend an. Ich hatte das Gefühl, dass er gerne eine unangenehme Frage gestellt hätte, dies aber dann doch unterließ.

»Ach so … Er kann ja hier auf Sie warten. Oder draußen!«

Almanzor sah auf seine Armbanduhr.

»Nein. Machen Sie es ohne mich. Wir fahren jetzt los, damit wir nicht in den Stau geraten. Schon auf der Hinfahrt war der Verkehr ziemlich dicht!«

»Wie Sie meinen, aber Sie sind schon beim letzten Mal nicht geblieben. Der Ordnung halber wäre es gut, wenn Sie …«

Almanzor schnitt dem Arzt verärgert das Wort ab: »Sie haben mein vollstes Vertrauen, das wissen Sie! Und wir haben es ziemlich eilig.«

»Lassen Sie sich nicht aufhalten«, sagte Perronnet steif. »Gute Rückfahrt, Monsieur Almanzor, bis zum nächsten Mal.«

»Ja, genau. Bis bald!«

Wir schüttelten uns zum Abschied kurz und knapp die Hände. Almanzor warf Mademoiselle Makarios eine Kusshand zu, während die fünf Klone vor sich hin glotzten. Unser plötzlicher Aufbruch glich einer Flucht. Ich hatte das Gefühl, dass Perronnet uns mit den Augen folgte. Erleichtert, wieder draußen zu sein, drehte ich mich noch einmal zu dem ungewöhnlich hohen Schlot um. Als wir das Gebäude verließen, bekam ich es auf einmal mit der Angst zu tun, doch der Pförtner erkannte den Wagen und den Fahrer wieder und öffnete uns, ohne zu zögern, das Tor.

Auf der Zufahrtsstraße, deren Benutzung nur Angestellten erlaubt war, blieben wir beide stumm. Almanzor warf von Zeit zu Zeit einen Blick in den Rückspiegel. Als wir dann endlich wieder auf der Schnellstraße fuhren, ließ die Anspannung nach. Unzählige Fragen schossen mir durchs Hirn.

»Diese Klone waren nicht in ihrem Normalzustand, oder?«, platzte ich heraus. »Was hat man … Was wird mit ihnen gemacht?«

Beinahe hätte ich gesagt: Was haben *Sie* mit ihnen gemacht, konnte mich aber noch zurückhalten, aus diplomatischen Gründen, da ich ihm nicht das Gefühl geben wollte, er sei an der Katatonie schuld, welche die fünf Kreaturen befallen hatte.

»Wir stellen Sie ruhig, wenn nötig«, sagte Almanzor tonlos.

»Das heißt, mit starken Medikamenten.«

»Natürlich.«

»Mit welchem Ziel?«

Almanzor antwortete erst einmal nicht. Ich beobachtete ihn von der Seite und sah eine rasche Abfolge diverser Emotionen, die sich auf seinem Gesicht widerspiegelten. Erst Verlegenheit, ja Hilflosigkeit, dann ein kurzes empörtes Prusten und schließlich tiefe Niedergeschlagenheit. Doch zu guter Letzt, als wäre ihm die Erleuchtung gekommen, wie er aus dieser unhaltbaren Situation herauskam, gewann Entschlossenheit, gepaart mit Erleichterung, die Oberhand.

»Ich will Ihnen sagen, lieber Mercier, was wir tun werden, Sie und ich, auf unserer Fahrt zurück nach Paris. Fangen wir bei mir an: Ich werde schweigen. Kein Wort werden Sie aus mir herauspressen, keine einzige Ihrer Fragen werde ich beantworten. *Das schwöre ich Ihnen!*«

»Sie machen es sich ein wenig zu leicht!«, blaffte ich.

»Glauben Sie mir, nichts ist leicht in dieser Situation, in die ich geraten bin, indem ich Sie mitgenommen habe. Aber lassen Sie mich doch bitte weiterreden: Ich werde also schweigen, und Sie, Sie werden nachdenken. Sie werden sich an all das erinnern, was Sie gerade gesehen, gehört, geahnt oder vermutet haben, und werden eins und eins zusammenzählen. Und wenn Sie das getan haben, werden Sie Antworten auf die Fragen haben, die Sie mir stellen wollten.«

Ich machte den Mund auf, um trotzdem noch etwas zu fragen. Almanzor, der das bereits kommen sah, nahm eine Hand vom Steuer, und ohne zu mir herüberzuschauen, bewegte er zum Zeichen der Verneinung rasch den Zeigefinger hin und her. Erneut senkte sich Schweigen über das Wageninnere. Ich brauchte nicht einmal mehr die Aufgabe zu lösen, die Almanzor mir gestellt hatte. In Wirklichkeit wusste ich ja bereits Bescheid, beinahe schon seit dem Augenblick, in dem ich die fünf Zombies auf den Stühlen an der Wand hatte sitzen sehen, mit ihrem erloschenen Blick wie bei einem toten Fisch. Ich wusste es also, aber war es ein instinktives Wissen, das ich noch nicht in Worte fassen konnte? Wer aber war geeigneter, dies zu tun, als ein auf die Geschichte des zwanzigsten Jahrhunderts spezialisierter Historiker? Ich war zwar am Boden zerstört, aber nicht überrascht. Der Abgrund des Menschseins tat sich nicht nur im zwanzigsten oder einundzwanzigsten Jahrhundert auf diese Weise auf. Nein, zu allen Zeiten, an allen Orten brauchte man nur ein wenig an der Firnis der Zivilisation zu kratzen, und *das da* kam zum Vorschein!

»Sagen Sie …«

Almanzor schüttelte den Kopf. Ich gab nicht nach.

»Nur eines: Ist es tatsächlich so?«

Nachdem er eine Sekunde gezögert hatte, nickte Almanzor, ohne den Blick von der Straße abzuwenden, dann legte er einen Zeigefinger auf die Lippen.

»Wo soll ich Sie rauslassen? Stalingrad, passt Ihnen das?«, fragte er nach einer Weile, als wir uns dem Zentrum der Hauptstadt näherten.

»Stalingrad passt mir sehr gut. Da brauche ich nur einmal umzusteigen.«

Ich konnte nie in Stalingrad umsteigen, ohne an ein Vorkommnis zu denken, bei dem sich Brunos Naivität auf entzückende Weise manifestiert hatte. Vor drei Jahren war ich mit meinem Sohn, dem ich von der berühmten Schlacht erzählt hatte, einmal dort unterwegs, als Bruno sich die ganze Zeit furchtsam umblickte. Er war erstaunt, nicht die Spur eines Bunkers oder eines Grabens vorzufinden, kein einziges Skelett zwischen den Pfeilern der Hochbahn.

»Aber Bruno, diese Schlacht hat vor langer Zeit sehr weit von hier entfernt stattgefunden …«

Er war damals noch sehr klein.

»Wie weit denn? Wie lange denn?«

»Also, Luftlinie dreitausend Kilometer und mehr als ein Jahrhundert«, antwortete ich.

»Ist das viel?«

Nein, bei Licht besehen war das beinahe nichts. Es war ganz in der Nähe, und es war erst gestern, aber das hätte Bruno nicht verstanden. Daher bekräftigte ich: »Das ist sehr, sehr viel!«

Almanzor hielt an einer Ampel unweit des Bahnhofs. Als ich ausstieg, sagte ich zu ihm gewandt: »Was kann man denn tun?«

»Wahrscheinlich nichts«, erwiderte Almanzor. »Ich jedenfalls nicht mehr, als ich heute getan habe. Sie …«

Er überlegte kurz und sagte dann: »Das Beste für Sie, glaube ich, wäre, A.H.6 so schnell wie möglich wieder zurückzugeben und all das anschließend zu vergessen. Und verzeihen Sie mir!«

Ehrlich gesagt hatten wir nicht das Bedürfnis, einander wiederzusehen, und so schüttelten wir uns wortlos die Hand. Ich ging auf die Treppe zur Metro zu und wiederholte für mich seine Worte: Dolfi zurückgeben, alles vergessen … Das hatte ich auch vor. Was den Rest betraf, so war mir nicht ganz klar, was ich Almanzor zu verzeihen hatte, aber als ich den Zug Richtung La Chapelle bestieg, wo ich umsteigen musste, beschlich mich ein Gefühl des Unwohlseins.

Zu Hause erwartete mich bereits Madame Bougrat. Normalerweise hatte sie um diese Uhrzeit ihren Dienst getan und war bereits gegangen, doch heute hatte sie sich Zeit gelassen und extra getrödelt. Meine hastig hingekritzelte Nachricht hatte ihre Neugier nicht befriedigen können. Vielleicht hätte sie Dolfi erkannt, wenn er das Bärtchen getragen hätte? Ich hätte nicht darauf geschworen. Madame Bougrat war eine »einfache Frau«, wie man das so schön sagte. Sie las nur Küchenrezepte und Schnittmusteranleitungen. Aber sie war neugierig. Außerdem hatte sie ein Recht zu erfahren, wie lange »der Herr da« bei uns blieb. Er hatte gestern Abend und heute Mittag bei uns gegessen, er hatte letzte Nacht in der Wäschekammer geschlafen … Sie hatte ein wenig mehr gekocht, aber wie sollte sie für die nächsten Tage planen?

»Er ist nur vorübergehend hier! Morgen ist er schon wieder weg«, antwortete ich, indem ich sie beinahe nach draußen schubste.

Ich wollte auf Nummer sicher gehen. Nachdem die Zugehfrau fort war, zog ich Almanzors Post-it aus der Tasche meines Jacketts und klebte es deutlich sichtbar auf die Kühlschranktür, wie eine lästige Aufgabe, die ich nicht vergessen durfte.

Als ob das nötig gewesen wäre! Morgen früh würde ich Dolfi sofort zu Heavy Friends fahren. Die Adresse und Bürozeiten schaute ich im Netz nach. Es war in La Défense, und sie hatten ab acht Uhr dreißig geöffnet. Ich werde da sein!, sagte ich zu mir selbst.

Der Rasen war perfekt geschnitten. Wenn ich mit dem Rasenmäher zugange war, blieben immer ein paar Stoppeln stehen, wie bei einem Irokesenschnitt. Selbst Bruno bekam es besser hin. Dolfi jedoch hatte hervorragende Arbeit geleistet. Morgen war er schon weg, schade um die Hecke. Unter dem Vorwand, dass dieser Tag ziemlich aufreibend gewesen war, genehmigte ich mir einen Whisky, wie ich ihn liebte: mit kräftig sprudelndem Mineralwasser und viel Eis. Mir fiel auf, dass Dolfi und ich beide »Wasser, das auf der Zunge perlt« mochten. Wo war er eigentlich? Beim Nachhausekommen hatte ich ihn im Garten unter einem Baum sitzen sehen, er schien vor sich hin zu träumen. Doch wovon träumten Klone bloß? Denn träumen und vor sich hin träumen werden sie ja wohl, sie sind ja gewissermaßen Menschen. Ich trat ans Fenster und hielt nach Dolfi unter dem Baum Ausschau. Der Stuhl war leer. Es war ein Klappstuhl mit einem Metallgestell und Holzlatten. Ein alter Stuhl, schon viele Male überstrichen, der etwas Ehrwürdiges an sich hatte, weil er schon viele Hinterteile erduldet, viele Sommer im Freien unter den Bäumen und viele Winter im Geräteschuppen verbracht hatte. Mit den Stühlen aus Stahl und Plastik im Klon-Zentrum hatte er lediglich gemeinsam, dass er mal besetzt, mal leer war, wie die im Zentrum es sicher auch um diese Uhrzeit waren.

Dolfi war also wieder nach drinnen gegangen. Vielleicht hatte er sich in die Wäschekammer zurückgezogen. Oder war er bei Bruno? Ich lauschte in Richtung seines Zimmers. Ja, es kamen Stimmen von dort und außerdem die gedämpften Geräusche von Brunos Computerspielen. Mit meinem Glas in der Hand ging ich nach oben und öffnete die Tür zum Reich meines Sohnes. Da waren sie, saßen vor dem riesigen Bildschirm, den ich Bruno zum zehnten Geburtstag geschenkt hatte. Unter ihren Blicken überflogen zahlreiche Bomber, auf deren Flügel schwarze Balkenkreuze prangten, das graue Wasser des Ärmelkanals, während Schwadronen von englischen Jägern von den Flugplätzen an der Südküste ausschwärmten. Ich kannte dieses Spiel gut. Es war *Blitz*, Brunos Lieblingsspiel. Wir hatten es oft zusammen gespielt. Es war erstaunlich realistisch, selbst aus dem Blickwinkel des Historikers. Flugzeuge, Kokarden, Ausrüstung, Fluguniformen, Schlachtordnungen, tagtägliche, ja stündliche Wetterbedingungen, in der Luft wie am Boden, alles war bis ins kleinste Detail exakt nachgebildet. Die Flugzeuge brummten wie wütende Wespen, die Stimmen der Piloten näselten in den Mikrofonen, und die Glocke, die berühmte Glocke, die die Jungs zur sofortigen Landung aufforderte (*»Don't come and tell, ring this like hell!«*), erklang mit voller Wucht. Die Helden waren dabei, wie frisch aus dem Ei geschlüpft in ihren graublauen Uniformen und ihren weißen Mae-West-Rettungswesten, mit ihren großen gefütterten Stiefeln und ihrer Ledermütze, auf denen die lurchartige Sonnenbrille saß. Mit gebundener Krawatte, flogen sie davon, im engen Cockpit ihrer Eisenvögel, die meisten von ihnen in den sicheren Tod. Denn sie trugen eine Krawatte, diese jungen Leute, um zu siegen oder zu sterben. Ich wäre zu gerne einer von ihnen gewesen. In Gemetzeln gab es keine bravouröseren Helden als sie. Es gibt nichts Reines auf Erden, die Nationen führen ihre erbitterten Kriege nie ganz zu Recht und die Völker nie ganz zu Unrecht. Doch was konnte man diesen wohlerzogenen Grünschnäbeln an Bord ihrer knatternden und spuckenden Flugzeuge, die sich mit spanischen, polnischen und französischen Veteranen der Lüfte maßen, denn vorwerfen? Es waren *Verteidiger*. Dieses Wort macht den ganzen Unterschied zwischen ihnen und ihren Gegnern, die sie als *Feiglinge* bezeichneten, als *Hunnen*, als *Gauner* oder

Hurensöhne. Es waren nicht alles Nazis, aber es waren alles Deutsche, die sie damit meinten. Natürlich, in den Jahren, die den Heldentaten und der Hingabe meiner Helden folgten, flogen ihre älteren Cousins und Brüder Luftangriffe auf Hamburg, Dresden und Berlin, um sich für Coventry, Liverpool und London zu rächen ... Doch das war etwas anderes. Den Propeller voraus, waren die englischen Jäger von 1940 in den Himmel gestiegen, um die Spitzendeckchen ihrer Tante Pamela und die Habeas-Corpus-Akte, Jane Austen, die Gurkensandwiches und die Zivilisation zu retten. Die eigentliche Schlacht gegen die wahren, als menschliche Wesen verkleideten *Aliens* war erst ein wenig später geschlagen worden. Ich hatte sie Bruno also ans Herz gelegt, sie und ihr Land in genau jenem Augenblick. Nichts rührte meine ansonsten so abgebrühte Seele so sehr wie England um 1940. Das Athen des Perikles, das Rom des Augustus, das Wien Kaiser Franz Josephs, all das war natürlich auch nicht zu verachten. Doch nichts kam meiner Ansicht nach dem London Churchills gleich, seinen Sirenen und seinem Schutt, seiner unterernährten Bevölkerung, die in den U-Bahn-Schächten kauerte, seinen Kindern, die in vollbesetzten Zügen aufs Land zu Verwandten geschickt wurden, seinen Feuerwehrleuten, die sich, einen Eimer mit Sand in Händen, auf die hell lodernden Feuer an den Docks stürzten.

9

Brunos Hände huschten flink über die Tasten. Unter seinen Fingern leuchteten die Mannschaftsfelder auf, die Schaltzentralen fällten schwerwiegende Entscheidungen, die Schwadronen formierten sich und rasten auf den Feind zu.

»Siehst du, Dolfi, jetzt lasse ich die Spitfires von der 609 der Middle Wallop und die Hurricanes von der 145 der Tangmere fallen, um den Halunken auf den Pelz zu rücken, die aus Saint-Omer angeflogen kommen ...«

Brunos Erklärungsversuche seiner Manöver waren vergeblich, denn der Klon starrte verständnislos auf den Bildschirm, wenn man seinem ausdruckslosen Gesicht Glauben schenken durfte.

»Bruno ...«

Der Kleine war so ins Spiel vertieft, dass er gar nicht antwortete.

»Bruno!«, wiederholte ich etwas lauter. »Hast du deine Hausaufgaben gemacht?«

»Noch nicht, Papa, gleich. Ich hab fast keine! Und ich muss Dolfi gerade zeigen ...«

»Komm schon, du langweilst ihn doch! Die Schlacht um England, das sind doch böhmische Dörfer für ihn. Es ist gleich Abendessenszeit. Los jetzt, hör auf damit und mach dich an deine Hausaufgaben.«

Bruno entschuldigte sich mit einer Grimasse bei Dolfi und gehorchte widerwillig.

»Dolfi, ich ...«

Ich unterbrach mich mitten im Satz. Dolfi wartete auf die Fortsetzung. Das war wieder einer der peinlichen Aspekte seines Verhaltens und die Kehrseite seiner Folgsamkeit: Ständig reagierte er nur auf Impulse von außen. Als hätte er nie einen eigenen Willen, besäße er keinerlei Autonomie ... Ich wollte ihm ein paar Fragen stellen, doch das Zimmer, in dem Bruno sich anschickte, seine Hausaufgaben zu machen, schien mir nicht der geeignete Ort dafür zu sein.

»Lassen Sie uns doch nach unten gehen.«

Ich fand mich lächerlich. Diese Höflichkeitsfloskeln waren bei einem Klon völlig überflüssig. Aber irgendwie wehrte ich mich dagegen, einfach nur zu sagen: »Folgen Sie mir!« oder »Kommen Sie!«

Wir gingen hinunter ins Wohnzimmer. Meinen Whisky hatte ich noch nicht angerührt. Jetzt trank ich einen Schluck.

»Setzen Sie sich, Dolfi ... Warum haben Sie sich den Schnurrbart abrasiert?«

»Das war nicht ich. Das war der Mann in dem Geschäft.«

Aha, der Alligator, dachte ich.

»Erzählen Sie doch mal: Wie war denn das, vor dem Geschäft?«

»Das habe ich schon gesagt: die Kroketten, der Schlafsaal ...«

»Nein, das weiß ich ja. Den Rest. Erzählen Sie mir etwas über ...«

Ich wagte nicht zu sagen, »Ihre Kindheit«. Dennoch musste Dolfi ja etwas durchlebt haben, das vage an eine Kindheit erinnerte. Im Grunde hatte er ja nur das gehabt, denn den Rest der Zeit über war er ja eingemottet.

Er hatte die Hände flach auf den Tisch gelegt. Mit halb geschlossenen Augen, es schien ihn anzustrengen, versuchte er sich zu erinnern. Endlich begann er zu sprechen, langsam, er baute ganz einfache Sätze mit skelettartigem Wortschatz. Ab und zu nahm seine Stimme einen erstaunten Klang an, als wunderte er sich selbst über das, was er da erzählte. Er hielt oft inne, um nach Worten zu suchen, oder so, als stünde er vor einem Abgrund, denn ihm schien kein anderes Wort einzufallen. Dann half ich ihm mit einer neuen Frage wieder auf die Sprünge.

»Es gab noch andere. Alle waren gleich angezogen, alle außer den Aufpassern. Da waren welche so wie ich, und da waren andere, die waren nicht so wie ich. Das waren mehr. Es waren immer Leute da, viele Leute. Man war nie allein. Selbst unter der Dusche war man nie allein, selbst in der Toilette nicht. Da gab es Gläser, in denen konnte man sich sehen …«

»Spiegel …«

»Spiegel. Sie waren an den Wänden, den Türen, den Säulen. Überall Spiegel. Im Schlafsaal. Im Speisesaal. In den Klassenzimmern. Auch auf dem Sportplatz. Daher wussten wir auch, dass wir nicht die Einzigen waren, nicht so wie Sie. Bei uns waren nur die Aufseher einzig. So nannten wir sie: die ›Einzigen‹.«

»Auch auf dem Sportplatz, sagten Sie? Haben Sie viel Sport betrieben?«

»Ja, viel! Turnen, Übungen. Laufen, Springen, Ballspiele, Schwimmen, ganz viel!«

»Und im Unterricht, was hat man Ihnen da beigebracht? Sie können sicher lesen …«

»Ja, lesen. Rechnen. Und ich kann an der Ampel erkennen, ob sie rot oder grün ist, ich kann die Straßenschilder lesen. Und die Schilder auf den Türen.«

»Ist das alles? Wirklich alles?«

»Und dass man immer gehorchen muss. Das war das Wichtigste, gehorchen.«

»Erzählen Sie mir von den Aufpassern, den *Einzigen*. Waren sie nett zu Ihnen?«

»Sie haben uns nicht geschlagen«, sagte Dolfi nach kurzem Zögern.

»Waren sie manchmal sauer auf Sie? Sicher haben Sie doch ab und zu Unsinn gemacht. Alle Kinder machen das …«

»Unsinn? Ich nicht. Aber einmal hat ein Junge einen anderen geschlagen, der hat geblutet. Er wurde bestraft. Dann war er auf einmal weg.«

»Wo kam er denn hin?«

»Ich weiß es nicht. Wir haben ihn nie wieder gesehen.«

Dolfi schwieg. Er wirkte plötzlich müde und unkonzentriert. Ich begriff, dass ich es für heute dabei belassen musste. Für heute? Morgen würde Dolfi ja gar nicht mehr da sein. Und wie der Junge, von dem er erzählt hatte, würden wir ihn nie wiedersehen.

Als ich ihn gerade wieder nach draußen schicken wollte, fing der Klon mit seiner ein wenig schläfrigen Stimme und seinem lächerlichen Akzent von selbst zu erzählen an. Ich konnte mir nicht vorstellen, dass man allen zwölf aus seiner Serie beigebracht hatte, so zu sprechen, um sie so lächerlich zu machen. Aber vielleicht nicht allen. Vielleicht war der teutonische Akzent eine Wahlmöglichkeit.

»Es gab …«

»Ja …?«

»Es gab einen Igel, auf dem Weg zum Sportplatz. Mit Blättern auf seinem Rücken. Eines Tages sind wir da vorbeigegangen, und ich habe ihn gesehen.«

»Einen Igel … Und dann?«

Doch Dolfi hatte nichts mehr zu sagen. Seine Hände lagen noch immer flach auf der Tischplatte, und er starrte mit offenem Mund ins Leere. Er betrachtete den Igel.

Ich beschloss, nicht ins Restaurant zu gehen, sondern ebenfalls zu Hause zu essen. Madame Bougrat hatte geraspelte Möhren, Lasagne und Mousse au Chocolat zubereitet. Es war ein Festmahl für Dolfi. Zur Lasagne trank er ein großes Glas Mineralwasser mit Kohlensäure und ließ sich nachschenken.

Als er den ersten Löffel Mousse probierte, lächelte er. Auch Bruno aß mit großem Appetit. Er freute sich, dass Dolfi dabei war. Irgendwann, zweifellos genau deshalb, sagte er leise: »Danke, Papa.« Ich antwortete nicht und sah woanders hin. Dolfi schmeckte die Mousse au Chocolat so gut, dass er zu hastig aß und sich das Kinn bekleckerte. Bruno brach in Gelächter aus. Dolfi schaute ihn fragend an. Bruno gab ihm zu verstehen, er solle sich das Kinn abwischen. Der Klon gehorchte und schaute dann auf seine verschmutzte Serviette. Da begann auch er zu lachen. Zum ersten Mal.

Bruno war an diesem Abend anstrengend. Seine Hausaufgaben hatte er hastig hingekritzelt, der Unterrichtsstoff saß nicht. Ich hatte Probleme, ihn ins Bett zu bringen. Beim Verlassen des Zimmers schaltete ich das Licht aus. Ich wusste, dass er es gleich wieder einschalten würde, um noch zu lesen. Was nicht schlimm war. Morgen würde ich mich wieder intensiver um ihn kümmern, dann war ja wieder alles beim Alten.

Bevor ich mit Bruno nach oben ging, hatte ich Dolfi beauftragt, den Tisch abzudecken. Es war ein Mittelding zwischen Bitte und Befehl. Ich deutete auf den Tisch und sagte: »Sie können jetzt abräumen.« Nur mal so als Test. Das mit dem Rasenmähen heute Nachmittag hatte er ja gut hinbekommen. Als ich wieder herunterkam, war der Tisch leer, die Teller, Gläser und das Besteck standen in der Spülmaschine, den Rest der Lasagne hatte er in den Kühlschrank gestellt. Dolfi verstaute gerade die angebrochenen Flaschen an ihrem Platz. Sollte ich ihn beglückwünschen? Durchaus nicht. Man gratuliert einem Dienstboten nicht dafür, dass er seine Arbeit verrichtet. Mir brannte eine Frage auf der Zunge. Doch als ich sie gerade stellen wollte, klingelte das Telefon. Es war Phoebé, die sich nach dem Stand der Dinge erkundigte. Ich ging auf den Flur, um nicht in Gegenwart Dolfis reden zu müssen. Sie wollte wissen, ob ich Ricardo gesehen hatte, ob der

Klon noch da war. O ja, ich hätte mich mit Almanzor getroffen. Ja, Dolfi sei noch da …

»Dolfi?«

Ich hatte den Namen ihr gegenüber noch nicht erwähnt.

»Der Klon … Bruno hat ihn Dolfi getauft. Ihm war eingefallen, dass Eva Braun ihren geliebten Führer so genannt hat. Und vor ihr vielleicht Geli Raubal, vielleicht sogar Unity Milford und Winifred Wagner … Für die Damen: Dolfi!«

Phoebé merkte wieder einmal an, dass Bruno für einen Jungen in seinem Alter viel zu viel über diese Epoche wisse. Er sei davon besessen, und das sei meine Schuld.

»Du machst ihn noch verrückt. Aber was hat Ricardo denn gesagt?«

Ich gab ausweichende Antworten. Das Treffen mit Almanzor hatte mich so sehr aus der Bahn geworfen, dass ich keine Lust hatte, mit Phoebé oder sonst jemandem darüber zu reden. Wie hatte Almanzor gesagt? Das, was ich sah, hörte, ahnte oder vermutete, das, was ich mir selbst nicht einmal einzugestehen wagte.

»Ich fahre morgen zum Hersteller. Heavy Friends. Die sind in La Défense … Genau, Heavy Friends, Schlimme Kumpels … Verstehst du den Hintersinn? Schließen Sie Freundschaft mit den großen Tieren, Hitler, Attila, Vlad Dracul, Elisabeth Béthory zum Beispiel! In der Hinsicht ist er jedenfalls ein ganz schönes Schwergewicht, unser Freund Adolf, pardon: Dolfi! Also, ich bringe das morgen in Ordnung.«

»Und die Strafe? Was hat Ricardo dazu gesagt?«

»Es ist nicht so sehr eine mögliche Strafe, die mir Sorgen bereitet als vielmehr ein etwaiger Prozess. Almanzor ist davon überzeugt, dass das Geschäft gegen mich vorgehen wird.«

»Ich kenne einen fantastischen Anwalt, ich kann dir seine Nummer geben …«

»Noch ein Ex? Ich bräuchte auch noch einen begabten Klempner, hast du den ebenfalls in deiner Sammlung?«

Das war bescheuert, aber es war mir so herausgerutscht. Seit vierundzwanzig Stunden durfte ich mich ihretwegen mit dieser dummen Geschichte herumschlagen. Da war so ein kleiner humoristischer Seitenhieb doch gestattet, oder?

Phoebé würde ihn mir wohl erst später verzeihen. Im Augenblick nahm sie mir die Sache sehr übel.

»Du Blödmann, schau doch, wie du allein zurande kommst mit deinem Klon, deiner Strafe und deinem Prozess!«, schrie sie mich an, bevor sie den Hörer auf die Gabel knallte.

So etwas ist nie angenehm. Ich fühlte mich schuldig. Ich hätte mich nicht so gehen lassen sollen. Und in einem Punkt hatte Phoebé natürlich recht: Ich würde mir einen Anwalt nehmen müssen. Sénéchal hatte sich um unsere Scheidung gekümmert. Er war ein wenig lasch, aber ich kannte ihn, das gab mir ein gutes Gefühl.

Es war Dienstagabend. Am Mittwochnachmittag hatte ich Vorlesung. Das Problem mit Dolfi musste unbedingt morgen früh geregelt werden. Ich musste unbedingt die Vorlesung vorbereiten, es sei denn, ich erging mich noch mal über den Japanisch-Chinesischen Krieg. Den vergisst man nur zu leicht. Ein langer Krieg: Neun Jahre dauerte er, von 1937 bis 1945, und sogar noch länger, zieht man den wahren Beginn mit der Invasion der Mandschurei 1931 nach dem Mukden-Zwischenfall in Betracht. Ein unglaubliches Blutvergießen von entsetzlicher Grausamkeit, die Massaker von Nanking, der Einsatz biologischer Waffen und die Versuche an Menschen, welche die Japaner praktizierten … Ich hatte keine besondere Lust, mich jetzt damit auseinanderzusetzen. Der morgige Vormittag war aber Dolfi und Heavy Friends vorbehalten. Ich musste mich also wohl oder übel jetzt dahinterklemmen. Auch das hatte ich Phoebé zu verdanken. Ich ging wieder in die Küche, um mir einen Lindenblüten-Minze-Tee zu kochen. Dort traf ich Dolfi an, der noch mit Aufräumen beschäftigt war. Was für eine gute Hausfrau unser Führer doch abgab, spöttelte ich insgeheim. Da er schon einmal neben mir zugange war, konnte ich ihm auch gleich die entscheidende Frage stellen: »Sagen Sie … Wissen Sie, wer Sie sind?«

Einen Unterteller in der Hand, betete Dolfi sogleich die Buchstaben und Ziffern seiner Matrikelnummer herunter.

»Nein, nicht das. Ich meine: Wissen Sie, wer Adolf Hitler war? Hat man Ihnen von ihm erzählt?«

»Nein, mir nicht.«

»Ihnen nicht? Dafür aber anderen A.H.s? Wurden Sie nicht alle gleich behandelt? Bekamen Sie nicht alle dieselben Unterweisungen?«

Die Fragen sprudelten nur so aus mir hervor. Ich bemerkte an dem Gesichtsausdruck des Klons, dass er überfordert war, dass ich zu viel auf einmal wollte. Ich wischte die Fragen mit einer Handbewegung weg und beschränkte mich auf nur eine: »Hat man mit anderen über ihn gesprochen?«

»Nur mit einem von uns. Mit A.H.1. Ab und zu wurde er über Lautsprecher ausgerufen. Ein *Einziger* von außerhalb erteilte ihm speziellen Unterricht.«

»Hat er Ihnen erzählt, wozu dieser spezielle Unterricht diente? Sie haben sich doch wohl ausgetauscht mit Ihresgleichen …«

»Manchmal.«

»Nur manchmal? Sie lebten doch zusammen, im Schlafsaal, im Speisesaal, im Unterricht, auf dem Sportplatz …«

»Einmal hat A.H.1 uns davon erzählt, mir und anderen. Das war im Waschsaal, eines Abends, beim Zähneputzen. Wir waren spät dran, ein paar von uns. Er hat erzählt, aber ich habe nicht genau verstanden, was er gesagt hat …«

Dolfi schwieg. Ich wollte ihn nicht brüskieren. Als ich das heiße Wasser vom Elektrokocher in einen Kaffeepott auf den Teebeutel mit der Lindenblüten-Minze-Mischung goss, bemerkte ich, dass Dolfi jede einzelne meiner Gesten genau studierte.

»Möchten Sie auch einen?«

Er nickte. Ich nahm einen zweiten Kaffeepott aus dem Schrank und einen weiteren Teebeutel. Dann wiederholte ich den Vorgang und nahm das Gespräch wieder auf.

»Versuchen Sie sich zu erinnern!«

»Er sagte: ›Deutschland, Krieg…‹ Er sagte: ›Großes Deutschland…‹«

»Wussten Sie denn, was das ist, Deutschland?«

»Wir wussten es nicht. Er sagte uns, das sei das Land von Hitler, wie in den Spielen von Bruno. Aber damals in dem Augenblick wussten wir nicht, wer Hitler ist. Das sagten wir ihm, und da sagte er: ›Das sind wir.‹ Doch da kam ein Einziger herein, und er hat nichts mehr gesagt. Wir haben uns die Zähne zu Ende geputzt und sind dann zu den anderen in den Schlafsaal hinübergegangen.«

Nach dieser für seine Verhältnisse offensichtlich extrem langen Ansprache verfiel der Klon wieder in Schweigen. Ich schob ihm seinen Becher mit Tee zu.

»Holen Sie mal zwei Löffel aus der Schublade da, und der Zucker ist in der rechteckigen Dose hinter Ihnen.«

Wir nahmen einander gegenüber auf den Hockern am Küchentisch Platz. Wir sagten nichts mehr. Dolfi gab zwei Stück Würfelzucker in seinen Tee und rührte gedankenverloren um. Dann trank er, die Augen vor Vergnügen geschlossen, in kleinen, vorsichtigen Schlucken, zwischen denen er auf die dampfende Flüssigkeit blies. Ich würde mich morgen, beschloss ich, nicht mit ihm in die Metro quetschen, sondern mit dem Auto zu Heavy Friends fahren.

Ich hatte die Autobatterie über Nacht aufgeladen. Ich benutzte das Auto nur selten, denn Strom wurde immer teurer. Bruno war schon unterwegs zur Schule, zum Handballtraining. Zum Abschied hatte er mir einen Wangenkuss gegeben, und Dolfi ebenfalls, den das ganz schön erstaunte. Ich sagte nichts. Dolfi hatte gerade gefrühstückt. Ich machte ein Foto von ihm in seiner Lederhose und seinem groben Wollpulli, als Andenken an dieses Abenteuer. Später würden wir ganz schön darüber lachen, Bruno und ich. Einstweilen aber erwartete mich ein schwieriger Augenblick, wenn der Kleine nämlich heute Abend feststellen musste, dass Dolfi nicht mehr da war. Ich schenkte mir noch etwas Kaffee ein. Meine Vorlesung am Nachmittag bereitete mir ein wenig Sorgen. Ich hatte gestern Abend nicht mehr in meine Aufzeichnungen geschaut. Sie waren auf meinem Rechner. Vielleicht hatte ich nachher Zeit, wenn ich von Heavy Friends zurückkam. Als ich in die Küche ging, um Almanzors Post-it zu holen, sah ich, dass es schon kurz nach acht war. Man musste mit Staus auf der Autobahn rechnen. Da klingelte es an der Eingangstür. Ich erwartete niemanden und hatte es eilig. Hatte vielleicht ein Vertreter gewagt, unseren Vorgarten zu betreten? Um diese Uhrzeit? Ich ging öffnen, wild entschlossen, den morgendlichen Eindringling abzuwimmeln.

Nein, diese Person hier würde ich nicht abweisen. Bleich, in Tränen aufgelöst, mit wirrem Haar, in einen hellblauen Baumwollbademantel gehüllt, den sie vor der Brust zusammenraffte, stand Bassompierres Marilyn vor mir.

10

»Monsieur Mercier, o bitte, helfen Sie mir!«, stammelte sie.

Blitzartig wurde mir klar, was passiert war … was passieren musste! Ich bemerkte außerdem mit Erstaunen und heimlicher Freude, dass Marilyn wusste, wie ich hieß.

»Monsieur Bassompierre ist in der Küche zusammengebrochen«, fuhr sie fort. »Einfach so, nun liegt er auf dem Rücken! Ich weiß nicht, was ich tun soll … Helfen Sie mir!«

In der Küche, wie? Dann lag ich mit meiner ersten schlüpfrigen Hypothese also falsch. Obwohl … Ich gab mir einen Ruck. Meinem Nachbarn ging es nicht gut, es ging ihm sogar ziemlich schlecht, wie es schien. Es war meine Pflicht, ihm zu helfen.

»Warten Sie, ich komme!«

Marilyn war bereits zu Bassompierres Villa hinübergelaufen. Ihre hübschen weißen Waden ließen die Schöße ihres hellblauen Morgenmantels auf und ab tanzen. Ich hechtete hinterher. Vor lauter Eile hatte ich die Tür offen stehen lassen, und Dolfi folgte mir.

Ich war noch nie bei Bassompierre gewesen, der zurückgezogen lebte und ohne Zweifel kein Interesse daran hatte, sein Privatleben an der Seite einer derartigen Partnerin öffentlich auszubreiten. Es sah recht prunkvoll bei ihm aus, wirkte aber ein wenig steif, wie es zu einem Notar in Pension passte, viel Stoff, gewachste Böden, dicke Teppiche, dunkles Mobiliar, Samtmuster. Es war auch sehr sauber. War es Marilyn, die hier mit dem Staubwedel Ordnung hielt? Sie führte mich in die Küche. Bassompierre lag in einem cremefarbenen Bademantel der Länge nach auf den schwarz-weißen Bodenfliesen, wie ein umgefallener König auf einem Schachbrett. Neben ihm lagen die Scherben einer Porzellantasse inmitten einer Milchkaffeelache. Auf den ersten Blick sah es nach einem Infarkt aus. Bassompierre hatte Schwierigkeiten beim Luftholen, aber er atmete zumindest noch. Ich hütete mich, ihn anzufassen, teils aus Vorsicht, teils vor Ekel. Das Einzige, was ich tun konnte, war, den Notarzt zu rufen. Hatte Marilyn nicht selbst daran gedacht? Da fiel mir ein, dass sie ja nur ein Klon war. Dennoch kam sie mir selbst in dem Ausnahmezustand, in dem sie sich befand, »entwickelter« vor als Dolfi. Sie hatte sich über Bassompierre gebeugt und schluchzte. Herrje, sie liebte ihn! Oder sie weinte vor Angst. Was würde aus ihr, sollte er sterben? Doch aus Mitleid oder aus Selbstmitleid zu weinen, das machte unter diesen Umständen letztlich keinen Unterschied. Im Vergleich zu Dolfi kam sie mir viel menschlicher vor, auf jeden Fall gefühlsbetonter. Nun, auch er war ja da. Er war uns gefolgt und mit hereingekommen. Er betrachtete den am Boden liegenden Bassompierre. Sein Gesicht verriet außer einer gemäßigten Neugier keine Regung.

Ich bat um einen Computerterminal. In ihrer Verwirrung nickte Marilyn, rührte sich aber nicht von der Stelle. Ich schalt sie: »Schnell, beeilen Sie sich doch! Vielleicht ist es noch nicht zu spät …«

Sie begriff und stürzte zur Küche hinaus. Gleich darauf kam sie wieder, das Gewünschte in Händen. Ich streckte gerade die Hand danach aus, als eine Männerstimme vom Eingang her rief: »He, ist da jemand?«

»Ja … Wer ist da?«

Der Neuankömmling erschien im Türrahmen. Er war wohl um die vierzig, hatte kurze Haare und ein freundliches Gesicht. Er trug eine große schwarze Arzttasche.

»Ich bin Arzt«, sagte er beim Anblick des leblosen Körpers. »Ich kam gerade von einem Patientenbesuch weiter oben in der Straße, als ich … Mademoiselle in Tränen aufgelöst ins Haus rennen sah, und Sie beide hinterher.«

Er hatte den Bruchteil einer Sekunde gezögert, als er »Mademoiselle« sagte, und bei den Worten »Sie beide« Dolfi erstaunt angesehen.

»Ich dachte, dass ich hier möglicherweise gebraucht werden könnte«, fuhr er fort, »und war so frei … Was für ein Glück, nicht wahr?«

Erleichtert überließ ich ihn seinem Handwerk. Der Arzt befragte Marilyn, während er den Liegenden untersuchte. Hatte er Vorerkrankungen? Hatte er vor dem Zusammenbruch über Kopfschmerzen geklagt, über Schwindel, über Probleme mit den Augen? Sie antwortete ihm ganz beflissen mit einer Kleinmädchenstimme. Ja, er war in letzter Zeit zweimal ohnmächtig geworden, hatte sich aber jedes Mal gleich wieder gefangen. Monsieur Bassompierre stand immer als Erster auf und bereitete das Frühstück zu. Als er fertig war, hatte er nach ihr gerufen, doch als sie die Küche betreten hatte, war er ins Wanken geraten und hintübergefallen.

Nachdem er Bassompierre in die stabile Seitenlage gebracht hatte, richtete sich der Arzt wieder auf, eine tiefe Sorgenfalte auf der Stirn. Er verstaute sein Stethoskop und rief nun seinerseits den Krankenwagen.

Wir zogen Stühle heran und setzten uns, während wir warteten. Marilyn schniefte und tupfte sich die Augen mit einem Papiertaschentuch ab. Ich dachte an den Verkehr, die Staus, die uns auf der Strecke von hier bis nach La Défense und den Firmensitz von Heavy Friends erwarteten. Ich hätte mich gerne mit Dolfi verdünnisiert, traute mich aber nicht, obwohl meine Anwesenheit eigentlich überflüssig war. Der Klon blickte sich um. Er schien sich vor allem für die Raumaufteilung in Bassompierres Küche zu interessieren, aber seine

Augen wanderten auch immer wieder zu Marilyn hinüber. Der Arzt blieb natürlich bis zum Eintreffen des Krankenwagens. Zerstreut pfiff er vor sich hin. Ich beobachtete ihn heimlich und bemerkte, dass er seinerseits heimlich Marilyn, Dolfi und mich aus den Augenwinkeln betrachtete, um sich ein Bild von der Situation zu machen, die ihm keine Ruhe zu lassen schien. Es war keine Überraschung, dass er einen Klon von Marilyn Monroe erkannt hatte und ihn wohlwollend ansah. Mit Dolfi war das schon eine andere Sache. Hatte der Medicus ihn als Klon des Führers enttarnt, obschon er kahl rasiert war? Ich hatte es sofort gesehen, aber ich war ja auch entsprechend geschult – oder verdorben, wie Phoebé gesagt hätte. Hitler spielte nun mal eine wichtige Rolle in meinem beruflichen wie schimärenhaften Leben!

»Ist es ein Infarkt?«, erkundigte ich mich und deutete auf Bassompierre.

Die Frage riss den Arzt aus seinen Mutmaßungen. Genau das war meine Absicht.

»Wie bitte? Nein, eher ein Schlaganfall.«

»Das ist auch ziemlich schlimm, oder?«

»Das ist Jacke wie Hose. Aber es hängt alles davon ab, wie …«

Der Arzt vollendete seinen Satz nicht. Er konzentrierte seine Aufmerksamkeit wieder auf Dolfi.

»Entschuldigen Sie«, sagte er zu ihm, »irgendwie habe ich das Gefühl, Sie schon mal irgendwo gesehen zu haben.«

»Ich Sie nicht«, antwortete der Klon mit seiner üblichen Lakonie.

»Sie sind ihm vielleicht hier im Viertel begegnet, wenn Sie zu Patienten unterwegs waren«, warf ich ein.

»Mag sein«, gab der Arzt zu, klang aber nicht überzeugt. »Entschuldigen Sie«, fuhr er, wieder an Dolfi gewandt, fort, »vor lauter Aufregung habe ich mich gar nicht vorgestellt: Doktor Samuel Grinstein.«

Er zog eine Visitenkarte aus der Brusttasche und reichte sie Dolfi. Dieser nahm sie entgegen und behielt sie in der Hand, ohne jedoch daraufzuschauen.

»Und … mit wem habe ich die Ehre, wenn es nicht unhöflich ist?«, sagte der Arzt dann.

Die Frage war nur an Dolfi gerichtet. Der Klon machte den Mund auf. In aller Unschuld wollte er seine Matrikelnummer herunterbeten. Bloß nicht! Ich hatte nicht das geringste Bedürfnis, ausführliche Erklärungen von mir zu geben.

»Mein Name ist Mercier«, schnitt ich Dolfi das Wort ab. »Ich unterrichte an der Sorbonne, Paris IV, und mein Freund hier, der ein paar Tage zu Besuch ist, arbeitet als Jagdaufseher im Elsass …«

Ich traute meinen eigenen Ohren nicht. Mit dem Jagdaufseher wollte ich Dolfis ulkige Lederhose und seinen Holzfällerakzent rechtfertigen. Was für ein Geistesblitz, und wie glaubwürdig! Grinstein ließ sich aber keine Sekunde lang irreführen. Als er sich endlich zu mir umdrehte, tat er dies mit einem nunmehr feindseligen Gesichtsausdruck.

»Sie sind wohl sein Vormund, wenn Sie so an seiner Stelle antworten?«

An dem eisigen Tonfall des Arztes erkannte ich, dass er genau wusste, wer Dolfi war. Sein Vor- und Nachname ließen keinen Zweifel daran, dass er Jude war. Begreiflich, dass ihm schon allein die Möglichkeit, Adolf Hitler zu klonen, geschweige denn so einen Klon zu besitzen, verhasst war. Für ihn ging ich bestenfalls als dummer Snob durch, der sich toll dabei vorkam, seine Freunde mit so einem unheimlichen lebenden Spielzeug zu beeindrucken. Womöglich hielt er mich sogar für einen Sympathisanten der Ideologie des Führers! Beide Vermutungen beleidigten mich gleichermaßen. Aber ich hatte keinerlei Handhabe, das Gegenteil zu beweisen. Daher entschloss ich mich zur Flucht nach vorn.

»Sagen Sie mal, Sie sind heute wohl mit dem falschen

Fuß aufgestanden, was? Ihnen kann man ja gar nichts sagen, mein Herr! Na ja, der Krankenwagen wird gleich kommen, da haben wir hier nichts mehr verloren ...«

Ich stand auf und gab dem Klon ein Zeichen zum Aufbruch. Er erhob sich ebenfalls. Bereits an der Tür, rief ich Marilyn zu, sie möge mich über Bassompierres Zustand auf dem Laufenden halten, dann verließ ich zusammen mit Dolfi das Haus.

Anderthalb Stunden später saß ich am Steuer und kochte vor Wut. Das war immer so, wenn ich auf der Autobahn im Stau stand. Es ist so stumpfsinnig, so erniedrigend – all diese zur schnellen Fortbewegung bestimmten Gefährte, die in einer langen Schlange eingepfercht herumstanden und kostbare Energie verschleuderten! Wir hatten gerade mal den halben Weg nach Paris zurückgelegt, als mein Bordcomputer Staus und zäh fließenden Verkehr auf den Zubringern ins Zentrum verkündete. Dolfi hatte die diversen Displays auf dem Armaturenbrett mit kindlicher Neugier betrachtet. Dann aber, wie eine junge Katze, die nach anfänglicher Begeisterung einen Spiegel links liegen lässt, hatte auch er das Interesse verloren und war eingenickt. Zwischen zwei Wutanfällen dachte ich an Bassompierre, an Marilyn, an den Arzt. Vor allem an den Arzt, und zwar mit Unbehagen. Was für einen Blick er mir zugeworfen hatte! Was für eine verächtliche Ironie in seiner Stimme lag, als er mich zurechtgewiesen hatte! Kurz darauf begehrte ich im Geiste auf. Doktor Grinstein hatte sich durch das Auftauchen von Hitler-Klonen persönlich angegriffen, ja verletzt gefühlt. Mit Sicherheit hätte er für ihr Verbot gekämpft oder dieses zumindest gutgeheißen ... Na schön, das war normal, das konnte man ihm nicht verdenken. Ich wäre der Letzte gewesen, der ihm das vorgeworfen hätte, ich kannte diese Epoche und die mit ihr verbundene verwirrende Rückkehr zur Barbarei ja nur zu gut. Aber ich, Tycho Mercier, hatte mir nichts vorzuwerfen, sagte ich mir, als stünde ich vor einem imaginären Gericht. Im Gegenteil, ich hätte das Recht gehabt, mich zu beschweren, und kämpfte in einer zugleich ubuesken und kafkaesken Situation! Während ich diesen trüben Gedanken nachhing, zog ein Wagen direkt links neben mir meine Aufmerksamkeit auf sich. Noch ehe ich die seitliche Inschrift entziffert hatte, erkannte ich ihn an dem braunen Lack und den getönten Scheiben. Es war der Kleinbus, den ich gestern gesehen hatte, als Almanzor und ich am Liquidierungszentrum ankamen. Derselbe oder ein anderer, genau gleich aussehender, der ebenfalls zum Zentrum gehörte. Vielleicht gab es eine ganze Flotte davon. Vielleicht beobachtete mich jemand vom Rücksitz aus. Das Zentrum lag zwar auf der anderen Seite von Paris, aber die Späher hatten womöglich den Auftrag, die ganze Region oder gar, wer weiß, ganz Frankreich zu durchkämmen. Was für ein Zufall, sollte dieser Kleinbus ebenfalls zu Heavy Friends unterwegs sein!?

»Dolfi ...«

Der Klon tauchte aus seinem Halbschlaf auf. Er schaute mich fragend an.

»Schauen Sie mal da, dieser Kleinbus, dort, links ... Haben Sie so einen schon mal gesehen, dort *bei Ihnen* ...?«

Dolfi schaute hinüber, verneinte und versank wieder im Schlummer. Ich war auf der falschen Fährte gewesen. Hätte ich mir ja gleich denken können. Das Liquidierungszentrum hatte mit der Produktion und dem Vertrieb von Klonen nichts zu tun, die wurden privaten Unternehmen überlassen. Es hatte die Aufgabe, sich *post festum* um die »Regulierung« zu kümmern.

Der Verkehr auf der linken Spur, der gerade noch etwas zurückgelegen hatte, schob sich plötzlich ein Stück nach vorn. Der braune Kleinbus und mein Wagen waren wieder gleichauf. Das ging womöglich bis Paris so weiter oder sogar bis nach La Défense! Ich versuchte an etwas anderes zu denken. Es ging nicht. Ständig tauchte das Bild der fünf Trottel, die nebeneinander an der Wand saßen, vor meinem geistigen Auge auf. Ich sah sie direkt vor mir: A.H.8 und M.P.4, der Avatar Hitlers, des Mannes, der Europa auf dem Gewissen hatte, und Petiot, der Mörder aus der Rue Le Sueur, einer unschuldiger als der andere, daneben Audrey Hepburn als erbärmliche Bohnenstange und die erlauchte Unbekannte, dieses absolute Unikat, von dem es nur ein einziges Klon-Exemplar gab, und die Raubkopie des Fußballers, an dessen Namen ich mich nicht mehr erinnern konnte ... Ich sah in ihren weißen Kitteln Mademoiselle Makarios vor ihrem Bildschirm sitzend und den muskelbepackten Pedell, der an seinem Computerspiel klebte, den unsympathischen Dr. Perronnet, der aus der Tür im Hintergrund trat. In meiner Erinnerung war alles in ein düsteres Licht getaucht, eine Endzeitstimmung lag über dem Ganzen. Liebend gerne hätte ich mich geirrt, was hätte ich nicht dafür gegeben! Die Welt wäre wieder so geworden, wie sie vor Dolfis Eindringen in mein Leben war, vor meiner Begegnung mit Almanzor und unserem Besuch im Liquidationszentrum: eine harmonische Welt. Man hieß Tycho Mercier, stammte aus bescheidenen Verhältnissen, hatte aber etwas Ordentliches studiert, hatte geheiratet, einen Sohn in die Welt gesetzt und sich dann wieder scheiden lassen, das war nun mal der Lauf der Dinge, irgendwie verhielt man sich dazu, man liebte seinen Beruf, der darin bestand, die junge Generation die Schrecknisse einer lange zurückliegenden Vergangenheit zu lehren, man glaubte, dadurch etwas Nützliches zu tun ... All das hatte im Prinzip noch Bestand, und trotzdem hatte sich etwas geändert. Dunkle Wolken waren an meinem geistigen Himmel aufgezogen. Da konnte ich mich noch so sehr anstrengen und mir die Dinge schönreden, im Grunde meines Herzens wusste ich es ja: Es *war* so. Außerdem hatte Almanzor es zugegeben, ohne es auszusprechen. Der hohe Beamte steckte bis zum Hals in dem Schlamassel. Er wusste alles, hatte es von Anfang an gewusst. Dank seiner Mittlerfunktion zwischen dem Ministerium für Biotechnologie und dem

Liquidierungszentrum war er an allen Entscheidungsprozessen beteiligt, er unterzeichnete und wäre wohl am liebsten selbst in einem Loch im Boden verschwunden. Wahrscheinlich hatte er auf eine Gelegenheit gewartet, einen Mitwisser ins Boot zu ziehen oder zumindest seinem Herzen Luft zu machen. Und mich, der ich doch nur einen Rat von ihm wollte, hatte es getroffen. Mit scheinheiliger Miene wurde ich bei ihm vorstellig: »Pardon, Monsieur Almanzor, ich habe einen verbotenen Klon zu Hause, der mir jede Menge Probleme bereitet, wie werde ich den wieder los?« Tief in seinem Innern hatte Almanzor sicher bitter aufgelacht. »Genau die richtige Tür erwischt, hahaha!« Vorsichtshalber ließ er sich jedoch zu keiner klaren Aussage hinreißen. Gar nicht dumm. Und ich durfte schön brav zwischen den Zeilen lesen. So ein Schuft! Es war, als hätte er mir wissentlich ein Kleidungsstück voller Mottenlöcher ausgeliehen. Und jetzt saß ich in der Falle: Ich war eingeweiht.

Rechts tauchte eine Ausfahrt auf. Auch dort stauten sich die Autos, aber sie rückte dennoch Stück um Stück näher. Ich würde keine Sekunde Zeit gewinnen, wenn ich jetzt abfuhr, im Gegenteil. Trotzdem zog sie mich unwiderstehlich an. Wenn ich diesem Impuls nachgab, war der Vormittag im Eimer. Meine Vorlesung fand am frühen Nachmittag statt, da konnte ich die Sache mit Heavy Friends für heute vergessen, aber ich entkam dem Kleinbus, der dumpfen Angst, die mir seine Nähe verursachte.

Das Klonen von Menschen war ein noch wachsender, aber bereits bedeutender Industriezweig. Mehrere Unternehmen stellten unterschiedliche Modelle her, von denen ein variabler Prozentsatz aus diversen Gründen wieder eingezogen wurde. Wer weiß, vielleicht fuhr der Kleinbus ja gar nicht nach La Défense. Aber es war gut möglich, dass ein solcher Bus Dolfi morgen bei Heavy Friends abholte, wenn ich ihn heute dorthin brachte.

Die Ausfahrt kam immer näher. Noch sieben Fahrzeuge, dann noch fünf, schließlich nur noch drei trennten mich davon. Was würde passieren, wenn ich nach rechts abbog, um wieder umzukehren? Würden die Dinge dann eine völlig andere Wendung nehmen? Mal angenommen, ich setzte Dolfi bei uns zu Hause ab und nahm dann den Zug zur Sorbonne. Dann wäre ich heute Abend wieder mit diesem unauffälligen und doch äußerst lästigen Gast konfrontiert. Ob ich allerdings nach La Défense fuhr und Dolfi endlich loswurde oder nicht, änderte nichts daran, dass mich die Supermarktkette verklagen würde. Hinzu kam noch, dass Doktor Grinstein mich vermutlich bereits bei der nächstgelegenen Polizeidienststelle angezeigt hatte.

Bis nach Hause dauerte es noch eine gute Stunde. Ich parkte in der Garage, zeigte Dolfi, wo sich die Gartengeräte befanden, und dann, o ja, erteilte ich ihm freundlich den Auftrag, während meiner Abwesenheit die Hecke zu schneiden. Anschließend stellte ich eine Dose Ravioli mit Tomatensoße und den Rest von Madame Bougrats Mousse au Chocolat auf den Küchentisch. »Das können Sie heute Mittag essen«, sagte ich zu ihm. Nach diesen Worten ging ich zum Bahnhof.

An der Uni hielt ich meine Vorlesung. Ich hatte meine Aufzeichnungen vorher nicht mehr durchgelesen, aber ich glaube, ich war brillant. Inspiriert gewissermaßen. Ich malte ein schreckliches Bild vom Japanisch-Chinesischen Krieg. Als ich das Pult verließ, fürchtete ich, es bei der Darstellung der Grausamkeiten ein wenig übertrieben zu haben im Vergleich zur Schilderung der diplomatischen und wirtschaftlichen Betrachtungen und der Wechselfälle des Konflikts. Ich hatte meinen Zuhörern nichts erspart: Nanking, die lebendig Begrabenen, die mit dem Bajonett Massakrierten, die blindwütigen Vergewaltigungen, die Ausschreitungen der Kempeitai, die Experimente des *Maruta*-Projekts, was so viel wie Holzklotz heißt, die menschlichen Versuchskaninchen der Einheit 731m, die mit dem Säbel enthaupteten Kriegsgefangenen … Aber so war er nun einmal, dieser Krieg, und zum Schluss trommelten die Studierenden auf ihre Pulte, als würden sie Beifall klatschen. Voller Stolz auf mich selbst nahm ich den Zug zurück nach Saint-Michel, stieg dort aber leicht bedrückt aus, denn auf einmal hatten mich Bedenken ergriffen. Angesichts eines Mannes, der im Abteil gebettelt hatte, wurde ich von einem Zweifel befallen: War dieser Mann vielleicht ein Klon? Es war nicht so, dass seine Physiognomie an eine Berühmtheit der Vergangenheit oder der Gegenwart erinnert hätte, er sah aus wie der perfekte Durchschnittsmensch, ein typischer armer Schlucker eben, ganz allein auf Erden, und wenn es ihn doppelt gab, dann höchstens als Spiegelung in den Scheiben des Waggons. Da meine Wahrnehmung nun jedoch geschärft war, betrachtete ich die Passanten und Fahrgäste mit einem misstrauischen Blick. Waren sie *echt*? Wenn ich es mir recht überlegte, musste ich zugeben, dass ich diese Fragen allen stellen konnte, den Klonen ebenso wie auch den anderen. Denn vor dem Gesetz beanspruchten sie mit der gleichen stumpfsinnigen, unbestrittenen Legitimität ihren Platz wie diejenigen, die wie ich durch eine banale Kopulation entstanden waren. Sie waren einfach da, sie lebten wie du und ich. Das Problem hatte sich mir früher nie gestellt. Die Existenz von Klonen war für mich nur ein Aspekt der modernen Welt, das Resultat wissenschaftlicher Höhenflüge gewesen. Durch sie erweiterte der Mensch ständig seine Macht, jeden Tag nahm er sich der Natur gegenüber größere Freiheiten heraus. Ein gefährliches Spiel, heute wissen wir es, aber es ist nun mal sein Spiel. Vom ersten Tag an hat er sich gegen sie aufgelehnt. Es begann damit, dass er herausfand, wie er seine Feinde besiegen konnte, indem er seine tierischen Konkurrenten tötete oder domestizierte. Dann begann er Dinge zu erfinden für dies und jenes, um zu überleben, für seinen Komfort, um seinen Nachbarn umzulegen oder aus purer Freude am Erfinden. In Wirklichkeit ist es stärker als er, nichts wird ihn je daran hindern, und er wird erst damit aufhören, wenn er tot ist. Tja, und da man irgendwann Tiere geklont hat, entweder zur Arterhaltung oder für den Fleischkonsum, konnte es nicht ausbleiben, dass man früher oder später auch Menschen klonen würde. Da ein Fragment der DNA dafür ausreicht, sprach nichts dagegen, dass man sich aus der Vergangenheit bediente. Egal, ob es nützlich oder unnütz ist, harmlos oder gefährlich, der *Homo faber* ist wild entschlossen, alles zu fabrizieren, was der *Homo mercator* verticken kann. Lange Zeit sah ich darin lediglich ein Thema für die Abiturprüfung oder für Fachleute. Doch innerhalb weniger Stunden hatte sich diese Frage verkompliziert, ja verschärft. Sie stellte sich mir nun ganz konkret: Was sollte jetzt aus Dolfi werden, wo ich mich weigerte, ihn zu Heavy Friends zurückzubringen? Der Fabrikant hätte ihn vermutlich ohne Umschweife zur Liquidierungsstelle gebracht, davon war ich mittlerweile überzeugt.

11

Sollte ich ihn behalten? Auch wenn das möglich war, die Perspektive, jeden Morgen Adolf Hitlers Visage vor mir zu sehen, ließ mich nicht gerade in Jubelstürme ausbrechen. Sollte ich ihn verstecken? Egal, ob der Wind vom Supermarkt oder von Doktor Grinstein her wehte, ich musste damit rechnen, dass demnächst die Polizei vor der Tür stand. Sollte ich ihn … einfach aussetzen? Das wäre natürlich auch eine Möglichkeit, ich hätte den Klon mit dem Auto irgendwohin fahren können, dreihundert, vierhundert Kilometer von mir zu Hause entfernt, hätte die Tür aufmachen und ihm befehlen können auszusteigen und am Straßenrand zu warten. Es war verlockend. Beschämend, aber verlockend. Dann nach Hause kommen und ihn als vermisst melden oder als flüchtig. Musste er sich eben alleine durchschlagen. Ich war ihm nichts schuldig. Ich hatte mich ihm gegenüber sehr nobel verhalten. Ich hatte ihn ein paar Tage lang beherbergt und verköstigt – und jetzt schau, wie du allein zurechtkommst, Kamerad! Ich versuchte mir vorzustellen, wie das Leben eines Klons aussah, der als vermisst oder flüchtig galt. Vermisst *und* flüchtig in Dolfis Fall, denn er durfte sich ja nirgendwo rechtmäßig aufhalten. Eine armselige, erbärmliche Existenz voller Not und Elend, kleinen Diebstählen oder richtig krummen Dingern. Zusätzlich hatte er noch das Handicap, dass er eigentlich ein Niemand war. Dass er keinen Verwandten hatte, keinen Freund, dass er nichts von der Welt verstand, durch die er schritt. Bis zum Beweis des Gegenteils war Dolfi nur imstande zu gehorchen. In der Natur sich selbst überlassen, unvorstellbar einsam, war er schlimmer dran als ein streunender Hund.

All das ging mir durch den Kopf, während ich nach Hause fuhr. Falls ich Dolfi freiwillig vor die Tür setzte, wusste dieser nicht einmal, dass er gesucht wurde. Man würde ihn sehr schnell festnehmen. Doch wie konnte ich verhindern, dass man dank der Matrikelnummer, die in seine Haut tätowiert war, *mich* ausfindig machte? Ich erschrak angesichts der Abgründe aus Feigheit und Zynismus, die diese Geschichte in mir bloßlegte. Nein, natürlich würde ich ihn nicht vor die Tür setzen. Und seine Matrikelnummer zu entfernen, wegzuätzen, wegzusengen, war ja kein kleines Unterfangen. Man hätte ihn vorab in Schlaf versetzen, ja betäuben müssen, um ihn dann mit einem glühenden Eisen oder vielleicht einer Säure das Mal zu entfernen. Anschließend hätte man die Wunde verbinden, den Patienten, nein: das Opfer, wiederaufwecken und ihm schmerzstillende Mittel verabreichen müssen … Was für ein Aufwand! Da wäre es wohl besser gewesen, ihn umzubringen. Doch Almanzor hatte schon recht, die Beseitigung eines Klons durch einen Privatmann wurde mit Mord gleichgesetzt. Mir fiel ein, dass ich nicht darauf geachtet hatte, wann genau dieser Satz gefallen war: *die Beseitigung eines Klons durch einen Privatmann …* Jedenfalls war ich kein Mörder. Ich konnte nicht einmal einer Spinne etwas zuleide tun (*Spinne am Morgen, Kummer und Sorgen*), geschweige denn einem höher stehenden Säugetier.

Vor meinem Haus angekommen, stellte ich mit heimlicher Genugtuung fest, dass die Hecke geschnitten war. Meine Vorlesung hatte am frühen Nachmittag stattgefunden. Bruno war noch nicht vom Training zurück. Das Haus lag ganz still da. Einen Augenblick lang wiegte ich mich in einer egoistischen Hoffnung: dass Dolfi nicht mehr da war und sich irgendwie in Luft aufgelöst hatte. Zosch, kein Klon mehr, er wollte ausbüxen, da kam ein Auto und hat ihn überfahren!

Sanitäter, Krankenhaus, Identifizierung – Liquidierung. Ich könnte nichts dafür. Ein magischer Gedanke und zugleich eine fruchtlose Träumerei! Dolfi war nicht abgehauen, und es hatte ihn auch kein Auto überfahren. Sicher hockte der Führer seelenruhig zu Hause und kümmerte sich einen feuchten Kehricht um den Schlamassel, den er mir bescherte.

Tatsächlich, der Klon saß in der Küche, einen Becher vor sich, dem ein herrlicher Schokoladenduft entströmte. Und er war nicht allein. Eine Marilyn, die von Bassompierre, wie es schien, bearbeitete den gekachelten Fußboden mit dem Schrubber.

Als ich eintrat, lehnte sie den Schrubberstiel gegen den Küchentisch und machte einen Schritt auf mich zu. Dolfi dagegen blieb sitzen und atmete mit einem seligen Gesichtsausdruck den Kakaoduft ein.

Marilyn hatte gerötete Augen. Sie schniefte und biss sich immer wieder auf die Lippen. Statt ihres Baumwollbademantels trug sie nun Jeans und einen eng anliegenden Jersey-Rollkragenpullover. Ihre stark platinblond gefärbten Haare hatte sie mit einem gepunkteten Kopftuch bedeckt. Ich erinnerte mich daran, irgendwo gelesen zu haben, dass die Schauspielerin keine echte Blondine war. Bassompierre hielt sich bei seiner Replik streng an das Original. Wie ging es ihm überhaupt? Dass seine »Haushälterin« hier war, verhieß nichts Gutes. Ich fragte Marilyn also: »Und, haben Sie schon etwas in Erfahrung bringen können?«

»Das Krankenhaus hat vorhin angerufen«, sagte sie mit ihrer Kleinmädchenstimme, die mich schon heute Morgen überrascht hatte, »Es geht ihm nicht gut, gar nicht gut! Er muss erst mal dort bleiben …«

Ihre Lippen zitterten. Ich konnte kaum glauben, dass sie für diesen alten Zausel Bassompierre solche Gefühle empfand, aber ihr Kummer schien echt zu sein. Vielleicht tat er ihr ja wirklich gut. Abgesehen davon, dass er ihr ein Höchstmaß an Sicherheit bot, musste er sie wohl auch ziemlich verhätscheln.

»Sie wissen nicht, wie lange«, fuhr sie mit einem Schluckauf fort. »Sie haben mir kaum etwas gesagt … Glauben Sie, er wird sterben?«

Plötzlich brach sie in Schluchzen aus.

Zu meiner großen Verwirrung stürzte sie sich in einem rührenden Anfall von Spontaneität und Überschwang in meine Arme. Ich klopfte ihr auf die Schulter und stammelte Ermunterungen. Dass sie die Hoffnung nicht aufgeben dürfe. Dass das zufällige Eingreifen Doktor Grinsteins Bassompierre gerettet habe. Dass er bestimmt wieder gesund würde. Meine gutgemeinten Worte zeigten kaum Wirkung. Marilyn heulte wie ein Schlosshund, was aber nicht schlimm war, weil sie sich ganz warm anfühlte in meinen Armen und sehr gut roch. Seit Phoebé mich verlassen hatte und eigentlich seit noch längerer Zeit hatte ich keine Frau mehr an mich gedrückt. Ich löste mich sanft aus ihrer Umklammerung, weil Dolfi zu uns herübersah.

»Sie gehen jetzt wieder zu Monsieur Bassompierre hinüber und kümmern sich um seinen Haushalt, während Sie auf seine Rückkehr warten«, sagte ich zu Marilyn.

Obwohl sie eine begeisterte Hausfrau zu sein schien, schüttelte sie heftig den Kopf.

»Nein, nein, nein, ich will auf keinen Fall allein sein! Bitte, bitte, lassen Sie mich hierbleiben!«

Verblüfft fing ich an zu diskutieren. Maximal fünfzig Meter trennten Bassompierres Haus von meinem. Das Viertel war doch friedlich und sicher, sie hatte absolut nichts zu befürchten, und im Notfall brauchte sie nur anzurufen, und ich würde ihr zu Hilfe eilen. Doch sie wollte nichts davon wissen. Was ich ihr auch sagte, sie wiederholte unaufhörlich nur ihr Mantra: »Lassen Sie mich hierbleiben, schicken Sie mich nicht fort!« Wie albern, dachte ich, als es mir nicht gelang, sie zu überzeugen. Ich konnte sie ja schlecht packen und mit Gewalt zu Bassompierre hinübertragen, während sie schreiend und mit zerzaustem Haar um sich schlug. Und eine Frau beruhigt man auch nur im Film mit einer Ohrfeige. Als ich meine im Eifer des Gefechts einmal ohrfeigte, wurde ich auf der Stelle eines Besseren belehrt.

Trotz meiner Verärgerung vergaß ich nicht, dass ich es mit einem Klon zu tun hatte. Marilyns Verhalten war im Grunde relativ verständlich. Sie wusste, dass sie keine wirkliche Person war. Vom Gesetz her hatte sie nur ein Minimum an Rechten. Sie gehörte Bassompierre, und sollte er sterben, so war sie nur ein Teil seines Erbes – kaum mehr als ein Möbelstück. Genau das versetzte sie vermutlich in Panik. Aber ich hatte mit Dolfi schon genug zu tun. Ich konnte mir nicht auch noch eine Marilyn aufhalsen, zumal man mir womöglich auch noch unterstellen würde, sie gestohlen zu haben. Ich wäre fein raus gewesen, was? Die Absurdität meiner Situation wurde mir nur allzu bewusst. Neben mir schlürfte Dolfi seinen Kakao. Hatte Marilyn ihm den zubereitet? Händeringend und mit Tränen in den Augen stand sie vor mir und wiederholte unablässig ihre Beschwörungsformeln: »Bitte, Monsieur Mercier, bitte …« Ihre Kleinmädchenstimme ging mir auf die Nerven. Um mich von der wirklich unerträglichen Außenwelt abzuschotten, schloss ich die Augen. Als ich Brunos Stimme hörte, schlug ich sie wieder auf.

»Papa! Was ist los?«

»Bruno … Monsieur Bassompierre ging es nicht gut. Er kam ins Krankenhaus … Seine Haushälterin wird ein oder zwei Tage bei uns wohnen, bis er sich wieder erholt hat und nach Hause zurückkehren kann.«

Es war mir ganz selbstverständlich über die Lippen gekommen. Auf einmal hatte ich kapituliert, und zwar bedingungslos. Diese Niederlage auf offener Strecke war die einzige Möglichkeit, Marilyns Gebettel in Anwesenheit Brunos ein Ende zu bereiten. Fast genauso sehr wie über die geschwollenen Augen der Flehenden erstaunte den Kleinen mein plötzlicher Entschluss. »Die Haushälterin von Monsieur Bassompierre«, so nannten wir Marilyn nämlich unter uns. Bruno konnte die Ironie, die ich für gewöhnlich in diese Worte legte, nicht ganz erfassen, doch er imitierte meine spöttische Miene, wenn ich sie aussprach. Marilyns Gesicht hellte sich auf. Ein kleines Mädchen, dem man ein Kätzchen versprochen hat! Sie ergriff meine Hände und küsste sie unter tausend gestammelten Dankesbezeugungen.

»Aber Papa, wo soll sie denn schlafen? Die Wäschekammer ist schon besetzt!«

Dolfi belegte die Wäschekammer, das stimmte. Paradoxerweise erschienen mir jetzt, wo ich nachgegeben hatte, die Probleme, die sich daraus ergaben, sekundär und leicht lösbar.

»Dolfi kommt in die Ranch und Mademoiselle Marilyn in die Wäschekammer. Das ist bequemer für sie.«

Die Ranch war ein Schuppen ganz hinten im Garten, in dem wir die Gartenmöbel aufbewahrten, den fahrbaren Grill, den Sonnenschirm, das Krocketspiel und tausend andere Dinge. Er war winzig und vollgestopft, es gab auch keinen Strom, aber wir würden Platz schaffen, indem wir die Sachen unter das Vordach stellten. Mit einer Lampe und einem Feldbett wäre das doch ganz passabel.

Dolfi hatte keine Miene verzogen. Er besaß kein Ego. Oder nur ansatzweise, man merkte es seinem Verhalten kaum an. »Dolfi kommt in die Ranch.« Hätte er protestiert, wenn ich ihm gesagt hätte, er möge sich im Flur auf den Boden oder im Garten unter einen Baum legen?

Das Haus verwandelte sich in ein Hotel. Mittwochs, wenn Madame Bougrat ihren freien Tag hatte, bestellte ich immer Pizza oder Hähnchenkeulen und Fritten beim Feinkosthändler um die Ecke. Heute Abend würde ich die Bestellung verdoppeln. Was die Unterbringung in der Ranch betraf, wies ich Bruno und Dolfi an, ein wenig aufzuräumen, ein altes Klappbett vom Speicher zu holen, es in der Ranch aufzustellen und zu beziehen. Marilyn fegte weiterhin die Küche, obwohl diese es nicht wirklich nötig hatte. Vor Dankbarkeit strahlend, widmete sie sich der Aufgabe mit großer Hingabe. Ich zog mich ins Arbeitszimmer zurück. Ich fühlte mich plötzlich ganz erschöpft. Irgendwie hatte ich das Gefühl, alle Brücken hinter mir abgerissen zu haben: nach mir die Sintflut. Ich blieb einen Moment lang in geduckter Haltung sitzen. Ich war mir nicht so sicher, ob ich es bedauerte oder mich beglückwünschte, Dolfi heute Morgen behalten und Marilyn heute Abend aufgenommen zu haben. »Ein oder zwei Tage, bis es Monsieur Bassompierre wieder besser geht …«, hatte ich zu Bruno gesagt. Doch eine Hirnblutung vergeht nicht so schnell wie ein Schnupfen. Für Bassompierre konnte das auch den Exitus bedeuten. Entweder gab er den Löffel ab, oder er vegetierte nur noch dahin. Wenn er starb und keine rechtmäßigen Erben hatte, ging Marilyn in den Besitz des Staates über wie bewegliches Inventar. Was geschah dann in einem derartigen Fall? Wurden Klone, die in Staatsbesitz übergegangen waren, wie sauer Bier feilgeboten oder gleich ins Liquidationszentrum geschickt? Einen Augenblick lang überlegte ich, ob ich Phoebé anrufen sollte, die darüber aber sicher nicht Bescheid wüsste. Der Verlauf unseres letzten Gesprächs hielt mich zudem davon ab. Almanzor hätte mir Auskunft geben können, aber dann hätte ich ihm alles erklären und von Marilyn erzählen müssen … Dazu fehlte mir der Mut. Stattdessen rief ich beim Feinkosthändler um die Ecke an und bestellte vier Pizzas, Salat und Brownies für halb acht Uhr. Als ich auflegte, hatte ich zumindest das Gefühl, etwas getan zu haben.

Wir saßen zu viert beim Essen. Zu Hause empfing ich nur selten Besuch. Seit Langem waren nicht mehr so viele Leute um meinen Tisch versammelt. Brunos Platz war wie immer rechts von mir. Nebeneinander zu sitzen war praktischer, wenn wir während des Abendessens fernsahen, wie es bei uns üblich war. Heute Abend blieb der Fernseher jedoch ausgeschaltet. Dolfi saß mir gegenüber, Marilyn rechts von ihm. Wir aßen schweigend. Dolfi verschlang mit dem gewohnten Appetit seine Pizza und trank große Schlucke Mineralwasser mit Kohlensäure dazu. Marilyn, die schlanker und mehr auf ihre Linie bedacht war, pickte sich die Sardellen und Oliven heraus und ließ den Teig ihrer Pizza Napoli liegen. Bruno arbeitete sich wie immer systematisch von der Mitte zu den Rändern durch. Ich hatte keinen Hunger. Statt zu essen, beobachtete ich meine Gäste. Vor allem Marilyn. Sie hatte sich bei Bassompierre zum Abendessen umgezogen. Sicher hatte sie nach der schwungvoll erledigten Hausarbeit bei mir auch geduscht. Sie hatte ein rotes Kleid angezogen, das eigentlich recht züchtig war, aber an ihr wirkte eben nichts züchtig. Um den Hals trug sie eine Korallenkette mit Diamanten. Ob die wohl echt waren? Genügte Bassompierre Strass, wenn er ihr Schmuck schenkte? Sie kannte den Unterschied vermutlich gar nicht. Egal, das eng anliegende rote Kleid war perfekt geschnitten, und die Schuhe mit den hohen Absätzen kamen auch nicht vom Discounter. Vielleicht waren die Brillanten ja doch echt. Und die Marilyn, die da vor mir stand, ihre Haut, ihre Frisur, ihre Augen, ihre Zähne und die Zunge, die ab und an zwischen den rosa Lippen hervorspitzte, ja und der ganze Rest, den ich gar nicht genauer anzuschauen wagte, das war ohnehin der pure Luxus.

Seit Beginn der Mahlzeit hatten wir kaum gesprochen. Dolfi sagte ungefragt ja ohnehin nie etwas. Gott sei Dank! Es gab so viele Berichte über endlose Monologe des Führers, die seine Fangemeinde langweilten, obwohl die doch eigentlich eine positive Einstellung zu seinen Sermonen hatte. Auch Marilyn gab kein Sterbenswörtchen von sich. Vielleicht war sie bei Bassompierre etwas gesprächiger. Es sei denn, der alte Notar hatte die Option »Nur schön aussehen, nicht den

Mund aufmachen« gewählt. Ich hätte gerne mehr über sie in Erfahrung gebracht, zügelte meine Neugier aber. Die meisten Fragen, die ich mir stellte, wären zu intim gewesen, um sie in öffentlicher Runde zu diskutieren. Um das Schweigen zu durchbrechen, das allmählich lähmend wurde, ließ ich Bruno reden. Er sollte uns erzählen, was sie derzeit in Bio behandelten. Da ging es gerade ganz schön zur Sache, er sollte am nächsten Tag nämlich ein Referat über die Geschichte des Klonens halten.

»Papa, wusstest du, dass das erste geklonte Tier der Karpfen von Doktor Tong Dizhou war?«

Ich tat, als wüsste ich es. Das Thema schien mir in Anwesenheit von Dolfi und Marilyn ziemlich fehl am Platz. Doch Bruno war ganz erpicht darauf, sein neu erworbenes Wissen vor uns ausbreiten zu können, und achtete gar nicht auf meine vorwurfsvollen Grimassen.

»Das war 1963! Und der erste Klon, der zu kommerziellen Zwecken hergestellt wurde, war eine kleine Katze, Little Nicky, im Jahr 2004 …«

Wer kannte Little Nicky nicht? Er ist Teil des Bronzedenkmals mit dem Schaf Dolly vor dem Haupteingang des Museums für Biotechnologie. Little Nicky sitzt auf dem Arm der Frau, die 2031 als Erste im Reagenzglas gezeugt wurde: Louise Wainwright, die verstorbene Gattin des Leiters des damaligen Forschungsteams. Das Drama, das sich um ihre Person rankt, zeigt die Gefahren beim Klonen frisch Verstorbener auf, die eine enge Beziehung zum Auftraggeber oder Ausführenden besaßen. Sie stand am Beginn des offiziellen Verbots derartiger Praktiken …

»Und hattest du Spaß beim Handballspielen? Hast du Tore gemacht?«

Mein Beharren auf einem Themawechsel machte Bruno endlich klar, dass er sich auf vermintes Gelände begeben hatte. Die Klone schienen nichts bemerkt zu haben.

»Fast hätte ich eines gemacht! Der Ball ist aber von der oberen Latte abgeprallt.«

Bruno war nicht sehr sportlich. Er hatte den Handballkurs belegt und ging regelmäßig schwimmen, weil ich darauf bestanden hatte. Sonst wäre er die ganze Zeit zu Hause geblieben, um zu lesen und die großen Schlachten der Vergangenheit nachzuspielen.

»Dolfi, spielst du mit mir *Barbarossa*?«

Der Klon starrte ihn verständnislos an.

»Das ist der Krieg im Osten ... Ich nehme die Russen und du die Deutschen. Oder nein, warte, genau umgekehrt!«

»Bruno! Du gehst Dolfi auf die Nerven, merkst du das nicht? In Geschichte kennt er sich doch nicht aus.«

Bruno ließ sich nicht beirren. Umsonst riss ich meine Augen mahnend auf.

»Ich bringe es ihm bei! Mit dir macht es keinen Spaß, du weißt alles und gewinnst fast immer!«

Entweder war sie so programmiert, oder Bassompierre hatte es ihr beigebracht, jedenfalls stand Marilyn während des gesamten Essens immer wieder auf, um zu servieren oder abzutragen. Bei jeder ihrer Bewegungen bestaunte ich ihre Silhouette und ihre Gewandtheit. Sie hatte etwas unschuldig Animalisches an sich. Ich musste an den Augenblick denken, als sie sich in meine Arme geworfen hatte, und ertappte mich dabei, dass ich Bassompierre beneidete. Selbst wenn er dem Schlaganfall erlag, hätte der Notar einen schönen Ruhestand genossen. Ich bedauerte immer weniger, nachgegeben zu haben. Ohne dem Sünder gleich den Tod zu wünschen, wäre ich jedoch nicht unglücklich gewesen, wenn Bassompierre sich mit dem Gesundwerden noch etwas Zeit gelassen hätte.

Das Abendessen war beendet. Es war noch früh, der ganze Abend lag noch vor uns. Ich konnte Marilyn und Dolfi nicht wie Kinder ins Bett schicken. Sie hätten wahrscheinlich gehorcht, aber aus einem vielleicht unangebrachten menschlichen Respekt heraus konnte ich mich nicht dazu durchringen. Doch womit sollte ich sie beschäftigen? Bruno hatte den Plan, mit Dolfi die Vernichtungsschlachten an der Ostfront durchzuspielen, noch nicht aufgegeben. Von zwei Klonen war damit aber erst einer unter Dach und Fach. Marilyn … Marilyn … Mir kam ein leicht perverser Gedanke.

»Bruno, wenn du deine Hausaufgaben erledigt hast, darfst du Dolfi dein Spiel zeigen.«

Bruno klatschte in die Hände.

»Mein Referat ist schon fertig! Kommst du, Dolfi?«

Er entknotete seine Serviette und stand vom Tisch auf.

Dolfi folgte ihm willig. Was bedeuteten ihm die Angriffe auf die drei Achsen, das Vordringen der Einheiten und die Einkreisungsmanöver, die Einnahme des Viadukts von Ariogala durch von Manstein? Nichts, überhaupt nichts! Aber Bruno begeisterte die Vorstellung, den Führer, auch ohne Bärtchen, persönlich zum Gegner zu haben.

Allein mit Marilyn zurückgeblieben, räusperte ich mich, bevor ich meinen Vorschlag anbrachte. Denn obwohl sie allem Anschein nach ein Schattenwesen war, schüchterte sie mich ein.

12

»Was halten Sie davon, wenn wir uns einen Film angucken?«

»O ja! Das machen wir sehr oft, Monsieur Bassompierre und ich.«

Mein Vorschlag war vielleicht doch nicht so originell, wie ich gedacht hatte. Aber vielleicht brachte er Marilyn ja dazu, etwas von sich zu erzählen.

»Ah ja? Was für Filme denn?«

»Vor allem Komödien, alles andere ist zu traurig, und da muss ich weinen.«

Sie zitierte die Filmtitel, die sie zum Lachen gebracht hatten, und ihre Lieblingsschauspieler: Jerry Lewis in *Man ist niemals zu jung*, Danny Kaye in *Das Doppelleben des Herrn Mitty* … Also eher Komiker als Schönlinge, stellte ich fest. All das kam mir schrecklich altmodisch vor: alter Schund, Mitte des vorigen Jahrhunderts entstanden. Höchstwahrscheinlich übernahm Bassompierre die Auswahl und hielt sich für ungeheuer geistreich, ihr Filme aus der Epoche der echten Marilyn vorzuführen. Ich ließ einen Versuchsballon los: »Dann haben Sie bestimmt *Manche mögen's heiß* gesehen.«

Ich las ihr am Gesicht ab, dass dieser Titel keinerlei Erinnerungen bei ihr weckte.

»Ich glaube, nicht … Ist das ein lustiger Film?«

»Sehr sogar! Und mögen Sie Filme mit Musik? *Blondinen bevorzugt* zum Beispiel?«

»Kenne ich nicht. Aber Filme mit Musik gefallen mir sehr … *Königliche Hochzeit*, *Vorhang auf!* … die liebe ich!«

»Marilyn, kann es sein, dass …«

Ich hielt inne. Plötzlich hatte ich Bedenken, ich könnte einen Schock bei Marilyn hervorrufen, sie womöglich sogar endgültig aus dem Gleichgewicht bringen. Dass sie die beiden Filme nicht kannte, durch die die echte Marilyn zum Weltstar geworden war, deutete darauf hin, dass sie nicht viel über sie wusste, vielleicht sogar gar nichts. Ich wollte nicht den Zauberlehrling spielen, aber die Neugier war stärker. Also forderte ich sie auf, sich vor den Fernseher zu setzen, und legte *Manche mögen's heiß* ein.

»Sie werden sehen, der ist wirklich lustig.«

Sie stand auf und erklärte, der Tisch sei ja noch nicht völlig abgeräumt. Mit flinken Bewegungen erledigte sie alles, sie hatte sich eine zu große Schürze um ihr rotes Kleid gebunden. Als das letzte Salzfässchen wieder an seinem angestammten Platz stand, kam sie zu mir herüber und nahm auf dem Sofa Platz.

»Stört es Sie, wenn ich meine Schuhe ausziehe? Ich mache es mir gerne ein wenig bequem …«

Sie streifte die Schuhe mit den hohen Absätzen von ihren Fersen, zog die Füße an und umklammerte mit ihren Händen die Knie.

»Monsieur Bassompierre erlaubt mir das«, sagte sie entschuldigend.

Ich erlaubte es auch. Eine sehr anregende Position.

»Sind Sie soweit?«

»Bin soweit!«, rief sie mit jener Kinderstimme, die beträchtlich zu ihrem Charme beitrug.

Ich hätte keine bessere Wahl treffen können. Soweit ich mich erinnerte, hatte der Klon in etwa das gleiche Alter wie Sugar Kowalczyk im Film. Ich startete die DVD, schaute allerdings nicht auf den Bildschirm, sondern auf die Marilyn aus Fleisch und Blut. Ich beobachtete ihre Reaktion, als der Name Marilyn Monroe erstmals im Vorspann auftauchte, gleich nach den Namen der beiden Produzenten und dem brüllenden Löwen der Metro Goldwyn Mayer. Der zweite Schriftzug huschte vorüber, ohne dass Marilyn irgendeine Regung gezeigt hätte. Sie wusste nichts. Oder sie wusste alles und hatte sich damit abgefunden, ohne dass ihr das irgendwie zusetzte. Oder … sie hatte einfach nicht aufgepasst! Der nächste kritische Moment kam, als Sugar Kowalczyk erstmals auftauchte. Ihr erster Auftritt fand spät statt, fast fünfundzwanzig Minuten nach Beginn des Films. Die beiden als Frau verkleideten Musiker, die Chicago und seinen Gangstern entfliehen wollen, sehen sie zuerst, wie sie mit dem Koffer in der Hand am Bahnsteig steht, den Kasten mit der Ukulele an sich gepresst. Bis zu dem Augenblick amüsierte sich Marilyn köstlich neben mir. Sie lachte laut auf bei der Verfolgung im Wagen und beim Auftauchen der Polizei in der Flüsterkneipe, sie schüttete sich aus vor Lachen bei dem Racheakt in der Garage, prustete los, als Jack Lemmon alias Daphne und Tony Curtis alias Josephine, beide verkleidet, am Bahnsteig standen. Ich belauerte sie. Wartete – worauf, wusste ich selbst nicht genau. Einen Aufschrei? Schreckgeweitete Augen? Nichts von alledem geschah. Als Sugar Kowalczyk unter den ungläubigen Blicken der beiden über den Bahnsteig trippelte, wandte sich Marilyn zu mir: »Haben Sie das gesehen? Das bin ich.«

Sie wusste es. Natürlich wusste sie es! Sie war mit vielen anderen in der Legebatterie aufgewachsen, wie Dolfi. Wie konnte man sich nach einer derartigen Erfahrung für ein Individuum halten? Ich spielte den Ahnungslosen: »Das stimmt, sie hat Ähnlichkeit mit Ihnen.«

»Nein, das meine ich nicht. Ich bin … sie.«

Mit dem Finger deutete sie abwechselnd auf den Bildschirm und auf ihre Brust. Ich nickte nur. Die Szene am Bahnsteig ist kurz. Marilyn vergnügte sich auch an der nächsten Szene, als Daphne und Josephine, so lächerlich in ihrem Aufzug als Frau, den echten Frauen des Orchesters begegnen. Dann kommt der zweite Auftritt von Sugar. Angesäuselt schlürft sie Bourbon aus einer kleinen Flasche, die sie sich nach Gebrauch unters Strumpfband klemmt. Als die beiden Transvestiten sie dabei beobachten, protestiert sie, sie sei keine Alkoholikerin, und bittet sie, das Geheimnis für sich zu behalten.

»Ich trinke auch manchmal«, sagte der Klon und beobachtete mich aus den Augenwinkeln, um zu sehen, welche Wirkung diese Worte auf mich hatten.

Ich wunderte mich im Stillen. Eigentlich wurde ihnen ja strikte Abstinenz eingeimpft. Bei Dolfi ging es dabei sicherlich nicht nur um historische Genauigkeit …

»Monsieur Bassompierre verbietet es mir, weil ich danach immer krank werde«, sagte Marilyn. »Ich werde krank, aber ich finde es trotzdem toll. Werden Sie es mir auch verbieten?«

Dieses Futur beunruhigte mich. Wie lange glaubte sie denn, hier bei mir zu bleiben? Doch sie ließ nicht locker und sah mich fragend an.

»Aber selbstverständlich: Es ist verboten!«

Sie machte einen Schmollmund, halb enttäuscht, halb zufrieden.

»Dann müssen sie die Flaschen verstecken, denn manchmal überkommt es mich einfach.«

Sie sah wieder auf den Bildschirm. Jack Lemmons entzückte Miene beim Anblick all dieser leicht bekleideten Frauen im Schlafwagen ließ sie vor Vergnügen glucksen. Ich wusste im Augenblick nicht, was ich tun sollte. Ab und zu mischten sich die Salven aus Brunos Zimmer mit den Dialogen aus *Manche mögen's heiß* und Marilyns Gelächter. Dort oben herrschte Krieg: der Ansturm der Panzer und das Sirenengeheul der Stukas, die im Sturzflug angriffen.

Wenn wir zusammen Barbarossa spielten, übernahmen Bruno und ich abwechselnd das Kommando der Wehrmacht und der Roten Armee. Ich hatte immer ein seltsames Gefühl, wenn ich den Panzerzug im Zentrum von Moskau einmarschieren ließ. Eines Sonntagnachmittags hatte ich, ganz entfesselt, die drei Truppen mit meisterlicher Hand geführt und mir im Handstreich Moskau, Leningrad und Stalingrad einverleibt. Bruno war in Tränen ausgebrochen. Ich musste den Oberbefehlshaber der russischen Streitkräfte, der an allen Fronten haushoch geschlagen war, in die Arme nehmen und trösten. Seitdem sorgte ich dafür, dass auch Bruno von Zeit zu Zeit den Siegesrausch genießen konnte. Doch jetzt war es schon spät. Ich ließ Marilyn und Sugar einen Augenblick allein und ging nach oben, um den Kämpfen ein Ende zu bereiten. Bruno war gerade dabei, Dolfis Sturmtruppen niederzumetzeln und sie zurück zu ihrer Ausgangsbasis zu verfrachten. Erleichtert nahm der komplett überforderte Dolfi zur Kenntnis, dass die Kampfhandlungen eingestellt wurden. Der Klon putzte sich die Zähne im Gäste-WC und bezog dann sein Quartier in der Ranch. Bruno schnappte sich nach der rituellen Abendtoilette ein Buch und wollte schlafen gehen. Ich fing ihn jedoch ab und nahm ihm das Buch aus der Hand. Die Autobiografie von Walter Schellenberg musste mit soliden historischen Kenntnissen und ständiger Wachsamkeit gelesen werden. Der ehemalige Generalmajor der Polizei und der Waffen-SS, nach dem Krieg mit Billigung der Alliierten, deren Nachsicht er sich erkauft hatte, in der Schweiz interniert, wäscht sich darin mit genüsslichem Zynismus von seinen Verbrechen rein. Als Bruno nach dem Buch greifen wollte, hielt ich es über meinen Kopf, außerhalb seiner Reichweite.

»Ts-ts-ts! Das sind nur Lügen. Dieser gute Mann hat die schrecklichsten Verbrechen seiner Zeit begangen und stellt sich in seinem Buch als das größte Unschuldslamm dar. Dass er später zugab, schlechten Umgang gehabt zu haben, ist da nur recht und billig. Er starb noch recht jung an den Folgen eines Nierenleidens, hätte aber eigentlich an den Galgen gehört!«

»Warum wurde er nicht gehängt?«

»Weil er noch gewiefter war als die anderen.«

Anstatt ihn dadurch von der Lektüre abzubringen, hatte ich

Bruno nun erst recht angefixt. Er liebte die Naziverbrecher, und zugleich hasste er sie. Himmler, Heydrich, Kaltenbrunner, Globocnik et cetera waren seine Superhelden. Und zwar richtig böse Superhelden, jeder ein Rekordhalter in Sachen Kaltblütigkeit und Bösartigkeit, keine niedlichen Clowns, als die sie in Comics und Filmen dargestellt wurden. Gerne hätte er Schellenberg seinem Pandämonium hinzugefügt.

»Gib es mir, Papa, ich möchte es lesen.«

»Kommt nicht infrage.«

»Na gut, dann lade ich es mir eben herunter.«

»Pass auf, dass ich dir nicht deinen Computer wegnehme!«

»Dann lese ich es eben auf dem Rechner meiner Schulkameraden!«

Man konnte nichts mehr kontrollieren, nichts mehr eindämmen, dachte ich, wütend auf mich selbst. Das gesamte Wissen, egal, ob gut oder schädlich, war heutzutage ständig verfügbar. Jede Information schwirrte durch die Luft, ob Manna oder Schmutz, die Luft selbst bestand daraus.

»Sieh dich vor, Bruno!«, drohte ich.

Eine Viertelsekunde später bereute ich meinen Ausbruch schon. Normalerweise musste ich Bruno niemals maßregeln. Seit Phoebé uns verlassen hatte, lebten wir in einer Art Osmose. Würde der Fall Schellenberg unser bis dato perfektes Zusammensein auf einmal beeinträchtigen? Ich beschloss einzulenken.

»Du wirst es später mal lesen.«

»Wann denn, Papa?«

»Wenn du gelernt hast, auch zwischen den Zeilen zu lesen.«

»Bringst du's mir bei?«

Natürlich war ich in der Lage, Bruno beizubringen, wie man bei diesem Buch zwischen den Zeilen las.

»Versprochen.«

»Na gut.«

Ich war mir nicht sicher, ob meine Autorität durch diese Verhandlungen nicht doch Schaden genommen hatte, war Bruno aber dankbar, dass er den Waffenstillstand akzeptiert hatte.

Nachdem ich Bruno zu Bett gebracht hatte, ging ich wieder ins Wohnzimmer. Ich blieb in der Tür stehen. Vorhin, beim Verlassen des Raums, hatte Marilyn mich gebeten, das Licht zu löschen. »Monsieur Bassompierre und ich schauen uns Filme immer im Dunkeln an.« Das Flimmern des Bildschirms zeichnete sich auf dem Körper auf dem Sofa ab. Ganz gebannt von dem Film, hatte sie mich nicht kommen hören. Ihre Augen waren weit aufgerissen, sie hatte die zitternden Lippen leicht geöffnet, ihre Nüstern blähten sich im Einklang mit den plötzlichen Handlungsumschwüngen. Ich setzte mich wieder neben sie. Ohne den Blick vom Bildschirm abzuwenden, bettelte sie: »Gibt es zufällig Eis am Stiel? Monsieur Bassompierre und ich essen immer Eis, wenn wir einen Film schauen …« Das war bestimmt übertrieben, dachte ich, verwarf den Gedanken aber sogleich wieder. Was war so schlimm daran? Sie hatte Lust auf Eis, in einer ähnlichen Situation aß sie eben immer eins, das war kein Verbrechen. Außerdem sah sie bestimmt sehr süß aus, wenn sie an einem Eis knabberte. Ich hatte vor Kurzem welches eingekauft. Bruno mochte es nämlich auch.

»In der Tiefkühltruhe ist welches.«

Sie wollte aufstehen. Doch die Tiefkühltruhe war im Keller. Wahrscheinlich fand sie den Schalter nicht, und die Treppe war steil. Ich stand schneller auf als sie.

»Bleiben Sie sitzen, ich gehe schon.«

»Nein, nein, ich! Sagen Sie mir, wo es ist …«

Ich ging hinaus. Kurz darauf kam ich mit zwei Eis am Stiel wieder.

»Ist Haselnuss okay?«

Sie erging sich abwechselnd in Dankesbezeugungen und Entschuldigungen und schien sich zu schämen, dass sie bedient worden war. Wir schleckten unser Eis. Ich hatte mich nicht getäuscht: Sie sah wirklich süß aus, wie sie ihres verzehrte.

In der Nacht, als ich nicht schlafen konnte und mich hin und her wälzte, hörte ich Schritte auf dem Flur. Leichte Schritte einer Frau, die den Boden nur eben streiften. Vor dem Schlafengehen hatte ich Marilyn gezeigt, wo die Toilette war. Doch die Schritte kamen näher. Am Türspalt meines Zimmers tauchte kein Lichtschein auf. Sie war im Dunkeln an der richtigen Tür vorbeigelaufen. Oder aber … Ich wagte nicht, eine andere Hypothese zu formulieren. Ich hielt den Atem an. Ein dreimaliges vorsichtiges Klopfen an meiner Tür, die sich gleich darauf mit leichtem Quietschen öffnete.

»Monsieur Mercier … Monsieur Mercier …«

Es war ein sanftes Flüstern im Halbdunkel. Ich richtete mich halb auf.

»Ja?«, fragte ich leise.

»Ich kann alleine nicht schlafen. Ich habe Albträume«, flüsterte Marilyn und kam ein paar Schritte herein. »Monsieur Bassompierre erlaubt mir, neben ihm zu schlafen. Ich dachte mir, vielleicht erlauben Sie es mir auch …«

Marilyn schlief wie ein Engelchen an meiner Seite ein. Sie bot sich mir sehr freizügig dar. Jetzt würde ich bestimmt auch gleich in den Schlaf finden. In einem letzten Augenblick geistiger Klarheit kam mir der Gedanke, dass es vielleicht doch besser wäre, Marilyn zurück in die Wäschekammer zu schicken, bevor Bruno wach wurde, oder zumindest meine Zimmertür abzuschließen. Doch dann hätte ich aufstehen und mich kurzzeitig von Marilyns Wärme losreißen müssen. Morpheus entführte mich in sein Reich, bevor ich eine Entscheidung getroffen hatte.

Schon lange hatte ich beim Aufwachen keinen anderen Körper mehr gespürt, der sich gegen meinen drückte. Manchmal fragte ich mich, ob es vielleicht ein wenig früh dafür war, dass es damit schon vorbei sein sollte. Ab und an eine der Einfachheit halber tariflich geregelte Umarmung, warum nicht? Aber zu zweit aufwachen, daran glaubte ich nicht mehr, oder zumindest überließ ich das dem Zufall. Ich zog nachts nie die Vorhänge zu. Ein Baum reckte seine Zweige meinem Fenster entgegen. Ich liebte es, im Sommer früh am Morgen die Blätter im Wind wehen zu sehen, vom ersten Sonnenlicht beschienen ... Und jetzt machte ich die Augen auf und sah Marilyns blonde Haare vor mir. Sie lächelte im Schlaf. Eine Haarsträhne bewegte sich sanft im Atemhauch. Ich bewunderte ihre Gesichtszüge, den Schwung ihres Halses, ihre feine Haut. Sie hatte genau die Hautfarbe, die ich mochte: ein leuchtendes Porzellanweiß. So wie jene Damen in früheren Zeiten, die das Sonnenlicht scheuten und sich mit Schirmchen schützten, mit Hüten und Gazeschleiern. Dann blieb Fleisch einfach Fleisch, selbst im Erwachsenenalter hatte es noch die Zartheit von Kinderhaut. Nicht zu vergleichen mit der nackten Bräune der modernen Frauen, die sich Sommer um Sommer am Strand rösteten und sich im Winter in die Röhre legten, um nachzubräunen. Ohne Marilyn zu wecken, beugte ich mich über sie, um ihr Parfüm in der Halsbeuge einzuatmen. Sie schlief auf der rechten Seite. Wenn die Matrikelnummer standardmäßig auf der linken Seite eintätowiert war, dann befand sie sich auf der anderen Seite ihres Halses. Doch da ließ sich nichts erkennen. Ich versuchte, mir die Szene in Erinnerung zu rufen, als Dolfi mir seine Tätowierung gezeigt hatte. Es war die linke Seite, auf der A.H.6 ganz automatisch seinen Rollkragenpullover heruntergezogen hatte. Klone wurden in Serie produziert. Eine Maschine, wahrscheinlich für jedes Fabrikat ein und dieselbe, nummerierte sie zu einem bestimmten Zeitpunkt ihrer Wachstumsperiode. Verwaltungen und

Registrierungsbehörden hassen Abweichungen. Wie in jedem anderen Bereich war sicher auch in diesem eine bestimmte Norm festgelegt worden. Es sei denn, die Tätowierung blieb den jeweiligen Fabrikanten überlassen und unterschied sich nur innerhalb verschiedener Serien. Der Gedanke, Marilyn könne irgendwo am Hals tätowiert sein, ließ mich nicht los. Nachzusehen war im Grunde ganz einfach. Ich brauchte sie nur zu wecken, oder noch nicht einmal das, brauchte sie vielleicht nur kurz im Schlaf zu stören, damit sie sich nach links drehte und die rechte Halsseite zeigte.

Mit dem Zeigefinger, ganz vorsichtig, streichelte ich sie oben am Nasenansatz. Sie schüttelte den Kopf, als wollte sie ein Insekt verscheuchen. Ich kitzelte sie nochmals. Und da reagierte sie, wie ich es erhofft hatte. Mit einer gemächlichen Bewegung drehte sie sich um, so langsam, dass ich ihren Hals in aller Ruhe mustern konnte. Marilyns Hals war vollkommen untätowiert. Heute Nacht hatte ich nichts von ihr gesehen. Wir hatten uns in der Dunkelheit aneinandergekuschelt. Vielleicht war sie an einer anderen Körperstelle tätowiert. An der Schulter wie die verwelkte Milady von Alexandre Dumas. Oder unter der Achsel wie die SS im »Dritten Reich«. Oder auf dem Unterarm wie die Häftlinge in den Konzentrationslagern. Oder – der Gipfel der Primitivität – am Knöchel? Das hätte jedoch die Identifikationsprozedur an einem öffentlichen Ort erschwert … Sollte ich Marilyn doch aufwecken und auf ihrer gesamten Epidermis auf die Suche gehen, was womöglich zur Wiederaufnahme unserer nächtlichen Liebesspiele führen würde? Sie schien es sehr genossen zu haben. Der alte Bassompierre war schon ein ziemlicher Glückspilz! Die Erinnerung an die vergangene Nacht stachelte mich zu erneuter Aktion an. Ich schmiegte mich enger an Marilyn. Ich fing gerade an, sie ein wenig zu streicheln, als die Tür aufging und Bruno im Pyjama mit verstrubbeltem Haar im Zimmer stand.

13

»Papa, es ist schon spät! Du hast mich nicht geweckt ...«

Als er Marilyn und mich Seite an Seite im Bett liegen sah, verschlug es ihm die Sprache. Wir erröteten beide, ich mehr als er. Als der erste Augenblick der Überraschung vorbei war, fand er gleich zu seiner gewohnten Fassung zurück.

»Ich komme zu spät, das steht fest«, sagte er. »Du musst mir eine Entschuldigung schreiben.«

»Schon gut, schon gut«, erwiderte ich. »Bei der ganzen Aufregung gestern Abend habe ich vergessen, den Wecker zu stellen.«

Als sie unsere Stimmen hörte, hob Marilyn den Kopf. Sie zog das Laken höher und lächelte Bruno an.

»Guten Morgen, Bruno.«

»Guten Morgen ... Madame.«

Er hatte gezögert, weil er nicht sicher war, ob man einen Klon mit *Madame* ansprach. Ihm ging gerade ein Licht auf, was mit »Monsieur Bassompierres Hausdame« in Wirklichkeit gemeint war. Wurde Marilyn nun zur »Hausdame« seines Vaters?

Der kleine Wecker auf dem Nachttischchen zeigte neun Uhr an. Bruno hatte bereits die erste Stunde verpasst. Schuld daran hatten wir beide. Der Kleine hatte zu lange mit Dolfi gespielt, ich dagegen hatte nicht nur den Wecker nicht gestellt, sondern mich heute Nacht auch zu sehr verausgabt.

»Zieh dich an und geh frühstücken, ich komme gleich!«

Er gehorchte. Wegen Brunos Auftritt musste die detaillierte Untersuchung Marilyns bei Tageslicht auf später verschoben werden. Dennoch brannte ich darauf, die Lösung des Tätowierungsrätsels in Erfahrung zu bringen. Ich riskierte ja nichts, wenn ich sie direkt danach fragte. Schlimmstenfalls würde sie die Antwort verweigern – und das wäre dann beredt genug.

»Marilyn … Zeigen Sie mir Ihre Matrikelnummer.«

Sie lächelte gerade dem Morgen entgegen, der Sonne, die durchs Fenster schien. Ihr Lächeln verschwand. Sie senkte den Kopf, griff nach einem Zipfel der Bettdecke und zwirbelte ihn nervös zwischen Daumen und Zeigefinger.

»Ich habe keine …«, stieß sie endlich hervor.

Tränen schimmerten in ihren Augenwinkeln. Ich bedauerte, sie zu diesem Geständnis gezwungen zu haben. Ob sie nun eine Seriennummer trug oder nicht, am Hals oder anderswo, das spielte doch im Grunde keine Rolle. *Auch sie haben ein Leben*, dachte ich wieder. Nur meine Neugier hatte diese bescheuerte Barriere zwischen uns aufgebaut. Mit einer versöhnlichen Geste streifte ich ihren Arm, doch sie stieß mich zurück.

»Ich habe keine, was kann ich denn dafür?«, jammerte sie. »Monsieur Bassompierre hat mich schwarz gekauft …«

Mit gebrochener Stimme erzählte sie mir alles. Von ihrer Geburt und Aufzucht auf einem illegalen Gehöft, in einem Land, in dem immer die Sonne schien. Von den langen Phasen der Bewusstlosigkeit und den sporadischen Wachphasen. Von der Grundausbildung und dann der Spezialisierung, der Dressur zur Hausfrau, die gleichzeitig die perfekte Geliebte ist.

»Nach der Reifeprüfung wurden wir in den Transportraum eines Frachters gepfercht und nach Europa verschifft.«

»Wir?«

»Wir waren etwa fünfzehn. Mehrere Marilyns, so wie ich, und auch andere Modelle, auch Jungs. Im Hafen kamen die

Käufer an Bord, um die Lieferung zu begutachten. Im Frachtraum ging das jedoch nur auf gut Glück. Mit Monsieur Bassompierre hatte ich es gut erwischt. Ich weiß noch, als wir an Land gingen, war es schon dunkel, es regnete, die Lichter einer großen Stadt funkelten hinter den Gittern des Hafenareals. Monsieur Bassompierres Wagen stand auf dem Parkplatz. Er öffnete die Beifahrertür und hielt sie auf, damit ich einsteigen konnte, dann fuhren wir auf die Autobahn. Von Zeit zu Zeit drehte er sich zu mir hinüber, schaute mich an und redete sanft mit mir. Wir kamen bei ihm an, er war immer gut zu mir, tja, und nun stirbt er vielleicht!«

Ich nickte. Es war doch wirklich der Gipfel. Nicht nur, dass ich einen verbotenen Klon an der Hacke hatte, nein, jetzt durfte ich mich auch noch um eine Raubkopie kümmern. Allerdings, versuchte ich mich zu beruhigen, war es keineswegs sicher, dass Bassompierre seinem Schlaganfall erlag. Möglicherweise berappelte er sich wieder. Bestimmt dauerte es lange, bis er wieder genesen war. Er würde eine Zeit lang häusliche Pflege brauchen. Er würde Marilyn wieder bei sich aufnehmen. Und die würde sich bestimmt voller Hingabe um ihren gehbehinderten Beschützer kümmern.

»Machen Sie sich keine Sorgen, er wird bestimmt wieder gesund«, sagte ich, um sie zu trösten.

»Ich würde ja gerne dran glauben«, schluchzte sie. »Aber es ist ja nicht das erste Mal. Die bisherigen Anfälle waren nicht so schlimm. Aber dieser hier wird ihn dahinraffen! Behalten Sie mich dann bei sich, ja? Ich bin nirgendwo registriert, ich habe keine Papiere, ich existiere nicht! Wenn Sie mich behalten, ist das so, als hätte Monsieur Bassompierre mich an Sie ausgeliehen, weitergeschenkt oder eingetauscht, so wie man eben … ich weiß nicht, einen Stuhl oder einen kleinen Tisch verleiht: Das geht niemanden etwas an! Und ich werde mich hier nützlich machen, sehr nützlich, ich werde Ihnen den Haushalt führen, werde für Sie kochen, Sie brauchen dann nicht so viel für Madame Bougrat auszugeben. Ganz zu schweigen von meinen nächtlichen Diensten. Ich war doch sehr lieb zu Ihnen heute Nacht, oder?«

Sehr lieb, o ja, viel mehr als das. Ich hatte das Gefühl, zu neuem Leben erwacht zu sein. Und was der Grund für ihre Zuwendung war, konnte mir ja eigentlich egal sein. Ja, Marilyn war »interessiert« an mir. Sie hatte ein Interesse daran, im selben Viertel wohnen zu bleiben, mit demselben Komfort und derselben Sicherheit, anstatt sich dem Unbekannten auszuliefern.

»Sagen Sie bitte: Werden Sie mich behalten?!«

»So weit sind wir noch nicht! Wir rufen gleich im Krankenhaus an und erkundigen uns nach Bassompierre.«

Marilyns Gesicht hellte sich auf, verdüsterte sich aber gleich wieder.

»Und wenn er tot ist?«

»Darüber reden wir, wenn es soweit ist!«, sagte ich barsch. »Ich muss mich um Bruno kümmern. Sie ziehen sich jetzt an und rufen dann im Krankenhaus an … Können Sie telefonieren?«

Ihr verlegener Gesichtsausdruck verriet mir, dass es ihr lieber war, wenn ich anrief. Gestern hatte das Krankenhaus selbst bei Bassompierre angerufen. Na gut, ich würde mich drum kümmern. Erleichtert sprang sie aus dem Bett, schnappte sich ihren Bademantel und huschte davon, ohne ihn ordentlich anzuziehen. Ich stand ebenfalls auf. Ich betrachtete das zerwühlte Bett, schnupperte an meinen Handflächen, die noch nach Marilyns Parfüm rochen, und seufzte. Seit Montagabend lief irgendwie alles aus dem Ruder. Die Dinge ereigneten sich einfach ohne meine Zustimmung, und ich konnte nur zusehen. Dolfi, der Alligator, Almanzor, Perronnet, Grinstein und jetzt Marilyn bauten sich vor mir auf und ließen mich nicht vorbei. Obwohl ich unheimlich dankbar war für die unverhoffte gemeinsame Nacht mit ihr, wusste ich genau, dass sie mir auch Unannehmlichkeiten bereiten würde – vielleicht sogar noch mehr als Dolfi! Ich zog ein T-Shirt und eine Unterhose an und setzte mich erschöpft wieder aufs Bett.

»Papa?«

Unten an der Treppe stand der Kleine und wartete. Ungeduldig.

»Papa, meine Entschuldigung!«

Ich gab mir einen Ruck. Die Entschuldigung für die Schule. Und der Anruf im Krankenhaus. Und die Vorlesung an der Sorbonne am Vormittag. Dann die Konferenz der Dozenten am frühen Nachmittag. Und die ganze Zeit blieben die Klone sich im Haus selbst überlassen… Zwar tat die Konditionierung, die sie erhalten hatten, ihr Übriges. Dennoch konnte alles Mögliche passieren, sie waren nun einmal beide illegal. Sie liefen ständig Gefahr, in die Klauen der Staatsgewalt zu geraten. Es war idiotisch, aber ich fühlte mich verantwortlich für sie, fast genauso wie für Bruno.

Das Krankenhaus sagte, Bassompierre müsse weiterhin stationär behandelt werden, was alles und nichts bedeuten konnte. Dennoch war Marilyn zumindest einstweilen beruhigt.

Bruno war im Sauseschritt zur Schule gelaufen, das Entschuldigungsschreiben in der Hand. Dolfi schlief noch. Marilyn war im Bad. Sie hatte darauf bestanden, hier zu duschen anstatt bei Bassompierre, weil sie sich, wie sie erklärte, während seiner Abwesenheit nicht sicher fühlte. Dabei hatte sie doch im Augenblick gar nichts zu befürchten. Aber ich wusste schon, was hier gespielt wurde: Sie war dabei, sich bei mir einzurichten, sich ihr kleines Nest zu bauen, weil sie Angst hatte, Bassompierre werde womöglich sterben. Doch hätte ich sie deswegen einfach davonjagen sollen? Durch die Badezimmertür gab ich ihr Anweisungen für den Tag: Sie konnte tun und lassen, was sie wollte, solange sie Madame Bougrat nicht ins Gehege kam. Der legte ich einen Zettel mit ein paar Erklärungen auf den Küchentisch: Nachbar hatte Schlaganfall, vorübergehende Unterbringung Marilyns, bitte alles wie gewohnt erledigen. Wahrscheinlich dachte sie, ihr Arbeitgeber sei durchgedreht, wenn er diese seltsamen Gestalten bei sich aufnahm. Alles, worum ich sie bat, war, nicht zu kündigen. Das Argument, das Marilyn im Rahmen ihres kleinen Plädoyers vorgebracht hatte, war durchaus eine Überlegung wert. Der wirtschaftliche Aspekt stand dabei gar nicht so sehr im Vordergrund, denn das, was Bassompierre für Marilyns Unterhalt ausgab, überstieg mit Sicherheit meine Kosten für Madame Bougrat. Was die Haushaltsführung anging, so lagen sie vielleicht gleichauf, aber ansonsten hatte der Klon dank seiner Physiognomie die Nase vorn. Ich wischte diese unpassenden Überlegungen beiseite. Meine Studenten warteten auf mich. Heute durfte ich sie mit dem Kriegseintritt der UdSSR gegen Japan im August 1945 unterhalten, drei Tage nach Hiroshima und wenige Stunden vor Nagasaki. Aus Kriegen entstehen neue Kriege, so wie manche Lebewesen aus abgetrennten Gliedmaßen neues Leben generieren … Der leicht errungene Sieg der Sowjets in der Mandschurei wird für die chinesischen Kommunisten zur Ausgangsbasis, die dann Mao Tse-tungs Sieg über Tschiang Kai-shek im Jahr 1949 ermöglicht. Das Vorandringen der Russen bis zum 38. Breitengrad wiederum gibt einen Vorgeschmack auf den Koreakrieg und besiegelt das Schicksal Koreas für das nächste Dreivierteljahrhundert …

Bevor ich zur Uni fuhr, ging ich zur Ranch, um Dolfi zu wecken. Seine Haartolle lugte aus dem Schlafsack hervor, den ich zusammen mit dem Feldbett vom Speicher hatte holen lassen. Noch ganz verschlafen, streckte er sich und gähnte so herzhaft, dass er sich fast den Kiefer ausgerenkt hätte. Ich bot ihm an, im Haus zu frühstücken, und zählte dann auf, was er zu tun hätte. Ich hatte immer weniger Skrupel, ihn einzuspannen. Vorgestern der Rasen, gestern die Hecke zur Straße hin und heute ein paar Malerarbeiten. Im Garten gab es eine niedrige Mauer, die einen neuen Anstrich brauchte. Farbdose und Malutensilien standen unterm Vordach. Mir fiel ein, dass der junge Hitler während seiner Hungerjahre in Wien Postkarten gemalt hatte, um sein Auskommen zu sichern. Ob man wohl einem Klon aus dieser Serie mal spaßeshalber einen Pinsel und eine Palette in die Hand gedrückt hatte? Ich hätte es gerne bei Dolfi ausprobiert, wenn ich die Zeit gehabt hätte. Doch heute ging es nur um den Einsatz des Farbrollers. Ich sah auf die Uhr. Ich musste los, wenn ich meinen Zug nicht verpassen wollte.

Bis auf wenige Ausnahmen deprimierte mich der Anblick meiner Zeitgenossen auf den Fahrten mit dem Vorortzug. All diese Leute, die geradewegs dem Tod zustrebten und denen man dies sogar am Gesicht ablesen konnte! Ab und zu sah ich auf, und es gelang mir, die bittere Wahrheit zu vergessen. Doch dann stieg der- oder diejenige an der nächsten Station aus, oder ich war selbst am Ziel angekommen, und die Welt tauchte wieder in ihrem üblichen Grau vor mir auf. Heute Morgen erspähte ich diese flüchtige Anmut auf den Gesichtern nicht. Seit ich von der Existenz von Lambda-Klonen wusste, die heimlich erzeugt wurden und von denen es nur ein Exemplar gibt, fragte ich mich wie gestern schon, ob etwa der Mann, der mir gegenübersaß und in eine unergründliche Träumerei versunken schien, nicht einer war. Und diese seltsam dahinschmachtende Frau, die da an der Tür stand und eigentlich ziemlich hübsch war – handelte es sich dabei vielleicht um ein wieder zum Leben erwecktes Wesen, für das ein untröstlicher Witwer keine Kosten gescheut und sämtliche rechtlichen Bedenken beiseitegewischt hatte? Wie viele von ihnen saßen in diesem Waggon, in diesem Zugteil? Wie viele gab es in der Stadt, im Land, auf der ganzen Welt? Vermutlich waren sie noch nicht sehr zahlreich, aber sie würden es bald sein. So ist der Lauf der Welt – wenn der Mensch erst einmal etwas beherrscht, dann überspannt er nur zu gerne den Bogen.

Nichts konnte sich ihm entgegenstellen. Er hatte begonnen, Klone zu produzieren, und würde damit fortfahren, bis schließlich die ganze Erde damit überschwemmt sein würde. Dann würden Regeln über den Haufen geworfen werden, Staatsanwälte kämen kaum mehr zur Ruhe, Gesetze würden verlacht und wären hinfällig, sobald sie erlassen waren. Und, war das so schlimm? Gesetze dienen dazu, Bestehendes zu bewahren, aber ist das Bestehende denn so bewahrenswert? Einem gewöhnlichen Professor für Geschichte, höhnte ich, steht es doch gar nicht zu, auf solche Fragen zu antworten. Ich war ja noch nicht einmal in der Lage, auf die einzige zu antworten, die sich mir persönlich stellte: Was sollte mit Dolfi und Marilyn geschehen? Ich brauchte Hilfe, aber ich wusste nicht, an wen ich mich wenden sollte. Ich konnte mir vorstellen, was Phoebé sagen würde, wenn ich sie um Rat fragte: »Schmeiß sie raus! Alle beide! Schick Dolfi zu Heavy Friends und Marilyn zu ihrem Bassompierre … Soll die illegale Zecke doch schauen, wie sie sich zurechtfindet!« Vielleicht würde ich darauf zurückkommen. Ich behielt mir die Möglichkeit dieses feigen Rauswurfs vor, sollten alle Stricke reißen. Aber einstweilen zog ich den Gedanken, Dolfi und Marilyn ins Liquidationszentrum zu bringen, nicht in Betracht. Doch wer half mir dann? Ich ließ rasch die Leute Revue passieren, mit denen ich sonst so Kontakt hatte, und stellte fest, dass ich keine Freunde hatte. Bekannte, Kollegen, das schon, aber keine Freunde. Ich stellte es zum ersten Mal fest, was bedeutete, dass die Freunde, die ich nicht hatte, mir auch nicht fehlten … eigentlich! Ich hatte keine Freunde, weil ich mich nie darum bemüht hatte. Tycho Mercier hatte sich für autark gehalten, zumindest fast. Phoebé und Bruno genügten mir. Jetzt, wo Phoebé sich aus dem Staub gemacht hatte, hatte ich noch Bruno, ich blieb also immerhin handlungsfähig. Aber Bruno war noch ein Kind, und in dieser Ausnahmesituation war er mir keine Hilfe. Und nun? Und nun? Ein Gesicht ohne deutliche Konturen, das ich nicht wirklich gut kannte, tauchte vor mir auf. Almanzor. Gestern Abend hatte ich zwar eigentlich beschlossen, ihn nicht mehr anzurufen, aber er wusste nun mal in puncto Klone am besten Bescheid.

Ich rief ihn auf dem Handy an, als ich in Paris angekommen war und einen Café Crème auf der Place de la Sorbonne trank, wie ich es oft vor der Vorlesung tat. Allerdings ohne Erfolg: Eine künstliche Stimme bat mich, eine Nachricht zu hinterlassen. Das ließ ich bleiben und versuchte, Almanzor in seinem Büro im Ministerium zu erreichen. Ich durfte lange in der Leitung schmoren, bis ich erfuhr, dass Monsieur Almanzor abwesend war, und nach meinem Namen gefragt wurde. Vielleicht täuschte ich mich, aber das kam mir ungewöhnlich vor, vor allem wegen der Stimme und des Tonfalls meines Gesprächspartners. Eine Stimme, die nun ja … etwas Bohrendes an sich hatte. Und der Tonfall war der eines Untersuchungsbeamten, der Fragen stellt, zuhört und sich Notizen macht. Instinktiv legte ich auf, ohne meine Identität preiszugeben. Hatte Almanzor Schwierigkeiten bekommen, weil er einem Unbefugten das Liquidierungszentrum gezeigt hatte? Wenn es tatsächlich einen Polizeidienst gab, der seine Telefonleitung abhörte, war mein Anruf mit Sicherheit aufgezeichnet worden. So etwas wie Anonymität, Vertraulichkeit oder auch Intimität gab es ja schon lang nicht mehr, jedenfalls nicht, wenn der Staat andere Interessen verfolgte. Immerhin hatte ich nichts Kompromittierendes gesagt.

Trotz alledem unruhig und angespannt, lief ich zur Sorbonne hinüber. Meine Vorlesung verlief ganz nach Plan. Doch was danach kam, war die wohl tristeste und nutzloseste Konferenz aller Zeiten. Geplapper und heiße Luft, das sind die beiden Brüste, an denen die französische Universität saugt! Nach einiger Zeit hielt ich es einfach nicht mehr aus. Unter dem Vorwand, einen Arzttermin zu haben, verabschiedete ich mich und ging zum Bahnhof. Es war noch vor der grässlichen

Rushhour und dem widerlichen Gedränge auf den Bahnsteigen und in den Waggons, doch seit meinem Anruf beim Ministerium machte mich alles aggressiv. Ich würde Almanzor nicht mehr anrufen. Nun zerbrach ich mir schon wieder den Kopf, wozu ich ohnehin neigte: Ich sah bereits die Polizei vor meiner Haustür auf mich warten. Ich stellte mir Dolfi und Marilyn in Handschellen vor, Madame Bougrat am Rande eines Herzinfarkts, Bruno in Tränen, die Nachbarn scharenweise als Zuschauer… Bislang hatte ich in meinem Wohnviertel einen guten Ruf als unbescholtener Uni-Dozent. Doch die Anwesenheit der Klone während der letzten Tage schien an meinem Image gekratzt zu haben.

Ich kam am Ziel an und eilte nach Hause. In meiner Straße kam mir alles ruhig und friedlich vor. Es war kein Polizeitransporter zu sehen und auch kein brauner Kleinbus mit weißer Aufschrift. Ich atmete auf. Die Katastrophe war ausgeblieben. Einstweilen. Im Garten führte Dolfi letzte Feinheiten seiner ersten Malerarbeit aus, seine Zunge lugte dabei zwischen den Lippen hervor. In der Küche brummelte Madame Bougrat wegen der Störung ihrer Alltagsroutine durch die beiden Klone vor sich hin. Bruno war noch nicht zurück. Und Marilyn? Wo war sie? Ich fand sie in der Wäschekammer. Sie hatte wieder ihre Jeans und ihre weiße Bluse an. Heute hatte sie ein schlichtes Tuch umgebunden. Sie saß am Fenster und arbeitete an einer Stickerei, die Phoebé einmal angefangen und dann rasch wieder aufgegeben hatte. Handarbeiten waren für meine Exfrau nur ein nutzloser Zeitvertreib, sie stand eher auf Squash und Muskelarbeit.

»Das habe ich gefunden«, sagte Marilyn im Tonfall eines Mädchens, das sich ertappt fühlt. »Ein hübsches Motiv. Ich dachte mir, vielleicht kann ich das ja zu Ende bringen, jetzt wo Ihre Frau nicht mehr da ist. Soll ich das tun?«

Aus meiner Sicht sprach nichts dagegen. Das sagte ich ihr. Sie strahlte. Es war wundervoll, eine Frau so schnell glücklich machen zu können. Sie konzentrierte sich wieder auf ihre Stickerei und ging verblüffend geschickt mit der Nadel um. Wo hatte sie das gelernt? Dort, bei ihnen, zusammen mit all den anderen? Oder hatte Bassompierre es sich in den Kopf gesetzt, sie sticken zu lassen? Wie ging es ihm eigentlich? Ich nahm mir vor, im Krankenhaus anzurufen, aber es hatte keine Eile. Erst sah ich Marilyn ein wenig zu. Den Kopf über die Handarbeit gebeugt, spitzte sie ab und zu die Lippen. Wenn Bassompierre, was ziemlich wahrscheinlich war, im Krankenhaus bleiben musste, würde sie dann heute Nacht wieder in mein Schlafzimmer kommen? Auf einmal wünschte ich mir nichts sehnlicher. Dann ermahnte ich mich selbst: »Armer Tycho, ist das alles, was du noch hinkriegst, dich in einen Klon zu verknallen? Hast du noch nicht genügend Probleme, musst du dir jetzt auch noch eine Liebesgeschichte ans Bein binden?« Doch sofort widersprach eine innere Stimme beschwichtigend: »Wer wird denn hier gleich von Liebe faseln? Es geht lediglich darum, ein wenig Spaß mit diesem aufreizenden Wesen zu haben. Das Original war seinerzeit die schönste Frau der Welt, und die Kriterien für weibliche Schönheit haben sich innerhalb eines Jahrhunderts nicht sehr verändert … Außerdem ist sie ja auf mich zugekommen, da wäre ich schön blöd, wenn ich das nicht ausnutzen würde …« Der moralinsaure, kleinmütige Tycho begehrte auf: »Ist ja logisch, dass sie angefangen hat, du Dummkopf! Sie sucht ein Nest. Einen Unterschlupf, das ist es, was dich in ihren Augen interessant macht. Versetz dich doch mal in ihre Lage: Sie ist ja kein richtiger Mensch. In Wirklichkeit ist sie ein Artefakt, und überdies die Nachahmung eines Artefakts! Du weißt weder, aus welchem Labor sie stammt, noch, in welchem Schlamassel du mit ihr enden wirst!«

Aus dem Erdgeschoss drang Madame Bougrats heute besonders säuerliche Stimme und unterbrach den Disput in meinem Innern: »Monsieur Mercier? Ich gehe jetzt, Brunos Imbiss steht auf dem Tisch, und für heute Abend habe ich ein Ragout zubereitet. Für vier Personen! Wenn diese Situation andauert, werden wir uns mal zusammensetzen müssen, Monsieur Mercier, denn mein Arbeitspensum ist beträchtlich gestiegen!«

Ich raste nach unten und erwischte meine Haushaltshilfe gerade noch auf den Stufen vorm Haus.

»Keine Sorge, Madame Bougrat, das ist alles nur vorübergehend. Wenn Monsieur Bassompierre aus dem Krankenhaus zurückkommt, geht alles wieder seinen normalen Gang.«

»*Wenn* er denn zurückkommt. Ein Schlaganfall, damit ist nicht zu spaßen. Ich hoffe nur, Sie wissen, was Sie tun, denn hier im Viertel beginnt man schon zu klatschen. Ihr Gärtner sieht so ulkig aus, heißt es. Monsieur Lortillon von Nummer 16 fragt sich, wo er dieses Gesicht schon mal gesehen hat. Und Madame Cartonnier sagte zu mir, bei Ihnen gehe es ja zu wie in einer Pension.«

Ich fluchte heimlich, dass ich Dolfi gestern damit beauftragt hatte, vor aller Augen die Hecke zu schneiden. Unter tausend Beschwichtigungen begleitete ich Madame Bougrat zum Gartentor und sah ihr dann erleichtert nach. Vielleicht musste ich schlichtweg auf ihre Dienste verzichten. Doch dann würde auch sie in den Chor der Gerüchteköche einstimmen.

14

Die Tage vergingen, und nichts passierte. Der Frühling war traumhaft. Trotz aller klimatischen Veränderungen kann er in der Gegend um Paris auch heute noch sehr mild sein. Die Frühlingsluft streicht zärtlich und fast unmerklich über Menschen und Dinge. Eine leichte Brise raschelt in den Kirschbäumen. Hinter den Zäunen reifen die Johannisbeeren ohne Hast in den sanften Strahlen der Sonne. Schwärme von Spatzen besetzen kleine Gehölze vor den Augen interessierter Katzen. Abseits der mittlerweile grässlichen Stadtzentren umgibt ein zuweilen beinahe heiliger Friede die Einfamilienhäuschen an den ruhigen Straßen. Es ist, als würde die Zeit innehalten und auch den Lebenden eine Atempause zugestehen.

Bassompierre jedenfalls gewährte sie eine. Der Pensionär erwachte aus dem Koma. Die Ärzte zeigten sich nicht besonders optimistisch, aber der Patient klammerte sich mit beiden Händen fest an die Hoffnungen, die sie ihm aus Prinzip machten. Ich rief jeden Tag an. Die Krankenschwester am anderen Ende der Leitung war nicht sehr zuversichtlich und warnte mich vielmehr, dass es dauern könne. Ich hatte nichts dagegen. Ich hatte mich problemlos an Marilyns nächtliche Besuche gewöhnt. Jede Nacht, oder zumindest fast jede, stieg sie in mein Bett wie eine Ertrinkende in ein Rettungsboot. Nach dem ersten Morgen, an dem Bruno uns zusammen im Bett erwischt hatte, entschied ich, dass Marilyn, falls sie denn wiederkäme, den Rest der Nacht in der Wäschekammer verbringen sollte. Das war zwar nicht sehr angenehm, aber sie hielt sich daran. Sie stimmte mir in allem zu, hierin wie in allem anderen. Ihre Ausgeglichenheit, ihre vogelleichte Fröhlichkeit konnten sich in große Traurigkeit verwandeln, wenn sie das Gefühl bekam, mich enttäuscht zu haben. Meine unbestimmten Ängste hingegen schienen unbegründet. Marilyn hatte nichts von einer Femme fatale. Sie war eher wie ein Kind, fast ohne Launen. In Sachen Alkohol hatte sie die Wahrheit gesagt: Nachdem ich sie nach meiner Rückkehr aus Paris ein- oder zweimal beschwipst vorgefunden hatte, sperrte ich die Flaschen weg, und es passierte nicht wieder.

Auch das Zusammenleben mit Dolfi stellte kein Problem mehr dar. Obwohl er, vermutlich aufgrund einer weniger ausbalancierten Grundeinstellung, einfacher und mürrischer gestrickt war als sie, konnte man mit A.H.6 gut auskommen. Natürlich musste man darauf achten, sich ausreichend mit ihm zu beschäftigen, sonst verfiel er in eine düstere Verträumtheit, von der ich mir lieber nicht vorstellen wollte, wohin sie führen mochte. Ich ließ auch keinen Tag vergehen, ohne ihm eine handwerkliche Aufgabe zu stellen, auch wenn ich mir dabei manchmal wie ein Sklaventreiber vorkam. Ich hielt wie gewöhnlich meine Vorlesungen an der Sorbonne. Danach erwartete mich zu Hause ein alles in allem sehr harmonisches Familienleben. Bruno »verehrte« Dolfi. Anfangs hatte ich mir deswegen Sorgen gemacht, aber der Klon war für den Jungen einfach wie ein unendlich geduldiger Onkel. Bruno versuchte nie wieder, sich vor den Hausaufgaben zu drücken, und erledigte sie gleich nach dem Mittagessen. Er wusste, dass er dann bis zum Abendessen mit Dolfi am Computer spielen durfte. Ich hatte mich damit abgefunden. Bruno spielte mit dem bärtchenlosen Führer Krieg … Weshalb auch nicht? Als ich Dolfi fragte, ob der Kleine ihm nicht auf die Nerven gehe, wenn er ihn stundenlang vor dem Bildschirm festhalte, verneinte er. Er gab zu, dass er nicht alles kapiere, aber es interessierte ihn. Bruno zufolge machte er Riesenfortschritte. Nach einigen Partien *Barbarossa* konnte er schon die Frontlinie bei Kursk verringern! Obwohl die Annahme verführerisch war, glaubte ich nicht, dass sich bei A.H.6 darin eine angeborene Fähigkeit zum großen Strategen zeigte. Ich war vielmehr der Meinung, dass der Klon, dessen Intellekt zwar brachlag, der aber äußerst lernbegierig war, sich für jede beliebige andere Sache ebenso sehr begeistert hätte.

Bruno verstand sich also wunderbar mit Dolfi, genau wie auch mit Marilyn. Dieser machte es großen Spaß, ihn jeden Morgen bevor er zur Schule ging zu frisieren. Dolfi und Marilyn begegneten einander zwar nicht mit Misstrauen, aber mit einer leichten Reserviertheit, was ich gar nicht schlimm fand. Wie schrecklich wäre es gewesen, wenn sie sich zu nahe gestanden und Dolfi und ich um Marilyns Gunst gebuhlt hätten! Übrigens beobachtete ich sie heimlich, wofür ich mich insgeheim schämte. Vielleicht wegen Phoebés Untreue. Denn schließlich waren sie allein zu Hause, wenn ich in Paris und Bruno in der Schule war. Aber nichts ließ den Verdacht einer geheimen Komplizenschaft aufkommen. Phoebé erzählte ich das alles nicht so genau. Was sie wusste, war, dass ich Dolfi noch immer nicht losgeworden war. Sie wies mich zurecht, wusch dann aber sogleich ihre Hände in Unschuld: »Mach, was du willst, aber beschwer dich nicht, wenn die Polizei bei dir klingelt!« Sie vertraute mir dennoch etwas an, das meine Ängste in Sachen Almanzor, den ich zuerst vergeblich auf seinem Handy, dann im Ministerium angerufen hatte, für einige Zeit wieder aufflammen ließ. Auch sie hatte versucht, ihn zu erreichen, ebenfalls ohne Erfolg. Im Ministerium hatte sie, genau wie mich, ein neugieriger Rezeptionist nach dem Grund ihres Anrufs gefragt. Aus persönlichen Gründen, hatte sie geantwortet. Ich grübelte dem etwas nach und vergaß es dann, auf die Gefahr hin, einige Stunden später wieder darauf zurückzukommen. So wie man sich manchmal einen Pickel oder eine gerötete Stelle immer wieder aufkratzt. Aber ein anderes Ereignis sorgte dafür, dass diese Gedanken weggefegt und durch wesentlich schlimmere ersetzt wurden. Bassompierre hatte seine Notarsseele endlich in die Hände des höchsten Richters übergeben. Marilyn weinte, als sie es erfuhr. Echte Tränen haben zwar die gleiche Beschaffenheit wie falsche, aber so wie ich Marilyn kennengelernt hatte, gab es keinen Grund, an der Aufrichtigkeit ihrer Gefühle zu zweifeln. Sie hatte den Greis auf bescheidene, ehrliche Weise geliebt, genau wie sie mich lieben und ehren würde, wenn ich sie denn behielt. Als sie mich mit ihrem verzweifelten, flehenden Blick ansah, fühlte ich mich zu einer Entscheidung gezwungen. Solange Bassompierre noch an Messgeräten, Kathetern und Sonden hing, war Marilyn bei mir nur zu Gast gewesen. Weil wir das unter uns Nachbarn eben so vereinbart hatten. Ich gewährte ihr Asyl, und im Gegenzug ging sie mit mir ins Bett und schenkte mir auf diese Weise vielleicht, wer weiß, so etwas wie Glück. Hätte der Notar die Sache heil überstanden, hätte er seine schöne Haushälterin wiederbekommen. Mir hätte das nicht viel ausgemacht, sagte ich mir, schließlich war Phoebé damals auch plötzlich weg gewesen. So war es eben mit den Frauen, sie verschwanden einfach. Mit Bassompierres Tod aber begann eine andere Geschichte. Nun drängte die Zeit und fletschte die Zähne. Ich wagte nicht, auf Marilyns stumme Bitte eine offizielle Antwort zu geben: »In Ordnung, Sie ziehen endgültig hier ein …« Aber sie hing förmlich an meinen Lippen, und deshalb sagte ich, sie solle erst mal ihre Sachen von Bassompierre holen. Das Schleppen von Taschen und Koffern vor den Augen der Nachbarn war mir sehr unangenehm. Es wäre besser gewesen, damit zu warten, bis es dunkel war. Aber was soll's. Die Nachbarn hätten es eh mitbekommen, weil sie alles mitbekommen, und es wäre eigentlich noch schlimmer gewesen. Sie wussten Bescheid. Vier tuschelten bereits darüber, jetzt waren es eben acht, war doch egal. Marilyns Beautycase, das kurze Nachthemd, der Morgenrock und die Hausschuhe mit den Bommeln waren ohnehin seit der ersten Nacht da, aber jetzt brachte sie noch vier Koffer mit Kleidern, Blusen, Jeans, Pullis und Unterwäsche. Sie verschwand, und als sie wiederkam, balancierte sie einen wackeligen Turm aus Schuhkartons über die Straße: Turnschuhe, Pumps, Stiefeletten und hochhackige Sneaker.

Obwohl ich Madame Bougrats Gehalt erhöht hatte, war sie nicht zum Bleiben zu überreden. Es herrschte nicht gerade Harmonie zwischen den Frauen, von denen eine der Ansicht war, dem Menschengeschlecht mit größerer Berechtigung anzugehören als die andere. Bei der kleinsten Einmischung von Marilyn in *ihre* Küchenangelegenheiten wurden Madame Bougrats Lippen schmal, und aus ihren Augen schossen Blitze. Als wir von Bassompierres Tod erfuhren und Marilyns dauerhafter Einzug definitiv bevorstand, warf sie das Handtuch. Ich nahm ihre Kündigung mit großem Bedauern zur Kenntnis. Sie kochte gut, und sie war pünktlich. Aber auch Marilyn schlug sich tapfer am Herd. Bassompierre, der immer ganz genau wusste, was er wollte, hatte ihr ein Kochbuch geschenkt. Sie vergaß nicht, es bei ihrem offiziellen Einzug mitzubringen, und wedelte mir nun damit vor der Nase herum: »Worauf hätten Sie heute Abend Lust?«

Madame Bougrats Kündigung verstärkte die Nähe und den Zusammenhalt der Gruppe. Es war eigentlich besser so, ohne sie. Sogar Bruno, der wirklich an sie gewöhnt war, vergaß sie rasch. Auch für ihn stellte Marilyn einen würdigen Ersatz dar. Es vergingen einige friedliche Tage. Bald wurden es Wochen, schließlich fast ein Monat. Hinter diesem Frieden lauerten jedoch die immer gleichen Gefahren. Es gab keine neuen Informationen von der Supermarktkette, von Heavy Friends, vom Liquidierungsszentrum, keine von irgendeiner Abteilung des Ministeriums für Biotechnologie. Diese Institutionen hatten sich jedoch nicht in Luft aufgelöst. Sie existierten außerhalb unseres Bewusstseins weiter. Berichte wurden geschrieben,

E-Mails verschickt, Anrufe getätigt. Ganz sicher kümmerten sich in jeder dieser Organisationen Menschen, die dafür bezahlt wurden, um den Verbleib von A.H.6.

Auf einem Pulverfass sitzend, wartete ich also auf die Explosion und hielt mir dabei die Ohren zu. Ich wusste nicht, wie lang die Zündschnur war, war mir aber sicher, dass sie bereits brannte! Ich zweifelte so wenig an der bevorstehenden Katastrophe, dass ich noch nicht einmal für Bruno und mich einen Urlaub gebucht hatte. Abgesehen von einer Führung durch die Gedenkstätte der Landung der Alliierten in der Normandie, die seit langer Zeit geplant war, hatte ich noch nichts in die Wege geleitet. Und außerdem, was sollte mit den Klonen im Sommer geschehen? Den Hund und die Katze brachte ich jedes Jahr in eine Tierpension. Marilyn und Dolfi waren da eine größere Belastung … Sollten wir sie etwa mit in die Ferien nehmen? Sie wären sicher gut angekommen im Club Med! Sollte ich sie während unserer einwöchigen Reise in die Normandie mit uns herumschleppen? Ich stellte mir Marilyn mit hohen Absätzen vor, wie sie sich in den Löchern der bröckelnden Felsen an der Pointe du Hoc den Knöchel verstauchte, und Dolfi, der sich grübelnd die Stirn rieb, während er den Blick über Omaha Beach schweifen ließ …

Das Bestehen oder Nichtbestehen meiner Studenten bei den anstehenden Prüfungen erweckte in mir nichts als schuldvolle Gleichgültigkeit. Auch meine eigene Arbeit machte keine Fortschritte. Ich widmete mich ihr ohne Enthusiasmus. In ganz dunklen Momenten sagte ich mir, dass ich mein Buch sowieso im Gefängnis zu Ende schreiben würde. Zum Glück aber gab es die Nächte! Die Nächte vor meiner Bekanntschaft mit Marilyn waren nur eine Art Auflösung des Selbst im Halbdunkel gewesen, ein flüchtiges Nichts, das von den schäumenden Wellen der Träume weggespült wurde. Jetzt hatten sie wieder eine Bedeutung, es lag Wärme in ihnen, Düfte kamen auf, die mich an längst zurückliegende glückliche Tage erinnerten. Das war der gerechte Ausgleich für die Unannehmlichkeiten des Alltags. Ich hielt Marilyn im Arm und schlief an sie gekuschelt ein, »selig wie ein Kind«, nein, besser wie ein Kind, dem nicht bewusst ist, dass es einschläft: Ich war mir dessen bewusst und genoss es. Wenn ich morgens aufwachte, war Marilyn schon aus dem Bett verschwunden, weil sie sich an meine Vorschrift hielt. Ich ging hinunter in die Küche, wo sie bereits herumwerkelte. Wir tauschten keine komplizenhaften Blicke aus und auch keine beiläufigen Zärtlichkeiten wie normale Verliebte. Vielleicht erwartete Marilyn das? Sie ließ sich nichts anmerken, und ich wagte es nicht, es einfach zu tun, und noch weniger, sie zu fragen, ob Bassompierre sich so verhalten habe. Jegliches Gespräch, jegliche Anspielung in Sachen Körperlichkeit und Gefühl waren aus unserer Beziehung verbannt. Nur in der Nacht waren wir Liebende. Während der restlichen Zeit befiel uns ein Gefühl von Scham, wenn sich unsere Hände aus Versehen berührten.

Eines Tages, es war Vormittag, klingelte es an der Haustür. Der Hund bellte zur Antwort. Ich zuckte zusammen, wie neuerdings immer. Ich legte das Blatt meines Manuskripts, das ich gerade vom akademischen Schwulst befreite, beiseite und ging zum Fenster. Ich hob den Vorhang ein wenig an, sodass ich hinausschauen konnte, ohne selbst gesehen zu werden. Ein Mann stand am Gartentor. Keine Uniform. Vielleicht ein Polizist in Zivil? Mein Herz schlug schneller, und ich spürte einen Druck auf der Brust. Ich hätte einen erbärmlichen Verbrecher abgegeben, einen lächerlichen Widerstandskämpfer oder flüchtigen Mörder! Meine Nerven lagen blank. Ich würde mich sofort stellen. Ich würde hinuntergehen, die Tür öffnen und alles gestehen, ich würde Dolfi und Marilyn ausliefern, einen Zusammenbruch erleiden und um Verzeihung betteln.

Nein, natürlich würde ich eher den Ahnungslosen spielen. Was, ein verbotener Klon? Oh, das wusste ich nicht! Wenn ich das geahnt hätte … Aber das würde nicht funktionieren. Die Polizei wüsste ja, dass ich versucht hatte, A.H.6 im Laden zurückzugeben. Und Marilyn? Unterschlagung eines illegal kopierten Klons, was würde da passieren? Man würde sie sicher beschlagnahmen. Und dann Bußgeld, Gefängnis? Da gab es Verhandlungsspielraum. Sie wohnte zwar bei mir, trug aber immer ihr Halstuch, und ich hatte einfach nicht daran gedacht, dass sie nicht offiziell gemeldet sein könnte … Unten am Gartentor hob der Besucher den Kopf und versuchte, an meinem Fenster ein Lebenszeichen zu erhaschen. Da erkannte ich den Mann: Es war Grinstein, der misstrauische Herr Doktor! Was wollte er? Er hatte Patienten hier im Viertel, aber einfach so vorbeizukommen, um Hallo zu sagen … Ich löste mich vom Fenster und ließ den Vorhang fallen. Ich hatte ihn nicht mal einen Zentimeter angehoben. Mit etwas Glück hatte Grinstein nichts bemerkt. Aber dann hörte ich, wie die Haustür geöffnet wurde und Schritte auf dem Gartenweg widerhallten. Ich schob den Vorhang wieder leicht beiseite. Den Hund an ihrer Seite, allzeit bereit, sich nützlich zu machen, tänzelte Marilyn zum Gartentor. Ich ging hinunter, um Grinstein in Empfang zu nehmen. Es war mein Schicksal.

Bruno war in der Schule, und Dolfi beschnitt gerade die Rosen im Garten hinter dem Haus. Marilyn zog sich widerwillig zurück. Grinstein und ich standen uns im Wohnzimmer gegenüber. Auf mein einladendes Zeichen setzte er sich in einen Sessel, zu dessen Füßen er seine Arzttasche abstellte. Betretenes Schweigen. Als Besucher hätte Grinstein den Anfang machen müssen, aber ihm fehlten die Worte. Ich erbarmte mich.

»Sicherlich haben Sie die schlimme Nachricht schon gehört?«

Grinstein passte seinen Gesichtsausdruck der Situation an: nicht übermäßig betroffen, ein Arzt, der oft mit so etwas konfrontiert wird, wenn nicht gar täglich.

»Ich bin auf dem Laufenden, was Ihren Nachbarn angeht«, sagte er mit gesenktem Blick. »Ich hatte mich im Krankenhaus nach ihm erkundigt, und da sagte man mir, dass er von uns gegangen sei. Er hat sich jedenfalls wacker geschlagen. Es sah ja von Anfang an nicht gut aus für ihn, trotz der schnellen Hilfe …«

»Das kann ich mir vorstellen!«, sagte ich.

Im Grunde genommen konnte ich mir gar nichts vorstellen. Ich wusste so gut wie nichts über Schlaganfälle, außer dass man darüber nicht scherzen sollte. Wieder Schweigen. Das musste aufhören.

»Und … was …«

Grinstein fasste sich ein Herz: »Ich komme wegen Ihres Freundes, des Herrn, der dabei war, als Sie mich bei Monsieur Bassompierre in die Wohnung ließen … Wissen Sie, wen ich meine? Er hat meine Neugier geweckt! Er erinnerte mich an jemanden. Und man sagte mir, also, die Leute hier in der Nachbarschaft, ja, ich komme hier häufiger vorbei, weil ich regelmäßig nach einer älteren Dame sehen muss … kurz, man sagte mir, er sei noch immer bei Ihnen.«

Grinstein hatte sich schlaugemacht. Er hatte Nachforschungen angestellt. Ich hätte dennoch Lust gehabt, alles abzustreiten. Leider hatte mich die Natur nicht mit der Fähigkeit zu lügen ausgestattet. Und außerdem konnte Dolfi jeden Moment hereinkommen.

»Er erinnerte sie an jemanden? Einen Freund?«

»Nein, keinen Freund, nein!«, grummelte Grinstein.

»An einen Patienten also?«

»Nein, auch an keinen Patienten.«

Der Arzt schüttelte verärgert den Kopf. Er sah mir jetzt direkt in die Augen.

»Ihre kleinen Ablenkungsmanöver sind ziemlich geschmacklos, Monsieur Mercier, ich weiß nicht, ob Sie sich im Klaren darüber sind … Ich glaube, dass derjenige, über den wir gerade sprechen, ein Klon von Adolf Hitler ist. Es fehlt ihm zwar der Bart, aber ich bin mir trotzdem ziemlich sicher.«

Ziemlich sicher. Ich war noch immer geneigt, mich an diese kleine Unsicherheit zu klammern, alles abzustreiten und Grinstein wegzuschicken. Als ob er meine Gedanken erraten hätte, korrigierte er sich: »In Wirklichkeit bin ich mir ganz sicher. Oder glauben Sie, ein Jude könne sich in dieser Sache irren?«

Ich antwortete ihm nicht. Ich beobachtete Grinstein. Er war ganz ruhig, was seine Absichten nicht im Geringsten erkennen ließ. Vielleicht war er bewaffnet. Almanzor hatte mir doch berichtet, dass bösartige Racheakte auf einige der Klone des Führers verübt worden waren.

»Warum sind Sie gekommen?«

Grinstein senkte den Blick auf seine Hände, die mit den Handflächen nach oben auf seinen Knien lagen.

»Aus Neugier«, sagte er schließlich. »Ihm neulich nur kurz begegnet zu sein, genügte mir nicht. Ich wollte ihn von nahem betrachten.«

Ich hätte alles gegeben, um zu erfahren, was in den Taschen meines Gesprächspartners war. Mit gesenkter Stimme und in ruhigem Tonfall sagte ich zu ihm: »Sie haben recht, es ist tatsächlich ein Klon von … Aber es ist nur ein Klon. Er hat nichts zu tun mit … Sie wissen schon. Er wurde über hundert Jahre nach dem Tod des Führers geboren, wenn man es denn Geburt nennen kann. Er ist es nicht. Er ist nur sein Abbild, ein besonderes Abbild, das gebe ich zu. Ein Abbild aus Fleisch und Blut …«

»Ich will ihm nichts Böses«, unterbrach Grinstein. »Glaube ich jedenfalls. Ich will ihn nur sehen. Seit neulich muss ich ständig an ihn denken, ich denke an nichts anderes mehr! Bei all meinen Hausbesuchen in Ihrer Gegend halte ich mich in Ihrer Straße auf, schlendere ziellos umher und suche nach ihm. Ich weiß, dass er Ihre Hecke geschnitten hat, dass er für Sie die Gartenarbeiten erledigt. Er ist Ihr Mann für alles, oder? Haben Sie ihn deshalb gekauft? Aber warum gerade ihn?«

»Ich habe ihn mir nicht gekauft!«, verteidigte ich mich. »Und außerdem muss man ihn beschäftigen …«

»Sie haben ihn nicht gekauft? Dann haben Sie ihn also gefunden?«

»So ähnlich.«

Ich erzählte ihm in wenigen Worten von der Tombola, Phoebés großem Hauptgewinn, meiner Überraschung, meinen Bedenken und meiner Verlegenheit, als ich ihn entdeckte.

»Aber dieses Modell wurde vom Markt genommen. Der Klon ist in ganz Europa verboten. Und nur Sie haben ihn behalten.«

Wir hatten an diesen Punkt kommen müssen. Ich war noch immer nicht von den friedlichen Absichten Grinsteins überzeugt. Hinter seiner Neugier steckte zumindest eine Verständnislosigkeit, eine prinzipielle Wut, die durch meine Gesetzesübertretung noch vergrößert wurde.

»Warum haben Sie ihn nicht zurückgegeben?«

»Aus demselben Grund, weshalb Sie hier sind: aus Neugier!«

Ich wollte Grinstein nichts von dem Liquidierungszentrum erzählen, den fünf an der Wand sitzenden traurigen Klonen, von all dem trüben Morast, den ich dort erahnt hatte, und von Almanzors Geständnissen.

»Und die junge Frau? Haben Sie die auch gewonnen?«

»Sagen wir es so, ich habe sie geerbt. Aber was geht Sie das an?«

»Gar nichts, stimmt. Wie nennen Sie ihn?«

»Dolfi«

»Ein liebevoller Kosename … sehr charmant!«, höhnte Grinstein.

Ich begehrte auf: »Mein Sohn hat ihn ausgesucht, alles in allem besser als Adolf.«

»Das ist wahr, das ist wahr. Entschuldigen Sie diesen kurzen Anflug von Bitterkeit. Er ist also da hinten im Garten, nehme ich an? Verzeihen Sie, dass ich so hartnäckig bin: Ich würde ihn so gerne sehen, deshalb bin ich hergekommen.«

»Es ist kein Ding, das man einfach aus der Schublade ziehen und jemandem zeigen kann. Er kennt sie nicht und hat sicher keine Lust, Sie kennenzulernen.«

15

»Ich bin Arzt«, verteidigte sich Grinstein. »Sind Sie sicher, dass er gesund ist? Klone sind anfällig für bestimmte degenerative Erkrankungen ….«

»Haben Sie schon eine größere Anzahl von ihnen untersucht?«

»Keinen Einzigen, aber ich habe mehrere Artikel in medizinischen Fachmagazinen gelesen. Wie Sie vielleicht wissen, hatte Hitler Parkinson und …«

»Noch nicht in diesem Alter, Doktor Grinstein. Dolfi ist bei vollen Kräften. Und erlauben Sie mir, Ihnen zu sagen, dass mich Ihre Fürsorge doch ein wenig erstaunt.«

»Es ist keine Fürsorge! Ich wiederhole es gerne noch einmal, es ist Neugier. Eine Neugier … professioneller Natur.«

Eine ärztliche Untersuchung war vielleicht nicht unnütz. Ich wusste nicht, ob Klone Anrecht auf ärztliche Vorsorge hatten, wenn sie erst einmal im Besitz ihres Käufers waren. Gab es so etwas wie eine Krankenkasse für sie? Das war ziemlich unwahrscheinlich. Wie bei Haustieren würden die Kosten wahrscheinlich auf den Besitzer entfallen. Nach einer kurzen Bedenkzeit fällte ich eine Entscheidung.

»Ich werde Ihnen gestatten, ihn zu untersuchen, unter zwei Bedingungen, die Sie genau verstanden haben sollten. Erstens, die Untersuchung findet in meiner Anwesenheit statt.«

»Kein Problem!«

»Zweitens …«

Ich machte eine Pause. An diesem Punkt konnte die Situation möglicherweise kippen, sogar dramatisch werden, falls

Grinstein tatsächlich eine Waffe bei sich haben sollte. Ich stellte mir vor, wie er plötzlich einen Wutanfall bekam, den Revolver zog und mich niederschoss, um daraufhin in den Garten zu stürzen und auch Dolfi zu töten.

»Ich höre …«

»Die zweite Bedingung ist«, sagte ich schließlich in gleichbleibendem Tonfall, »dass Sie mir vorher gestatten, Sie zu durchsuchen.« Ich machte mich auf eine heftige Reaktion meines Gegenübers gefasst, aber Grinstein rührte sich nicht.

»Das verstehe ich, das ist absolut normal.«

Er ließ mich also eine ungeschickte und unnütze Abtastaktion durchführen.

»Gut, ich rufe ihn …«

Ich hielt inne, weil ich an die Tasche des Arztes dachte, die neben dem Sessel stand.

»Entschuldigen Sie bitte, ich habe Ihre Tasche vergessen.«

Grinstein konnte sich ein ironisches Grinsen nicht verkneifen.

»Da ist ein Skalpell drin, wie üblich. Und bedenken Sie bitte auch, dass ich den Führer mit meinem Stethoskop erdrosseln könnte!«

Ich wurde rot, geriet aber nicht aus der Fassung.

»Öffnen Sie sie bitte.«

Grinstein kam meiner Bitte nach. Anstelle einer Schuss- oder Stichwaffe enthielt die Tasche tatsächlich ein Skalpell und zwei oder drei andere potenziell mordtaugliche Instrumente. Grinstein nahm sie heraus und reichte sie mir.

»Sind Sie jetzt beruhigt? Man könnte trotz allem meinen, das Leben von Dolfi bedeute Ihnen eine Menge.«

Verblüfft über diesen Gedanken, fragte ich mich selbst: War mir Dolfis Leben wichtig? Nicht wirklich. Ich hegte weder freundschaftliche Gefühle für ihn, noch fühlte ich mich ihm verbunden. Abgesehen von der Mischung aus Abscheu und Faszination, mit der ich mich immer wieder dem Gedenken Adolf Hitlers widmete, hielt ich ihn für schwermütig, plump und – bis zum Beweis des Gegenteils – für intellektuell beschränkt. Dennoch fühlte ich mich von jetzt an für alles verantwortlich, was ihm zustoßen könnte. Dolfi war ganz unerwartet in mein Leben getreten und zu meinem großen Leidwesen tatsächlich zu meinem Nächsten geworden.

»Er kann nichts dafür. Ich kann es nur immer wieder betonen«, antwortete ich.

Ich öffnete das Fenster zum Garten und rief: »Dolfi! Kommen Sie doch bitte einen Augenblick her!«

Dolfis Alltag in der Aufzuchtstation hatte sich nicht wesentlich von dem eines jungen Soldaten in der Kaserne unterschieden. Nun stand er nackt wie ein Wurm und in Habtachtstellung vor dem Arzt und beobachtete ihn. Als ich ihm mitgeteilt hatte, dass Dr. Grinstein ihn medizinisch untersuchen würde, hatte er sich weder überrascht gezeigt noch Missfallen geäußert. Er hatte gefragt, ob er sich »ganz frei machen« solle, und ohne zu zögern gehorcht, als Grinstein ihn dazu aufforderte. Vor diesem unbekleideten Mann überfiel mich eine Art Scham, die meine Neugier teilweise vergehen ließ. So sah er also aus, der nackte Hitler, damals, als sein Weg zur Macht begann? Ein noch junger Mann von mittlerer Größe und Statur mit üppiger brauner Behaarung. Es gibt keine Fotos von Hitler in Badehose, aber die wenig ausgeprägten Muskeln und die schneeweiße Haut von Dolfi passten zu dem, was man dem zukünftigen Kanzler zuschreiben würde: kaum sportliche Betätigung und wenig frische Luft. Vielleicht hatte die Gymnastik, die er während seiner Aufzucht machen musste, den Klon widerstandsfähiger werden lassen, als Hitler selbst es jemals gewesen war. Dennoch hatte dieser den Krieg geführt. Er hatte als Verbindungsmann das harte Leben an der Front ertragen und war lange durch die Schützengräben gekrochen. Sein Geschlechtsteil war allem Anschein nach normal. Diese

Feststellung bestätigte, was ich darüber gelesen hatte. Ohne die Frage, die schon zu viel Tinte gekostet hatte, ganz auszuloten, grenzte sie sie doch zumindest ein. Wenn Hitler wirklich nur einen Hoden gehabt hatte, war diese partielle Testikellosigkeit offenbar traumatischen Ursprungs.

Fast scheu umrundete Grinstein den Klon. Er ließ ihn die Zunge herausstrecken, leuchtete in seine Gehörgänge, untersuchte eingehend seine Augen, Hände, Nägel, nahm ihm den Puls, maß den Blutdruck und testete seine Reflexe. Er wies ihn an, sich aufs Sofa zu legen, um dort seinen Bauch abtasten zu können, und bat ihn anschließend, sich auf einen Stuhl zu setzen, wo er ihn sorgsam zu Ende untersuchte. Der starre Blick und die zusammengepressten Lippen des Arztes beunruhigten mich. Was, wenn Grinstein plötzlich seinem mörderischen Trieb nachgegeben und versucht hätte, Dolfi zu erdrosseln? Aber nichts dergleichen geschah. Mit kaum veränderter Stimme stellte Grinstein Dolfi die üblichen Fragen zu seinem Befinden. Der Klon antwortete, dass er gut schlafe, einen gesunden Appetit habe, was ich bezeugen konnte, und auch sonst alles zum Besten stehe. Die Untersuchung war beendet, ohne dass Grinstein sich auf irgendeine Weise gewalttätig gezeigt hatte.

»Sie können sich wieder anziehen«, sagte er.

Ich erkannte in seiner Stimme Frustration, gepaart mit Verwunderung.

»Und, Doktor?«, fragte ich ihn, während Dolfi sich wieder ankleidete.

»Dieses Individuum ist bei bester Gesundheit«, sagte Grinstein. »Keinerlei erste Anzeichen von gesundheitlichen Problemen, an denen der Führer am Ende seines Lebens gelitten hatte.«

Mit dem Ende seines Lebens kannte ich mich aus.

»Vergessen Sie nicht die Überarbeitung, die extreme Anspannung, die Nachwirkungen des Attentats vom 20. Juli

1944, die absurden Heilmethoden von Dr. Theodor Morell. 1945 – mit etwas über fünfzig Jahren – war Hitler ein verbrauchter alter Mann. Sie haben den Hitler von 1923 untersucht, und außerdem hat Dolfi keine Grabenkämpfe im Ersten Weltkrieg miterlebt, er wurde nicht verletzt und auch nicht durch Gas vergiftet wie der andere …«

»Dessen bin ich mir bewusst«, sagte Grinstein, während er Dolfi mit einer Handbewegung entließ. »Was gedenken Sie nun zu tun?«, fragte er mich, nachdem der Klon gegangen war.

»Und Sie?«, fragte ich zurück.

»Ich? Was könnte ich denn schon unternehmen?«

»Ihn verraten … oder vielmehr mich anzeigen. In Wahrheit hätte dies allerdings nur zur Folge, dass das unaufhaltsame Schicksal schneller eintritt. Seit dem ersten Tag rechne ich mit einer Polizeirazzia. Sie kann jederzeit kommen.«

»Sie anzeigen …«, sagte Grinstein, »ich habe darüber nachgedacht. Ich war bestürzt, wütend! Dieses Monster zu klonen, *ihn* wieder zum Leben zu erwecken …«

Grinstein schlug sich mit der Hand auf die Stirn und richtete die Augen gen Himmel, um diesen zum Zeugen für die Absurdität einer derartigen Unternehmung zu machen.

»Ich glaube, er ist der Letzte«, sagte ich.

»Na, Gott sei Dank! Fast hätte ich Sie angezeigt. Ich hätte es getan, wenn Sie ihn gekauft hätten, wenn Sie einer von diesen Verrückten wären, die es amüsiert, ihn wieder zum Leben zu erwecken.«

»Und jetzt nicht mehr?«

»Jetzt … jetzt nicht mehr, nein«, grummelte Grinstein, während er sich nach seiner Arzttasche bückte, um die Instrumente wieder einzusortieren. »Eigentlich müsste ich es, aus Prinzip! Was würden meine Ururgroßeltern von mir denken, wenn ihnen zu Ohren käme, dass ich ihn verschone? Aber ich will kein Denunziant sein, verstehen Sie? Und wie Sie richtig gesagt haben: Der arme Kerl hat ja nichts Böses getan … Er ist ein bemitleidenswertes Wesen, oder etwa nicht? Er ist heute doch der Untermensch, ungebildet und seiner Wurzeln und Rechte beraubt. Was weiß er eigentlich von … all dem? Weiß er, dass ich Jude bin? Weiß er überhaupt, dass es so etwas gibt? Und selbst wenn er es wüsste, wäre es ihm gleich, oder nicht?«

»Ich habe mich mit ihm noch nicht auf dieses Terrain gewagt«, gab ich zu. »Ich glaube, er weiß nichts, fast nichts«, fügte ich hinzu, nicht ohne mich dabei unwohl zu fühlen, wenn ich an die Computer-Kriegsspiele dachte, zu denen Bruno ihn anstiftete.

»Und die Frau? Sie gehört Ihnen also nicht … Vielleicht könnten Sie sie käuflich erwerben, aber von wem? Jedenfalls sind mir meine Probleme wirklich lieber als Ihre. Sie haben offensichtlich die Gabe, sich Ärger einzuhandeln!«, sagte Grinstein schließlich, während er seine Tasche nahm.

»Ich habe spät damit angefangen, aber ich hole schnell auf«, sagte ich.

Grinstein zog eine Visitenkarte aus seiner Geldbörse.

»Hier, nehmen Sie. Wenn der Friede noch ein klein wenig andauert und bei dem einen oder anderen Ihrer Mitbewohner ein gesundheitliches Problem auftreten sollte, rufen Sie mich an.«

Ich nahm die Karte.

»Danke, Doktor, das ist wirklich sehr …«

Grinstein winkte ab.

»Hippokrates ist schuld und sein beschissener Eid!«, sagte er in düsterem Tonfall. Eine Frage lag mir noch auf der Zunge. Ich zögerte, sie zu stellen, aber Grinstein schien etwas zu ahnen …

»Doktor … Glauben Sie, dass Klone zeugungsfähig sind?«

»Im Prinzip nein. Die Vorschriften diesbezüglich sind streng. Die Hersteller sind eigentlich dazu verpflichtet, dafür zu sorgen, dass es nicht möglich ist.«

»Aber sie sagten: ›im Prinzip‹.«

»Im Prinzip ja, zumindest bei anerkannten Subjekten öffentlich anerkannter, kontrollierter Firmen. Was illegale Kopien von Klonen angeht, die die Produkte geheimer Züchtungen sind, so wird sich das erst noch zeigen! Aber ich könnte mir vorstellen, dass Monsieur Bassompierre sich seine Marilyn bei einem rechtmäßigen Hersteller besorgt hat ....«

»Bestimmt!«, sagte ich schnell.

»In dieser Angelegenheit haben Sie also nichts zu befürchten ... rein gar nichts«, erklärte Grinstein mit einem vielsagenden Lächeln.

Als wir an der Küche vorbeikamen, in der Marilyn gerade arbeitete, verabschiedete er sich: »Auf Wiedersehen, Mademoiselle ...«

Freudig erwiderte sie seinen Gruß.

»Sie ist wirklich sehr gelungen!«, flüsterte er, als wir wieder am Gartentor waren. »Und, kann sie gut kochen?«

»Sie kocht umwerfend!«

Grinstein schüttelte ernst den Kopf.

»Ja, sie begleiten einen eine lange Zeit, wahrscheinlich für immer, in guten wie in schlechten Tagen«, seufzte er.

»Meinen Sie?«

Der Arzt verharrte einen Augenblick, ohne zu antworten.

»Diese Diagnose behalte ich mir vor«, sagte er schließlich. »Auf Wiedersehen und viel Glück.«

Als Grinstein weg war, ging ich zurück in mein Büro und war zumindest in einer Hinsicht beruhigt. Sofern er keinen plötzlichen Sinneswandel erlitt, würde er Dolfi nicht verraten. Aus wissenschaftlicher Neugier und gesundem Menschenverstand. Er hatte sehr genau begriffen, dass Dolfi ein armer Kerl, ein Opfer war, dem man das Gesicht des größten Verbrechers der Geschichte verpasst hatte. Merkwürdigerweise entdeckte ich in Grinstein eine Art Verbündeten. Der Schicksalsschlag, den ich erwartete, ginge nicht von ihm aus, das war schon einmal sicher. Aber die Wahrscheinlichkeit, dass er jederzeit eintreffen könnte, blieb. Außerdem – ich hatte zunächst gar nicht so sehr darauf geachtet – war Marilyn zwei oder drei Nächte in Folge nicht zu mir gekommen. Wie sollte ich da also nicht daran denken? Sie musste ihre Regel gehabt haben. Und wenn sie ihre Regel hatte, dann war sie zweifellos fruchtbar … Oder etwa nicht? Vielleicht hatte man ihr die Eileiter verödet oder den gesamten Eisprung auf die eine oder andere Weise unterbunden. Wie dem auch sei, die Pille nahm sie nicht, und wir hatten von Anfang an auch »nicht aufgepasst«. Ich sah Marilyn schon schwanger von mir und mich als Vater eines Halbklons, illegal wie seine illegal geklonte und im Prinzip unfruchtbare Mutter. Da hatten wir dann den Salat! Von diesen Aussichten erschüttert, wollte ich ein wenig Trost in dem Gedanken finden, dass Marilyn, hätte sie von einem Risiko dieser Art gewusst, darauf bestanden hätte, Verhütungsmaßnahmen zu ergreifen. Aber was wusste sie, und was wusste sie nicht? Wie Dolfi ein harmloser Kerl mit dem Äußeren eines Weltherrschers war, war Marilyn ein Mädchen so strahlend schön wie die Sonne. Und deshalb dachte ich – das einzige menschliche Wesen mit allen Rechten und umfassender Verantwortung – an eine mögliche Schwangerschaft, verscheuchte den Gedanken aber sofort wieder. Hatte Marilyn letzte Woche tatsächlich ihre Regel gehabt, war noch nichts verloren. Ich schwor mir, die Frage mit ihr zu klären. Es war merkwürdig: Seit Wochen schliefen wir miteinander, aber, wie gesagt, wir sprachen weder über uns noch über irgendetwas anderes. Wir führten keines der typischen Gespräche von Verliebten, in denen diese sich einander offenbaren. Eine Art Scheu hielt uns davon ab … hielt mich ab, es zu riskieren. Was Marilyn anbelangte … vielleicht war sie einfach nur ein wenig beschränkt. Ich wollte lieber glauben, dass es ihre Befangenheit demgegenüber war, was uns unterschied, ohne dass es uns jedoch gleich voneinander getrennt hätte. Der Beweis dafür war unsere perfekte Verständigung im Bett, denn die vollzog sich ohne Worte. Ich erinnerte mich an Phoebé und mein Leben mit ihr. Die Worte zwischen uns waren wie ein großer Brombeerstrauch, an dem wir uns ständig kratzten. Man muss sich nur anschauen, wie alles geendet hatte. Bei Marilyn kratzten die abwesenden Worte nicht, sie vergifteten nichts. Unsere stummen Nächte waren nur von Seufzen und Stöhnen begleitet. Wie friedlich! Aber dieses Einvernehmen hatte seinen Preis. Ich hätte all diese Umarmungen genauso gut träumen können, weil am Morgen nichts davon übrig blieb außer den zerwühlten Laken.

Phoebé war jetzt auf dem Laufenden in Sachen Marilyn. Sie wusste zwar nicht, dass sie nicht offiziell registriert war, aber ich konnte von meinem Sohn nicht verlangen, ihr zu verschweigen, dass sie bei uns zu Hause lebte. Bruno hatte Phoebé sicher nicht erzählt, dass er uns eines Morgens gemeinsam im Bett überrascht hatte. Phoebé brauchte diese Information auch gar nicht, um zu ahnen, dass es so war, wie es war. Eines schönen Sonntags lud sie sich zum Mittagessen ein, um sich schließlich selbst davon zu überzeugen. Ein eisiges Schweigen herrschte, als wir uns zu fünft das Zitronenhuhn und den Apfelkuchen teilten, die Marilyn zubereitet hatte. Die Klone sagten keinen Ton. Was uns andere »Einzigartige« anbelangte, so war die Situation nicht gerade geeignet, um uns die Zunge zu lösen. Bruno sah verstohlen mal seine Mutter, mal Marilyn an. Verglich er die beiden miteinander? Phoebé war eine attraktive Frau, sportlich und schlank, aber Marilyn war ganz etwas anderes. Ich für meinen Teil war wütend auf meine Exfrau. Drängte ich mich bei ihr so in den Vordergrund? War ich etwa zu ihrem neuen Freund gegangen, um ihn ganz genau unter die Lupe zu nehmen? Ich riss mich zusammen, um mir meine schlechte Laune nicht anmerken zu lassen, und war fest entschlossen, es zu ignorieren, sollte sie sich beim Gehen auch nur die kleinste Spitze erlauben.

Phoebé dagegen beobachtete ungläubig abwechselnd Marilyn und Dolfi. Sie musste sich fragen, wie ich es fertiggebracht hatte, mich in dieses Wespennest zu setzen, und vergaß dabei, dass auch sie mitschuldig war.

Bis zum Ende des Essens, das ich mit Erleichterung näher rücken sah, machte ich kaum den Mund auf. Bruno zog Dolfi am Ärmel und schleifte ihn in sein Zimmer, um dieses Mal die Schlacht von El Alamein nachzuspielen. Der Klon machte weiterhin große Fortschritte. Es wurde immer schwerer, ihn zu besiegen. Marilyn räumte den Tisch ab und brachte das Geschirr in die Küche. Sie kam zurück, um Kaffee zu servieren, und verdrückte sich anschließend. Phoebé und ich tranken den Kaffee in absolutem Schweigen.

»Sie ist perfekt«, sagte Phoebé plötzlich. »Zum Niederknien schön, eine hervorragende Köchin, unterwürfig und so gut wie stumm ... Der Traum eines jeden Mannes! Was soll da nur aus uns werden, uns minderwertigen Frauen? Und im Bett? Wie ist sie da?«

Aufgrund meines Gesichtsausdrucks, der verraten musste, dass ich immer gereizter wurde, ließ Phoebé jedoch wieder von dem Thema ab.

»Ich mache doch nur Spaß! Das ist mir völlig egal, oder zweifelst du etwa daran?«, sagte sie mit beschwichtigender Stimme. »Aber mal ehrlich, was glaubst du denn, wo das alles hinführen wird?«

»Du lehnst dich ganz schön weit aus dem Fenster! Darf ich dich daran erinnern, dass ...«

»Ich weiß, ich weiß: Der Führer geht auf meine Kappe. Wenn ich das gewusst hätte, ich hätte das Los zerrissen ... Gut, aber in dem Moment als du begriffen hast, wer das ist, hättest du schnell reagieren und ihn irgendwie loswerden müssen. Stattdessen hast du dir, unglücklich darüber, ihn bei dir aufnehmen zu müssen, noch einen anderen Klon angelacht, der einem Toten gehört. Das ist Diebstahl, oder nicht? Oder Freiheitsberaubung?«

»Keine Ahnung!«, schrie ich, während ich meine Tasse so heftig zurückstellte, dass der Kaffee auf die Tischdecke spritzte. »Um die Wahrheit zu sagen, es ist einfach so passiert, ganz von allein. Der Himmel bricht gerade über mir zusammen, was kann ich dafür?«

Mithilfe ihrer Serviette entfernte Phoebé den verschütteten Kaffee so gut es ging.

»Pass bitte ein bisschen auf, ja! Ich habe diese Tischdecke immer sehr geliebt … Sag deiner Marilyn, sie soll das Programm Nummer drei einstellen, wenn sie die in die Maschine steckt, sonst ist sie hinüber.«

»Deiner Marilyn.« Das gefiel mir gar nicht. Aber es war etwas Wahres dran. Marilyn war »meine« Marilyn geworden, so wie sie unlängst die des verstorbenen Bassompierre gewesen war.

Ich erinnerte mich noch, wie ich einen Monat zuvor, ohne von akuten Sorgen geplagt zu sein, kaum unter meiner Enthaltsamkeit und Einsamkeit gelitten hatte. Als ich Marilyn mit ihrer Einkaufstasche auf der Straße sah, schaute ich ihr hinterher, das war alles. Sie besuchte mich lediglich in meinen Träumen. War ich damals unglücklicher als heute? Es wäre respektlos gewesen, unser Glück zu leugnen, auch wenn die Angst vor dem, was da kommen mochte, mir zusetzte. Doch in der Nacht, wenn Marilyn an meiner Tür klopfte und in meine Arme sank, waren alle Sorgen wie weggezaubert.

»Ja, ja, ich werde es ihr sagen.«

»Du musst, es wäre wirklich schade drum.«

16

Eines Abends, als ich gerade auf dem Weg vom Bahnhof nach Hause war, klingelte mein Handy. Es war Bruno. Er sprach leise und sehr kurz angebunden in den Apparat. Er rief aus seinem Zimmer an. Die Polizei stand unten vor der Tür. Sie waren mit mehreren Streifenwagen, Blaulicht und Sirene vorgefahren. Das ließ dem Jungen die Zeit, den knurrenden Hund, dessen Fell sich sträubte, zu packen und die Tür zu öffnen. Dolfi und Marilyn waren währenddessen durch den Garten geflohen, und die Katze hatte sich in die Ranch geflüchtet. Im Wohnzimmer würden mich jetzt zwei Beamte erwarten. Unter Tränen beschwor mich Bruno, nicht nach Hause zu kommen, weil er fürchtete, dass ich dort festgenommen würde. Ich bemühte mich, ihn zu beruhigen. Natürlich würde ich nach Hause gehen und mich mit den Herren aussprechen. Das wäre alles gar nicht schlimm! Er bräuchte sich keine Sorgen zu machen, Papa würde kommen.

Ich war nicht überrascht. Ich hatte genau gewusst, dass es so enden würde. Ich war eher erstaunt, dass es so lange gedauert hatte: ganze sechs Wochen! Wenn es meine Absicht gewesen wäre, mit Bruno und den Klonen zu fliehen, hätte ich dazu alle Zeit der Welt gehabt. Aber wohin hätten wir gehen sollen?

Vor dem Haus stand nur ein einziges Polizeiauto. Die anderen Wagen verfolgten wohl die Flüchtigen. Ich nahm allen Mut zusammen und ging die Stufen zur Haustür hoch. Resigniert stellte ich meine Tasche im Halbdunkel des Flurs ab und betrat das Wohnzimmer. Die beiden Männer standen auf, als ich hereinkam.

»Meine Herren?«

Die Polizeibeamten Hossegor und Leymarie stellten sich vor, indem sie ihre Dienstmarken zückten. Würde man mich in Handschellen abführen? Ich hatte Angst davor wegen des Jungen und auch ein wenig wegen der Nachbarn. Der ältere der beiden Polizisten, der wie ein Badeort hieß, ergriff das Wort und sprach mit strenger Stimme. Das war verständlich, denn schließlich verkörperte er das Gesetz, das von mir gebrochen wurde.

»Sie werden der Haltung zweier illegaler Klone beschuldigt, einer ist ein verbotenes Modell, der andere Staatseigentum …«

Im Endeffekt war mein Fall gar nicht so schlimm, wie ich es mir ausgemalt hatte: nur ein Vergehen, kein Verbrechen. Ich wurde befragt, in aller Form vorgeladen und später dann schriftlich angezeigt, aber die sofortige Verhaftung und die kompromittierenden Handschellen blieben mir erspart.

Phoebé bestand darauf, dass ich meine Verteidigung dem Anwalt anvertraute, von dem sie mir erzählt hatte … Ob dieser nun früher ihr Geliebter gewesen war oder nicht, er erfüllte seine Aufgabe zu meiner vollsten Zufriedenheit. Insbesondere vor der Rechtsabteilung der Supermarktkette schlug er sich teuflisch gut. Er schrieb dem Alligator und damit dem gesamten Unternehmen die Verantwortung für die ganze A.H.6-Geschichte zu. Denn als die A.H.-Serie offiziell verboten worden war, tauchte A.H.6 nämlich noch immer im Angebot des Supermarkts auf. Nicht nur, dass dieser nicht auf das Verbot reagiert hatte, der Klon wurde sogar noch zum Hauptgewinn der Tombola erklärt. Logisch, dass unter diesen Bedingungen der gutgläubige Gewinner in Gestalt von Phoebé und letztlich mir überrascht reagierte. Die gegnerische Partei war auf diesem Ohr jedoch taub. Für sie lag meine Verantwortung auf der Hand. Ich hatte schließlich ein illegales Objekt anderthalb Monate lang behalten, und das bei voller Kenntnis der Sachlage, schließlich war ja bekannt, dass ich anfangs versucht hatte, ihn zurückzugeben. Dieses Argument ging jedoch wieder zu Lasten des Supermarkts: Die verweigerte Rücknahme des Tombolagewinns bewies, dass man sich von der heißen Ware auf meine Kosten befreien wollte. Als von einer Verbraucherschutzvereinigung eine Unterstützungskampagne für mich losgetreten wurde, drohte das Firmenimage beschädigt zu werden, und die Supermarktkette zog ihre Anschuldigungen lieber zurück, um keinen Boykott zu riskieren. Aus der Sache A.H.6 entkam ich schließlich mit einem Bußgeld, das weniger gesalzen war als die Anwaltskosten. So ging ich zwar finanziell angeschlagen aus allem heraus, aber ohne Gefängnisstrafe und ohne Eintragung in die Polizeiakte, was meine Professorenlaufbahn gefährdet hätte.

Über den Verbleib von Dolfi und Marilyn wusste ich rein gar nichts. Soweit im Prozess und in den Veröffentlichungen, die mit ihm zusammenhingen, erwähnt, waren sie noch flüchtig und wurden gesucht. In Bassompierres Papieren hatte man keinerlei Beleg für einen legalen Kauf von Marilyn gefunden, und in den Unterlagen des Herstellers tauchte der Name des verstorbenen Notars auch nicht auf. Marilyn war nirgends eingetragen und nicht angemeldet, was sie zum illegalen Klon machte. Als ich in dieser Sache befragt wurde, tat ich, als fiele ich aus allen Wolken.

Die Zeit verging. Tage, Wochen, Monate und schließlich Jahre, die mich eines Tages unter sich begraben würden. Ich wurde nun langsam älter, aber ohne darunter zu leiden. Ich unterrichtete, kam nach Hause, umarmte meinen Sohn, mähte den Rasen, beschnitt die Hecke und arbeitete von Zeit zu Zeit an meinem Buch. Aber wer wollte schon die speziellen Erkenntnisse von Tycho Mercier zu einem Krieg erfahren, den die Welt zur Hälfte schon vergessen hatte? Sicher, es war ein Weltkrieg gewesen, und seither hatte man nur eine Reihe Konflikte weniger großen Ausmaßes erlebt. Insgesamt hatten diese aber nicht weniger Opfer gefordert, und das, ohne als »Große Kriege« bezeichnet worden zu sein, die ins kollektive Gedächtnis eingingen. Und dieses Gedächtnis war ohnehin schwach. Keiner scherte sich mehr um den Krieg am Peloponnes, den Dreißigjährigen Krieg und den Hundertjährigen. Und was war mit dem Spanischen Erbfolgekrieg? Dem Burenkrieg? Und dem Rifkrieg? Am Ende der Geschichte würde tief unten am Boden der Erinnerungen wohl nur der Krieg von Troja überleben, übersetzt in Bilder und Poesie … Die Geschichte ist eine Fata Morgana, eine einfache optische Täuschung. Eine sterbliche Menschheit glaubt, in ihr sichtbare Spuren zu hinterlassen, aber kaum ist sie ein paar Schritte, einige Jahrzehnte weiter, da werden diese auch schon von einem unerbittlichen Wind verweht und ausgelöscht. Dennoch raffte ich mich auf und widmete mich wohlgemut wieder einen Abend lang meiner Aufgabe. Ich hoffte nicht mehr auf die ganz neue Sicht der Ereignisse, würde aber mit etwas Glück vielleicht ein paar einigermaßen relevante Anmerkungen am Rande des Kanons beisteuern. Wenn ich das nicht versuchen würde, was hätte ich dann aus meinem Leben gemacht, außer einen Sohn gezeugt und aufgezogen zu haben? Sicher, das war nicht nichts! Wer weiß, vielleicht würde Bruno in meine bescheidenen Fußstapfen treten, sie vertiefen und ein großer Historiker werden.

Er wurde älter. Er war jetzt dreizehn, auf seinen Wangen wuchs der erste Flaum, und seine Stimme veränderte sich. Er verbrachte jetzt mehr Zeit draußen, aber seine Vorliebe für Geschichte blieb ihm erhalten. Für mich war sein Weg vorgezeichnet, und ich freute mich, ihn unterstützen und anleiten zu können. Eines Tages würden wir vielleicht zusammenarbeiten, gemeinsam an dem Buch schreiben, an dessen Fertigstellung ich manchmal verzweifelte.

Ich dachte oft an die Klone. Vor allem an Marilyn natürlich, aber auch an Dolfi. Was war aus ihnen geworden? Fast hätte man meinen können, sie hätten sich in Luft aufgelöst! Nichts wies darauf hin, dass sie gefasst worden waren. Dennoch stellte ich mir in so manch schlafloser Nacht vor, wie sie gefangen, ins Liquidierungszentrum überführt und Perronnet ausgeliefert wurden! Diese Vorstellung war so unerträglich, dass ich aufstehen und in meinem Schlafzimmer hin- und hertigern musste. Oberleutnant Hossegor war noch mehrmals aufgetaucht. Telefonanrufe, unerwartete Besuche, sogar als die Akte bereits geschlossen war. Er hatte die Jagd noch nicht aufgegeben. Ich sah darin zumindest die Bestätigung, dass Marilyn und Dolfi weiterhin auf der Flucht waren. Manchmal schämte ich mich dafür, nichts unternommen zu haben, um sie ausfindig zu machen und in Sicherheit zu bringen. Aber wie hätte ich sie finden sollen, wenn das schon Hossegor, Leymarie und anderen Hunden, die ihre Witterung aufnahmen, nicht gelang? Ich stellte sie mir im Augenblick ihrer Flucht vor, als die Polizei an der Türe klingelte: zu Tode erschrocken, unbeholfen, desorientiert... Marilyn war mit der Hausarbeit für den Tag fertig gewesen, das wusste ich von Bruno. Sie hatte ihr Kleid und die hohen weißen Schuhe wieder angezogen. In diesem Outfit war sie geflohen, in einem eng anliegenden Kleid, mit hohen Absätzen und ihrem Halstuch natürlich, denn das legte sie nur nachts ab. Dolfi hingegen hatte im Garten gearbeitet, hemdsärmelig und in kurzer Lederhose. Für beide hätte man sich nur schwer etwas Auffälligeres vorstellen können. Deshalb hätte man sie eigentlich sehr schnell schnappen müssen, aber mittlerweile waren drei Jahre vergangen, und nur Hossegor erinnerte sich von Zeit zu Zeit an mich ... Wenn sie nicht gestorben waren, waren »meine« Klone also irgendwo untergetaucht, vielleicht permanent verkleidet... Auch Bruno konnte sie nicht vergessen. Eines Nachts, als ich gerade nach unten gegangen war, um einen Schluck zu trinken, fand ich meinen Sohn vor einem Glas Milch sitzend.

»Ach, du schläfst gar nicht?«

Er sah nicht gut aus, hatte matte Augen, ein knittriges Gesicht. Ich befühlte seine Stirn.

»Fieber hast du keines.«

»Ich habe von Dolfi geträumt oder, besser gesagt, von Hitler, dem Echten, mit Bärtchen, in Uniform mit Helm und Eisenkreuz. Es war Nacht. Er lief weinend davon. Und Marilyn war auch da. Man sah von Weitem, wie sie davonlief, mit ihren blonden Haaren und dem roten Kleid. Hitler rannte hinter ihr her, ohne sie zu erwischen. Und dann plötzlich drehte er sich zu mir um, er sah mich an, Tränen liefen ihm die Wangen hinab, er schniefte und leckte sich seine Tränen und den Rotz auf seinem Bärtchen ab. Ich bin aufgewacht und konnte nicht wieder einschlafen, deshalb habe ich mich hierhergesetzt … Was glaubst du, wo sie sind?«

Ich machte eine unbestimmte Bewegung mit der Hand.

»Irgendwo in der Natur …«

Ich war mir fast sicher, dass das nicht stimmte. Was hätten sie draußen in der Natur machen sollen? Marilyn, eine Bäuerin in Holzpantoffeln mit Körnern in der Schürzentasche, mit denen sie die Hühner fütterte. Dolfi an den Kuheutern mit einer Baskenmütze auf dem Kopf … Ich musste schmunzeln bei diesem Gedanken. Aber es gab keine altmodischen Bauernhöfe, keine Holzpantoffeln und keine Baskenmützen mehr. Auch keine frei laufenden Hühner, die zwischen den Beinen der Kühe mit verklebten Flanken pickten. Alles war heute wie in einer Fabrik. Bruno fragte nach: »Wo in der Natur?«

»Woher soll ich das wissen? Trink deine Milch aus und geh wieder schlafen. Du hast morgen früh Schule.«

»Und wenn ich nicht wieder einschlafen kann?«

»In deinem Alter schläft man doch immer wieder ein!«

»Und in deinem?«

»In meinem Alter fast immer.«

Bruno trank das Glas aus und wischte sich den Mund am Ärmel seines Schlafanzugs ab.

»Jetzt hau schon ab, du Strolch!«

Der Junge ging hoch in sein Zimmer. Wieder allein, trank ich mein Wasser aus und ging für einen Moment in der Küche umher. Es gibt Nächte, die sind wie ein Sumpf, wie Treibsand. Man spricht zwar immer von Nächten, in denen man hellwach ist, aber eigentlich ist nichts Helles an ihnen, sie sind dunkel, schwarz, es sind Nächte voller Schlamm und Morast, in dem man versinkt. Diese Nacht war so eine. Ich schaute auf die Wanduhr in der Küche, die Abziehbilder am Kühlschrank, Lappen und Geschirrhandtücher, die an der Wand hingen, und ich dachte an Marilyn. Und auch an Phoebé und andere Frauen, mit denen ich zusammen gewesen war. Ich dachte an sie wie an Inseln, auf die ich mich einst hatte retten können, ich dachte an die Zeit, die verging, und an das Leben, das ohne mich vorüberzog.

Grinstein hatte sich in den drei Jahren kaum verändert. Vielleicht hatte er ein wenig zugenommen. Seine Mimikfalten waren ausgeprägter. Wenn man alt wird, verzieht man oft das Gesicht. Weswegen Grinstein wohl das Gesicht verzog? Vielleicht wegen des alltäglichen Anblicks von Krankheit und Leid. Oder auch dem des Todes, der den glücklichen Mitmenschen, die nicht Ärzte oder Pfleger waren und niemanden bis ans Ende seines Weges begleiten mussten, erspart blieb? Vielleicht war auch einfach nur der Blick auf sein eigenes Leben abseits des Berufs daran schuld. Ich hatte mich noch nie gefragt, ob Grinstein verheiratet war, ob er Kinder hatte. Ich überlegte mir an diesem Tag, ob ich ihn danach fragen sollte. Wir hatten uns auf seine Bitte hin in einem Café am anderen Ende von Paris verabredet, um zehn Uhr abends. Nach der Polizeirazzia hatte ich zunächst vermutet, dass Grinstein nach gründlicher Überlegung Dolfi doch verraten hatte. Aber wahrscheinlich war es eher Madame Bougrat gewesen. Wenn ich ihr auf der Straße begegnete, wich sie meinem Blick aus.

Mehr als Grinsteins Anruf selbst überraschten mich Ort und Zeit der Verabredung. Warum ausgerechnet hier? Das Viertel war wirklich abgelegen, es lag noch außerhalb des zweiten Autobahnrings, der die Stadt umgab. Seit Langem standen ihm »umfassende Sanierungsmaßnahmen« bevor, so die Floskel, es war also völlig heruntergekommen: eine angegraute Hochhaussiedlung kurz vor dem Einsturz, halb stillgelegte Einkaufszentren, kleine Einfamilienhäuser, früher Hort eines beschaulichen, friedlichen Lebens, jetzt allerdings bröckelig, besetzt und mit Graffiti übersät, alte Läden, in denen dunkle Geschäfte abgewickelt wurden … Das Café, in dem wir uns trafen, war wie der Rest des Viertels: hässlich und schäbig. Ich konnte nicht glauben, dass Grinstein hier Stammgast war. Warum hatte er mich also hierherbestellt, und warum so spät?

»Sie fragen sich sicher …«, begann der Arzt, ohne seinen Satz zu Ende zu führen.

Ich sagte nichts, sondern nickte nur. Wir bestellten Bier. Eine Kellnerin brachte es. Grinstein bezahlte sofort und gab mir mit einer Geste zu verstehen, dass ich mein Geld stecken lassen sollte. Es roch nach Armut und Resignation. Die Kellnerin war fettleibig, der Wirt ein finsterer Geselle. Ein dürrer belgischer Schäferhund mit bereits weißer Schnauze beobachtete von unten einen Tisch, an dem Gäste mit fahlem Teint und löchrigen Zähnen saßen.

»Danke, dass Sie gekommen sind«, fuhr Grinstein fort. »Ich wollte Ihnen etwas zeigen oder, besser gesagt, jemanden …«

Jemanden? Wer konnte das anderes sein als … Aber ich

hielt mich zurück, wollte ihn mit meinen Fragen nicht unter Druck setzen.

»In dieser Gegend gibt es eine öffentliche Krankenstation, in der ich einmal pro Woche eine Sprechstunde anbiete«, fuhr er fort. »Die medizinische Betreuung der Leute hier lässt sehr zu wünschen übrig. Es ist zwar recht weit von meinem eigentlichen Zuständigkeitsbereich entfernt, aber es ist mir wichtig, hier zu helfen. Langer Rede kurzer Sinn: Einer meiner gelegentlichen Patienten hat mir ein Geheimnis dieses Viertels gezeigt, das Sie interessieren könnte …«

Er unterbrach sich für einen Moment, um auf seine Uhr zu sehen.

»Sie sind mit dem Auto gekommen, nehme ich an.«

Ich nickte. Ich hatte mich für das Auto entschieden, aber nicht ohne ein ungutes Gefühl dabei zu haben, das mit dem miserablen Ruf des Viertels zu tun hatte. Ich hatte einen Parkplatz direkt vor dem Café gefunden, konnte aber nicht umhin, meinen Wagen die ganze Zeit aus dem Augenwinkel zu beobachten. Grinstein hatte das bemerkt und lächelte.

»Es ist nur zwei Minuten von hier. Wir gehen zu Fuß. Solange der Laden offen hat, können Sie Ihr Auto ruhig hier stehen lassen.«

Ein paar Straßen vom Café entfernt leuchtete ein einsames Schild im Halbdunkel und warf ein wenig Licht in eine kleine Sackgasse. Der Regen schien die Leuchtbuchstaben verschwimmen zu lassen, die den Namen der Diskothek bildeten: Acapulco! Kursiv mit einem Ausrufezeichen, das zwar nicht mehr leuchtete, aber dank der Strahlkraft des benachbarten Os noch lesbar war. Der Name erschien mir surreal, aber nicht surrealer als die Existenz dieses Vergnügungstempels inmitten der heruntergekommenen Umgebung.

»Kommen Sie, es ist eigentlich ihre Zeit!«, sagte Grinstein als ich ihm einen zweifelnden Blick zuwarf.

Wir gingen durch eine Tür, die zwar offen stand, aber von

einem Schrank von einem Mann mit Pferdeschwanz, Nasenring und großen Ohrringen bewacht wurde. Er verlangte ein bescheidenes Eintrittsgeld von uns. Vom Fuß einer Treppe drang das übliche Wummern der Musik nach oben. Unten angelangt, hinter einem Vorhang, den ein Mädchen mit Hundehalsband für uns zur Seite schob, sah man tanzende und trinkende Schatten in der Dunkelheit, die immer wieder kurz von Lichtblitzen erhellt wurde. Als Jugendlicher war ich zwei- oder dreimal in so einem Laden abgestürzt. Wäre ich nicht so neugierig gewesen, ich wäre augenblicklich wieder nach oben gegangen, in eine erträglichere Welt. Aber Grinstein wusste sicher, was er tat. Ich zwang mich dazu, das Stroboskoplicht, die auf uns einhämmernden Bässe in dem niedrigen Raum und das Getanze, das an eine Feuerpanik in der U-Bahn erinnerte, zu ertragen.

»Kommen Sie hier lang!«, rief Grinstein mir zu.

Ich ließ mich mitziehen. Hinter ihm stieg ich einige Stufen auf ein Podium hoch, auf dem Tische und Bänke standen, auf denen sich stark alkoholisierte, krakeelende Menschen drängten. Wir stützten uns auf ein Geländer etwas abseits vom Geschehen. Die Band beendete ihre Darbietung mit einer ansteigenden Flut von Beckenschlägen und schrillen Tönen. Dann war es auf einmal relativ still. Verstärker, Mikroständer, Effektgeräte und der ganze Kabelsalat wurden weggeräumt. Im Hintergrund des nun leeren Bühnenraums legte man jetzt einen Mantel aus künstlichem Leopardenfell auf den Boden.

»Es ist soweit«, sagte Grinstein. »Halten Sie sich gut fest, mein Lieber …«

Aber in diesem Moment sprang auch schon eine Art Miniatur-Hells Angel mit Cowboystiefeln in Jeans, ärmellosem Denimhemd und tief ins Gesicht gezogenem Glitzerzylinder auf die Bühne. Er hatte ein Funkmikrofon in der Hand. »Schnauze, ihr notgeilen Säcke!«, schrie er mit einer Fistelstimme ins Mikro.

Der Lärm war angestiegen, seit der Neuankömmling die Bühne geentert hatte, seine magere Brust herausstreckte und einen auf dicke Hose machte. Fasziniert, fast erschrocken beobachtete ich das Würstchen. Es war kein Kleinwüchsiger, denn sein Körper wies keine der charakteristischen Fehlbildungen auf. Man konnte sein Alter schwer schätzen: Seine schwächliche Statur war die eines Kindes, sein Gesicht das eines alten Mannes. Wortreich schimpfte er auf das Publikum ein, das darüber lachte und ihm mit blöden Sprüchen antwortete, ihn ausbuhte und gleichzeitig klatschte.

»Ruhe, ihr Wichser! Sie kommt, sie wird vom Himmel zu euch herabsteigen. Eine echte Frau, das ist etwas anderes als eure verfaulten Fischweiber.«

Die Männer unter den Zuhörern brachen in schallendes Gelächter aus, die Frauen buhten ihn aus und drohten ihm, den Schniedel abzuschneiden. Zur Antwort hob er den Zeigefinger, deutete einen Tanzschritt an und fuhr fort: »Jungs, achtet darauf, euch wie Gentlemen zu verhalten. Wenn ich einen von euch dabei erwische, wie er während der Nummer an sich selbst herummacht, pack ich ihn am Genick und lass ihn die Treppe auf allen vieren hochkriechen.«

Nun buhte man ihn noch mehr aus und bewarf ihn mit leeren Dosen. Nach einer letzten Beschimpfungstirade verschwand er. Aus den Lautsprechern kam jetzt eine rhythmische und zugleich laszive Musik, das Licht auf der Bühne erlosch, nur ein heller Scheinwerfer ging an, und die angekündigte Traumfrau betrat die Bühne.

Mein Herz zog sich zusammen. Sie war es! Ich verbesserte mich sofort: Es war eine von ihnen. War es dieselbe, die von Bassompierre, meine ich? Ich hätte es nicht beschwören können. Alles stimmte: die blonden Haare, die Hautfarbe, die Gesichtszüge, der Ausdruck, sogar das perfekt sitzende rote Kleid und die weißen Schuhe mit den hohen Absätzen. Aber diese Erscheinung war künstlich. Sie mussten alle so aus der

Fabrik kommen. Diese erschütternde Erscheinung, die da auf der winzigen Bühne tanzte, trug ein Halstuch, unter dem sich sowohl eine eintätowierte Matrikelnummer als auch makellose Haut verbergen konnten.

17

Später, als wir zum Café zurückliefen, wo unsere Autos geparkt waren, fragte ich Grinstein: »Warum haben Sie mich hierher mitgenommen?«

»Ich hatte mir gedacht, die Show würde Sie vielleicht etwas angehen. Habe ich mich da getäuscht?«

»Das kommt ganz darauf an. Wenn sie es ist, macht es mich traurig, wenn es eine andere ist, ist es mir egal.«

»Aber Sie können sich dessen nicht sicher sein. Das bringt einen ganz schön durcheinander, oder?«

Er hatte recht. Es brachte mich durcheinander, so sehr, dass es mich fassungslos, fast wahnsinnig machte. Alle Marilyns waren gleich, nein, schlimmer: Sie waren ein und dieselbe. Keine Doppelgänger, keine Imitate, die auf Messen oder auf dem Jahrmarkt zur Schau gestellt wurden, sondern lauter perfekte Nachbildungen. Die Lebensumstände hatten sie kaum unterscheidbarer gemacht. Wie bei eineiigen Zwillingen unterschieden sie höchstens Narben oder Angewohnheiten, die sich auf lange Sicht körperlich bemerkbar machten. Für Klone war »das Erwachsenenalter« nichts anderes als das, in dem sie in den Verkauf gingen. Sie waren extrem gleich, bis zur kleinsten Feinheit, beinahe bis ins kleinste Detail. Wie sollte ich da eine Marilyn zu meiner ernennen?

»Also haben Sie es gewusst?«, fragte ich schließlich.

»Ich hatte doch schon immer diese alte Patientin, da ganz bei Ihnen in der Nähe, die geschwätzigste Frau des Universums. Sie hat mir alles erzählt. Wie die Polizei in Ihrer Abwesenheit kam, die Flucht der Klone durch den Garten …«

Stimmt, da gab es dieses runzelige Gesicht, das immer hinter einem Vorhangspalt auftauchte und wieder verschwand.

»Ich weiß, wen Sie meinen! Sie hat Dolfi verraten, oder?«

»Das glaube ich nicht. Es wäre für sie doch viel spannender gewesen, Ihnen und Ihren Mitbewohnern weiterhin nachzuspionieren … Sie haben seither keine einzige Nachricht von ihnen bekommen? Von keinem der beiden?«

»Keine.«

»Und glauben Sie denn jetzt, dass die Marilyn, die bei Ihnen gewohnt hat, und die, die gerade diesen heißen Strip hingelegt hat, ein und dieselbe Person ist?«

»Vielleicht. Ich wollte nicht unbedingt auf die Bühne gehen und sie unterbrechen, um das zu fragen.«

»Nein, natürlich nicht. Aber danach, in ihrer Garderobe, da hätten Sie es tun können.«

Hätte ich. Aber ich war gleich nach der Nummer abgehauen. Grinstein war mir überrascht gefolgt. Ihm hatte die Darbietung sehr gefallen. Ich fand sie eher abstoßend. Es hatte mich verletzt! Und außerdem, selbst wenn sie es gewesen wäre, was hätten wir uns schon groß zu sagen gehabt? Falls sie es war, hätte sie drei Jahre lang Zeit gehabt, mir ein Lebenszeichen zu geben, und sei es nur in Form eines Hilferufs …

Ich behielt es für mich. Grinstein sollte nicht wissen, dass Bassompierres Marilyn illegal war.

»Nein«, fuhr ich fort, um das Gespräch zu beenden, »sie ist es sicher nicht!«

Wir kamen am Café an. Der Patron stellte gerade die Stühle hoch und fegte den Staub zusammen mit den letzten Säufern in Richtung Ausgang.

»Ja gut, dann danke …«

Ich war verlegen, als ich mich verabschiedete. Die Beweggründe, warum mich Grinstein zu diesem Schauspiel geladen hatte, waren unklar, wenn nicht gar verdächtig. Wusste er mehr, als er sagte?

»Falls Sie doch noch in Versuchung geraten sollten, Gewissheit haben zu wollen ...«

Er hielt mir einen vierfach gefalteten Zettel hin.

»Was ist das?«

»Ihre Adresse. Machen Sie damit, was Sie wollen. Gute Nacht!«

Er nickte und ließ mich stehen, überquerte die leere Straße und stieg in sein Auto.

Es verging noch einige Zeit. Ich hatte den Zettel auf meinen Schreibtisch gelegt und behielt es mir vor, ihn zu lesen oder nicht. Was zwischen Marilyn und mir gewesen war, hing mit den damaligen Umständen zusammen! Außerdem, was war denn schon gewesen? Eine große Intimität, sicher. Für sechs Wochen. Man kann nicht von einer einfachen Affäre sprechen. Es war ... spontan hätte ich gesagt: unschuldig, fast unschuldig! Aber unschuldig war nicht das richtige Wort. Doch welches hätte besser gepasst? Ich fand keines. Es gibt mindestens ein Wort für jeden einzelnen Gegenstand, also auch für jedes Gefühl und für jede Beziehung. Aber das Wort, das unsere Beziehung hätte beschreiben können, entzog sich mir. Vielleicht, weil wir kaum darüber gesprochen hatten, und ohne Worte fehlte natürlich etwas Wesentliches. Unsere Handlungen waren nur Gesten ohne Sinn gewesen. Na ja, gut, wir schliefen miteinander. Ich dachte nicht ohne Verwirrung daran zurück. Genau wie ich mich nicht an die Nummer im Acapulco erinnern konnte, ohne mich dabei schlecht zu fühlen. Da war keine Spur von Unschuld gewesen. Das war Hardcore gewesen, richtig Hardcore. Am Ende war der Westentaschen-Rocker noch einmal auf die Bühne gekommen, um sich zu bedanken, und er hatte eine Rose auf den nackten Bauch der Stripperin gelegt. Die Blume schien schon mehrere Abende hintereinander verwendet worden zu sein. Sie war verblasst, hatte einen weichen Stängel und welke Blätter.

Ihre Dornen hatte sie nicht verloren. Von meinem Standort aus hatte ich gesehen, wie sich Marilyns Bauch zusammenzog, als die Rose ihn berührte. Sie war schnell aufgestanden, hatte mit dem Finger leicht über die unsichtbare Verletzung gestrichen und war dann verschwunden.

Ich ließ Tage vergehen, ohne mich dazu durchringen zu können, den Zettel auseinanderzufalten und die Adresse zu lesen. Ich wollte diesen Schritt nicht machen. Denn dann hätte ich mich verpflichtet gefühlt, da hinzugehen, und das wäre idiotisch gewesen. Irgendeine Marilyn verdiente ihr Geld, indem sie sich von oben bis unten einer grölenden Menge zeigte, viel Spaß dabei! Wenn sie auch nicht stadtbekannt waren – eigentlich ein teures Modell, ausgewiesener Luxus, einem bessergestellten Kundenkreis vorbehalten –, waren die Marilyns nicht gerade selten. Da meine Finanzen nach dem langwierigen und teuren Prozess jetzt wiederhergestellt waren, hätte ich mir eine echte Marilyn leisten können, ordnungsgemäß geklont. Davon träumte ich sogar manchmal. Bruno wäre alt genug gewesen, um es zu verstehen. Phoebé … Phoebé würde es bestimmt nicht lassen können, sich darüber lustig zu machen, aber im Grunde würde sie nur sticheln, weil ich ihre Ansichten sowieso nie ernst nahm. Und die Nachbarn? Zum Teufel mit ihnen! Die Kollegen am Institut für Geschichte? Bald ging ich in Pension. Was mich zurückhielt, war eher die Befürchtung, enttäuscht zu werden, weil ich in einer fabrikneuen Marilyn vielleicht nicht den inneren Reichtum wiederfinden würde, den ich bei Bassompierres Marilyn – ich wurde mir dessen erst heute bewusst – genossen hatte. Da sich mit ihr schon in der ersten Nacht eine stille Verbundenheit eingestellt hatte, würde eine teure Puppe im Arm mich womöglich kalt lassen. Ich war auch besorgt darüber, ohne es mir wirklich einzugestehen, dass die Klone vielleicht doch nicht so gleich waren, wie man sagte, und jeder sein eigenes Wesen hatte, das sich nicht auf seinen Serientyp reduzieren ließ. In diesem Fall konnte einem nichts verbieten, einen Klon zu lieben wie einen Menschen, als Ganzes.

Und wenn sie es tatsächlich war? Es gelang mir nicht immer, die Erinnerung an sie zu unterdrücken. Unerwartet und in Wellen überkam sie mich, vor allem nachts, wenn mich meine Prostata weckte und ich darauf wartete, endlich wieder einschlafen zu können, aber auch am helllichten Tag. Unsere Zärtlichkeiten kamen mir in den Sinn. Aber auch unverfängliche Alltagssituationen wurden plötzlich wieder lebendig in mir, wenn ich gerade in die Uni fuhr oder durch den Jardin de Luxembourg ging. Ich sah sie vor mir, wie sie den Abendbrottisch deckte oder Bruno die Haare kämmte, bevor er zur Schule ging. Ich glaubte, ganz flüchtig ihre leicht hauchige Mädchenstimme zu hören, die der der Monroe in bestimmten Rollen so ähnlich war … Mit Phoebé passierte mir so etwas schon lange nicht mehr. Als ob die Spuren unseres gemeinsamen Lebens aus meinem Gedächtnis gelöscht worden wären. Ich musste oft an die Disco denken, in die Grinstein mich mitgenommen hatte, und die wilde Nummer, die ich dort gesehen hatte. Wenn man genau darüber nachdachte: Konnte eine legale Marilyn tatsächlich so tief sinken und sich auf diese Erniedrigung einlassen, um ihre Existenz zu sichern? Bestimmt nicht! Diese Marilyns waren im Besitz wohlhabender Männer, die eifersüchtig auf sie aufpassten und ihnen ein schönes Leben ermöglichten … Offensichtlich war die Marilyn aus dem Acapulco also sich selbst überlassen. Wenn es also nicht die war, die ich kannte, dann handelte es sich sehr wahrscheinlich um eine andere Illegale in Not.

In einer schlaflosen Nacht, in der ich mich verzweifelt in meinem Bett wälzte, stand ich plötzlich auf und ging, ohne darüber nachzudenken, schnurstracks den Zettel auf meinem Schreibtisch suchen. Nachdem ich sie so lange hatte leiden lassen, faltete ich ihn nun hektisch auseinander. Mit Mühe entzifferte ich Grinsteins Arztgekritzel. Es war am Ende der

Welt, noch weiter draußen als das Acapulco, im Norden. In den letzten Jahrzehnten hatten die unglaublichen Mieterhöhungen die sozial Schwachen, die immer schlechter betreuten Arbeitslosen, die ausgehungerten Rentner, die lebenslänglichen Dauerpraktikanten und die Menschen mit befristeten Arbeitsverträgen und ohne Perspektiven immer weiter aus dem Zentrum an die äußersten Ränder von Paris gedrängt. Ich lud mir ein Video auf mein Handy und entdeckte wie erwartet eine heruntergekommene Straße, übersät von Autowracks, die Gehwege mit alten, schmutzigen Matratzen und Elektroschrott zugemüllt. Man musste wirklich verbannt worden sein, um dort bei den Verlierern des Sozialkriegs zu leben. Wie war Grinstein an diese Adresse gekommen? Er hatte sie vielleicht von dem Zirkusdompteur in Jeans bekommen. Es war unwichtig. Ich wusste, dass ich dort hinfahren würde, morgen oder am Wochenende, oder in einem Monat. Ich würde entweder auf ein Zeichen warten oder einfach in mein Auto steigen, genau wie ich in der Nacht einfach aufgestanden war, einem plötzlichen Impuls folgend. Ich brauchte nur die Adresse in mein Navi einzutippen und würde mit schlafwandlerischer Sicherheit von einer Frauenstimme dorthin geleitet.

In diesem Jahr verbrachten Bruno und ich Weihnachten in den Bergen. Bruno nahm Skiunterricht. Bei seinen ersten Versuchen wich ich nicht von seiner Seite, dann saß ich auf der Terrasse der Hütte, in der wir untergebracht waren. Ich hatte mein noch immer nicht fertiggestelltes Buchmanuskript mitgenommen. Träge arbeitete ich daran, um immer wieder nach der Silhouette meines Sohnes auf der Piste Ausschau zu halten. Bruno hatte jetzt deutlich erwachsenere Züge. Er war weniger pausbäckig, seine Stimme war tiefer, und seine Füße wuchsen mit einer verblüffenden Geschwindigkeit. Er hatte erfahren, dass er die zweite Woche seiner Ferien mit

Phoebé, ihrem Ehemann und ihrem wenige Monate alten Baby auf Korsika verbringen würde. Phoebé war in der Blüte ihrer Jahre. Die Zeit ging ihren Gang. Inmitten dieser unendlichen Bewegung des Seins – die einen wuchsen, die anderen wurden geboren, wieder andere blühten auf – hatte ich das Gefühl, unbeweglich zu sein. Für mich ging es steil bergab.

Auf der Rückreise setzte ich Bruno bei seiner Mutter ab. Er verbrachte die Nacht dort, und am nächsten Tag würden sie aufbrechen. Ich umarmte meinen Sohn und fuhr allein nach Hause zurück. Phoebé zu sehen, wie sie Brunos Halbbruder die Flasche gab, hatte sich komisch angefühlt, aber ohne dass ich die geringste Spur von Bedauern in mir entdeckte. Phoebé war für mich mittlerweile nicht mehr als eine Schwester, mit der man nicht viel gemeinsam hatte. Ich hatte einfach nicht damit gerechnet, mit diesem Kind, das nicht von mir war, das aber sicher eine Rolle im Leben meines Sohns spielen würde … Zu Hause angekommen, lud ich das Auto nicht aus, ich stellte es nicht einmal in die Garage. Eine plötzliche Woge der Einsamkeit sagte mir, dass ich es heute Abend noch einmal brauchen könnte.

Das Treppenhaus mit den blanken Holzstufen und den Kachelwänden voller Graffiti stank nach Essen und Urin. Der zivilisierte Mensch in mir begehrte auf: Die Pfützen waren der Beweis, hier pisste man an die Wände und sogar an die Türen. Immerhin war das Haus nicht besetzt worden. Der Zeitlichtschalter funktionierte, und verstaubte Glühbirnen hüllten die Treppenabsätze in ein trübes Licht. Die Anordnung der Briefkästen im Eingangsbereich hatte mir keine Erkenntnis verschafft. Nirgends zeigte sich Marilyns Anwesenheit an diesem Ort. Aber der Zettel von Grinstein beschrieb es genauer: fünfte Etage, dritte Tür rechts. Der Arzt war also bis hierher gekommen. Vielleicht für eine Behandlung? Ich ging von Etage zu Etage, die Fernsehgeräte dröhnten hinter den

Türen, schrille Frauenstimmen schrien auf Kinder ein, ein besoffener Mann beschimpfte jemanden. »Mein Gott! Mein Gott! Das Leben fließt dort, ohne Leiden und Härmen«, zitierte ich höhnisch ein Verlaine-Gedicht. Im dritten Stock öffnete sich eine Tür ein Stück, als ich vorüberging, und ich konnte das Gesicht einer Frau erkennen, das von einem Geschwür schrecklich entstellt war. Die Arme sah mich mit einer Mischung aus Spott und Bosheit an, bevor sie ihre Tür wieder schloss. Erschüttert, fast eingeschüchtert von dem, was ich gesehen hatte, ging ich die Stufen weiter hoch, vorbei an der vierten Etage, bis ich endlich den Treppenabsatz des fünften Stocks betrat. Ich drehte mich zur rechten Seite und zählte die Türen. An der dritten Tür war kein Namensschild, kein eindeutiges Zeichen angebracht. Es drang auch kein Geräusch heraus – eine wirklich gut verschlossene Tür. Ich war mir sicher, dass ich da niemanden antreffen würde. Ich hatte den langen Weg umsonst zurückgelegt. Trotzdem lehnte ich mich an die Tür und presste das Ohr dagegen. Zuerst hörte ich nichts. Dann war mir, als würde ich in gewissen Abständen ein gedämpftes Rascheln wahrnehmen, das vielleicht von einem Stoff kam, den man auseinandergefaltet und vorsichtig auf einen Tisch gelegt haben könnte. Die Person, deren Anwesenheit diese leisen Geräusche verrieten, schien ihre Bewegungen mit Bedacht auszuführen, als ob sie Angst davor hätte, gehört zu werden. Die Klingel, die ich auslöste, als ich auf den Knopf drückte, war so laut, dass ich selbst zusammenzuckte. Auf der anderen Seite verstummten die Geräusche, aber niemand kam zur Tür. Ich klingelte noch einmal. Einmal, zweimal, vergeblich. Trotzdem war ich mir fast sicher, dass einige Schritte von mir entfernt jemand seinen Atem anhielt. Den Mund an die Tür gepresst, setzte ich alles auf eine Karte: »Marilyn, Marilyn, ich bin es, Tycho … Tycho Mercier!«

Scheinbar endlose Sekunden vergingen. Ich war verzweifelt und wollte gerade umkehren, als sich die zweimal verriegelte Tür mit einem Klacken öffnete.

»Monsieur Mercier…«

Sie war es! In einem Morgenmantel und alten Schuhen, unfrisiert. Sie sah nicht gut aus. Ihr milchig rosiger Teint war grau geworden. Ihre Haut war nicht mehr so perfekt und glatt. Stand sie noch auf der Bühne? Womöglich in diesem miesen Lokal, dem Acapulco? Das ausgeblichene Blond ihrer Haare und die braunen Haaransätze ließen daran zweifeln. Sie schien sie vor Wochen das letzte Mal gefärbt zu haben.

»Darf ich reinkommen?«

Sie trat zur Seite. Ich ging ein paar Schritte in die Wohnung. Sie war klein und armselig möbliert. Ein Büfett von 1930 aus dem Gebrauchtmöbellager. Zwei abgewetzte Sessel vor einem vorsintflutlichen Fernsehgerät. Links ein Bügelbrett, auf dem das geheimnisvolle rote Kleid lag. Das eingeschaltete Bügeleisen stieß kleine Dampfwölkchen aus. Rechts ein zum Büfett passender Tisch, der die Reste einer Mahlzeit erkennen ließ: ein einzelnes Gedeck, eine fettige Pfanne, eine Karaffe mit Wasser und ein Glas, ein Brotkanten und seine Krümel. Neben dem Hocker, auf den Marilyn sich zum Essen gesetzt hatte, stand ein Kinderhochstuhl. Am Ende des Raums eine Küchenzeile gegenüber von einer Duschkabine mit einem Duschvorhang aus Plastik. Eine geschlossene Tür, hinter der wahrscheinlich das Schlafzimmer lag. Eine andere, leicht geöffnete Tür ließ ein WC-Becken erkennen.

Marilyn schloss die Tür hinter mir. Sie kam wieder in die Mitte des Raums und bat mich schüchtern, doch in einem der schäbigen Sessel Platz zu nehmen. Ich spürte, dass es ihr unangenehm war. Mir war es das nicht weniger. Ich bereute es, hergekommen zu sein und sie nun in dieser misslichen Lage zu sehen. Aber was hatte ich anderes erwartet? Sie war seit Jahren auf der Flucht, musste sich wer weiß welchen extremen Situationen aussetzen, um für ihr Auskommen zu sorgen – und das ihres Kindes. Denn der Kinderhochstuhl sprach Bände. Ich machte eine Kopfbewegung in Richtung des Möbelstücks.

»Ist es ein Junge? Oder ein Mädchen?«

»Ein Mädchen. Sie schläft nebenan«, sagte Marilyn und zeigte auf die Tür im Hintergrund.

»Wie alt?«

»Sie wird bald ein Jahr.«

Ich setzte mich in den noch etwas rüstigeren der beiden Sessel. Die Kleine war ein Jahr alt. Ich kam als Vater also nicht infrage. Überraschenderweise wusste ich gar nicht, ob ich enttäuscht oder erleichtert war. Hatte ich mich so sehr an Katastrophen gewöhnt? Gut, dafür war ich schon mal nicht verantwortlich. Aber wer dann? Egal. Marilyn musste irgendwie überleben. Und einer der temporären Retter hatte ihr eine kleine Erinnerung hinterlassen. Aber vielleicht war der Vater auch noch da. Er konnte jeden Moment hereinkommen, oder vielleicht schlief er nebenan bei der Kleinen. Ich fragte nach dem Namen des Kindes.

»Geli«, antwortete Marilyn.

Ich zuckte zusammen. Der Name hatte mit der Biografie Adolf Hitlers zu tun! Die Beziehung zwischen dem Führer und seiner Nichte Geli Raubal hatte zum Selbstmord oder vielleicht auch zur Ermordung der jungen Frau geführt. Diese Abkürzung von Angela war in Frankreich jedenfalls nicht üblich und ein einfacher Zufall sehr unwahrscheinlich. Das Kind war sicher bewusst so genannt worden … Aber von wem? Ich stellte die Frage nicht sofort.

»Arbeiten Sie noch im Acapulco?«

Marilyn wurde rot.

»Sie sind im Acapulco gewesen?«

»Einmal, ja … Dr. Grinstein hat mich mitgenommen. Erinnern Sie sich noch an ihn? Er hatte Monsieur Bassompierre ins Krankenhaus gebracht an dem Tag, an dem …«

Der Name Grinstein schien bei Marilyn keine Assoziation hervorzurufen. War sie bei der Geburt allein gewesen? Im Gegensatz dazu erfüllte die Erwähnung von Bassompierre sie für kurze Zeit mit Trauer. Bassompierre, der Sugardaddy glücklicher Zeiten! Und ich fragte mich, welche Erinnerungen sie wohl an mich hatte.

18

»Das Acapulco hat dichtgemacht«, sagte sie. »Irgendwelche Typen haben den Chef umgebracht, und da wurde der Laden geschlossen. Seitdem ist es die Hölle. In meiner Situation kann ich nirgends legal arbeiten. Das Acapulco hatte mich vor dem Schlimmsten bewahrt. Wenigstens das hatte ich. Jetzt dagegen …«

Sie sagte nichts weiter. Sie blieb die ganze Zeit vor mir stehen, was mir unangenehm war.

»Setzen Sie sich doch, und erzählen Sie mir …«

Sie sträubte sich.

»Was soll ich Ihnen denn erzählen? Wie ich darauf warte, dass es Nacht wird, die Kleine schläft und ich gehe …«

»Nein, das nicht! Erzählen Sie mir, was damals vor drei Jahren passiert ist.«

Das stimmte sie milder, und sie ließ sich zum Hinsetzen überreden.

»Wir rannten um unser Leben. Mein Gott, was sind wir gerannt. Wir hatten Glück, konnten uns von Garten zu Garten retten, indem wir über die Hecken sprangen und über die Brandmauern kletterten. In einem Wald haben wir uns dann einige Tage versteckt. Zum Glück war es Sommer und das Wetter schön. Wir klauten von Gemüsebeeten und Wiesen mit Obstbäumen. Nach einiger Zeit machten wir uns wieder auf den Weg und entfernten uns noch weiter von der Stadt. Auf dem Land konnten wir auf dem Feld arbeiten und in den Scheunen schlafen. Danach …«

Sie winkte ab und schwieg. Ich konnte es mir vorstellen. Die Straße, der Hunger, die Angst davor, gefasst zu werden … Auch wenn sie nichts vom Liquidierungszentrum wussten, musste sie ein ständiges Gefühl der Unsicherheit begleitet haben. Dennoch gab es vielleicht auch Momente der Ruhe, Momente des Glücks.

»Sie … sie waren also zusammen?«

»Sie meinen … ja.«

Es war unumgänglich in ihrer Situation. Sie hatten niemand anderen, an den sie sich hätten halten können.

»Er ist nicht mehr bei Ihnen?«

Zur Antwort zeigte sie nur auf den Tisch mit einem einzigen schmutzigen Gedeck darauf. Außerdem deutete nichts anderes in der Wohnung auf die regelmäßige Anwesenheit eines Mannes hin. Allem Anschein nach lebte Marilyn mit ihrer Tochter allein. Irgendwie war ich darüber erleichtert. Trotzdem war mir Dolfis Schicksal nicht gleichgültig.

»Was ist aus ihm geworden?«, fragte ich.

Die Antwort war voller Bitterkeit.

»Dieser Dreckskerl hat mich sitzen lassen, als er erfahren hatte, dass ich schwanger bin!«

Ich hatte es schnell nachgerechnet. Die Trennung war länger als anderthalb Jahre her. Ich verzichtete auf die Feststellung, dass Dolfi nicht anders gehandelt hatte als fast alle Männer in dieser Situation. Das Kind konnte schließlich nicht von ihm sein. Ein Zweifel befiel mich dennoch. Und wenn … Ich wagte es nicht, diese Frage so direkt zu stellen, aber sie las sie sicher von meinem Gesicht ab, denn sie kam mir zuvor.

»Was denken Sie denn? Als es passiert ist, kannte ich niemand anderen als ihn, na und Monsieur Bassompierre und Sie eben, abgesehen von den Ausbildern … Aber danach …«

Sie fuchtelte mit der Hand über ihrem Kopf durch die Luft, um deutlich zu machen, dass nach Dolfis Verschwinden die Männer hier ein und aus gegangen waren. Ich war betroffen.

Dolfi also war Gelis Vater? Was war mit der viel beschworenen Sterilität von offiziellen Klonen? Überhaupt, dieser Name! Natürlich war es ein absurder Gedanke: Dolfi konnte ihn sich nicht ausgedacht haben, weil er Marilyn schon bei der Ankündigung der Schwangerschaft verlassen hatte. Dennoch war dieser Zufall so verwirrend, dass ich mich dazu überwand, sie direkt zu fragen: »Sagen Sie, wer von Ihnen beiden hat Gelis Vornamen ausgesucht?«

»Ich natürlich«, antwortete Marilyn erstaunt.

Ich atmete auf. Marilyn fügte hinzu: »Es ist ein Name, von dem Dolfi mir einmal erzählt hatte. Es ging dabei natürlich nicht um unser Kind. Es war, bevor wir herausgefunden hatten, dass wir welche haben konnten und ich schwanger war. Er steckte damals noch mit diesen Leuten zusammen …«

»Was für Leute?«

»Irgendwelche Leute eben. Er hat sie auf der Straße kennengelernt. Er ging im Prinzip nur nachts raus und verkaufte Drogen und gestohlenes Zeug. Wir brauchten ja schließlich etwas zu essen. Ich verkaufte auch ein bisschen was, aber vor allem habe ich in Striplokalen ›I Wanna Be Loved by You‹ gesungen, die waren aber nicht so dreckig und grässlich wie das Acapulco …«

»Also, er hat jemanden kennengelernt?«

»Eines Nachts hat ihn ein Typ erkannt. Es war nicht das erste Mal. Für gewöhnlich verschwand Dolfi in diesem Fall einfach und mied die Gegend anschließend für ein paar Nächte. Aber diesmal verfolgte ihn der Typ bis zu uns nach Hause. Er erwischte ihn im Treppenhaus und sprach ihn an. Danach sind sie irgendwie Freunde geworden, und der Typ hat ihn mit anderen Leuten bekannt gemacht, die ich nicht ausstehen konnte.«

»Was hat Ihnen an denen nicht gefallen?«

»Sie vereinnahmten ihn völlig. Sie nahmen ihn Gott weiß

wohin mit, manchmal blieb er mehrere Tage weg. Aber ich musste es akzeptieren, weil sie ihn anscheinend bezahlten. Er musste nicht mehr dealen. Je öfter er diese Leute traf, desto stärker veränderte sich aber sein Charakter. Er drückte sich anders aus, er wurde herrisch. Nach einiger Zeit hat er sich wieder einen Schnurrbart wachsen lassen. Ich sagte zu ihm: ›Du bist verrückt! So wirst du doch festgenommen!‹ Er gab zu, dass ich recht hatte, rasierte den Bart ab, besorgte sich aber einen zum Ankleben. Er trug diesen Bart zu Hause … Und er nahm ihn auch zu seinen nächtlichen Touren mit. Ungefähr zu dieser Zeit hat er den Namen Geli erwähnt, der ihm zu gefallen schien. Als die Kleine zur Welt kam, habe ich mich an diesen Namen erinnert und sie so genannt. Trotz allem ist sie ja seine Tochter, und so kommt wenigstens das von ihm.«

»Sie konnten sie nirgends melden … Sie ist also illegal.«

»Nicht illegaler als ich und ihr Vater. Eben eine echte Promenadenmischung!«

Plötzlich hatte ich große Lust zu sehen, wem das Kind ähnlich sah. Auch wenn ihre Erzeuger nur Klone waren, Geli war die genetische Tochter von Adolf Hitler und Marilyn Monroe. Blieb nur noch die Frage, wie Dolfi der regulären Sterilisierung entkommen war. Doch vermutlich würde man das nie herausfinden können … In meinem Alter hatte ich bereits ausreichend Zeit gehabt zu lernen, dass alle Menschen fehlbar sind und dass Unfähigkeit nun mal zum Lauf der Welt gehört. Bei Heavy Friends hatte jemand seine Arbeit schlampig gemacht, und deshalb war A.H.6 durchgerutscht, ganz einfach!

»Darf ich sie sehen?«

Marilyn machte ein eingeschnapptes Gesicht.

»Sie schläft.«

»Nur ganz kurz. Ich bin auch ganz leise.«

Widerwillig gab Marilyn nach. Sie stand auf und ging ins Zimmer nebenan. Ich folgte ihr. Sie öffnete die Tür einen

Spalt und knipste eine Lampe an. Das Schlafzimmer war genauso notdürftig eingerichtet wie das Wohnzimmer: ein marodes Bett, mit einer billigen Decke überzogen, ein wackliger Nachttisch, ein Kleiderschrank aus weichem Holz und in einer Ecke gegenüber des Fensters eine Wiege. Ich näherte mich ihr auf Zehenspitzen. Ein ganz gewöhnliches Baby, rosa gekleidet, schlief auf der Seite liegend und hatte den Daumen im Mund. Soweit ich sehen konnte, ähnelte das Kind niemand bestimmtem. Darüber enttäuscht, machte ich automatisch der Mutter ein Kompliment.

»Sie ist sehr hübsch!«

Marilyn zog mich zurück. Ihr war nur wichtig, dass ich die Kleine nicht aufweckte. Wir verließen das Zimmer. Nachdem sie die Tür wieder geschlossen hatte, drehte sich Marilyn zu mir um. Ihre Verlegenheit war deutlich sichtbar. Ich hielt sie davon ab, ihr Kleid zu bügeln. Sie hätte es gut gefunden, wenn ich gegangen wäre, aber die Erinnerung daran, dass ich sie einst aufgenommen hatte, hielt sie zurück. Bei mir war sie nicht unglücklich gewesen.

»Ich habe Ihnen noch gar nichts angeboten … Allerdings habe ich nur Kaffee.«

»Danke, nein, um diese Zeit nicht mehr. Ich werde Sie jetzt in Ruhe lassen. Sagen Sie mir nur noch: Seit er fort ist, haben Sie nie wieder etwas von Dolfi gehört?«

»Nein.«

»Und von diesen Leuten? Sie wissen zwar nicht, wer sie sind, aber Sie haben sie doch trotzdem getroffen oder wenigstens gesehen. Was waren das für Leute?«

»Ich habe sie nur ganz selten gesehen! Einer von ihnen war sehr gut angezogen. Das war der Anführer, der Boss, der Dolfi auf der Straße erkannt hatte. Die anderen waren weniger vornehm, Muskelprotze, aber eigentlich Versager … An dem Tag, als er für immer gegangen ist, haben sie unten auf ihn gewartet, in einem Auto. Er hat alle seine Sachen mitgenommen, sie passten in einen einzigen Koffer. Nur eine Sache hat er vergessen …«

Marilyn ging zum Tisch, öffnete eine Schublade und entnahm ihr einen kleinen Gegenstand, den sie mir hinhielt.

»Nehmen Sie es, es ist das Einzige, was er mir hinterlassen hat, außer der Kleinen.«

Ich nahm es und betrachtete es genau. Es war eine runde Plakette aus verziertem Metall von ungefähr dreieinhalb Zentimetern Durchmesser. Sie zeigte ein schwarzes Hakenkreuz auf weißem Grund, umgeben von einer granatroten Kreisfläche mit der Inschrift NATIONAL-SOZIALISTISCHE D.A.P. in goldenen Buchstaben. Eine ebenfalls goldene Krone aus Eichenblättern zierte den Rand. Ich erkannte darin eine äußerst schlechte Kopie des goldenen Parteiabzeichens der NSDAP, mit dem seinerzeit die ersten hunderttausend Mitglieder ausgezeichnet wurden. Es war ganz offensichtlich eine Kopie, weil sie nicht aus Gold war, keinerlei Patina aufwies und weil die Nummer eins auf der Rückseite unter dem Namen des Herstellers eingraviert war, dessen Namen ich ohne meine Brille nicht entziffern konnte. Die originale Plakette mit der Nummer eins war dem Führer persönlich vorbehalten gewesen und ihm von Magda Goebbels überreicht worden. Sie tauchte 1945 in den Ruinen des Bunkers wieder auf und wurde im folgenden Jahrhundert aus einem russischen Museum gestohlen. Wo hatte Dolfi dieses Ding aufgetrieben? Na gut, so schwierig war das nicht: Gut ein Jahrhundert nach seinem Fall übte das »Dritte Reich« noch immer eine morbide Faszination auf viele Gemüter aus. Zahlreiche Läden und Internetseiten boten Militaria dieser Art als Erinnerungsstücke an, echte oder gefälschte. Was mich stutzig machte, war, dass ausgerechnet das hier in Dolfis Hände gelangt war. Gedankenverloren gab ich es Marilyn wieder. Sie warf es unachtsam zurück in die Schublade, wo es mit dem Besteck zusammenklirrte.

»Das ist Gelis ganzes Erbe!«, sagte sie.

»Warten Sie!«, rief ich plötzlich. »Ich kaufe sie Ihnen ab!«

Die Worte waren mir wie von selbst über die Lippen gekommen. Ich hatte Geld bei mir. Das hatte ich extra mitgenommen, für alle Fälle. Ich wäre nicht gegangen, ohne ihr etwas auf den Tisch zu legen, gerade in ihrer jetzigen Situation, aber das falsche Abzeichen erweckte in mir ein unwiderstehliches Begehren. Ich holte mein Geld heraus. Es war nicht gerade ein Vermögen, eine bescheidene Summe, die Marilyn ein wenig Luft verschaffen und ihr ein paar Stripshows ersparen sollte. Außerdem brauchte Geli bestimmt neue Strampelanzüge und Schühchen… Ich fühlte mich unwohl dabei. Aber Marilyn nahm das Bündel ohne falsche Scham und ließ es in der Tasche ihres Morgenmantels verschwinden. Sie holte das Abzeichen wieder aus der Schublade und warf es mir zu. Ich fing es auf. Was hatte mich da geritten, was sollte ich mit diesem Ding anfangen? Aber irgendwie war ich auch froh, es zu haben. Als wäre ich gerade in den Besitz von etwas ganz Bedeutendem gekommen, einer Art Beweisstück.

»Na schön…«

Ich trat von einem Fuß auf den anderen. Es war spät. Ich musste zurückfahren, und Marilyn wünschte sich nichts sehnlicher, als dass ich mich endlich verzog.

»Haben Sie meine Adresse noch? Falls Sie irgendetwas brauchen…«

Ich ließ ihr meine Karte mit meiner Telefonnummer da.

»Also gut, dann einen schönen Abend noch und viel Glück!«

Wir schüttelten uns die Hände. Auch vor drei Jahren, als sie bei mir lebte, mit mir zusammenlebte, küssten wir uns nur in der Nacht. Sie ging vor mir zur Tür, öffnete sie und schloss sie dann leise wieder hinter mir. Ich stand erneut auf dem finsteren Treppenabsatz des übel riechenden Treppenhauses, dann lief ich hastig nach unten. Jetzt machte ich mir Sorgen um mein Auto. Ich hatte nichts Wertvolles darin gelassen, aber eine aufgebrochene Tür verursachte ja auch Kosten. Das Auto stand aber noch genauso unversehrt da wie vorher. Ich fuhr ganz langsam durch die Nacht, wie in Trance folgte ich den Kommandos der unpersönlichen Frauenstimme aus dem Navi.

Wieder zu Hause angekommen, legte ich das Abzeichen auf meinen Schreibtisch. Es vergingen einige Tage. Ich betrachtete es in Momenten geistiger Leere und stellte mir immer wieder dieselbe Frage, ohne eine Antwort darauf zu finden. Wer hatte Dolfi diese Plakette verschafft und warum? Der Zufall wird zwar gerne herbeizitiert, aber der letzte Klon von Adolf Hitler, der noch im Umlauf ist, findet sicher nicht zufällig eine Kopie der Nummer eins des goldenen Parteiabzeichens der NSDAP auf der Straße. Jemand musste es ihm zugespielt haben, und man musste nicht lange überlegen, wer: Die »Leute«, von denen Marilyn gesprochen hatte, die hatten es ihm in die Hand gedrückt oder an die Brust gesteckt.

Ich dachte auch an Marilyn. Ich sagte mir manchmal, dass ich sie neulich abends hätte mitnehmen müssen. Ich hätte sie und Geli zu mir holen sollen. Sie hätte es wahrscheinlich akzeptiert. Was könnte schrecklicher sein als ihr momentanes Leben? Sie prostituierte sich und hatte das auch nicht verheimlicht. Perle vor die Säue! Abgewrackte Vorstadttypen holten sich für ein paar Scheine den Körper, von dem im vorigen Jahrhundert Millionen von Männern auf der ganzen Welt geträumt hatten, meist ohne das überhaupt zu wissen. Aber vielleicht hätte sie es sogar abgelehnt mitzukommen. Allein mit ihrem Elend in einem der Viertel, in denen sich die Polizei so wenig wie möglich zeigte, genoss sie relative Sicherheit. Der Beweis dafür: Sie war noch immer auf freiem Fuß. Seit drei Jahren spielte sie Verstecken mit Inspektor Hossegor. Hier in diesem sauberen Stadtteil mit Madame Bougrat und den schnüffelnden Nachbarn wäre sie schnell wieder verraten worden. Oder hatte Hossegor letztendlich aufgegeben? Er hatte sich schon seit Längerem nicht mehr blicken lassen. Die Jagd nach illegalen Klonen war sein Job. Für ihn folgte ein Fall dem nächsten, ob er nun erfolgreich war oder nicht. Die Dateien mit dem Aktenzeichen Dolfi und Marilyn schlummerten sicher tief im Innern eines Zentralcomputers. Aber Vorsicht, in einer Welt, die nichts vergaß, wurde nichts verlegt, verschwand nichts hinter einem Möbelstück, und es wurde auch nichts unter einer Staubschicht begraben. Früher oder später verfing sich wieder ein Klon in dem riesigen Spinnennetz, das die ganze Welt umspannte, wurde rasch identifiziert und sorgfältig ins Liquidierungszentrum überführt.

Im Lauf der Tage, aus denen bald Wochen wurden, bekam ich Lust, Marilyn wiederzusehen. Der Vorwand für einen erneuten Besuch war schnell gefunden: Ich hatte die Sachen, die nach ihrer Flucht zurückgeblieben waren, in einem Schrank aufbewahrt. Sicher würde sie, mittellos wie sie war, nicht unglücklich darüber sein, wenn ich sie ihr brachte. Neulich bei meinem ersten Besuch hatte ich mich noch nicht dazu entschließen können. Warum fuhr ich nun wieder hin, aus purer Fürsorge oder auch aus einem anderen, weniger ehrbaren Grund? Wahrscheinlich aus einer Mischung aus beidem. Jedenfalls packte ich die Kleidungsstücke und Schuhe von Marilyn in einen Plastikkorb und verstaute diesen im Kofferraum meines Wagens. Dann ließ ich aber doch noch ein paar Tage verstreichen, ehe ich mich dazu entschloss, zu ihr zu fahren.

Der Verfall der Hochhaussiedlung war am helllichten Tag noch deutlicher sichtbar, dem verklärenden Herbstlicht, das die Gebäude einhüllte, zum Trotz. Während ich vor Marilyns Hochhaus parkte, beschloss ich, zuerst ohne die Sachen hochzugehen, um zu sehen, ob sie überhaupt zu Hause war. Das war klüger, als den Korb umsonst zu schleppen. Ohne davon überrascht zu sein, fand ich wieder Urinpfützen auf den Stufen und an den Türen. Ob es ein Hund oder ein Mann war, der hier das Treppenhaus einsaute? Wenn es sich um einen Hund handelte, musste er ja einen fürchterlichen Besitzer haben, der ihm so eine Sauerei durchgehen ließ. Aber, dachte ich, was man als unzumutbar empfindet, ist immer eine Frage des Maßstabs. Dieser Urin war einfach das Symbol für das Elend dieser Hausbewohner. Da saßen sie ihr Leben lang im Dreck, der zwangsläufig hingenommen werden musste. Mein Herz zog sich zusammen bei dem Gedanken daran, dass auch Marilyn in diesem Dreck und Gestank leben musste. Als ich im dritten Stock ankam, öffnete sich dieselbe Tür wie neulich, und dasselbe fratzenhafte Gesicht tauchte wieder auf. Das Geschwür, das der Frau das Gesicht zerfraß, schien gewachsen zu sein. Ich blickte zur Seite und wollte weitergehen, aber eine krächzende Stimme hielt mich zurück.

»Es hat keinen Sinn weiterzugehen, Schätzchen, das Vögelchen ist ausgeflogen!«

»Wie bitte? Was haben Sie gesagt?

»Die Blonde, die ist nicht mehr hier. Die hammse abgeholt. Die und die Kleine …«

Ich überwand meinen Ekel und zwang mich, mir dieses Scheusal, das sich, vermutlich aus Scham, nur in der halb geöffneten Tür zeigte, genauer anzusehen. Dass sie mich als »Schätzchen« bezeichnete, deutete sicher darauf hin, dass sie mich für einen Kunden von Marilyn gehalten hatte. Wie ein Freier sah ich also aus. Auf unerfindliche Weise kränkte mich das.

»Wer denn? Die Polizei?«, fragte ich.

Die Alte schüttelte ihren entstellten Kopf.

»Die Polizei protzt nicht mehr so rum!«, krächzte sie.

»Was wollen Sie damit sagen?«

»Die Art von Karre, ewig lang, ganz schwarz und blank poliert, die sieht man hier sonst nie. Das sind Autos von 'nem

Minister oder von dem Chef von einer großen Aktiengesellschaft! Und die Blonde hammse ja auch nicht in Handschellen abgeführt. Der eine hat ihr sogar die Hand gereicht, um sie die Treppe hinunterzuführen. Der andere hat das Baby im Arm gehalten, als wäre es der Pokal von der Fußballweltmeisterschaft!«

»Und Sie wissen nicht …«

Die Alte unterbrach mich: »Die haben nicht mit mir gesprochen. Ich weiß nur, was ich gesehen hab. Zwei feine Pinkel. Sie ist ohne sich zu wehren mitgegangen, überrascht hat sie ausgesehen, aber nicht eingeschüchtert. Sie muss gewusst haben, wo sie sie hinbringen. Und außerdem, na ja, hier rauszukommen …«

Die Alte deutete mit einem Blick auf den Hausflur und die Treppenstufen.

»Wenn man dem hier entkommen kann, braucht man sich nicht beschweren!«, befand sie.

Ich nickte mechanisch.

»Und wann war das?«

»Vor 'ner Woche oder so.«

Ich hatte Marilyn um eine Woche verpasst: genau um die paar Tage vermutlich, die ich meinen Besuch aufgeschoben hatte. Wenn ich sie jetzt nie wieder sah, hatte ich das allein mir selbst zuzuschreiben.

»Und seitdem?«

»Seitdem nichts und niemand, nur ein Rumtreiber wie Sie von Zeit zu Zeit. Deshalb gebe ich ja Auskunft. Macht mir immer noch Spaß. Ich war früher nämlich mal Hausmeisterin …«

Ich nickte noch einmal und rückte den erwarteten Geldschein heraus. Dann zögerte ich. Vielleicht … besaß die Alte denn nicht wenigstens ein Telefon, damit sie mich anrufen konnte, falls Marilyn zurückkam? Sie könnte mich ja auch aus einem Café anrufen, sagte ich mir. Ich reichte ihr meine

Visitenkarte mit einem zweiten Schein. Sie verzerrte ihr Gesicht zu einem Lächeln und schloss wieder ihre Tür. Obschon begierig, endlich wieder an die frische Luft zu kommen, ging ich die Stufen langsam wieder nach unten.

19

Lustlos knüpfte ich wieder an meine Alltagsroutine an. Es hatte keinen Sinn, mir etwas vorzumachen: Ich war enttäuscht. Ohne es mir einzugestehen, hatte ich mir von diesem fruchtlosen Besuch etwas erhofft. Die blitzende Limousine, die Marilyn und ihre kleine Tochter abgeholt hatte, und die Umsicht, die ihre eleganten Mentoren an den Tag gelegt hatten, beruhigten mich in gewisser Weise. Ich musste zugeben, dass ich mehr um das Schicksal der Mutter besorgt war als um das der Tochter … Aber aller Wahrscheinlichkeit nach waren sie nicht in die Hände der Liquidationstruppe gefallen. Damit hätte ich mich eigentlich zufriedengeben sollen. Man – nur wer? – hatte Marilyn aus ihrem schäbigen Viertel herausgeholt. Kein Zweifel, sie hatte der Prostitution und dem Elend abgeschworen. Ein reicher Mann (der schöne Wagen, die edel gekleideten Männer wie aus einem Hochglanzprospekt …) hatte sie unter seine Fittiche genommen, und ihre Tochter mit dazu. Es stand also alles bestens für sie. Doch warum betrachtete ich seitdem stundenlang die Bäume in meinem Garten und sah ihnen zu, wie sie unter dem grauen Himmel die Blätter verloren, während ich meinen drei Jahre alten Erinnerungen nachhing? Als dann der Winter kam, fing ich mir eine Grippe ein. Ich begab mich zu Doktor Grinstein in Behandlung. Seit mein Hausarzt in Rente gegangen war, war ich nämlich zu ihm gewechselt. Seine Patientin in meinem Viertel war noch am Leben, und so kam er nach der Visite dort auch bei mir vorbei. Zwischen zwei Hustenanfällen erzählte ich ihm von meiner Begegnung mit Marilyn und berichtete ihm, was die alte Krähe erzählt hatte. Mehr als um Marilyn und Geli, von deren Existenz ich ihm berichtete, war Grinstein jedoch an Dolfi gelegen. Zwar akzeptierte er als aufgeklärter Geist und der Menschlichkeit verpflichteter Arzt umstandslos die Unschuld des Klons, doch die Tatsache, dass ein Double des Führers unter ein und demselben Himmel wie er umherstreunte, musste ihn in seinem tiefsten Innern nach wie vor verstören, wenn nicht gar verletzen. Als ich ihm das Naziabzeichen zeigte, das Dolfi gehört hatte, machte er ein angeekeltes Gesicht. Er stand an meinem Kopfende und ließ sich daraufhin auf den nächstbesten Stuhl fallen. Er fasste das Objekt mit spitzen Fingern an und musterte es eingehend.

»Wo hat er diesen Schund gefunden?«, murmelte er und legte das Abzeichen auf meine Bettdecke.

»Vermutlich haben es ihm irgendwelche Leute gegeben, mit denen er kurz vor seinem Verschwinden Umgang hatte«, erwiderte ich.

»Gibt es wirklich keine Möglichkeit herauszufinden, was aus ihm geworden ist? Sie haben mir doch von diesem Mann da erzählt, der im Ministerium für Biotechnologie arbeitet …«

Almanzor. Aus Vorsicht hatte ich ihn nach meinem damaligen vergeblichen Versuch nicht noch einmal kontaktiert. Doch seitdem war viel Zeit vergangen, und Hossegor hatte seit Langem nichts mehr von sich hören lassen.

»Sie haben recht«, sagte ich. »Den könnte ich anrufen.«

Grinstein nickte.

»Tun Sie das. Ich stelle Ihnen ein neues Rezept aus. Mittwoch komme ich wieder vorbei. Und bis dahin heißt es Bett hüten, schön warm halten und Medikamente schlucken, verstanden?«

Er füllte das Rezeptformular aus und legte es auf den Nachttisch, der bereits mit Fläschchen und Schächtelchen vollgestellt war. Mit düster zusammengezogen Brauen warf er einen letzten Blick auf das Abzeichen, das sich deutlich von dem weißen Oberbett abhob.

»Halten Sie mich auf dem Laufenden, wenn es etwas Neues gibt.«

Durch meine vorherige Erfahrung vorsichtig geworden, hütete ich mich davor, Almanzor im Ministerium anzurufen. Blieb noch sein Mobiltelefon. Diesmal hinterließ ich meinen Namen und bat ihn darum, mich zurückzurufen. Drei Tage vergingen ohne eine Rückmeldung. Ich glaubte schon nicht mehr daran, von ihm zu hören, als er meiner Bitte endlich Folge leistete und mir seinerseits eine Nachricht hinterließ. Ich konnte kaum glauben, dass sie von dem stattlichen Mann mit dem selbstsicheren Auftreten kam, dem ich einmal kurz begegnet war. Mit brüchiger Stimme, wie aus der Ferne, schlug er mir ein Treffen am nächsten Abend in einer Brasserie im Quartier Latin vor.

Ich erschien zum vereinbarten Zeitpunkt am Treffpunkt, wer jedoch nicht kam, war Almanzor. Ich wollte gerade wieder gehen, als er doch noch auftauchte. Mit einem fahlen Lächeln und einer gemurmelten Entschuldigung setzte er sich mir gegenüber. Der Klang seiner Stimme am Telefon hatte mir bereits ein ziemlich deutliches Bild der Verwandlung vermittelt, die mit ihm vonstattengegangen war. Er war nur noch der Schatten seiner selbst. Mit hängenden Schultern unter einem stellenweise fleckigen Jackett und einem verknitterten Mantel, hatte er nichts mehr von seiner einstigen Stattlichkeit.

»Guten Abend, Monsieur Mercier«, sagte er mit dumpfer, tiefer Stimme, die meinen Eindruck bestätigte, dass dieser Mann hier an Depressionen litt.

»Was möchten Sie trinken?«, fragte ich, nachdem ich seinen Gruß erwidert hatte.

Er betrachtete trübselig das vor mir auf einem Untersetzer stehende Bier und gab mit einer vagen Geste zu verstehen, dass er das Gleiche wünschte. Er war dermaßen gealtert, dass es mir fast peinlich war und ich nicht recht wusste, wie ich das Gespräch beginnen sollte. Als ihm das Getränk serviert wurde, starrte er das Glas einen Augenblick an, bevor er es zum Mund führte.

»Ich hatte es Ihnen ja gesagt, glaube ich«, murmelte er schließlich nach dem ersten Schluck.

»Verzeihung?«

»Ich weiß noch, dass ich schon bei unserem Besuch im Liquidierungszentrum zu Ihnen sagte: Es war vermutlich keine gute Idee, Ihnen das hier gezeigt zu haben. Und nun schauen Sie mich an: Ich habe alles verloren.«

»Was ist denn passiert?«

»Ich wurde festgenommen, verhört, eine Zeit lang eingesperrt oder, um genau zu sein, unter Verschluss gehalten! Weder die reguläre Polizei noch irgendein Gericht wollten etwas damit zu tun haben! Niemand fühlte sich dafür zuständig. Meine Gesprächspartner schwebten in anderen politischen Sphären. Wissen Sie, im Grunde bin ich noch einigermaßen glimpflich davongekommen. Ich befürchtete schon, dass es mir noch viel schlimmer ergehen könnte. Man hat mich nur gefeuert. Und zwar komplett. Ich durfte den sozialen Tod sterben, halbamtlich, aber auf der ganzen Linie. Ich hatte mich verplappert. Ich hatte das Vertrauen verloren, des Ministers und, schlimmer noch, der Geheimdienste. Es war also Schluss mit dem schönen Büro, der Dienstlimousine mit Kokarde, den komfortablen Bezügen, raus mit dem Lump! Und dann gleich auf die Blacklist, überall Persona non grata, nicht nur bei den Behörden, sondern auch im Privatleben. Sie achten darauf: Überall, wo es um ein Minimum an Verantwortung geht, wo man sein Leben auf ehrliche Art verdient, erhalte ich keine Aufenthaltsgenehmigung. Heute schleppe ich Obst- und Gemüsekisten auf dem Markt. Das ist hart, vor allem im Winter… Und Sie?«

Ich schämte mich beinahe. Mich hatten die Geheimdienste nicht behelligt. Ich hatte während der beiden Prozesse nur ein paar Federn gelassen. Wem verdankte ich diese zartfühlende Behandlung? Zweifellos der Tatsache, dass ich nicht zum engsten Kreis gehörte. Aber auch und vor allem der Vorsicht vonseiten Almanzors, der meinen Namen nicht genannt hatte, als er mich Madame Makarios und Perronnet vorstellte, und seinem Schweigen während der Verhöre, die sich daran anschlossen.

»Ich glaube, Sie haben mich vor dem Schlimmsten bewahrt«, sagte ich. »Was A.H.6 betrifft, musste ich dennoch Auskunft geben, der Polizei und später dann diversen Gerichten.«

Ich schwieg. Was ich durchlitten hatte, war lächerlich im Vergleich zu Almanzor, dessen berufliche Laufbahn ruiniert war.

»Ich überlegte, ob ich das Ganze an die große Glocke hängen und es den Medien zuspielen sollte, als ich von heute auf morgen an die frische Luft gesetzt worden war«, sagte er dann. »Das Don-Quichotte-Syndrom … Ich regte mich wieder ab. Für einen vorübergehenden Anfall von Heroismus hatte ich ja schon einmal teuer bezahlen dürfen. In der Psychiatrie zu enden oder noch Schlimmeres – nein, danke!«

Er nahm einen großen Schluck und stellte sein Glas ab.

»Aber sagen Sie, weshalb haben Sie mich eigentlich angerufen?«

Ich erzählte ihm, dass ich herausfinden wollte, wo A.H.6 abgeblieben war. Ich hatte geglaubt, seine Spur ausfindig gemacht zu haben, doch er war mir entwischt. Vielleicht hatte er etwas von ehemaligen Kollegen gehört.

Almanzor lächelte bitter.

»Ich bin ein Aussätziger, glauben Sie mir! Als hätte ich Lepra. Meine ehemaligen Kollegen würden sich eher einen Finger abhacken, als in der Öffentlichkeit mit mir ein Wort zu wechseln, geschweige denn privat. Aber mir ist das scheißegal, wissen Sie? Es gibt nur wenige Sitzplätze im Herzen eines Menschen, und die werden rasch von Passagieren in Beschlag genommen, die bis zur Endstation mitfahren. Die meisten anderen steigen erst im Verlauf der Fahrt zu und bald darauf auch schon wieder aus: Guten Tag, guten Abend, man hat sie schnell vergessen.«

Er stierte auf den Eichstrich seines Glases, als läse er von dort ab, was er sagen wollte. Ich fragte mich unwillkürlich, ob Phoebé zu den vorübergehenden Mitreisenden in Almanzors Leben gehört hatte. Und in meinem? Nein, diese Frage war mir mittlerweile wirklich egal.

»Im Grunde bereue ich nichts«, fuhr er fort. »Ich bin mit meinem Gewissen im Reinen. Ich brauchte nur einen Zeugen. Und da fiel die Wahl auf Sie …«

Er hätte beinahe »leider« hinzugefügt, ließ den Satz dann aber in der Schwebe. Der Zeuge hatte es verbockt. Indem er das Geheimnis, das ihn erstickte, mit mir teilte, hatte Almanzor sein Leben verpfuscht. Na ja, vielleicht nicht direkt verpfuscht, denn er hatte ja, wie er sagte, ein reines Gewissen. Konnte ich das auch von mir behaupten? Unter dem Deckmantel des Altruismus hatte ich Dolfi die Hecke schneiden und den Rasen mähen lassen und außerdem Marilyns körperliche Reize genossen.

Wir unterhielten uns noch einen Augenblick, ohne irgendetwas von Bedeutung zu sagen, bevor wir uns an der Türschwelle des Cafés die Hand schüttelten. Dann verschwand Richard Almanzor mit hängenden Schultern in seinem knittrigen Überzieher in der Nacht.

Einige Zeit später sprach mich ein Unbekannter in einer Straße ganz in der Nähe meines Hauses an. Ich kam gerade von der Uni, es war schon dunkel und goss in Strömen. Da ich morgens keinen Schirm mitgenommen hatte, eilte ich im sintflutartigen Regen vom Bahnhof nach Hause. Der Mann stand unter dem Vordach eines Ladens, der schon geschlossen hatte, und schien auf jemanden zu warten. Als ich auf seiner Höhe angelangt war, bot er mir seinen Schirm an.

»Müssen Sie da lang? Ich auch ...«

Überrascht lehnte ich sein Angebot ab, da es mir seltsam vorkam. Der Unbekannte lächelte und schaffte das Missverständnis sofort aus der Welt.

»Keine Sorge, Monsieur Mercier, Sie sind überhaupt nicht mein Typ ...«

Mit diesen Worten wollte er mich vermutlich beschwichtigen, doch die Tatsache, dass er meinen Namen wusste, beunruhigte mich viel mehr als der Gedanke, zum Ziel einer homosexuellen Anmache geworden zu sein.

»Sie kennen mich? Wer sind Sie denn?«

»Wer ich bin? Mein Gott, wer bin ich?«, spottete er. »Vielleicht heiße ich ja ... Ach, sagen wir, Klotz. Benjamin Klotz zum Beispiel. Ja, genau ... Klotz! Warum nicht, denn mein Name tut nichts zur Sache. Ich habe nach Ihnen Ausschau gehalten. Ich soll mich ein wenig mit Ihnen unterhalten. Es freut mich, dass ich Ihnen zudem auch noch einen Platz unter meinem Schirm anbieten kann ...«

Ich wurde immer neugieriger. Im Schein einer Straßenlaterne gelang es mir, meinen Gesprächspartner genauer zu betrachten. Er war in den Vierzigern, groß, ziemlich dunkelhäutig und trug einen schiefergrauen Anzug unter einem dunkelbraunen Mantel, außerdem einen schwarzen Lederhut mit schmaler Krempe. Zwei spöttisch dreinblickende Augen funkelten in seinem glatt rasierten, markanten Gesicht. Ich überlegte kurz, ob ich ihn einfach beiseiteschubsen und weitergehen sollte, doch meine Neugier war stärker.

»Sie sollen sich mit mir unterhalten, sagen Sie? Wer will das? Und worüber sollen wir denn reden?«

Er erklärte es mir bereitwillig, obwohl er im Unklaren ließ, wer seine Auftraggeber waren. Er war auf A.H.6 angesetzt, »im Auftrag einer ›Interessenvertretung ethischer Grundsätze‹, wenn Sie es unbedingt wissen wollen …

Aber«, fügte er dann hinzu, »Sie können es ebenso gut als ›Interessenvertretung ethnischer Grundsätze‹ bezeichnen, wenn Ihnen das lieber ist. Wir ärgern uns darüber, dass es Klone von Adolf Hitler gibt, und sind besorgt, dass man sie missbräuchlich verwenden könnte.«

»Der Klon, von dem Sie sprechen, ist ein sehr schlichtes Individuum … Er ist völlig beschränkt! Ich kann mir nicht vorstellen, dass er ein neues Reich gründen und einen Weltkrieg anzetteln könnte«, erwiderte ich.

Doch dem angeblichen Monsieur Klotz war nicht mehr zum Scherzen zumute. Jetzt war er auf einmal ganz ernst.

»Natürlich nicht. Etwas Derartiges befürchten wir zunächst einmal nicht. Nur die Banalisierung, die Verharmlosung bestimmter Vorkommnisse, die ich Ihnen nicht aufzuzählen brauche, die macht uns Sorgen. Um die Wahrheit zu sagen, geht es uns ums Prinzip, und wir werden davon unter keinen Umständen auch nur um ein Jota abweichen. Wir wissen, dass Sie nicht aus freien Stücken in den Besitz von A.H.6 gekommen sind, und das ist Ihr Glück, wenn ich Ihnen das so sagen darf, Monsieur Mercier!«

Die unterschwellige Drohung, die auch jetzt, in der Rückschau, noch in seiner Bemerkung lag, entging mir nicht. Um mich davon zu überzeugen, ihn zu benachrichtigen, sollte Dolfi wieder auftauchen, gebrauchte Klotz immer wieder versteckte Drohungen.

»All dies liegt uns sehr am Herzen. Wer jedoch nicht auf unserer Seite steht … Wenn Sie uns dagegen helfen, würden wir sicher Mittel und Wege finden, uns erkenntlich zu zeigen.«

Ich wurde zornig. Für wen hielt man mich? Als ehrbarer Bürger fand ich Adolf Hitler und sein Regime untragbar, aber ich würde A.H.6 nicht denunzieren, denn ich sah ein Opfer in ihm, das rein gar nichts mit den Naziräueln zu tun hatte, abgesehen von den Genen des Führers, die er nolens volens in sich trug. Der angebliche Monsieur Klotz nickte.

»Sie haben recht, diese arme Kreatur ist zunächst einmal ein Nichts. Ein Spielzeug aus Fleisch und Blut, das für die Vergangenheit nichts kann. Dennoch könnten böswillige Geister ihn … zu einem Gespenst erklären. Und die Welt braucht ganz bestimmt keinen Wiedergänger, der noch mal hier herumspukt!«

»Aber«, wandte ich ein, »Adolf Hitler hat nie aufgehört, in Europa oder vielleicht sogar auf der ganzen Welt herumzuspuken …«

»Mag sein«, gestand Klotz ein, »aber bis dato war er ein körperloses Gespenst. Mit den Klonen hat er auf einmal eine gefährliche Körperlichkeit angenommen.«

»A.H.6 ist der Letzte, der noch am Leben ist, wenn dies überhaupt zutrifft! Die anderen wurden … liquidiert. Wissen Sie, was das Wort in dem Zusammenhang bedeutet?«

»Wir wissen, was es damit auf sich hat. Doch selbst wenn sich nur ein einziger A.H. in Umlauf befindet, ist das schon einer zu viel«, sagte Klotz mit entschiedenem Nicken. »Bedenken Sie, dass sich viele Leute für A.H.6 interessieren. Das Liquidierungszentrum und die Gruppe, die ich vertrete, sind nicht die Einzigen, die ihm auf der Spur sind …«

Wer denn sonst noch?, wollte ich schon rufen, als mir einfiel, dass Dolfi ja diese seltsamen Besucher hatte, diese Leute, die ihm zu Hilfe gekommen waren und die ihm wahrscheinlich auch das gefälschte NSDAP-Abzeichen mitgebracht hatten. Vielleicht waren es auch dieselben, doch das durfte keineswegs als gesichert gelten, die später Marilyn und Geli an ein unbestimmtes Ziel gebracht hatten.

»Sie wissen da etwas …«, sagte Klotz nachdenklich, als hätte er den Weg meiner Gedanken auf meinem Gesicht mitverfolgen können. »Das müssen Sie mir sagen. Keine Sorge, wenn wir A.H.6 ausfindig machen, werden wir ihm kein Härchen krümmen! Wir bringen ihn lediglich in Sicherheit, damit er keinen schädlichen Einflüssen ausgesetzt ist.«

»Zum Beispiel in einem Kellerverlies, ja?«

Klotz ging nicht auf meine Frage ein.

»Andere werden sich weniger zivilisiert benehmen, sollten sie seiner als Erste habhaft werden«, sagte er. »Sie wissen vielleicht, dass mehrere A.H.s ermordet wurden, und damit meine ich nicht die Fälle im Liquidierungszentrum. Wenn Sie etwas wissen, sagen Sie es, und zwar im Interesse Ihres … ›Schützlings‹!«

Das letzte Wort hatte er übertrieben akzentuiert, um die ironischen Anführungszeichen kenntlich zu machen. Ich zuckte die Achseln. Im Grunde hatte er nicht unrecht. Dolfi konnte jeden Augenblick Opfer einer späten Rache werden.

»Ich glaube, es kam schon zu unliebsamen Begegnungen«, sagte ich.

Wie elektrisiert beugte sich Klotz zu mir vor, seine Augen blitzten vor Neugier.

»Erzählen Sie, erzählen Sie schon!«

Ich tastete nach dem goldenen Abzeichen, das ich schon länger mal einem Antiquar für Militaria hatte zeigen wollen, um vielleicht etwas über die mögliche Herkunft zu erfahren. Ich zog es aus der Tasche und hielt es Klotz unter die Nase.

»Sagt Ihnen dieser Gegenstand etwas?«

»Zeigen Sie mal …«

Er nahm es mir aus der Hand und blieb stehen, um es im Schein einer winzigen Taschenlampe zu mustern. Dann drehte er es, um die Zahlenfolge auf der Rückseite abzulesen. Schließlich hielt er es dicht vors Gesicht, um die Signatur entziffern zu können. Das hatte ich schon längst überprüft: Jos. Fuess München war das Markenzeichen eines der beiden Originalfabrikanten im »Dritten Reich«.

»Ramsch! Und?«, sagte Klotz schließlich, behielt das Abzeichen aber in der geballten Faust.

»Geben Sie es mir zurück«, sagte ich, »sonst erfahren Sie gar nichts.«

Widerwillig gab er es mir zurück.

»Und?«, wiederholte er ungeduldig.

»Das Ding gehörte ihm. Er hatte es geschenkt bekommen. Von wem, weiß ich nicht genau. Von Leuten, die ihn erkannt, die ihm geholfen haben.«

»Woher wissen Sie das?«

»Das hat man mir erzählt.«

»Der Klon von Marilyn Monroe, stimmt's? Wo ist er eigentlich?«

»Sie ist auch verschwunden, zusammen mit ihrer Tochter«, erklärte ich.

Er zuckte zusammen.

»Der *gemeinsamen* Tochter, meinen Sie?«

»Ja, da bin ich ziemlich sicher.«

Ich war unschlüssig, ob ich ihm mehr erzählen sollte. Wenn ich mich jedoch kooperativ verhielt, bekam ich vielleicht im Gegenzug weitere Informationen. Ich entschied mich, ihm das zu erzählen, was die krebskranke alte Hexe mir berichtet hatte. Er sog meinen Bericht förmlich ein und ließ mich jedes Wort wiederholen.

»Zwei Männer, sagen Sie? Gut gekleidet … Und das Auto, was für eine Marke war das?«

Ich wusste es nicht.

»Ein sehr schöner Wagen jedenfalls …«

Benjamin Klotz wusste viel über mich: insbesondere, dass ich um diese Uhrzeit immer auf dem Weg vom Bahnhof hier vorbeikam und wo ich wohnte – er war nämlich derjenige, der mich darauf hinwies, dass wir vor meinem Haus angekommen waren, wohingegen ich, ganz ins Gespräch vertieft, wahrscheinlich daran vorbeigelaufen wäre.

»Wenn Sie etwas hören, von ihm oder von ihr …«, sagte ich, als wir uns voneinander verabschiedeten.

»Lassen Sie uns einen Pakt schließen«, erwiderte er und hielt mir eine Visitenkarte hin. »Wenn A.H.6 sich auf die eine oder andere Weise bei Ihnen meldet, geben Sie Bescheid. Und ich informiere Sie, sollte ich etwas von dieser Marilyn hören. Einverstanden?«

Ich nickte, behielt mir aber das Recht vor, meinen Teil der Verabredung einzuhalten – wie er vermutlich auch. Er tippte sich an die Hutkrempe, drehte sich um und ging dann zurück in die Richtung, aus der wir gekommen waren und wo er mit Sicherheit seinen Wagen geparkt hatte.

20

Zwei Jahre vergingen ohne eine Nachricht von den beiden Klonen. Der zweite Winter überraschte mit einer in unseren Breitengraden in Vergessenheit geratenen Strenge: Es schneite! Eines Morgens blickte ich in meinen ganz weiß bepuderten Garten, ein Schauspiel, das uns wegen des beinahe mediterranen Klimas jahrelang vorenthalten worden war. Jingle-Bell preschte in seiner herrlichen Unbekümmertheit nach draußen, um durch den Schnee zu toben, während Brownie lieber im Warmen blieb und sich angesichts des ungewöhnlichen Weiß das Schnäuzchen an der Fensterscheibe platt drückte.

Der Kälte zu Ehren hatte ich meine Winterstiefel aus einem Schrank geholt, meine alte Lederjacke mit Lammfellfutter angezogen und ging die paar Schritte zum Briefkasten. Ich erwartete nichts Aufregendes: vielleicht ein Buch, das ich übers Internet bestellt hatte, um der Bibliografie meines noch immer in Arbeit befindlichen Werkes eine Zeile hinzuzufügen. Der mit einer dicken Schneehaube überzogene Briefkasten enthielt allerdings eine Sendung in einem ungewöhnlichen Format. Auf dem Umschlag aus festem Papier standen in eleganter Handschrift mein Name und meine Adresse. Das Porto war spektakulär, es bestand aus zwei Briefmarken, die ein rotvioletter Kupferstich mit dem Bildnis von König Heinrich I. zierte, wie darunter zu lesen stand. Die Rückseite wies keinen Absender auf. Der sorgfältig angebrachte Stempel war perfekt lesbar. Der Brief war von einem kürzlich gegründeten Fürstentum an den Hängen des Schliffkopfs im Schwarzwald abgeschickt worden. Ich hatte über diese Geschichte einiges in der Zeitung gelesen, dann allerdings hörte man auf einmal gar nichts mehr darüber. Einer der reichsten Menschen des Planeten, ein gewisser Reinhard Gentschel, hatte in Deutschland ein etwa zwanzig mal zwanzig Kilometer großes Areal zwischen Oberkirch, Achern und Baiersbronn gekauft. Als Gegenleistung für das teuer bezahlte Stück Schwarzwald, das er aus nationalem Besitz losgelöst hatte, bekam er das Statut eines Fürstentums zugesprochen. Die Medien hatten zunächst ein großes Tamtam um die Sache gemacht, sie dann aber irgendwann einfach fallen lassen. Voller Neugier pfiff ich nach Jingle-Bell und ging, den Brief in der Hand, gemeinsam mit ihm wieder ins Haus.

Ich hängte die Lederjacke in den Flur, tauschte meine Stiefel gegen Pantoffeln ein und stieß sanft die Küchentür auf, wo Bruno gerade frühstückte.

»Heinrich I. von Deutschland – was fällt dir dazu ein?!«, rief ich ihm zu.

So ein Quiz machten wir öfter. Wenn es um Geschichte ging, schlug Bruno sich immer sehr wacker. Auch diesmal wurde ich nicht enttäuscht. Er hielt ein Stück geröstetes und gebuttertes Brot, das er eingetunkt hatte, über seine Schale heiße Schokolade und antwortete wie aus der Pistole geschossen: »Heinrich I., genannt der Vogler! Herzog von Sachsen, dann König von Deutschland, so gegen 900. Ein großer König! Hoch angesehen bei den Nazis, weil er einen Teil des Erbes von Karl dem Großen wiedervereinigt und jede Menge Einwanderer aus dem Osten verjagt hat. Felix Kersten zufolge war dieser Trottel von Himmler drauf und dran, sich für die Reinkarnation Heinrichs zu halten. Er ließ sich von irgendwelchen Schwindlern sogar alte Knochensplitter für die heiligen Gebeine des Königs andrehen, die er dann mit großem Pomp in der Kathedrale von Quedlinburg bestatten ließ.«

»Sehr gut«, sagte ich anerkennend, voller Stolz auf das Wissen meines Sohnes. »Heinrich der Vogler hat heute noch seine Anhänger«, fügte ich hinzu und schwenkte den Brief.

»Was ist das?«

»Das sage ich dir, wenn ich ihn gelesen habe. Und jetzt beeil dich, du hast um neun Uhr Unterricht und bist noch nicht einmal angezogen.«

Bruno stopfte sich noch rechtzeitig das aufgeweichte Brotstückchen in den Mund, das gerade abzubrechen und in seine Schale zu fallen drohte. Ich ließ ihn weiter frühstücken und ging nach oben. Auch ich hatte Unterricht, zwar erst später am Vormittag, aber mitten in Paris, und ich war zeitlich genauso im Verzug wie er. Ich legte den Brief auf meinen Schreibtisch und hastete ins Badezimmer.

Als ich am Nachmittag wieder nach Hause zurückgekehrt war, fiel mir der Brief, den ich bereits vergessen hatte, wieder in die Hände. Ich öffnete ihn. Er war auf Französisch geschrieben und ziemlich zeremoniell, Absender war die Staatskanzlei des Fürstentums von Schliffkopf. Unterzeichner war der Generalsekretär, ein gewisser Anton Pölzl, der mich »im Namen des Kanzlers« einlud, an den Festivitäten aus Anlass der Staatsgründung teilzunehmen. Die Sache war also doch weitergediehen, auch wenn Zeitungen und Fernsehen plötzlich nicht mehr darüber berichtet hatten und der Hype auch im Internet zum Erliegen gekommen war. Aber etwas anderes erstaunte mich viel mehr: Wie kam ich zu der Ehre dieser Einladung, wo ich doch mit diesem Landstrich – Baden-Württemberg – rein gar nichts zu tun hatte? Ich kannte nicht einmal den Namen des »Kanzlers«, der im Brief übrigens nicht benannt wurde und mich hier zu seinem Amtsantritt einlud! Der Name des Generalsekretärs, Pölzl, kam mir dagegen irgendwie bekannt vor. Trotzdem konnte ich ihn im Augenblick nicht in meinem von Eigennamen überquellenden Gedächtnis einordnen.

Zunächst aus reiner Neugier, dann aus Lust am Verlassen meiner eingefahrenen Wege, überlegte ich, ob ich die Einladung nicht annehmen sollte. Ich begann die Gründe aufzulisten, die dagegen sprachen. Zunächst der Unterricht an der Sorbonne – doch das Ereignis, zu dem man mich einlud, fand mitten in den Winterferien statt. Dann Bruno – doch Phoebé hatte ihn bereits eingeladen, mit ihr über die Feiertage nach New York zu fliegen. Und schließlich war da noch mein ins Stocken geratene Manuskript … Das war vielleicht ein Grund, aber keinesfalls ein Hindernis. Genau genommen sprach also nichts gegen diesen Ausflug. Denn so sah ich die ganze Sache. Ich bekam Gelegenheit, die gesunde Luft Baden-Württembergs zu genießen, die mit dem balsamischen Duft der Tannen an der Schwarzwaldhochstraße angereichert war. Ich freute mich darauf, den vermutlich pittoresken Zeremonien beizuwohnen, an denen sicherlich auch Schwarzwaldmädel mit niedlichen traditionellen Bollenhüten teilnahmen.

Ein Absatz des Briefs legte nahe, dass man mir im Falle einer positiven Rückantwort meinerseits die genaueren Einzelheiten zur Anreise und zum Aufenthalt mitteilen werde. Ohne weiter darüber nachzudenken, gab ich meine Zustimmung, indem ich eine Mail an die angegebene Adresse schickte. Ich brauchte nicht lange zu warten. Die versprochenen näheren Erläuterungen tauchten schon bald darauf auf dem Bildschirm meines Computers auf. Man beglückwünschte mich zu meiner Entscheidung, dankte mir und würde alles dafür tun, dass ich eine angenehme und komfortable Reise hätte. Es war vorgesehen, dass mich am Vorabend der feierlichen Proklamation des neuen Staates ein Wagen abholen und zum Flughafen bringen würde, von wo aus ich im Privatjet in den Schwarzwald geflogen werden würde. Dort würde ich dann an den Feierlichkeiten teilnehmen, die insgesamt zwei Tage dauerten, und im Anschluss konnte ich, wenn ich es wünschte, solange ich wollte als Gast des Kanzlers bleiben. Ich hatte keinen blassen Schimmer, womit ich diese spezielle VIP-Behandlung verdient hatte. Aber vielleicht musste einen eine derartige Freigebigkeit gar nicht erstaunen, abgesehen von der Tatsache, dass ich ihr Adressat war. Hinter oder vielleicht auch über Anton Pölzl und dem anonymen Kanzler stand Gentschel, der wahre Besitzer des Märchenschlosses des Fürstentums. Er war reich genug, um sich ein waschechtes kleines Land zu leisten, mitten in Europa, das nur ihm allein gehörte, so wie sich andere, weniger betuchte Nabobs eine Insel am anderen Ende der Welt kauften. Dieser Gedanke bestärkte mich noch in meiner Entscheidung. Bestimmt würde Gentschel auch anwesend sein, um sich anzusehen, wie seine verrückte Idee Gestalt angenommen hatte. Zum ersten Mal in meinem Leben konnte ich ganz aus der Nähe einen der wichtigsten Akteure der jüngeren Geschichte beobachten. Denn die wurde nicht mehr von Staatsmännern gemacht. Auch nicht von den großen Industriellen, wie es einmal Usus war, was sich manchmal positiv ausgewirkt hatte, zumeist aber negativ. Seit in den ersten Jahrzehnten des Jahrhunderts die letzten Masken gefallen waren, hatte sich überall ein und derselbe Meister zu erkennen gegeben: das Geld, immateriell, verantwortungslos und zynisch. Die Welt wurde ausschließlich von Männern vom Schlage Gentschels regiert: ein paar Dutzend Potentaten, die sich weder zu irgendetwas bekannten noch irgendwo beheimatet waren, den Massen, die allein von ihnen regiert wurden, meist unbekannt. Und ausgerechnet ich, ein kleines Rädchen im Getriebe der Geschichtswissenschaft, ein unbekannter Vergangenheitskrämer, bekam nun Gelegenheit, mich einem von ihnen zu nähern.

Das für meine Abreise festgesetzte Datum wurde mir sehr rasch mitgeteilt. Seltsamerweise war in den Medien von dem neuen Fürstentum noch immer keine Rede. Gentschel musste ein Veto eingelegt haben, da der Fall in Deutschland – das um seine Geschlossenheit bangte – für großes Aufsehen gesorgt hatte.

An dem besagten Tag hielt eine schwarze Limousine zur vereinbarten Uhrzeit vor meinem Haus. Bruno war schon in den USA, und Hund und Katze hatte ich in eine Tierpension gebracht. Mein Koffer war gepackt, ich brauchte ihn nur noch in die Hand zu nehmen und die Haustür abzuschließen. Die Dauer meines Aufenthalts am Schliffkopf hatte ich auf vier Tage festgelegt. Ohne die Gastfreundschaft überstrapazieren zu wollen, dachte ich, dass mir nach all den Feierlichkeiten zwei Tage in der guten Luft mit langen Spaziergängen in den Tannenwäldern sicherlich gut bekämen.

Die Limousine brachte mich zum Flughafen von Bourget. Ich wartete einen Augenblick in einer Lounge am Rande des Rollfelds, dann bat mich eine große, blonde Stewardess, ihr zu folgen, und führte mich zum Jet. Pilot und Kopilot begrüßten mich unten an der Gangway. Die luxuriöse Kabine, in der ich Platz nahm, hätte auch zehn Personen absolute Bequemlichkeit geboten, aber ich reiste allein, lediglich in Begleitung der blonden Walküre, die mich bediente. Als die Maschine sanft gestartet war und die Reiseflughöhe erreicht hatte, reichte sie mir Kaffee, Fruchtsaft, Gebäck und Zeitschriften.

Ich war beeindruckt, aber auch ein wenig beunruhigt ob dieses Aufwands. Verwechselte man mich mit jemandem? Aber sie hatten mich ja bei mir zu Hause abgeholt, und der Pilot wie auch die Stewardess nannten mich bei meinem Namen. Na schön, dann sollte ich dieses Abenteuer eben mal so richtig genießen! Die schöne Blondine hatte wieder im hinteren Teil der Kabine Platz genommen. Ich löste meinen Sicherheitsgurt und machte es mir bequem. Der Jet flog durch einen kristallklaren Himmel, weit oberhalb der Wolken, die schwer auf dem Rest der Menschheit lasteten. Plötzlich empfand ich ein kindliches Glücksgefühl. Ich hatte die Erde verlassen und konnte nun ein paar Stunden, ein paar Tage lang meine traurige graue Existenz vollkommen vergessen.

Der Flughafen Kehl, wo wir landeten, lag in trübem Nebel, einige Schneeflocken tanzten in der Luft. Vor einem Hangar sah ich die Silhouette eines uralten Flugzeugs, das hier fehl am Platz wirkte und eher in ein Museum gepasst hätte. Vielleicht fand eine Flugschau statt, als Vorwand für den gefährlichen Einsatz eines derartigen Fossils der Lüfte. Denn was hätte sonst eine über hundertjährige dreimotorige Junkers 52 mit ihrer Wellblechhülle auf diesem topmodernen Flughafen zu suchen gehabt?

Etwas über fünfzig Kilometer trennen die Stadt Kehl vom Schliffkopf. Der Wagen, der mich dorthin brachte, fuhr die kurvige Strecke mit niedriger Drehzahl in einer trüben Suppe aus immer dichterem Schneetreiben und Nebel. Den ungewöhnlichen Anblick der grauen JU 52 vor dem ebenso grauen Hangar hatte ich rasch vergessen. In dem Unwetter, das sich ankündigte, empfand ich das kleine bisschen Schwarzwald, das ich durchs Fenster sah, als umso malerischer. Ich hatte mir den Schwarzwald dunkel und kalt vorgestellt, die Landschaft gespickt mit Felsbrocken und Tannen, dem Baum, der die Wälder dort beherrscht. Ich wurde nicht enttäuscht. Mein langweiliger Vorort – wie weit weg er war und wie wenig ich ihn gerade vermisste! Die Fahrt, die eigentlich gar nicht so lange war, hätte von mir aus ewig dauern können: Ich war woanders und gar nicht unglücklich darüber.

Wir fuhren über die Grenze – so musste man es wohl nennen, jedenfalls sah es ganz danach aus. Je näher wir unserem Ziel kamen, desto dichter fiel der Schnee. Inmitten des Schneetreibens entdeckte ich eine Bilderbuch-Grenzstation. Stacheldraht war von der einen zur anderen Seite der verbarrikadierten Straße gezogen, auf der eine enge Durchfahrt mit Verblendungen errichtet worden war. Als wir vorfuhren, traten zwei Wachen mit Helmen und langen grauen Mänteln aus der Grenzstation. Während der eine meine Papiere kontrollierte, hielt sich der andere – es war kaum zu glauben – im Hintergrund, die Waffe geschultert. In diesem nun beinahe vereinten Europa ließ das nagelneue, winzige Fürstentum Schliffkopf die Sitten vergangener Zeiten wiederaufleben und bewachte seine Grenze mit militärischen Mitteln!

Die Grenzkontrolle wurde, da ich Ausländer war, zwar eindeutig mit erhöhter Aufmerksamkeit durchgeführt, dauerte aber nur kurz. Mein Chauffeur kannte die Wachposten. Von ihm verlangten sie nichts, und als sie uns passieren ließen, machte er ihnen geistesabwesend ein kleines Zeichen. Wir fuhren weiter, und er trommelte fröhlich den Dreivierteltakt irgendeines Walzers auf das Armaturenbrett, ich dagegen war ganz in Gedanken versunken. Das Fürstentum nahm es also genau mit seinem Statut als souveräner Staat. Doch wie weit reichte diese Souveränität? Ich hatte bereits festgestellt, dass es eigene Briefmarken gab – na gut, das ist das Mindeste für einen Staat. Prägte er auch eine eigene Währung? Unterhielt er eine Armee, außer den Grenzposten, mit denen ich gerade zu tun gehabt hatte? Jedenfalls beglückwünschte ich mich mehr denn je, die Einladung angenommen zu haben. Anstatt mich während Brunos Abwesenheit zu Hause zu Tode zu langweilen, erlebte ich da gerade etwas, das einem Abenteuer glich. Ich machte es mir auf der Rückbank des Autos bequem, voller Vorfreude darauf, wie es weiterging.

Als wir uns der Hauptstadt von Schliffkopf näherten, waren wir vollends in einen Schneesturm geraten. Außerdem brach auch die Nacht herein. Im Schneegestöber und der immer größeren Finsternis konnte ich draußen beinahe nichts mehr erkennen. Mein Chauffeur hatte die Scheinwerfer eingeschaltet, deren Lichtkegel kaum das Halbdunkel durchschnitten, in denen die Flocken in allen Richtungen wie verwirrte Schmetterlinge taumelten. Wir fuhren in die Stadt, ohne dass ich irgendetwas anderes erahnen konnte als eine Reihe von Gebäuden zu beiden Seiten eines breiten Boulevards. Schließlich beschrieb der Wagen eine Kurve um einen Platz, der mir riesig vorkam, und fuhr dann an einer Vorhalle entlang, die mit gläsernen Wächterhäuschen gesäumt war. Jenseits der Vorhalle lag ein riesiger Innenhof, den unzählige Straßenlaternen umgaben, deren Lichtkreis wie ein nebliger Heiligenschein wirkte. Der Wagen fuhr quer über den Hof und blieb am Fuß einer gigantischen Treppe stehen. Wir waren da! Während der Chauffeur ausstieg, um mir die Wagentür aufzumachen, eilte ein Portier mit einem Schirm in der Hand die Stufen herab. Er hielt ihn mir über den Kopf und bat mich in nur leicht deutsch gefärbtem Französisch, ihm zu folgen. Der Chauffeur kümmerte sich um mein Gepäck. Mit dem verwirrenden Gefühl, plötzlich zu einer wichtigen Persönlichkeit geworden zu sein, stieg ich die Granitstufen hinauf. Das Vestibül mit seinen hohen Glastüren verblüffte mich sowohl durch seine Pracht als auch durch die schiere Größe und die Deckenhöhe. In schätzungsweise zwanzig Metern hing ein kolossaler Lüster mit tausend Glühbirnen von der Decke, die sich in ebenso vielen Kristallanhängern spiegelten. Beinahe taumelnd schritt ich vorwärts, ganz geblendet von so viel Licht nach der Fahrt von Kehl her, die beinahe vollständig im dichten Nebel verlaufen war. Das Vestibül in Form einer Rotunde war mit hohen Marmorsäulen verziert, auch der Boden war aus Marmor. Die Fliesen waren abwechselnd in Granit, Gold, Weiß und Schwarz gehalten. Ein Mann schoss aus einer Seitentür, stürzte mir entgegen und entließ den Schirmträger mit einem Handzeichen.

»Monsieur Mercier! Herzlich willkommen!«, sagte er und verneigte sich. Hoffentlich hatten Sie eine gute Reise. Mein Name ist Anton Pölzl …«

Ich hatte es also mit dem Generalsekretär der Staatskanzlei persönlich zu tun. Meine Reise sei bestens verlaufen, erwiderte ich leicht verdattert.

»Wie Sie sehen, haben wir hier auf der Schwarzwaldhochstraße tiefsten Winter«, fuhr er fort und deutete auf den Schneesturm hinter den Glastüren des Vestibüls, die sich wieder geschlossen hatten. »Es scheint sich aber nur um ein vorübergehendes Intermezzo zu handeln. Die Wettervorhersage für die Festivitäten ist nämlich gut. Herrlichstes Winterwetter, wie wir es hier in Deutschland früher immer hatten: eine dicke Schneedecke und dazu strahlenden Sonnenschein! Uns steht eine großartige Zeit bevor! Aber sicherlich möchten Sie sich zunächst ein wenig erholen. Ihre Gemächer stehen bereit. Sie finden dort alle Annehmlichkeiten, außerdem das Programm für den morgigen Tag. Heute Abend bittet Sie der Herr Kanzler, sein Gast bei Tisch zu sein. Es ist nur ein intimes Abendessen, ohne Protokoll, aber … legen Sie ruhig trotzdem Abendgarderobe an«, schloss er mit einem Lächeln.

21

Meine Gemächer, mein Programm und vor allem die Einladung zum Abendessen mit dem Herrn des Schliffkopfs … Erneut befiel mich der Verdacht, dass ich Opfer einer Verwechslung geworden war. Doch wie kam ich jetzt noch aus der Sache heraus? Anton Pölzl zog mich zu der Edelstahltür eines Aufzugs, der zwischen zwei Säulen geklemmt war. Der Chauffeur folgte mit meinem Koffer. Selbst die Aufzugkabine war in der pompösen Ästhetik des gesamten Gebäudes gehalten. Ein Moai von der Osterinsel hätte sich dort sehr wohlgefühlt.

Anton Pölzl drückte auf den Knopf für die dritte Etage. Ein paar Augenblicke darauf betrat ich hinter ihm eine Suite, deren luxuriöse Ausmaße und Opulenz mich in Erstaunen versetzten. Überall Marmor, Onyx, Vergoldungen, schwere Tapeten, dicke Teppiche, Leder und Mahagoni, und in jedem der drei Zimmer der Suite ein Blumengebinde wie in der Garderobe einer Operndiva. Der Generalsekretär zeigte mir meine Bleibe mit der größten Liebenswürdigkeit. Nachdem er mich darüber in Kenntnis gesetzt hatte, dass ich um acht Uhr abgeholt würde, verabschiedete er sich mit einem letzten Bückling und ließ mich allein. Ich sah mir auf der Stelle das Programm für den Folgetag an. Es war etliches geplant, ein festlicher Umzug, die feierliche Proklamation, ein Ball, ein Fackelzug, all dies durchwoben von Banketten und Cocktailempfängen … Als miserabler Tänzer, der ich war, beschloss ich, auf den Ball zu verzichten. An allem anderen wollte ich gerne teilnehmen, schien es mir doch ein kleines Opfer im

Vergleich zu den beiden Erholungstagen im Schwarzwald, die mich erwarteten.

Das Stündchen, das mir gewährt worden war, nutzte ich, um zu duschen, mich erneut zu rasieren, meinen bescheidenen Reiseanzug gegen einen etwas eleganteren einzutauschen, den ich am Vortag aus der Reinigung geholt hatte, und meine Schuhe nochmals zu putzen. Als ich um Punkt acht Uhr abgeholt wurde, um zu den Privaträumen des Kanzlers geführt zu werden, war ich gerade fertig. Ich folgte einem Hausdiener mit übertriebenem Gehabe durch eine Flucht von Gängen, so breit wie Alleen. Der graue Anzug, den er trug, schien mir besser geschnitten und von besserer Stoffqualität zu sein als der meine. Ich hatte mir nie viele Gedanken über meine Stellung in der Welt gemacht. Ich war ein ganz normaler Universitätsprofessor, und damit war meinem Ego Genüge getan. Heute Abend jedoch, als ich über die mit scharlachroten Läufern ausgelegten Flure hinter dem einschüchternden Diener hertrottete (der nicht nur besser gekleidet war, sondern auch noch gut aussah und beeindruckend groß war, was zu seinem Äußeren hervorragend passte), wurde ich mir meiner Minderwertigkeit auf einmal voll bewusst. Ich sah mich plötzlich als grauen, schlecht gekleideten Niemand, dem jegliche Eleganz und Weltläufigkeit fremd waren. Schließlich gelangten wir zu einer großen Vorhalle. Die Wände zierten Gobelins mit mittelalterlichen Motiven. Im Vorübergehen erkannte ich Heinrich I., der in jener Episode dargestellt war, der er seinen Beinamen »der Vogler« verdankte. Auf einer Jagdpartie, einen Falken am Lederhandschuh, hatte er erfahren, dass er vom Reichstag in Fritzlar nach dem Tod Konrads I. von Ostfranken zum Thronfolger bestimmt war. Ich sah darin eine Bestätigung der Wertschätzung, die Heinrich der Vogler in diesen Breiten genoss, und folgte dem Diener bis zu einer hohen Bronzetür mit zwei Flügeln. Zwei Wachposten in Militäruniform sicherten sie, auch sie von beeindruckendem Auftreten und Prunk, mit perlgrauen Uniformen, weißen Handschuhen und glänzenden Helmen. Ein paar Meter weiter rechts stand ein Schreibtisch, von dem sich ein Amtsdiener mit Goldkette erhob. Nachdem er sich meiner Identität versichert hatte, öffnete er den einen Türflügel und ging voraus, um mich anzukündigen. Dann trat er zur Seite und ließ mich allein in den Speisesaal eintreten. Weit, sehr weit entfernt, so schien mir, denn ich musste eine beträchtliche Strecke unter ihren Blicken zurücklegen, saß eine Gruppe von Personen auf einem Sofa und in Sesseln. Im Hintergrund brannte in einem hohen, großen Kamin ein Feuer, dessen Knistern die einzige Unterbrechung des allgemeinen Schweigens war. Ein riesiger wollener Teppich dämpfte meine Schritte, die Unterhaltung, so vermutete ich, war bei meinem Eintreten verstummt.

Ein Mann stand auf und kam auf mich zu. Es war Pölzl, der Generalsekretär. Doch über seine Schulter hinweg hatte ich bereits blondes, beinahe weiß schimmerndes Haar entdeckt, das mein Herz auf einmal schneller schlagen ließ. Das war sie doch nicht etwa, oder? Doch, schrie alles in mir, das war sie, das musste sie sein, die da auf dem Sofa saß. In dem Sekundenbruchteil, der sich daran anschloss, erkannte ich auch den Mann, der neben ihr saß. Ja, das war er. War ich mir bei ihr nicht sofort hundertprozentig sicher, bei ihm war ich es. Marilyn gab es mehrfach; es konnte sich um diejenige handeln, die ich persönlich kennengelernt hatte, oder aber um eine ihrer zahlreichen Doppelgängerinnen. Dolfi dagegen war der Einzige seiner Art auf Erden: das letzte geklonte Exemplar von Adolf Hitler, das noch lebte. Pölzl empfing mich mit einem seiner üblichen Bücklinge und führte mich dann zu den anderen hinüber.

»Herr Kanzler, hier ist Tycho Mercier. Sie kennen einander schon, glaube ich …«

Dolfi nickte und erhob sich, um mich zu begrüßen. Durfte ich ihn noch Dolfi nennen? Dies hier war Adolf Hitler in seinem schrecklichen Glanz, ohne Kopfbedeckung, mit seiner Haartolle und heute auch dem Bärtchen, in brauner Uniformjacke, das NSDAP-Abzeichen an der Krawatte, das eiserne Verdienstkreuz erster Klasse am Revers, die Armbinde … Die Metamorphose beschränkte sich nicht auf das klischeehafte Abbild eines Diktators oder den nachgewachsenen Schnurrbart. Nein, der damals so lasche und gleichsam willenlose Dolfi hatte sich verwandelt. In seinen blauen Augen flackerte ein gebieterisches Feuer, das ich so nie an ihm gesehen hatte. Seine Gesichtshaut wirkte auf einmal straffer. Gut möglich, dass nicht er allein für diesen Wandel verantwortlich gemacht werden konnte. Man hatte ihm vermutlich dabei geholfen. Man hatte ihn modelliert, um ihn so weit wie möglich dem historischen Vorbild anzunähern. Ich hatte Hunderte von Fotos studiert und zig Wochenschauberichte über ihn gesehen. Die Übereinstimmung war beängstigend. Dokumentationswissenschaftler oder Historiker hatten zweifellos daran mitgewirkt. Das hier ging weit über eine bloße physische Ähnlichkeit hinaus. Es war alles da, die Statur, die Gesichtszüge, der Haarschnitt und das Bärtchen, die schlichte braune Kleidung, das Eiserne Kreuz, das Abzeichen, aber das war alles nicht das Eigentliche. Es war gewissermaßen so, dass nun auch der Geist des Führers im Körper Dolfis hauste.

Er deutete ein Lächeln an und streckte mir die Hand entgegen. Ohne es zu wollen, zögerte ich unmerklich. Ihm schien es nicht aufzufallen, oder konnte er sich nicht vorstellen, welches Entsetzen sein neues Aussehen bei mir hervorrief?

»Monsieur Mercier, ich freue mich, Sie wiederzusehen«, sagte er.

Auch seine Stimme hatte sich verändert. Sie klang spröder und selbstsicherer als vorher, hatte aber nach wie vor jenen schweren teutonischen Akzent.

»Das Schicksal hat sich gewendet, wie Sie sehen«, sagte er dann, indem er den Blick durchs Zimmer schweifen ließ,

»aber ich habe nichts aus der Vergangenheit vergessen, nichts von dem, was ich Ihnen schulde… Seien Sie mir herzlich willkommen auf dem Schliffkopf!«

Er hatte meine Hand nicht losgelassen und schüttelte sie die ganze Zeit, während ich mich in verlegenen Dankesbekundungen erging. Es stimmte ja: Indem ich ihn nicht zu Heavy Friends brachte und stattdessen bei mir aufnahm, um ihn mit Rasenmähen und Heckenschneiden zu beauftragen, hatte ich ihm das Leben gerettet. Er war mir dankbar… Im Grunde hatte er doch ein gutes Herz, redete ich mir ein. So erschreckend die Ähnlichkeit mit dem Führer war, so hatte ich es trotz dieser Verkleidung doch mit demselben Wesen wie vor fünf Jahren zu tun: einem einfachen Klon. Ich hatte Mühe, mich davon zu überzeugen. Zumindest in einem Punkt war ich mir jetzt sicher: Es handelte sich nicht um eine Verwechslung. Ich war nicht zufällig hier. Dolfi, von Gentschel und seinen Fantasievorstellungen an die Spitze des neuen Staates katapultiert, wollte, dass ich seinem Triumph beiwohnte. Oder hatte Marilyn die Idee dazu gehabt? Anscheinend hatte sich das Paar wieder gefunden… Dolfi (ich nannte ihn heimlich weiterhin so) fasste mich vertraut beim Ellbogen und führte mich zu ihr hinüber. Anton Pölzl folgte uns mit etwas Abstand.

»Hier ist noch jemand, den Sie kennen«, sagte Dolfi. »Sie ist mittlerweile meine Frau.«

Ich blinzelte bei dieser Neuigkeit. Einen winzigen Augenblick lang überlagerte das Bild Eva Brauns dasjenige Marilyns. Zu der Zeit, als der Fortschritt der Biotechnologie das Duplizieren bestimmter wichtiger Persönlichkeiten der Geschichte ermöglicht hatte, war es nicht gelungen, Hitlers Gefährtin zu klonen, da das entsprechende Genmaterial nicht vorhanden war. Versucht hätte man es sicherlich, denn es gab sehr wohl einen Markt für dieses Produkt, und viel Geld stand auch auf dem Spiel.

Als ich näher trat, stand auch Marilyn auf. Ein älteres Paar, das zwei der Sessel belegt hatte, blieb sitzen. Der durchbohrende Blick des Mannes in einem von tiefen Rillen durchzogenen Gesicht, das an eine zerfurchte Ledermaske erinnerte, hätte unter normalen Umständen sofort meine Aufmerksamkeit beansprucht, doch ich hatte nur Augen für Marilyn. Ihre Schönheit raubte mir den Atem. War das dieselbe Marilyn, die ich vor einiger Zeit in ihrem düsteren Elendsquartier beim Bügeln überrascht hatte, verbraucht und verbittert? Ihre Schönheit war neu entflammt. Sie sah umwerfend aus in ihrem roten Seidenkleid mit dem weiten Ausschnitt, zu dem ihre milchweiße Haut einen prächtigen Kontrast bildete. Ich näherte mich ihr noch ein Stück und sah, dass sie kein Halsband trug. Ein wunderschönes Perlencollier über ihrem Dekolleté ließ die Stelle frei, an der eigentlich eine Matrikelnummer hätte eintätowiert sein müssen. Das Geheimnis, das sie um jeden Preis hatte verbergen wollen, war hier allgemein bekannt … Die Gefährtin des Kanzlers war ein illegaler Klon, und das hier war Bassompierres Marilyn, kein Zweifel, die, mit der ich einige Wochen lang Tisch und Bett geteilt hatte … Sie lächelte mich an und hielt mir die Hand zum Kuss hin. Ich berührte sie mit den Fingerspitzen und neigte mich darüber. Obwohl nicht besonders in Etikette bewandert, wusste ich, dass es sich beim Handkuss nur um eine angedeutete Geste handelt und die Lippen die Hand der Dame nicht berühren dürfen. Dennoch musste ich mich sehr zurückhalten, um diese hier, so weiß und weich, nicht über und über mit Küssen zu überschütten.

»Wie schön, Sie wiederzusehen, Monsieur Mercier!«, sagte sie, als ich mich wieder aufrichtete. »Wir sprechen oft von Ihnen. Ihr Sohn Bruno muss mittlerweile schon ein richtiger junger Mann sein!«

»Ja, er ist ganz schön groß geworden«, erwiderte ich.

»Ist er noch immer so erpicht auf Geschichte?«, erkundigte sich Dolfi.

Ich glaubte, eine leichte Ironie aus seinen Worten herauszuhören. Erinnerte er sich daran, dass er bei den digitalen Kriegsspielen mit Bruno meistens verloren hatte?

»Ja, immer noch, und ich glaube, er wird mal auf meinen Spuren wandeln!«, sagte ich.

»Ich erinnere mich an ihn als einen sehr gebildeten Jungen«, fügte Dolfi hinzu. »Auf dem Schliffkopf wird schon bald ein Studien- und Dokumentationszentrum errichtet werden. Wer weiß, vielleicht kommt Ihr Sohn in ein paar Jahren hierher und schreibt an seiner Doktorarbeit – je nachdem, welche Epoche er sich als Thema aussucht.«

»Dieses großartige Projekt liegt dem Herrn Kanzler sehr am Herzen«, warf Anton Pölzl ein. »Das Studienzentrum hat sich insbesondere die Förderung der Neubewertung der europäischen Geschichte des zwanzigsten Jahrhunderts auf die Fahnen geschrieben …«

Genau in dem Augenblick stellte sich in meinem Gehirn eine Verbindung zwischen zwei Neuronen her, die bislang blockiert gewesen war. Die vage Erinnerung, die ich mit dem Namen des Generalsekretärs verknüpfte, seit ich ihn in der Fußzeile des Einladungsschreibens entziffert hatte, nahm auf einmal Kontur an. Es wäre vermessen gewesen zu behaupten, dass ich ihn sofort hätte zuordnen können, aber nun verband er sich mit einem weiblichen Vornamen. Klara. Klara Pölzl. Die dritte Frau eines Zollinspektors namens Alois Hitler war niemand anders als die Mutter des »Führers«. Wahrscheinlich bloßer Zufall! Dieser Nachname war sicherlich recht häufig, in Deutschland wie auch in Österreich – Klara Pölzl stammte ja aus Oberösterreich.

»Wir werden uns zu gegebener Zeit darum kümmern, Bruno einen Aufenthalt hier bei uns zu ermöglichen und zu erleichtern, beispielsweise in Form eines staatlichen Stipendiums«, sagte Dolfi und warf einen Blick zu Anton Pölzl hinüber, den dieser sofort mit einem Nicken erwiderte.

Ich hatte keine Zeit, länger darüber nachzudenken. Meine Gastgeber führten mich zum Kamin, wo die beiden Alten saßen. Dolfi schien seit unserer letzten Begegnung einen umfassenden Benimmunterricht erhalten zu haben. Er stellte die Anwesenden einander mit einer Gewandtheit vor, zu der der Halbwilde damals unfähig gewesen wäre. Ich musste mich schwer zusammenreißen, damit mir nicht die Kinnlade herunterklappte, als ich erfuhr, wer die beiden alten Leute waren: das Ehepaar Gentschel! Einer der reichsten und damit zugleich einflussreichsten Männer der Welt und seine Gattin. War Gerta Gentschel eine Schönheit gewesen? Vielleicht. Heute ließ sich das nicht mehr beurteilen. Nach hundert Schönheitsoperationen hatte sie nur noch entfernt etwas Menschliches an sich. Sie lächelte derart verbissen, dass ich befürchtete, dass dies der einzige Gesichtsausdruck war, den sie noch im Repertoire hatte. Ihr Lächeln war wie versteinert und löste sich wahrscheinlich erst nach ihrem Tod wieder, wenn die erstarrten Muskeln wie mürbe gewordene Gummis zerbröselten. Er, zweifellos weniger retuschiert als sie, hatte sich eine größere Beweglichkeit der Gesichtsmuskeln bewahrt. Seine Züge wirkten natürlicher als die seiner Partnerin. Bei ihm konnte man sich immerhin noch vorstellen, wie er wohl in seiner Jugend ausgesehen haben mochte. Vermutlich wie eine Hyäne! Ich glaubte zu verstehen, weshalb er seit Langem verboten hatte, ihn zu fotografieren. Sicher war es in seinem Fall nicht sehr angenehm, wenn es Hinz und Kunz erlaubt ist, sein Konterfei zu nutzen. Das erklärte die Operationen, deren Spuren noch sichtbar waren, bis es schließlich zu einem definitiven Verbot kam. Ich hatte mich vor meiner Abreise über ihn informiert. Er hatte beschlossen, sein Gesicht nur noch seinen Angehörigen und Untergebenen zu zeigen, und daher sämtliche Fotos von sich aufgekauft. Er untersagte, weitere von ihm zu machen, und zerrte jeden vor Gericht, der das Verbot unterlief. Sein unermessliches Vermögen hatte ihn zu einer solchen Razzia und diesen Vorsorgemaßnahmen befähigt. Das seit Jahrzehnten andauernde Bilderembargo hatte aus diesem Herrscher der Welt fast so etwas wie einen unsichtbaren Gott gemacht. Als ich mich linkisch vor dem Paar verneigte, schien Gerta noch breiter zu lächeln. Aber nein, ihre freudige Miene war ja längst zur Grimasse erstarrt. Reinhard Gentschel hob die knochige, zitternde Hand ein wenig, um mich zu begrüßen.

»Sehr erfreut, Monsieur Mercier, ja, ich bin wirklich sehr erfreut, dass sich mir endlich die Gelegenheit bietet, Ihnen zu danken …«

Er sprach akzentfreies Französisch, mit einer durchs Alter gedämpften, aber ehemals volltönenden Stimme. Wie alt mochte er wohl sein? Die Fortschritte der präventiven und der kurativen Medizin, gepaart mit den Möglichkeiten der Biotechnologie hatten die Alterspyramide ausgehebelt. Seit einem halben Jahrhundert war die Zahl der über Hundertjährigen sprunghaft angestiegen, doch wie lange die Günstlinge des Schicksals tatsächlich lebten, wusste man noch nicht. Hundertzwanzig, hundertdreißig Jahre vielleicht … Oder noch mehr? Alles war möglich. Die durchschnittliche Lebensdauer war unwiderruflich gestiegen. Was nun die längste Lebensdauer betraf, so hüteten sich diejenigen, die davon profitierten, damit anzugeben. Die ihnen unterstellten Medien hielten sich ebenfalls zurück und machten nur vage Angaben. Die Gentschels waren alt, aber wie alt genau? Wann war Reinhard zur Welt gekommen? Wie sah die Welt damals aus, als er sie zum ersten Mal erblickte? Wessen Zeitgenosse war er, bevor er meiner wurde?

»Ohne Sie, Monsieur Mercier, hätte dem Schliffkopf das Wichtigste gefehlt«, sagte er dann mit seiner belegten Stimme. »Sie haben mir zur Erfüllung meines letzten Traums verholfen.«

Einen Augenblick lang war ich sprachlos, weil mir nicht

gleich klar war, worauf er anspielte. Aber es war nicht schwer zu erraten. Meine einzige tatsächliche Verbindung zu dem neuen Staat Schliffkopf bestand darin, Dolfis Herrschaft dort ermöglicht zu haben, indem ich ihn vor dem Liquidierungszentrum bewahrt hatte. Während ich nach einer Antwort auf diese Dankesbekundungen suchte, kam ein Butler auf Anton Pölzl zu und flüsterte ihm etwas ins Ohr. Damit zog er die Aufmerksamkeit der Anwesenden auf sich und half mir aus der Verlegenheit. Der Generalsekretär nickte und lud uns zu Tisch. Er half Reinhard Gentschel aus dem Sessel, Marilyn stützte Gerta Gentschel. Dolfi führte den kleinen Festzug quer durch den Raum an und geleitete uns zu einem Tisch vor einer verglasten Terrasse, die nun aber in tiefer Nacht dalag. Es hatte beinahe aufgehört zu schneien. Manchmal wirbelte eine Windbö eine Handvoll Flocken gegen die Fensterfront, die einen Augenblick glitzerten, bis sie wie Flugasche verwehten. Wir waren sechs Personen, jeweils drei saßen zu beiden Seiten des üppig gedeckten Tischs. Neben jedem Teller standen handbeschriebene Tischkärtchen. Dolfi saß zwischen Marilyn und mir, ihm gegenüber saß Reinhard Gentschel zwischen Gerta und Anton Pölzl. Ein plötzliches Gefühl der Unwirklichkeit ergriff mich. War das hier ein Traum? Aber im Traum hätte ich mir diese Frage nicht gestellt. Es war also keiner. Ich musste das, was ich da erlebte, für bare Münze nehmen. Man servierte uns exquisite Speisen, auf deren Geschmack ich jedoch kaum achtete. Reinhard Gentschel hatte das Wort ergriffen. Der Historiker in mir hörte ihm gebannt zu. Dieser tattrige Alte, den ein Windstoß da draußen fortgeweht hätte, besaß mehr Macht als jedweder Monarch, Diktator oder Eroberer vergangener Zeiten. Sein anonymes Reich erstreckte sich über den gesamten Erdball. Über Regierungen und Völker und ihre Wünsche konnte er nur lachen. Staatschefs zog er entweder über den Tisch, oder er machte sie zu Sklaven. Die öffentliche Meinung formte er nach seinen Wünschen, wenn er sie nicht sowieso missachtete. Jeder Wähler, ob er für dieses oder jenes stimmte, diesen oder jenen an die Macht brachte, wählte im Grunde immer nur ihn. Er hielt politische Überzeugungen und philosophische Systeme, Ideologien wie auch Religionen schlicht und ergreifend für Kindergebrabbel. Doch warum, so fragte ich mich, begnügte er sich dann mit einem Zwergenstaat wie dem Schliffkopf, wo er doch quasi über die ganze Erde herrschte, deren Bewohnern er nichts als das bloße Eigentum überlassen hatte? Genau das wollte er mir gerade erklären. Weiß Gott, weshalb ausgerechnet mir. Vielleicht weil er wusste, dass es mit ihm bald zu Ende ging und er das Bedürfnis spürte, sich jemandem anzuvertrauen, egal – oder fast egal, wem? Oder weil ich Dolfis Existenz gerettet hatte, von der sein letztes Projekt zu einem großen Teil abhing. Weil ich Historiker und er völlig geschichtsversessen war. All das trug wohl dazu bei. Jedenfalls schüttete er mir an jenem Abend zum Erstaunen seiner Frau und seines Generalsekretärs sein Herz aus. Diese beiden wagten seine Beichte nicht zu unterbrechen, die sie verwirren musste, auch wenn sie vermutlich nichts Neues erfuhren. Dolfi und Marilyn dagegen schienen ihm so blind ergeben, dass sie nicht einmal auf seine Worte achteten. Sie waren nur Statisten. Sie aßen, nickten ein paarmal zustimmend und warfen von Zeit zu Zeit eine beiläufige Bemerkung ein. Ich begriff, dass sie dressiert waren. Anfangs hatte ich geglaubt, ihr neu gewonnener Elan sei das Ergebnis einer echten Metamorphose, doch es waren eben doch nur zwei Klone: Sie besaßen von Geburt an keine besonderen Gaben, verfügten von Natur aus über keinerlei eigenständiges Urteilsvermögen, wurden aufgezogen wie kostbare Haustiere.

22

»Na, Herr Mercier, für wie alt halten Sie mich? Haben Sie keine Angst, danebenzuliegen, seien Sie ganz offen, ich bin da überhaupt nicht eitel!«

Es kommt häufig vor, dass Personen, die bei guter Gesundheit ein hohes Alter erreicht haben, ihre Umgebung mit Fragen dieser Art behelligen, um so das Erstaunen jüngerer Gesprächspartner hervorzurufen. Nun war Gentschel wahrhaftig nicht mehr taufrisch, er hatte ja selbst von seinem »letzten Wunschtraum« gesprochen. Aber was sollte ich da antworten? Schätzte ich ihn älter, als er war, wurde er sicher wütend, und dann würden alle Gäste darunter zu leiden haben. Lag ich jedoch zu weit darunter, galt ich als Speichellecker. Die Anwesenden sahen mich erwartungsvoll an. Ein spöttischer Zug umspielte Pölzls Lippen. Gerta Gentschel lächelte weiter von einem Ohr zum anderen. Dolfi mimte Aufmerksamkeit, und Marilyn träumte vor sich hin. Reinhard Gentschel sah mich mit zusammengezogenen Brauen durchdringend an.

Ich beschloss, aufrichtig zu sein, aufrichtiger, als ihm vielleicht lieb war.

»Schwer zu sagen, denn ich vermute mal, dass Sie von sämtlichen wissenschaftlichen Errungenschaften profitiert haben …«

»Selbstverständlich, selbstverständlich!«, schnarrte er. »Aber nun raten Sie doch mal, keine falsche Bescheidenheit!«

»Hm, ich würde sagen … hundertzwanzig?«

Eine Grimasse der Zufriedenheit verknitterte sein Gesicht noch mehr.

»Fast, mein Lieber. Schlagen Sie noch zehn Jahre drauf, und Sie haben es beinahe erraten.«

Er war über hundertdreißig Jahre alt und wirkte noch keinesfalls dem Tode nahe. Ich beglückwünschte ihn zu seinem guten Gesundheitszustand, denn das war es offensichtlich, was er hören wollte.

»Kompliment! Sie halten da vermutlich den Weltrekord …«

»Das behaupten zumindest meine Ärzte, und ich glaube ihnen – schließlich kosten sie ja ziemlich viel Geld! Was sie mir allerdings verschweigen, was ich aber sehr wohl spüre, ist, dass es nicht mehr lange dauern wird. Die Medizin hat ihre Grenzen. Sie erweitert sie zwar ständig und wird sich auch in Zukunft noch verbessern, aber für heute und für mich persönlich ist das Maximum erreicht. Ich beklage mich nicht. Ich habe weit länger gelebt, als es mir zustand. Stellen Sie sich vor, Monsieur Mercier, ich wurde 1937 geboren! Nicht weit von hier, in Oberkirch. Meine Kindheit habe ich in Offenburg verbracht. Meine ersten bleibenden Erinnerungen gehen auf die frühen 1940er-Jahre zurück. Sie sind in strahlend helles Licht getaucht. Auch damals hat es sicher ab und zu geregnet, aber in meinem Gedächtnis finde ich nur schöne Tage. Die Sonne strahlte auf die Uniformen und Helme der Soldaten, auf die Banner und Banderolen zum Ruhm des Führers an der Fassade des Rathauses. Deutschland feierte seine Siege. Ich kannte das Wort nicht und hatte keine Ahnung, weshalb sich die Erwachsenen so freuten. Ich war nur ein kleiner Junge, den die Ekstase auf ihren Gesichtern berauschte und der sich für die Musik und die Fanfaren begeisterte. Auf den Schultern meines Vaters sitzend, klatschte ich im Takt, als ich das Defilee vorbeiziehen sah. Das Leben hätte damals, mit diesen glücklichen Bildern, anhalten sollen, denn es war vollkommen. Was für eine Vorstellung von Vollkommenheit haben Sie, Monsieur Mercier? Gab es einen Moment in Ihrem Leben, der es Ihrer Meinung nach verdient hätte, für immer festgehalten zu werden, weil das Morgen nicht mehr schöner zu werden versprach?«

Mir fiel auf die Schnelle kein derartiges großartiges Ereignis ein, aber das spielte keine Rolle, denn Gentschel hatte die Frage nur rhetorisch gemeint und redete schon wieder weiter, ohne eine eventuelle Antwort abzuwarten.

»Natürlich ist die Sonne, die jene Freuden beschien, im Lauf der folgenden Jahre erloschen. Die Fanfaren sind zur Kakophonie entartet, die verbeulten Hörner und zertretenen Pfeifen landeten im Schlamm, zusammen mit den durchlöcherten Helmen und den zerrissenen Fahnen. Die jungen Männer, die ich voller Tatendrang mit vorgewölbter Brust hatte vorbeimarschieren sehen – wie viele von ihnen lebten noch am Ende des Kriegs? Die Gebeine von vielen lagen über ganz Europa verstreut, bis hin zu den Küsten Afrikas und Asiens. Denken Sie manchmal daran, wenn Sie sich eine alte Wochenschau ansehen? Viele, die darin zu sehen sind, haben den Dreh nicht lange überlebt – meist nur ein paar Monate, allenfalls zwei oder drei Jahre. Aber selbst wenn sie den Krieg unversehrt überstanden haben, sind sie heute tot, allesamt! Bis auf mich! Denn schauen Sie, Jahrzehnte später habe ich meine Dokumentalisten die Filme suchen lassen, die damals in jenen glücklichen Tagen in Offenburg gedreht worden waren. Unablässig habe ich sie angeschaut, bis ich mich durch ein Wunder selbst entdeckte. Oder vielmehr entdeckte ich meinen Vater in der Menge in seiner braunen NSDAP-Uniform mit seinem Alte-Kämpfer-Abzeichen auf der Brust. Ja, mein Vater war ein wichtiger Parteigenosse, ein ›Goldfasan‹, wie böse Zungen das nannten. Ich erkannte ihn also, und da saß ja auch ich auf seinen Schultern! In kurzen Hosen, einen kleinen Papierwimpel mit dem Hakenkreuz schwenkend, das musste ich sein! Ich brach in Tränen aus, als ich diese alten, ganz streifigen, fleckigen Schwarz-Weiß-Filme sah. Ich übergab sie einem Labor, ließ sie digitalisieren, restaurieren und kolorieren. Ich wies die Techniker an, sie vor allem aufzuhellen und in jenes Sonnenlicht zu tauchen, das die Kameras von früher meiner Meinung nach nicht hatten einfangen können. Manchmal schaue ich mir die Filme noch an. In großen Abständen, denn ich habe festgestellt, dass ihre Leuchtkraft nachlässt, ihr Zauber, wenn ich das zu oft wiederhole. Möchten Sie sie zusammen mit mir ansehen?«

Gentschel hatte die Gabe, mich jedes Mal in Verlegenheit zu bringen, wenn er mir eine Frage stellte. Ich hatte die Geschichte des »Dritten Reichs« lange studiert, doch die Faszination, die ich für diese schreckliche Zeit empfunden hatte, reichte nicht im Entferntesten an die Begeisterung und die Sehnsucht heran, die aus den Worten des alten Mannes klangen.

»Wir werden morgen sehr eingespannt sein mit den ganzen Festlichkeiten«, fuhr er fort, ohne mir Zeit zum Antworten zu lassen, »aber da Sie ja noch einige Tage unser Gast sind … Ach, die Vergangenheit, die Vergangenheit! Niemand weiß besser als ich, wie schwer sie wiegt, denn schließlich lebe ich ja länger als alle anderen. Sie haben ja keine Ahnung, wie es ist, wenn man so lange lebt!«

Mit einer ausladenden Handbewegung schloss er die gesamte Tafelrunde ein. Er hatte recht, Pölzl und ich, gerade mal in den Fünfzigern, waren im Vergleich zu ihm wahre Grünschnäbel. Und die Klone, wohl in den Dreißigern, zählten erst recht nicht, sie hatten ja kaum etwas erlebt. Als Einzige hätte Gerta protestieren können. Zugespachtelt, vernäht und runderneuert, wie sie war, war sie wohl nur wenige Jahre jünger als er, doch sie reagierte nicht.

»Die Zeit kam mir wie ein langer, langer Korridor vor, der zwischen zwei mit seltsamen Fresken bemalten Mauern verlief, auf denen Masken grimassierten und kreischten, die ich zum größten Teil vergessen habe. Es sind Fetzen meines Lebens, die sie wiederkäuen, Abschnitte eines von heimlichen

Triumphen markierten Wegs, die mir heute nichts mehr bedeuten. Denn alles, was heute für mich zählt, ist dort hinten, am Beginn des Korridors, jener Lichtquell meiner ersten Erinnerungen, die Parade und die Fanfare, die rot-weiß-schwarzen Banner, die Menge, die erfüllt von übermenschlicher Freude dem Führer zujubelt, der aufrecht im Wagen steht. Denn er ist nach Offenburg gekommen, und ich habe ihn mit meinen eigenen Augen gesehen … Ein Gott! Er hatte Deutschland vor dem Abgrund gerettet, hatte allen Arbeit verschafft, innerhalb weniger Wochen den Erzfeind vernichtet und die Schmach des Versailler Vertrags gerächt. Mit meinen drei Jahren wusste ich von alledem nichts, aber ich las seine großen Heldentaten in den Augen meines Vaters …«

Ich wand mich auf meinem Stuhl, während ich mir diese Lobeshymnen anhörte. Gentschels senile Ergüsse waren indiskutabel. Weshalb tolerierte ich sie dann und biss mir auf die Zunge? Ich hätte laut protestieren, aufstehen und gehen sollen. Aber wohin? Pah! Ich hätte meine Suite schon wieder gefunden, und am nächsten Morgen hätte ich die Festivitäten boykottiert und wäre als Persona non grata hinausbefördert worden. Also? Feigheit? Vielleicht. Skandale waren mir schon immer verhasst. Was mich jedoch tatsächlich zurückhielt, einen solchen zu verursachen, war die Neugier. Ich traute meinen Ohren nicht. Wie weit mochte Gentschels Verbohrtheit noch gehen? Langsam wurde mir alles klar. Alles schien auf einen bestimmten Punkt zuzulaufen. Dolfis Anwesenheit als veritabler Reichskanzler deckte sich mit Pölzls Absicht, die »Neuinterpretation der Geschichte Europas im zwanzigsten Jahrhundert zu fördern«. Und dann trug der Generalsekretär ja auch gleich den richtigen Namen! Zunächst hielt ich es für eine simple Namensgleichheit, doch nun kam es mir immer wahrscheinlicher vor, dass es sich tatsächlich um einen Verwandten von Klara Pölzl und damit von Hitler handelte. Dann waren da die permanenten Verweise auf Heinrich den

Vogler, jene germanische Ikone, deren Reinkarnation Heinrich Himmler zu sein glaubte. Und schließlich die Dekoration des Vestibüls der Kanzlei, genau in den Farben des Naziabzeichens, das ich von Marilyn erhalten hatte.

Vielleicht hatte Gentschel mein Missfallen bemerkt. Er beeilte sich, meine unausgesprochenen Einwände zu entkräften.

»Ich weiß, man wirft ihm tausend Dinge vor. Das ist das Los der großen Männer: dass ihnen die Kleinen den Erfolg neiden. Was wollen Sie – Geschichte, das heißt nun mal Blutvergießen. In jeder Epoche fließt es, mal hier, mal da. Man hat dem Führer alles untergeschoben, was zu seiner Zeit passiert ist. Doch dabei vergisst man, dass er nicht nur Krieg geführt hat. Bedenken Sie, was Europa heute ist, und was aus ihm geworden wäre, hätte man ihn sein Werk der Erneuerung vollenden lassen. Doch Sie sind Franzose, Monsieur Mercier, Sie sehen das Problem vielleicht aus einer anderen Perspektive als wir …«

Ich hätte ausholen und ihm eher in meiner Eigenschaft als Mensch, nicht als Franzose widersprechen können, doch ich ließ es bleiben.

»Ja, das ist wohl wahr«, antwortete ich lediglich in reserviertem Tonfall, schwieg dann aber, aus Furcht, mir könne der Kragen platzen.

In dem Augenblick kam ein livrierter Kellner herein und servierte uns eine Platte mit Wildbret. Die angespannte Atmosphäre wurde dadurch entschärft. Als sich der Kellner wieder zurückgezogen hatte, ergriff Gentschel erneut das Wort.

»All das ist weit, so weit … Für mich, aber vor allem für Sie …«

Dann schnitt er plötzlich ein neues Thema an.

»Sagen Sie, wie weit sind Sie eigentlich mit der Arbeit an Ihrem Buch? Selbstverständlich gilt die Einladung, die für Bruno ausgesprochen wurde, auch für Sie! Wenn Sie Ihr Buch in der gesunden Luft des Schliffkopfs und seiner bald bestens ausgestatteten Bibliothek vollenden wollen, bitte sehr, nur zu! Sie sind hier zu Hause, Monsieur Mercier!«

»Das ist sehr freundlich von Ihnen. Meine Arbeit … schreitet voran«, sagte ich und bedauerte wieder einmal insgeheim, dass ich so wenig Energie aufbrachte, um den Schlusspunkt zu setzen.

»Wenn Sie sich zu viel Zeit mit ihrer Fertigstellung lassen, werde ich nicht mehr das Vergnügen haben, sie zu lesen … Oder das Missvergnügen!«, fügte Gentschel mit schalkhaftem Zwinkern hinzu. »Aber alles Schlechte, was über das ›Dritte Reich‹ gesagt werden konnte, ist schon gesagt. Ich glaube nicht, dass Sie dem noch etwas hinzufügen könnten. Seine positiven Aspekte sind dagegen weitgehend unerforscht oder werden zumindest verkannt, denn die Wagemutigen, die darüber schrieben, wurden verteufelt und ihre Arbeiten disqualifiziert.«

Was meinte er bloß mit den »positiven Aspekten«? Sprach er von den zufälligen Nebeneffekten einer blindwütigen Irrsinnsideologie? Die Nazis prangerten als Erste den Nikotinmissbrauch an, das Asbest, diverse chemische Substanzen … Sie waren so eine Art Urökos, das ja, und vielleicht auch noch einiges andere, okay, okay, aber ihre Bilanz war doch eindeutig negativ. Und Gentschel wollte das einfach nicht wahrhaben; ich hatte einen über hundertdreißigjährigen Altnazi vor mir, den Gedanken, die ihm sein Vater eingepflanzt hatte, treu ergeben wie am ersten Tag. Ich hätte ihm Raul Hilberg, Robert Antelme und all die anderen an den Kopf werfen sollen, werfen müssen, die sechs Millionen Juden, von allem Übrigen ganz zu schweigen. Doch wozu? Er war taub für vernünftige Argumente. Eigentlich hätte ich einfach aufstehen und meiner Wege gehen sollen, so wie ich es bei anderer Gelegenheit sicher getan hätte … Wie man versucht, sich anhand der Gestirne zu orientieren, beobachtete ich aus dem Augenwinkel meine Tischgenossen. Gerta lächelte. Na prima. Entweder war sie vollkommen verblödet, oder sie war an das Geschwätz ihres Gatten gewöhnt. Pölzl beäugte mich misstrauisch. Was hatte er hier eigentlich verloren? Es war nicht schwer zu erraten. Seine Herkunft (mittlerweile war ich mir da ziemlich sicher) hatte ihn vermutlich in eine unverhoffte Lage versetzt: Er war eins mit seinem Herrn geworden. Dolfi und Marilyn aßen. Er mit einem gesunden Appetit. Der Wildschweinbraten auf seinem Teller, zu dem er große Schlucke prickelndes Mineralwasser trank, fand ebenso rasch den Weg in seinen Magen wie seinerzeit Madame Bougrats Kaninchenragout. Und dabei war das Original Vegetarier oder behauptete dies zumindest! Und Marilyn? Seit Beginn der Mahlzeit hatten sich unsere Blicke kaum gekreuzt. Ich hatte vor allem auf Gentschel geachtet, der die Unterhaltung dominierte. Sie schien nicht darauf zu achten. Mit abwesender Miene stocherte sie auf ihrem Teller herum und tauchte ab und zu die Lippen in den Nektar in ihrem Kristallglas. Was sie wohl dachte? Was wusste sie von der Vergangenheit, die Gentschel wiederaufleben lassen wollte? Nichts, oder fast nichts. Wir hatten uns nie darüber unterhalten, als sie bei mir lebte. Ich hatte ihr keinen Geschichtsunterricht erteilt! Ich wusste nicht, inwieweit Klone ein Bewusstsein dafür hatten, zur Menschheit zu gehören, und ob sie deren Erinnerungen und damit zugleich deren Hoffnungen und Ängste teilten. Die Art, wie sie zur Welt kamen, war nicht gerade förderlich, sie darin zu bestärken, dachte ich bei mir. Erst produzierte man sie wie Objekte, dann zog man sie wie Haustiere auf, stellte sie wie ein Möbelstück bei sich zu Hause ab, integrierte sie wie Maschinen in die Wirtschaft. Sie hatten tausend gute Gründe, sich sowohl von der Vergangenheit als auch von der Gegenwart der menschlichen Spezies zu distanzieren. Die Kreuzzüge, die Religionskriege, Revolutionen, die Gemetzel des zwanzigsten Jahrhunderts, Auschwitz, Hiroshima und die Folgen von alledem? Pah! Was hatten sie damit zu schaffen, wo man ihnen, noch bevor sie auf die Welt kamen, bei ihrer Entstehung im Reagenzglas, die Muttermilch menschlicher Zärtlichkeit vorenthalten hatte!

Ich versuchte trotzdem, einen längeren Blick Marilyns zu erhaschen. Vergeblich. Dolfi, so wurde mir klar, war das Herzstück von Gentschels Projekt. An die Spitze seines privaten »Dritten Reichs« wollte der Magnat mehr als einen schlichten Doppelgänger des Führers stellen: seine genaue genetische Replik. Dolfi konnte seinerseits geklont werden, Gentschel würde sicherlich ein Testament hinterlassen, das seinen Wunschtraum auch nach seinem Tod weiterleben ließ. Wenn schon kein tausendjähriges, so schuf er doch ein Minireich von unbestimmter Dauer, das immer wieder nachproduziert werden konnte. Marilyn war in diesem Setting nur eine Notlösung, eine Annäherung an Eva Braun – eine falsche Blondine und dazu noch nicht einmal deutsch! Gentschel hätte ohne Probleme etwas Besseres gefunden, wäre da nicht Geli gewesen … Wegen des Kindes, das Dolfi ihr sicher unabsichtlich gemacht hatte, war Marilyn unabdingbar geworden. Sie mochte nicht stubenrein sein, aber als Trägerin von Dolfis Genen war Geli nun einmal heilig.

»Als die A.H.-Serie auf den Markt kam«, fuhr Gentschel fort, »war ich der Erste, der eine Bestellung aufgab. Ich konnte es nicht glauben! Endlich war die Erfüllung meines Traums zum Greifen nah! Die Vergangenheit wiederauferstehen zu lassen, nicht als Film, nicht als Theaterstück, sondern in der Realität … Können Sie sich ein höheres Ziel vorstellen? Zunächst versuchte ich, die ganze Serie zu kaufen: alle zwölf! Der Gedanke, dass ein Doppelgänger dieses großartigen Mannes vulgären und womöglich rachsüchtigen Käufern ausgeliefert sein könnte, war mir unerträglich. Wie Sie wissen, waren meine Befürchtungen nur zu berechtigt. Einige wurden grausam gequält, ermordet. Andere wurden liquidiert, nachdem eine bestimmte Lobby einen sofortigen Rückruf aller in Umlauf befindlichen Modelle erwirkt hatte. Ich wollte sie alle und hätte sie auch alle in Sicherheit gebracht, wenn nicht diese idiotische Regelung mich daran gehindert hätte. Ich bekam nur einen. Leider ertrank er, als er im Sommer im eiskalten Wasser eines unserer Bergseen badete. Verzweifelt beauftragte ich daraufhin Pölzl, nach einem möglichen Ersatz zu fahnden. Von unserem französischen Büro erfuhr ich, dass es nur noch zwei A.H.s in freier Wildbahn gab. A.H.8 haben unsere Korrespondenten leider nicht mehr rechtzeitig aufgespürt. Er war im Besitz eines Swingerklub-Betreibers, der ihn schlug und zu erniedrigenden Handlungen zwang, worauf er eines Tages entflohen war. Seitdem führte er ein erbärmliches Leben als Obdachloser.«

Ich sah das Bild des bärtigen Stadtstreichers wieder vor mir, den ich bei meinem Besuch im Liquidierungszentrum hatte sitzen sehen.

»Da dieser also nicht mehr infrage kam, blieb nur noch … der Ihrige!«, sagte Gentschel. »Wir waren ihm auf der Spur. Als er zusammen mit seiner Gefährtin die Flucht ergriff und die Polizei bei Ihnen auftauchte, schwanden meine Hoffnungen vollends.«

Ich wollte einwenden, dass Marilyn in dem Augenblick keineswegs die Gefährtin Dolfis war, sondern recht besehen die meine. Sie waren Schicksalsgenossen, mehr nicht! Ich behielt diese Bemerkung dann aber doch lieber für mich.

»Wie haben Sie sie denn ausfindig gemacht?«, fragte ich.

»Die Spurensuche hat lange gedauert: fast drei Jahre! Ich glaubte schon nicht mehr an einen Erfolg, als man mir einen Wink gab, ein Doppelgänger des Führers sei bei einem Treffen von Neonazis gesichtet worden. Ich begriff sofort, dass der angebliche Doppelgänger in Wirklichkeit ein Klon war, der letzte Überlebende der Serie. Als er auf der Straße hauste und von Abfällen lebte, war ihm ein Mitglied dieser Gruppe begegnet, die Ähnlichkeit hatte den Mann frappiert. Das ist durchaus bemerkenswert, wie Sie wissen, denn der Führer durchlebte ja in seiner Jugend etliche schwierige Phasen, in Wien, vor dem Ersten Weltkrieg. Jedenfalls sprach der Mann ihn an, sie freundeten sich an, und er stellte ihn seinen Freunden vor. Seitdem zeigte sich A.H. bei den Geheimtreffen der extremen Rechten immer in Uniform und rief durch sein Auftreten jedes Mal großen Jubel hervor.«

Ich tastete nach der Kopie des Abzeichens in meiner Hosentasche. Sicher war dasjenige, das Dolfi heute trug, tatsächlich aus Gold. Vielleicht hatte sich Gentschel auch das echte, authentische Abzeichen Nummer eins beschafft, das Hitler Magda Goebbels während der letzten Augenblicke der Tragödie geschenkt hatte, kurz bevor sie tief unten im Bunker ihre sechs Kinder vergiftete. Auf jeden Fall deckten sich Gentschels Enthüllungen mit den Worten Marilyns an jenem Abend, als ich ihr das Abzeichen abgekauft hatte. Dolfi war schließlich im Zuge seines Wanderlebens auf eine Bande Hitler-Anhänger gestoßen, die ihn für sich reklamiert hatte.

»Schnelles Handeln war geboten«, fuhr Gentschel fort. »Wir waren nicht die Einzigen, die hinter A.H. her waren. Es gab auch die Beamten des Liquidierungszentrums und natürlich auch eine gewisse Lobby ...«

Wie schon zuvor, als er die »Lobby« erwähnte, ließ Gentschel im Unklaren, wen er damit meinte. Dennoch war klar, dass er sich auf jene »Interessenvertretung ethischer – oder ethnischer – Grundsätze« bezog, deren Mitarbeiter mich vor Kurzem auf der Straße angesprochen hatte.

»Ich packte den Stier also bei den Hörnern! Erinnern Sie sich noch, Herr Reichskanzler«, sagte der Greis und sah dabei zu Dolfi hinüber, »dass ich Sie entführt habe, als Sie gerade wieder einmal vor diesen tätowierten, besoffenen Glatzköpfen einen Vortrag hielten? Es war im Interesse der Sache! Ab morgen werden Sie hier eine Zuhörerschaft haben, die Ihrer würdig ist. Haben Sie Ihre Antrittsrede parat?«

23

Dolfi nickte. Wie ein Kind, das etwas auswendig Gelerntes vorträgt, gab Dolfi die ersten Sätze der Rede zum Besten. Es war klar, dass nicht er selbst die Rede geschrieben hatte, sondern jemand anders, Gentschel vielleicht? Befriedigt brach dieser kurz darauf die mündliche Prüfung ab.

»Sehr schön, sehr schön! Vergessen Sie nicht, die Worte morgen so zu betonen, wie man es Ihnen beigebracht hat…«

Daraufhin brach sich die Metamorphose, die mir an Dolfi aufgefallen war und die ich über sein Schweigen beim Essen wieder vergessen hatte, vollends Bahn. Der Klon stand auf, schob seinen Stuhl zurück, um mehr Platz zu haben, und baute sich in heldenhafter Pose vor uns auf. Mit heiserer Stimme fuhr er mit seiner Tirade fort. Nun trug er nicht mehr stockend etwas vor, sondern verlieh jedem Wort einen gewaltigen, bis dahin im Zaum gehaltenen Nachdruck. Seine Stimme schwoll zu einem beinahe beängstigenden Crescendo an. Das war nicht mehr derselbe Mann, oder vielmehr, es war derselbe wie früher, der riesige Menschenmassen elektrisieren konnte. Seine Augen funkelten, er streckte die Hand aus, als wollte er etwas ergreifen, ballte die Faust, als wollte er etwas zermalmen. Wie oft hatte ich die Aufnahmen seiner Reden gesehen, in denen er die Rückkehr aller in Europa verstreuten Deutschen ins Reich propagiert hatte! Oder in denen er die ganze Welt herausforderte, seine Feinde zu vernichten drohte, seine Verbrechen herunterspielte: Man habe ihn gezwungen, sie zu begehen, er habe sich nur verteidigt…

Nun lächelte Gerta mit funkelndem Blick so breit von einem Mundwinkel zum anderen, dass ich schon befürchtete, gleich würde ihr das Gesicht platzen. Auch Gentschel und Pölzl bekamen leuchtende Augen, während sie Dolfi lauschten. Ihr Hampelmann erfüllte alle ihre Erwartungen. Dieses Spektakel entschädigte sie für ihre Geduld. Ich dagegen erstarrte innerlich zu Eis. Marilyn nahm von alledem nichts wahr. Mit abwesendem Blick zerbröselte sie einen Brotrest. Verstand sie den Sinn von Dolfis flammenden Tiraden? Hatte man ihr kein Deutsch beigebracht, in Intensivkursen, so wie ihm, damit er seine Reden halten konnte? Sie langweilte sich. Das tröstete mich. Dann hatte sie sich also doch nicht von diesen Verrückten vereinnahmen lassen, von dieser grotesken Wiederbelebung. Sie hatte am Schliffkopf ein sicheres Asyl für sich und ihre Tochter gefunden, während sie überall sonst in Europa der Gefahr ausgesetzt war, der erstbesten Polizeistreife in die Arme zu laufen.

»Wunderbar, Herr Kanzler!«, rief Gentschel, als Dolfi, die Haarsträhne überm Auge, das Gesicht ganz verzerrt, seine Demonstration unterbrach. »Was für herrliche Erinnerungen da wach werden! Ach, wenn ich Ihre Stimme höre, schrumpfen hundertdreißig Jahre zu einer Sekunde zusammen. Ich bin dann wieder im Münchner Löwenbräukeller, wo der Führer im November 1943 eine Rede hielt. Ich war damals dabei, als Pimpf! Zwischen den Knien meines Vaters, in meiner HJ-Uniform. Ich war sechs Jahre und damit gerade alt genug, um eintreten zu dürfen, und ich war zweifelsohne der jüngste Zuschauer im Saal. Es war das zweite Mal, dass ich den Führer sehen durfte, und auch das letzte Mal. Mein Gott, was war das für ein Erlebnis! Und Sie haben ihn mir heil zurückgegeben … Danke! Danke!«

Gentschels Augen schimmerten feucht. Seine Frau reichte ihm ein Papiertaschentuch, damit er die Tränen abtupfen konnte, die ihm über die zerfurchten Wangen liefen.

»Ach, ich bin doch ein alter Narr, was?!«, sagte er mit einem Lächeln der Entschuldigung, die Stimme noch ganz zittrig vor Erregung. »Ah, da kommt ja auch schon das Dessert! Eine Schwarzwälder Kirschtorte, wie es sich gehört!«

Beim Anblick des monumentalen Kuchengebirges, das uns serviert wurde, begann Dolfi zu strahlen wie ein kleines Kind. Ich musste an sein Erstaunen denken, als er vor Jahren bei mir zum ersten Mal eine Tasse heiße Schokolade trank. Es kam mir ein wenig so vor, als hätte ich eine Zeit lang einen armen Waisenknaben beherbergt, den ich nun nach langer Zeit wiedersah; er hatte seinen Weg gemacht, verriet jedoch durch ein kleines Detail seine Vergangenheit als unschuldiges, mittelloses Kind. Dieser Eindruck, fast hätte ich gesagt, die zärtliche Regung, stand im Widerspruch zu dem Ekel, den die Maskerade, für die er sich hergab, in mir hervorrief. Andererseits, dachte ich dann, hatte er ja keine andere Wahl, wenn er nicht im Liquidierungszentrum landen und einfach nur überleben wollte. Er musste Gentschel gehorchen und die Rolle spielen, die dieser ihm zuwies.

Er mampfte die Torte in sich hinein. Ich übrigens auch, sie schmeckte nämlich sehr lecker, und dazu tranken wir einen Liebfrauenmilch, den ich wegen seines Namens fast noch mehr schätzte als wegen seines Geschmacks … Das Essen war beinahe beendet. Wir nahmen wieder drüben auf dem Sofa und in den Sesseln Platz, wo uns der Digestif serviert wurde. Reinhard Gentschel schwärmte mir von den Festivitäten des Folgetags vor, dann zog er sich mit seiner Gattin zurück. Vermutlich schlief sie selig lächelnd an Gentschels Seite ein, während die Schatten der Vergangenheit über die Decke des Schlafzimmers tanzten.

Mit dem Hinweis auf noch zu erledigende Dinge und einige Details, die überprüft werden müssten, verabschiedete sich auch Pölzl bald darauf und ließ mich mit den Klonen allein. Um ehrlich zu sein, war ich auf einmal viel verlegener, als ich es den ganzen Abend über gewesen war, und das, obwohl Gentschels Gerede mir völlig gegen den Strich ging. Was für ein gemeinsames Gesprächsthema bot sich nun an, worüber konnte ich mich mit diesem derart bizarren Pärchen unterhalten? Gerade als sich peinliches Schweigen auszubreiten drohte, ergriff Dolfi zu meiner lebhaften Verwunderung das Wort. Er stürzte sich direkt in einen energischen Monolog über die Ursachen des letzten Weltkriegs, natürlich nach Art Adolf Hitlers. Erwartungsgemäß machte er wahllos die Londoner Finanzwelt dafür verantwortlich, die Freimaurer, den jüdischen Bolschewismus und so weiter. Dolfi kaute die ideologische Pampe wieder, die man ihm auf Gentschels Geheiß hin eingetrichtert hatte. Ein Vierteljahrhundert zuvor hatte ich selbst im Rahmen meiner Doktorarbeit die Reden des Führers bis zum Überdruss gelesen. Ich langweilte mich daher zu Tode und ließ meine Gedanken schweifen. Doch durch die Nähe zu Marilyn konzentrierten sich diese sogleich auf ein anderes Thema. Während Dolfi seinen Quark verzapfte, bemühte ich mich, die obszönen Gedanken zu verscheuchen, die sich mir aufdrängten. Die Ikone des Bösen, die Strähne überm Auge, besorgte es der Ikone der Verführung, die er schachmatt gesetzt hatte … Sugar Kowalczyk aus *Manche mögen's heiß*, nackt auf dem Irren reitend, der die Nürnberger Gesetze zu verantworten hatte … Es fiel mir umso schwerer, diese Vorstellungen zu vertreiben, als da auch eine gewisse Eifersucht ins Spiel kam. Obwohl unsere Liaison nur kurz gedauert hatte, war Marilyn meine Geliebte gewesen, bevor sie die von Dolfi wurde. Das sollte ich wohl nun vergessen. Besser, ich machte es wie sie, unablässig lächelnd sah sie mich an, nichts verriet auch nur den leisesten Hintergedanken. Sie nahm das Leben, wie es eben kam, mit seinen Höhen und Tiefen, erst Getriebene und Prostituierte, dann First Lady eines nationalsozialistischen Operettenstaats. Ich versuchte mir einzureden, dass sie Dolfi wahrscheinlich auch nicht mehr liebte als Bassompierre oder eben mich. Handelte sie zunächst aus purem Überlebenswillen, so passte sie sich dann vermutlich ihrem jeweiligen Wohltäter an, was ja völlig legitim war. Als ich mit ihr zusammen war, brauchte sie nur für sich zu sorgen, und das galt auch für die Zeit an der Seite Bassompierres. Jetzt aber war sie Mutter. Sicher lag ihr Gelis Zukunft mehr als alles andere am Herzen. Am Schliffkopf konnte die Kleine eine märchenhafte Kindheit erleben. Hauslehrer und Ponys, Schwimmen und Skifahren, privater Klavier- und Ballettunterricht … Den ganzen Abend über war kein Wort darüber verloren worden. Wollte Gentschel (natürlich Gentschel, denn er bestimmte ja über alles) ihre Existenz geheim halten? Damit sich die gesamte weibliche Bevölkerung in Hitler verlieben konnte, musste der Führer unbedingt ledig bleiben, erst ganz zum Schluss durfte er heiraten. Auch die Beziehung Hitlers zu Eva Braun war dem deutschen Volk verheimlicht worden: ein braver Familienvater, das hatte nichts Heldenhaftes … Vielleicht war die Frage tabu. Ich würde es gleich sehen.

»Und wie geht es Ihrem Töchterchen?«, fragte ich Marilyn.

»Oh, Geli geht es bestens, jetzt schläft sie bereits«, erwiderte sie. »Wir wollten gerade beim Kinderzimmer vorbeigehen, um nach ihr zu sehen. Möchten Sie vielleicht mitkommen?«

Dankend nahm ich das Angebot an. Ich war gar nicht so erpicht darauf, Geli in ihrer Wiege zu sehen, wichtiger war mir, der ermüdenden Litanei Dolfis zu entkommen. Wir standen also auf und gingen zu den Privatgemächern hinüber. Dolfi redete weiterhin auf mich ein, schwafelte von »Churchill, diesem Trunkenbold« und über »Washington, der mit der jüdischen Weltbank im Bunde stand«. Hielt er sich tatsächlich für den Führer? Jedenfalls ging er völlig in seiner Rolle auf, es war erstaunlich. Zum Glück waren wir bald beim Kinderzimmer angelangt. Marilyn gab ihm ein Zeichen, leise zu sein, indem sie den Finger an die Lippen legte. Auf Zehenspitzen betraten wir den Raum. Am Kopfende eines Kinderbetts las eine ältere Frau mit einer weißen Schürze über ihrem schwarzen Kleid, gestärkter Haube und Brusttuch im gedämpften Schein eines Lampenschirms. Als wir hereinkamen, ließ sie das Buch sinken und forderte uns mit stummer Mimik auf, leise zu sein. Die beiden Frauen tuschelten miteinander. Geli hatte nach ihrer Mama verlangt und war lange nicht eingeschlafen … Marilyn beugte sich über sie und betrachtete sie liebevoll, dann sah sie zu mir herüber, um mich zum Zeugen ihrer Verzückung zu machen. Ich kam der Aufforderung mit einem eifrigen Kopfnicken nach. Tatsächlich gab die kleine Geli mit ihren runden, rosigen Wangen, den geschlossenen Augen mit den langen Wimpern, dem Stupsnäschen, der winzigen Brust, die regelmäßig die Bettdecke anhob, ein rührendes Bild ab. Dolfi starrte Löcher in die Luft. Sein Vaterinstinkt war wohl nicht besonders ausgeprägt. Marilyn warf dem kleinen Engel eine Kusshand zu, dann zogen wir uns wieder zurück. Wir schüttelten uns die Hand und wünschten einander Gute Nacht, standen etwas verlegen herum, bis Dolfi einer Ordonnanz befahl, mich zu meiner Suite zu begleiten. Es war ein uniformierter Koloss, der unnötigerweise einen Helm trug und dessen hohe Stiefel auf den Marmorfußböden des schlafenden Palastes ungebührlich widerhallten. Noch nie hatte ich mich so fehl am Platz gefühlt. Meine Güte, was hatte ich hier zu suchen? Eine plötzliche Sehnsucht nach meiner friedlichen Existenz als Universitätsprofessor, nach meinem Haus, meinem Schreibtisch und meinen Büchern überkam mich. Ich musste an Bruno denken, der mit Phoebé ans andere Ende der Welt gereist war. Ich nahm mir vor, ihn heute Nacht anzurufen, hatte ein schlechtes Gewissen, weil ich es noch nicht getan hatte, weil meine eigene Reise mich so sehr beschäftigt hatte … Wieder in meinen Gemächern angelangt, versuchte ich ihn zu erreichen, ohne Erfolg. Eigentlich war es in Anbetracht der Zeitverschiebung genau die richtige Uhrzeit, um anzurufen. Vielleicht hatte er das Handy ausgestellt, doch auch die Mailbox schaltete sich nicht ein. War der Schliffkopf tatsächlich so aus der Zeit gefallen, wie Gentschel insinuierte? Eine Enklave der Vergangenheit im Herzen der Gegenwart, in der sich das »Dritte Reich« aus Gentschels Jugendzeit ewig wiederholte …? Meine Müdigkeit verscheuchte diese gespenstischen Visionen. Schon fielen mir die Augen zu. Der Zeitplan für morgen war eng gestrickt. Ich legte mich ins Bett und schlief rasch ein.

Der nächste Tag war der seltsamste meines Lebens. Wenn ich daran denke, zweifle ich noch heute, ob ich ihn wirklich erlebt habe. Habe ich das, was sich da zugetragen hat, nicht nur geträumt? Mehr noch als die Ereignisse war es der Rahmen, der mir noch rückblickend ungläubiges Staunen entlockt. Da ich nachts bei dichtem Schneetreiben angekommen war, hatte ich fast nichts von der Stadt gesehen, die nach dem Willen des gottgleichen Reinhard Gentschel auf dem Schliffkopf errichtet worden war. Am nächsten Morgen bot sich mir eine architektonische Überraschung. Eine makellose Schneedecke breitete sich über der Stadt aus, die Sonne strahlte. Das war doch Germania, die Welthauptstadt Hitlers, die Albert Speer für ihn entworfen hatte! Der Krieg und dann die Niederlage hatten ihren Bau verhindert. Doch Gentschel, der seinen Traum verwirklicht sehen wollte, hatte sie am Fuß des Schliffkopfs errichten lassen, auf seine Kosten, unter Beibehaltung der gigantischen Maße. Nach den Vorstellungen des Führers sollte diese Megalopolis durch ihren Gigantismus und ihren Glanz Paris, Rom und London vergessen machen. Als der Krieg gekommen war, hatte er sich insgeheim beglückwünscht, dass das alte Berlin durch die Bombardements der Alliierten zerstört worden war. Nach dem Sieg der Deutschen, mit dem er fest rechnete, würden künftige Bauherren die störenden Viertel nicht mehr eigens niederreißen müssen. Sie brauchten nur noch die Trümmer beiseitezuräumen. Als ich dieses architektonische Wunder am Morgen entdeckte, das da auf Gentschels Anweisung hin aus dem Boden gestampft worden war, fiel ich fast aus allen Wolken. Der Größenwahnsinn des Multimilliardärs und der des besiegten Diktators überlagerten sich, die Große Halle des Volkes überragte alles andere um beinahe dreihundert Meter … Mit seiner Säulenhalle, die von zwei kolossalen Statuen à la Josef Thorak oder Arno Breker flankiert war, seiner mit grünlichen Kupferplatten verkleideten Kuppel und dem riesigen Adler, der in seinen Klauen einen Globus hielt, entsprach der Bau genau jenem Monument, das Adolf Hitler sich erträumt hatte. Als ich mich umdrehte, bemerkte ich, dass ich in ebenjenem Gebäudeteil empfangen worden war und auch genächtigt hatte, der den Plänen Speers nach das Privatpalais des Führers hätte werden sollen. Gentschel hatte sich nicht auf die Halle des Volkes von Germania allein beschränkt. Alles war da: im Westen der Privatpalast, in dem ich untergebracht war, und die neue Staatskanzlei, im Osten der alte Reichstag von Paul Wallot, beide bis ins kleinste Detail nachgebildet. Im Norden lag ein riesiges Becken. Im Süden, ausgehend von dem gigantischen Platz zu Füßen der Volkshalle, eine riesige, von offiziellen Gebäuden gesäumte Allee, die zu einem Triumphbogen führte. Über diesem Bauwerk, das unzählige Adler mit ausgebreiteten Schwingen und drohend aufgesperrtem Schnäbeln zierten, flatterten rote Standarten, Banner und Wimpel mit schwarzen Hakenkreuzen in einem weißen Kreis. Es war beängstigend und lächerlich zugleich, und sie hingen überall! Der Himmel war strahlend blau, aber der Wind, der die Wolken verjagt hatte, war schneidend kalt, und diese blutigen Wäschefetzen, die von den Hakenkreuzen wie von Würmern angenagt wurden, klackerten in der stürmischen Böe. Früh am Morgen war auf der Allee und dem Platz Schnee geräumt worden. Auf der rechten Seite, vor einer Ehrentribüne, für die Pölzl mir zusammen mit dem Programm auch eine nummerierte Ehrenkarte gegeben hatte, stand ein großes Podest. Auf den Gehsteigen drängte sich eine Menge Männer, Frauen und Kinder und schwenkte kleine Hakenkreuzfähnchen. Ein Kordon Polizisten mit langen grünen Mänteln und Tschako tat, als würden sie sie zurückhalten. Ich hatte das Gefühl, einem Filmdreh beizuwohnen. Tatsächlich richteten Filmteams, die in Abständen am Straßenrand postiert waren, ihre Kameras auf die überfüllten Gehsteige. Diese Volksmassen überraschten mich. Wie konnte es sein, dass die Stadt, die erst vor Kurzem gegründet worden war, schon so viele Einwohner hatte? Ich vermutete, dass es sich wohl um Statisten handelte, die Gentschel für den Festakt engagiert hatte und die hierhergekarrt worden waren. Außerdem trugen sie, wie mir dann auffiel, nicht die Mode unserer Tage, sondern die der 1930er-Jahre. Die Kleider, Anzüge und Mäntel waren in schweren Stoffen und in matten Farben geschneidert: braun, schwarz, grau, dunkelgrün… Während ich mir einen Weg durch das Gedränge bahnte, musterte ich die Gesichter der Umstehenden und stellte fest, dass sie alle sehr stilecht wirkten! Auf der Tribüne, inmitten der Zivilisten, trugen etliche Männer Helme und Armbinden mit Hakenkreuz sowie grüne, braune oder schwarze Uniformen. Schwarze! Erneut zögerte ich: Sollte ich mich tatsächlich unter diese albernen Clowns mischen, die sich als SS-Soldaten aufspielten? Und wenn sie den Arm ausstreckten und »Heil Hitler!« brüllten, musste ich das dann ebenfalls tun? Zum zweiten Mal wäre ich beinahe geflüchtet. Was mich zurückhielt, war die Überlegung, dass ich mir das hier bis zum Ende anschauen musste, um es vielleicht später bezeugen zu können. Ich war schließlich Historiker, oder etwa nicht? Dieses Schauspiel, das ich da vor mir hatte, war vielleicht nicht Teil der Geschichte, aber zumindest eine Fußnote davon.

Am Fuß der Tribüne kontrollierte ein Wachposten meine Ehrenkarte, dann führte mich ein Aufseher an meinen Platz.

Von dort aus konnte ich alles hervorragend überblicken, ich saß im zweiten Block, ganz in der Nähe des Podests, wo Dolfi gleich seine Ansprache halten sollte. Der Mann zu meiner Linken etwa, ein Fünfzigjähriger in Zivil, der das goldene Parteiabzeichen trug, stand auf, um mich vorbeizulassen. Mein Nachbar zur Rechten war jünger, er trug die schwarze SS-Uniform und ein Hakenkreuz auf der Armbinde. Seine mit Cabochonsteinen verzierten Schulterstücke und sein auf jeder Seite mit einem Eichblatt verzierter Kragen machten ihn zu einem Offizier, wenn mich die Erinnerung nicht täuschte. Als ich mich neben ihn setzte, lächelte er mir freundlich zu.

Teilten diese Menschen Gentschels Leidenschaft, oder bekamen sie eine Gage: ein Scheinchen und einen Fresskorb? Auch wenn ich wusste, dass mein Nachbar nicht tatsächlich der SS angehören konnte, wagte ich nicht, ihm diese Frage zu stellen. Obwohl er lächelte – er schüchterte mich ein mit seiner schwarzen Uniform, seinem Abzeichen und seinem totenschädelähnlichen Helm. Als er dann von sich aus ein Gespräch anfing, begann ich auf Deutsch herumzustammeln. Er hörte an meinem Akzent, dass ich Franzose war. Viele von uns gab es wohl nicht in der Menge hier, vielleicht war ich sogar der Einzige. Er freute sich, dass ich an dem Festakt teilnahm, dankte mir, dass ich kleinliche nationale Stereotypen über Bord warf und den widerlichen alten Lügen keinen Glauben schenkte, die über eine großartige Epoche und einen wahrhaft großen Mann verbreitet wurden. Ich hatte es also mit einem Hundertfünfzigprozentigen zu tun. Er gehörte allerdings nicht Gentschels Altersstufe an – Gentschel war ja weltweit der Einzige seiner Generation, der noch am Leben war. Mein Nachbar hatte nicht wie er auf den Schultern seines Gauleiter-Papas gesessen und den Siegeszug des Helden im gleißenden Sonnenlicht als Gnadenbeweis erlebt … Ich zuckte nicht einmal mit den Achseln. Um meine Neugierde zu befriedigen, lenkte ich das Gespräch auf seine Uniform. Was er da anhatte, war weit davon entfernt, eine billige Verkleidung zu sein, ein Theaterkostüm, das vor allem eine Illusion erzeugen soll, nein, er trug ein gut geschnittenes Kleidungsstück, das aus besten Materialien geschneidert und aufs Sorgfältigste verarbeitet worden war. Auch der Waffengurt, bestehend aus Bauchgurt und Schulterriemen, musste ein hübsches Sümmchen gekostet haben, ebenso der Gürtel und der Helm. Als ich darauf anspielte, zeigte mir mein Gesprächspartner bereitwillig seine gesamte Ausrüstung. Er ließ mich sogar den Stoff seiner Jacke befühlen, und ich durfte seinen kleinen Prunkdolch mit dem Elfenbeingriff aus dem Futteral nehmen. Als er sah, dass ich mechanisch meine Hände behauchte und so wieder zum Leben zu erwecken versuchte – die Wintersonne, die uns bestrahlte, wärmte nämlich keineswegs –, zog er eine Flasche Schnaps hervor und schenkte mir den Flaschendeckel voll ein. Er bot ihn mir mit einer so liebenswürdigen Geste an, dass es einfach unhöflich gewesen wäre, es ihm abzuschlagen. Also nahm ich den Verschluss voll Schnaps und leerte ihn in einem Zug. Tja, wir freundeten uns also an! Es kam mir vor wie Verrat, als ich es bemerkte. Ich, Tycho Mercier, Spezialist für die Geschichte des Zweiten Weltkriegs, mithin ein Doktor der Nazikriminologie, plauderte und becherte hier fröhlich mit einem SS-Offizier, als ob es das Natürlichste der Welt wäre! Aber mein Nachbar zur Linken hatte unsere Zecherei beobachtet und schlug sich demonstrativ auf die Seiten. Daraufhin füllte der Standartenführer erneut sein Schnapsgläschen und bat mich, es weiterzureichen, was ich sogleich tat. Der Mann trank ebenfalls und reichte mir das Gläschen zurück, das der SS-Offizier nun wieder für mich vollschenkte. Schließlich leerten wir mit viel »Prosit!« und »Bitte schön!« und »Danke schön« zu dritt gleich die ganze Flasche. Als plötzlich »Deutschland, Deutschland über alles« aus den Lautsprechern erklang, waren wir schon etwas beduselt und hatten rosige Wangen, vom Alkohol und von der Kälte.

24

Ein riesiger Lärm erhob sich von dem Platz, der mittlerweile schwarz vor Menschen war. Vor unseren Augen erschien Dolfi und sprang eine Treppe hinauf, die in die Mitte der Tribüne gestellt worden war. Der Lärm verdoppelte sich sofort und übertönte beinahe die Hymne aus den Lautsprechern. Von meinem Platz aus, zwischen meinen beiden neuen Freunden, konnte ich ihn zu drei Vierteln von hinten sehen. Er stellte sich in einigen Metern Entfernung vor dem mit Mikrofonen gespickten Pult auf, den linken Arm angewinkelt, die Hand auf der Schnalle seines Gürtels, den rechten Arm am Körper entlang ausgestreckt. Ohne Kopfbedeckung und im blanken Braunhemd der Kälte trotzend, die Hose in den hohen Schaftstiefeln, die Krawatte in Höhe der Armbinde und des Abzeichens unters Brustband gesteckt, stand er reglos da und ließ den Blick über die Menge schweifen. Als die Musik verklungen war, hallten Tribüne und Podium von minutenlangen Hochrufen wider. Allmählich kehrte Ruhe ein, schließlich lag der gesamte Platz in tiefem Schweigen. Diese absolute, feierliche Stille ließ Dolfi erst einmal wirken. Er empfing sie wie einen Lohn, es war das Faustpfand seiner Herrschaft über die menschliche Masse zu seinen Füßen. Er wartete geraume Zeit und spitzte die Ohren, als könnte er den Herzschlag jedes einzelnen Zuschauers vernehmen. Fasziniert wartete ich mit ihm. Ich wartete auf ein volltönendes Niesen, einen frechen Einwurf, ein plötzliches Auflachen, das dem Spuk ein Ende bereitete. Doch nichts dergleichen geschah. In dem Augenblick, in dem die Stille sich ins Endlose dehnte und zu zerbrechen und zerspringen drohte, trat Dolfi noch einen Schritt nach vorn. Die Linke ließ den Gürtel los, der Arm reckte sich gen Himmel und seine Stimme dröhnte aus den Lautsprechern.

Ich hatte noch nicht sehr viel getrunken, und doch hatte ich das Gefühl, bereits sternhagelvoll zu sein. Alles um mich herum verschwamm allmählich. Die lachende Sonne am Himmel, die blutroten, mit Schwarz und Weiß durchsetzten Fahnen unter dem eisblauen Himmel, die Schnäpse, die mir der SS-Offizier freundlich lächelnd reichte. Dolfis heisere Stimme und als Echo der Jubel der Menge. Ich hatte rasch den Faden verloren. Was er da sagte, Worte wie »Blut«, »Boden« oder »Rasse«, ergab schon bald keinen Sinn mehr, es wirkte auf mich wie Treibgut, wie die abgebrochenen Zweige oder toten Tiere, die ein Sturzbach nach einem Tornado mit sich reißt. Was zählte, war allein die Stimme, wie besessen von blanker Wut und wilder Erregung klang sie, und auch die Zuschauer ließen sich davon anstecken. Die Privilegierten auf der Tribüne und die am Fuß des Podiums versammelte Menschenmassen reckten, indem sie offenbar einem für mich unhörbaren Signal folgten, den Arm und brüllten: »Sieg Heil!« Doch um was für einen Sieg handelte es sich da wohl? In Europa herrschte vielleicht jede Menge Schlamperei, aber im Großen und Ganzen auch Frieden. Wollte der Schliffkopf es dennoch besetzen? Ich war wirklich sturzbetrunken, denn wie im Nebel nahm ich wahr, dass ich meine Nachbarn imitierte, aufstand, den Arm ausstreckte und ebenfalls »Sieg Heil!« blökte. Nicht nur einmal, nein, zweimal, dreimal, viele Male, immer lauter, so sehr entblödete ich mich, angefeuert von den Rufen meiner ebenso wie ich entfesselten Mitstreiter. Als Dolfi seine Rede mit einem Crescendo heftiger Emphase zu Ende brachte, war ich nicht mehr ich selbst. Ich stimmte in das allgemeine Sieg-Heil-Geschrei ein, bis ich stockheiser war.

Nun gut, wäre ich in jenem Augenblick allein gewesen,

wäre ich schnell wieder zur Besinnung gekommen. Doch man ließ mir keine Ruhe. Der Parteiabzeichenträger in Zivil hieß Humbert, der Standartenführer Tobias. Sie hatten mich ins Herz geschlossen und wollten, dass wir gemeinsam auf die europäische Kameradschaft anstießen. Beide waren Stammgäste in einem Wirtshaus in der Nähe, dessen »volkstümliche Küche« und »gemütliches Ambiente« sie sehr lobten. Da heute mit großem Andrang zu rechnen war, mussten wir uns beeilen, um noch einen Platz zu bekommen. Ich hätte eigentlich in der Staatskanzlei essen sollen, diesmal nicht in privatem Rahmen wie gestern, sondern bei einem offiziellen Bankett, mit dem ich aber nichts am Hut hatte, weil ich da niemanden kannte und mir ziemlich verloren vorgekommen wäre. Zumindest war bei Tobias und Humbert das Eis schon gebrochen. Ich ging also mit, ohne mich groß bitten zu lassen.

Wir verließen die Tribüne, während aus den Lautsprechern nochmals »Deutschland, Deutschland über alles« und dann das »Horst-Wessel-Lied« erklangen. Das Ambiente des großen Gasthauses, das wir betraten, kam mir bekannt vor. Weshalb, erfuhr ich gleich, als Tobias mir mit stolzgeschwellter Brust erklärte, dies sei eine detailgetreue Nachbildung des Bürgerbräukellers, von wo aus der Hitlerputsch startete und wo sechzehn Jahre später Georg Elsers Attentat um ein Haar scheiterte.

Ein Glück, dass wir uns beeilt hatten. Als wir ankamen, waren bereits die meisten der in mehreren Reihen ausgerichteten runden Tische besetzt. Wir gingen quer durch den Saal und stiegen auf die Empore, wo wir einen freien Tisch direkt an der Balustrade fanden, die mit Blumengirlanden aus Papier geschmückt war. Die allgegenwärtigen Hakenkreuzfahnen hingen von der Decke. Um uns herum saßen Männer in braunen, schwarzen und grünen Uniformen, dazwischen Zivilisten. Auch die Frauen trugen die Mode der Zwischenkriegszeit und hatten ungewöhnliche Frisuren. Blonde Kinder spielten zwischen den Tischen Fangen und achteten kaum auf die

Ermahnungen der Erwachsenen. Eine großzügig dekolletierte Bedienung mit Zöpfen nahm unsere Bestellung auf. Ich hatte die anderen für mich auswählen lassen und staunte, als ein dampfendes Fleischgericht mit Röstkartoffeln und Rotkohl vor mir stand. »Knuspriger Schweinebauch«, erklärte Humbert. Die Kälte und der Schnaps hatten mir Appetit gemacht. Gierig stürzte ich mich auf den Braten, stopfte große Bissen in mich hinein und spülte mit viel Bier nach. Der Lärmpegel im Saal war hoch. In dem Stimmengewirr konnte ich die Unterhaltung meiner Kameraden kaum verstehen. Soviel ich mitbekam, ging es vor allem um den beklagenswerten Zustand der Welt und hier insbesondere um denjenigen Europas, den Verlust aller Werte und die allgemeine Verdummung ... Alles Themen, bei denen ich eine ziemlich andere Sicht der Dinge zu haben schien. Ich beschränkte mich darauf, von Zeit zu Zeit zu nicken, um sie nicht zu brüskieren. Das ständige Kommen und Gehen der zuvorkommenden Bedienung ließ mich dem, was noch auf meinem Teller lag, nur wenig Aufmerksamkeit schenken. Als sie einmal längere Zeit außer Sicht war, beobachtete ich zerstreut die Leute, die unten saßen. Plötzlich blieb mein Blick an dem Gesicht eines Mannes hängen. Er ähnelte ... Hm, wem denn nur? Jedenfalls jemandem, den ich kannte. Ein Kollege, den ich bei einer Tagung kennengelernt hatte? Jemand aus der Verwaltung an der Sorbonne? Ein ehemaliger Student? Ein Archivar? Ein Bibliothekar? Der Name des Mannes fiel mir ebenso wenig ein wie die Umstände unseres Kennenlernens. Dabei hatte ich eigentlich nur mit wenig Menschen Umgang. Der Unbekannte saß nicht allein an einem Tisch, das war hier auch gar nicht möglich, aber er aß für sich allein, ohne irgendjemanden anzublicken. Er war zu weit weg, als dass ich eine genaue Vorstellung davon bekommen hätte, was er anhatte, ich sah lediglich, dass er in Zivil war. Da er saß und ich ihn von oben herab musterte, konnte ich nicht sagen, wie groß er war. Immerhin erkannte ich, dass er relativ dunkle Haut hatte, keinen Bart trug, eher hager als pausbäckig war. Doch das ergab kein vollständiges Bild. Die Bedienung tauchte wieder in meinem Gesichtsfeld auf, eine beträchtliche Anzahl Bierkrüge in Händen, die für den Nachbartisch bestimmt waren. Humbert und Tobias hatten bemerkt, dass ich mich für die junge Frau interessierte. Sie zogen mich gutmütig damit auf. Tobias bemühte sich sogar – »im Interesse der Kameradschaft der europäischen Völker« – um die Telefonnummer der Bedienung. Humbert schlug mir vor, ihn heute Abend in den Salon Kitty zu begleiten. Wie der Bürgerbräukeller war auch Heydrichs berühmtes Bordell aus den guten alten Zeiten am Schliffkopf eins zu eins kopiert worden! Lachend lehnte ich das Angebot ab, das ich vielleicht hätte annehmen sollen. Der Pegel in meinem Maßkrug sank (es war bereits der dritte, noch nie hatte ich so viel Bier getrunken!), und je mehr er sank, desto einsamer fühlte ich mich auf einmal. Keine Frau, die mich erwartete, nirgends! Ich musste an Marilyn denken. War ich jemals glücklicher gewesen als während der wenigen Wochen, die sie nach dem Tod Bassompierres und vor ihrer Flucht mit Dolfi bei mir verbracht hatte? Nein, das musste ich ganz ehrlich zugeben. Unsere flüchtigen Umarmungen waren die Glanzpunkte in meinem Leben. Die Erkenntnis, die ich bis dahin erfolgreich von mir geschoben hatte, traf mich wie ein Blitzschlag: Ich hatte diesen Klon, diese Frau geliebt, und ich liebte sie noch immer. Aber, fragte ich mich sofort, welche Marilyn liebte ich? *Die* vielleicht, die Bassompierres ehemalige Haushälterin gewesen ist, die heute an Dolfis Seite in der Staatskanzlei residierte? Und liebte ich sie ausschließlich und genauso, wie man in jenen Zeiten liebte, als jedes Lebewesen noch einzigartig und unverwechselbar war? Jene Marilyn, die ich im Arm gehalten hatte, war ja nur eine von vielen, eine bis ins kleinste Detail stimmige Kopie, die allen anderen Marilyn-Monroe-Kopien aufs Haar glich. Wenn ich mir wieder zu Hause eine neue kaufen würde, würde sich diese überhaupt nicht von der vorherigen unterscheiden. Die neue Marilyn hätte die gleiche Frisur, die gleichen Gesichtszüge, die gleiche Schulterpartie, den gleichen Busen, den gleichen Bauch, die gleichen Beine wie die erste … Mit Sicherheit wäre ihre Stimme identisch, sie hätte im Großen und Ganzen die gleiche Mimik, würde die gleichen Gesten machen. Aber würde ich sie genauso lieben können? Vermutlich schon, und ebendiese Gewissheit fand ich furchtbar traurig und irgendwie erschreckend.

Nach dem »knusprigen Schweinebauch« brachte die Bedienung uns »Apfelstrudel«. Bier passt nicht gut zu Süßspeisen, und so beendeten wir die Mahlzeit mit kleinen Gläschen Kirschwasser – jeder mehrere, wenn ich mich recht erinnere. Waren Humbert und Tobias nicht so betrunken wie ich? Mit komisch verzerrten Gesichtern schrien sie sich lustige Bemerkungen zu, die ich nicht verstand. Ich für meinen Teil war in jenem Stadium der Trunkenheit, in dem sich alles um einen herum dreht, die Welt war wie ein Rad, dessen windschiefe Achse ich selbst darstellte. Gleich würde ich endgültig abheben und davonfliegen. So besoffen war ich zuletzt in meiner Jugend gewesen, aber ich wusste noch, dass ich damals irgendwann einfach zusammengeklappt war. Noch ein oder zwei Kirschwässerchen, und ich läge endgültig unterm Tisch. Humbert und Tobias schienen es zu ahnen. Schwankend, aber noch recht standfest, halfen sie mir beim Aufstehen und führten mich noch vor dem Ausbruch der Katastrophe nach draußen. Als ich hinauswankte, warf ich einen letzten Blick in Richtung des Tischs mit dem für sich allein sitzenden Mann. Sein Platz war leer.

Allein wäre ich nie und nimmer zurück zur Staatskanzlei gekommen. Zum Glück begleiteten mich meine Saufkumpane. Nachdem sie sich mit herzlichen Freundschaftsbekundungen von mir verabschiedet hatte, übergaben sie mich dort der Obhut einer Ordonnanz. Ich weiß nicht mehr, woraus mein Nachmittagsprogramm bestanden hätte, der Besuch irgendeiner künstlichen Fabrik oder eines gigantischen Stadions, nehme ich an… Jedenfalls war es völlig ausgeschlossen, dass ich daran teilnahm. Zwei Hausdiener schoben, schleiften, ja trugen mich in meine Suite, wo ich mich aufs Bett fallen ließ und sofort in tiefen Schlaf versank.

Als ich wieder aufwachte, war es Abend. Wie nicht anders zu erwarten, fühlte ich mich hundeelend: Kopfschmerzen, Geräuschempfindlichkeit, die Zunge wie aus Holzwolle, Schwindel, kein Gefühl für Entfernungen… Ich fand das Blatt mit dem Programm wieder, in Frakturschrift stand da auf Büttenpapier, ich sei zu einem Büfett-Dinner mit anschließendem Ball in einem der Prunksäle der Staatskanzlei eingeladen, außerdem zu einem Fackelzug oben auf dem Schliffkopf. Mein Entschluss stand fest: Ich würde an überhaupt nichts mehr teilnehmen, ich lag ja halb im Koma. Gerade wollte ich mich wieder hinlegen und weiterschlafen, als ich hörte, wie Anton Pölzl vom Vorraum her meinen Namen rief. Widerwillig streifte ich einen Morgenmantel über und bat ihn herein. Der Generalsekretär begrüßte mich mit meiner Meinung nach leicht ironischem Unterton. Bestimmt hatte man ihn über meine wenig ruhmreiche Rückkehr informiert. Als ich nach Gründen suchte, um absagen zu können – Hexenschuss, Nierenkolik oder Gesichtslähmung –, las er mir dies sofort vom Gesicht ab und unterband meine Versuche, mich herauszureden, auf der Stelle. Der Herr Kanzler und seine Gattin rechneten fest mit meinem Kommen, ich könne unmöglich absagen. Ich schämte mich wieder, dass ich mittags so über die Stränge geschlagen hatte, und wagte daher nicht, meinen ursprünglich gefassten Plan in die Tat umzusetzen. Außerdem legte er mit einem feinen Lächeln ein Säckchen mit einem Pulver auf einem kleinen Tisch ab und meinte, das würde mich sicherlich wieder auf die Beine bringen. Dann wies er mich noch darauf hin, dass sich im Kleiderschrank meiner Suite ein Smoking und Lackschuhe in meiner Größe befanden, und verabschiedete sich mit den Worten, wir sähen uns ja dann in zwei Stunden.

Die Schuhe passten perfekt. Der Smoking ebenfalls. Ich hatte noch nie zuvor einen getragen. Die Neugier half mir über das Eingeständnis meiner Niederlage hinweg. Ich fand, dass mein Bauch in dem Spenzer unter dem Kummerbund noch recht flach wirkte. Ich nahm ein ausgedehntes, sehr heißes Bad und ließ Pölzls Pülverchen seine Wirkung tun. Und in der Tat: Als ich meine Suite verließ, war ich wieder fast klar im Kopf. Das Vergnügen, im Smoking auf und ab stolzieren zu können, war nicht mein einziger Trost. Beim Cocktail, und später bei diesem Ball würde ich Marilyn wiedersehen. Bestimmt überstrahlte sie alles, und dieses Bild würde ich in Erinnerung behalten, wenn ich gleich morgen wieder nach Hause fuhr, denn das stand für mich fest: Ich würde nicht mehr länger auf dem Schliffkopf bleiben. Ich hatte mich schon genügend blamiert, wenn auch nur in meinen eigenen Augen.

Obwohl mir die gigantische Architektur allmählich auf die Nerven ging, muss ich sagen, dass mich die Proportionen des Ballsaals beeindruckten. Ein ganzer Güterzug hätte dort hineingepasst. Stattdessen Büfetttische, soweit das Auge reichte, mit Behältern für warme Gerichte, Platten und Teller, Tabletts voll mit Törtchen, kunstvoll aufgetürmten Speisenarrangements, ganzen Brotlaiben voller Köstlichkeiten, Besteck und Geschirr, Flaschen und Gläsern. Gegenüber standen unzählige Sofas, Sessel, vergoldete Stühle, kleine Tische und Beistelltische für die Gäste bereit, damit sie sich bequem niederlassen und von ihren Tellern naschen konnten. Ein veritables Symphonieorchester war auf einer Empore untergebracht, vor der sich ein Tanzparkett von olympischen Ausmaßen befand. Hohe, verdunkelte Fenster säumten die Wand, dazwischen die allgegenwärtigen Rottöne, die Hakenkreuze und die bronzenen Adler. Unter einem wahren Lüsterwald strömten die Eingeladenen herein: Abendroben und Smokings, Stolen und weiße Schals, Fliegen, goldene Parteiabzeichen in Hülle und Fülle, zahlreiche Uniformen in den landesüblichen Farben, Graugrün oder Grau, hier und da der schwarze Farbtupfer einer SS-Uniform … Würde ich hier Tobias oder Humbert wiedertreffen? Ich legte keinen besonderen Wert darauf, obwohl ich mir inmitten all dieser Unbekannten sehr verloren vorkam. Ich hielt nach Dolfi Ausschau und vor allem nach Marilyn … Der Generalsekretär hatte ja betont, dass Dolfi *und* seine Gattin fest mit meinem Kommen rechneten. Mein Herz krampfte sich zusammen, wenn ich daran dachte, dass diese Verbindung ganz offiziell zu sein schien! Ich hatte gestern Abend gar nicht darauf geachtet, ob das Paar Eheringe trug. War ich etwa eifersüchtig …? Wie absurd! Auf ein letztlich geisterhaftes Wesen eifersüchtig zu sein! Musste ich dann nicht auf jedes ihrer Doubles eifersüchtig sein? Das hätte jegliche Leidensfähigkeit überstiegen. Einen Klon zu lieben, das hätte im Prinzip die Abschaffung des alten Fluchs bedeutet, der auf der Liebe lastete. Selbst wenn ich mich zu der Vorstellung zwang, Marilyn gehöre einem anderen, tausend anderen – sie würde niemals aufhören, mir zu gehören, solange nämlich weitere Exemplare vorrätig waren. Es war banal und schwindelerregend zugleich. Das Verbrechen aus Leidenschaft wurde hinfällig oder zumindest virtuell, dann zum Spiel und schließlich so gut wie unmöglich. Wenn ich meine Liebe tötete, tauchte sie womöglich an der nächsten Straßenecke wieder auf oder auf dem Bildschirm, wenn ich einen Onlinekatalog durchblätterte. Und was würde von den Worten der damaligen Dichter, Schriftsteller und Theaterautoren bleiben? Romeo, der glaubt, dass Julia tot ist, würde kein Gift mehr schlucken, Julia würde sich nach dem Aufwachen nicht mehr auf seinem Leichnam erdolchen. Romeo würde sich einfach eine neue Julia beschaffen, die der ersten ganz genau gleich sieht, und Julia würde sich flugs nach einem Romeo-

Duplikat umsehen, vielleicht gab's ja ein Sonderangebot im Supermarkt … Der Alkohol schien immer noch seine Wirkung zu tun. Ich war nach wie vor völlig durcheinander, was vielleicht auch mit den Instrumenten zusammenhing, die gerade gestimmt wurden. Obwohl ich selbst keinen Ton von mir gab, hatte ich das Gefühl, falsch zu klingen, als wäre etwas in mir aus dem Lot geraten. Ich lebte den Traum eines anderen und war nicht mehr im Einklang mit dem, was mich umgab. Das war nicht nur eine Metapher: Seit gestern spielte ich mal als Marionette, mal als geheimer Rebell in Gentschels Traum mit. Das übertrieben prachtvolle Dekor, die Fahnen, die Lichter, das Orchester, die verkleidete Menge, all das war die konkrete Umsetzung seiner Sehnsucht, durch die ich als Exilant meines Jahrhunderts und meines eigenen Lebens spukte.

Vom Haupteingang her ertönte plötzlich aufgeregtes Stimmengewirr. Diejenigen, die sich wie ich hingesetzt hatten, standen auf, während einmal mehr »Deutschland, Deutschland über alles« erklang. Die Menge bildete ein Spalier, und eine kleine Gruppe von Würdenträgern folgte Dolfi und Marilyn an der Spitze des Zuges. Dolfi hatte eine Galauniform an und für diese besondere Gelegenheit das Eiserne Kreuz gegen eine weiße Nelke getauscht. Neben ihm erstrahlte Marilyn in einem langen, eng anliegenden roten Kleid mit einem einzelnen, quer über die Brust laufenden Träger wie Pola Debevoise in *Wie angelt man sich einen Millionär?*. Dolfi führte sie am Ellbogen, eine Geste, die den offiziellen Charakter ihrer Verbindung unterstrich. Auf meiner Höhe angekommen, erblickte mich Marilyn und gab mir mit dem Kopf ein Zeichen, mich ihnen anzuschließen. Ein Sicherheitsbeamter, der das nicht mitbekommen hatte, wollte eingreifen, doch Pölzl hielt ihn zurück.

Dolfi löste sich aus der Gruppe und stellte sich hinter ein mit Mikrofonen bestücktes Pult, um eine kurze Rede zu halten, diesmal ganz entspannt, ganz braves Kind, ganz ohne wütendes Gezeter oder exaltierte Mimik. Die Gäste applaudierten, dann ging Dolfi zum Büfett hinüber, nahm einen Sektkelch und reichte ihn Marilyn, was die Menge mit gerührten Ausrufen quittierte. Später, als die Gäste gesättigt waren und sich vom Büfett entfernten, lockten die ersten Takte eines Wiener Walzers alle auf die Tanzfläche. Hatte Adolf Hitler je tanzen gelernt? Dolfi jedenfalls schien Unterricht genommen zu haben. Er führte Marilyn aufs Parkett, und das Paar eröffnete unter dem Applaus der Umstehenden und mit tadellosen Schritten den Tanz. Ich hatte nie tanzen gelernt, hatte es auch gar nicht lernen wollen. Phoebé hatte mir das seinerzeit ziemlich übel genommen. Wer weiß, vielleicht hatte diese Unzulänglichkeit meinerseits unsere Entfremdung beschleunigt. Es war immer so wichtig für sie gewesen, tanzen, Bewegung … Jedenfalls bereute ich nun, als ich Marilyn sich in Dolfis Armen unter den Kristalllüstern drehen sah, zum ersten Mal in meinem Leben, nicht auch tanzen zu können. Mittlerweile hatten sich auch andere Paare aufs Parkett gewagt. Anton Pölzl tanzte ebenfalls, er umschlang, nicht ohne Steifheit, eine Blondine, deren Haarfarbe eine Spur dunkler, dafür aber vermutlich echter war als Marilyns. Ich flüchtete mich auf einen Stuhl etwas abseits der Tanzfläche. Von dort aus konnte ich die Tanzenden bei ihren Drehungen beobachten, das periodische Auftauchen und Verschwinden der Klone. Dolfi sah ganz begeistert aus und fegte sich ab und zu die Tolle aus der Stirn, die sich ihm immer wieder über die Augen legte. Marilyn lächelte die ganze Zeit mit leicht geöffneten Lippen, in ihrem granatroten Kleid stach sie alle anderen Frauen aus. Sie wirkten so glücklich, wie sie dahinwirbelten, leicht und sorglos wie Schmetterlinge, getragen von der sanften Musik. Eins, zwei, drei, eins, zwei, drei, immerzu … Ins Licht geblinzelt, zwei Worte gewechselt, fein den Kopf geneigt, eins, zwei, drei, eins, zwei drei – was war das Leben doch leicht und beschwingt!

25

Als der Ball zu Ende ging, fiel ich fast um vor Müdigkeit, aber obwohl ich das dringende Bedürfnis verspürte, mich zu verdrücken und schlafen zu gehen, musste ich noch dem Fackelzug beiwohnen. Alles war bereits organisiert, denn ein Hausdiener brachte mir einen Mantel, und Anton Pölzl begleitete mich persönlich zu einer Limousine, in der bereits Reinhard und Gerta Gentschel warteten. Ich konnte es einfach nicht glauben, dass mich dieser Alte ins Herz geschlossen hatte! Sicher verdankte ich diese Vorzugsbehandlung der Tatsache, dass ich Historiker war… Die Zunft, der ich angehörte, hatte sein Idol aufs Schärfste verurteilt; wahrscheinlich gab er sich deshalb solche Mühe, mich mit seinem Nazi-Disneyland zu beeindrucken.

»Sie werden sehen«, sagte er, während wir zum Aussichtspunkt fuhren, von dem aus wir dem Spektakel zusehen sollten, »es gibt nichts Schöneres als eine nächtliche Prozession von Männern mit einer Fackel in der Hand.«

Im Halbdunkel des Wageninnern deutete ich ein Nicken an. In Wirklichkeit fiel mir ständig der Kopf auf die Brust, und ich musste mich zusammenreißen, um nicht herzhaft zu gähnen.

»Männerstimmen, Trommeln und Pfeifen, Fackeln in der Nacht… Früher kannte Europa diesen Zauber noch sehr gut, diese Jugendlichkeit!«, fuhr Gentschel fort. »Aber was ist davon heute noch übrig, frage ich Sie?«

Zum Glück erwartete er wieder einmal keine Antwort. Er monologisierte weiter.

»Ach! Schon lange werden Europas Nächte nicht mehr von so einem Licht erhellt. Nur hier brennt die Flamme noch – weil ich es so wollte! Ich weiß genau, dass sie das ideologische Dunkel nicht durchdringen wird, das uns alle umhüllt. Aber ich wollte es noch einmal sehen, dieses Licht. Immerhin habe ich Vorkehrungen getroffen, dass es nach meinem Tod nicht gleich erlischt. Mein Geld wird dafür sorgen. Niemand weiß, wie reich ich bin – ich weiß es ja selbst nicht einmal. Mein Geld wirkt überall, überall ist es versteckt. In den Tresoren der Banken natürlich, aber auch in den Pixeln auf den Bildschirmen der Trader auf der ganzen Welt. Ja, sozusagen auch in der Luft, die Sie atmen, in den Lebensmitteln, die Sie essen. Wenn Sie irgendein Gerät einschalten, einen Toaster, einen Rechner, eine banale Glühbirne, dann ist das mein Geld, das da durch die Leitungen fließt. Wenn Sie den Gashahn aufdrehen, dann ist es mein Geld, das da zischt und sich entzündet. Wenn Sie den Warm- oder Kaltwasserhahn öffnen, sprudelt es heraus: Ihr Geld, und das heißt zugleich mein Geld! Es wird lange, lange vorhalten, jahrhundertelang, wenn auch vielleicht nicht bis zur Jahrtausendwende – obwohl, warum eigentlich nicht? Wer weiß, was morgen ist? Mein Traum ist es ja, der Zeit ein Schnippchen zu schlagen, die Flüchtigkeit des Seins auszuhebeln – was noch niemanden gelungen ist. Der Traum ist jetzt verlängerbar, dank A.H.6 und damit auch Ihrerseits, denn Sie haben ihn gerettet. Die Könige und Kaiser, die Begründer der Dynastien von einst, sie verließen sich auf ihre Keimdrüsen, um die Fortdauer ihrer Vision zu sichern. Sie vertrauten ihren Samen und ihr Reich der Zukunft an, und zwar mittels eines vorzugsweise ebenfalls adligen Uterus. In Wirklichkeit aber überließen sie alles dem Zufall und hielten dabei die Finger gekreuzt. Wenn sie einen männlichen Nachkommen zeugten, wiegten sie sich in der Illusion, dass dieser Sprössling regieren würde, dann ihr Enkel, dann ihr Urenkel … Doch schon bald brachte sie die

Geschichte mit unsanftem Rumpeln wieder auf den Boden der Tatsachen zurück: Die Dynastie war im Eimer, die kostbaren Gene des Mannes vegetierten im Straßengraben dahin – meist war es die debile, sterile, saft- und kraftlose Nachkommenschaft, die den Eroberer zu einem bloßen Namen in den Geschichtsbüchern verblassen ließ.«

Gentschel bedachte mich plötzlich mit einem zornig funkelnden Blick und wischte mit dem Rücken seiner knochigen Hand den Einwand beiseite, den ich nicht einmal in Gedanken formuliert hatte.

»Kommen Sie mir nur ja nicht mit der Demokratie! Das ist für die Völker wie eine Rassel: Man schwenkt sie vor ihrer Nase, sie greifen danach und schwenken sie dann ihrerseits brabbelnd nach links und rechts. Doch lassen wir das. Das Klonen birgt auch eine neue Hoffnung. Der Niedergang einer Idee, eines Ideals, einer Unternehmung, eines Regimes oder eines Reiches, die alle einen bestimmten Willen verkörpern, ist nicht mehr unausweichlich. An die Spitze Germanias stelle ich mit A.H.6 nicht mehr einen gewöhnlichen Sterblichen, der von den Zeitläuften zerrieben wird, sondern eine Serie von Doppelgängern des Führers, die unaufhörlich aufeinanderfolgen und in stetigem Tempo auf dasselbe Ziel zuschreiten wird. Generation um Generation übergibt ein Double dem andern die Macht. Stellen Sie sich das einmal vor: Die Machtfrage in der Politik wäre ein für alle Mal geregelt!«

Die Gesichtszüge des Milliardärs verzerrten sich ins Fratzenhafte.

»Der ständige Wechsel der Regierung, das ist doch das Grundübel der Menschheit! Nur deshalb gibt es Revolutionen und Kriege. Wenn der Übermensch auftritt, um dem Chaos ein Ende zu machen und uns die Harmonie zu bringen, müsste man diesen Augenblick höchsten Gleichgewichts in die Ewigkeit ausdehnen, müsste den Zeiger an der Waage der Geschichte anhalten, jegliche Rückwärtsbewegung unterbinden, um so den Lauf der Welt für alle Zeiten zum Besten zu wenden. Gestern war es noch eine Utopie, heute ist es bereits möglich. Ich möchte aus dem Schliffkopf ein Laboratorium der Zukunft machen, um das sich eines Tages die ganze Welt scharen wird … Ich gebe zu, trotz meiner Bemühungen entspricht A.H.6 nicht ganz meinen Erwartungen. Im Grunde ist er nur ein Entwurf. Ich habe ihn zu spät bekommen, verstehen Sie? Er kam aus der recht groben Manufaktur von Heavy Friends. Die Rede, die er heute Morgen vor der Halle des Volkes gehalten hat, war allerdings bemerkenswert, das müssen Sie zugeben! Da hatten wir ihn ordentlich vorbereitet. Zumindest was das Äußere angeht, waren wir doch schon recht nah am Original! Ich bin zuversichtlich. Fürs Erste taugt dieser Klon. Und was die Zukunft angeht, so wird sich schon erweisen, dass er edler Abstammung ist. Seine Nachfolger werden nicht so wie er aufwachsen, wie zu schnell vergorener Wein. Sie werden eine ausgedehnte Kindheit verleben, umsorgt von Eliteerziehern, die ihnen den psychologischen und ideologischen Feinschliff verpassen, damit aus ihnen echte Führer werden!«

Während Gentschel mir diese Rede hielt, erklomm der Wagen die Höhen des Schliffkopfs. In der klaren Nacht glitzerten die Tannen im Kegel der Scheinwerfer. Wir gelangten zum Gipfel. Aus den Lautsprechern erklangen Märsche, eine große Menschenmenge wartete bereits rund um die Berghütte, von der aus wir das Spektakel genießen sollten. Ein Offiziersbursche half uns aus dem Wagen und führte uns auf den Balkon der Hütte hinauf, die sich mit ihrer beleuchteten Fassade deutlich vom Nachthimmel abhob. Dort trafen wir auf Dolfi und Marilyn, außerdem auf Anton Pölzl und einige Würdenträger. Da der Himmel sternenklar war, herrschte eine eisige Kälte. Der Atemhauch kondensierte in der bitterkalten Luft, die Würdenträger traten von einem Fuß auf den anderen, ihre Gattinnen schlugen die Kragen ihrer Pelzmäntel hoch. Während wir auf die Ankunft der ersten Fackelträger am Hang warteten, bekamen wir Glühwein und Grog serviert. Dass ich zusammen mit den Gentschels gekommen war, hatte mir einen vorteilhaften Platz vorne am Geländer verschafft, in unmittelbarer Nähe von Dolfi und Marilyn. Plötzlich verstummte die Musik in den Lautsprechern. Ein zunächst diffuses Licht begann ein Stück weiter unten im Tal aufzuleuchten, erlosch wieder, tauchte wieder auf, verbarg oder enthüllte die Spitze des Zugs, je nach den Windungen der Straße. Nach einiger Zeit hörte man in der Ferne den Klang von Trommeln und Pfeifen, und in einem langsamen Crescendo aus Musik und Licht kam die Prozession zu uns herauf.

Als mein Blick den ihren kreuzte, lächelte Marilyn mir zu. Ihr Gesicht strahlte vor kindlicher Aufregung. »Ach, ist das schön!«, rief sie mit einer etwas albernen Begeisterung, für die sie nichts konnte. Vermutlich hatte man sich bei ihr nicht die Mühe gemacht, ihr den »letzten Schliff« zu verpassen wie bei Dolfi. War in Gentschels Plänen vorgesehen, auch sie immer wieder zu klonen? Bildete sie mit Dolfi ein ständig erneuertes Pärchen, damit es sozusagen eine ewige Partnerschaft führen konnte? Gentschel hatte es nicht erwähnt. Er hatte auch nicht die Frage erörtert, ob die Klone in Ruhe altern durften oder ob der jeweilige Dolfi immer in der Blüte seiner Manneskräfte stehen musste. Was geschah überhaupt mit den reformierten Exemplaren, wenn sie das Höchstalter erreicht hatten?, dachte ich mit bitterem Lächeln. Wurden sie vielleicht »liquidiert« oder kamen in ein Altersheim für ausrangierte A.H.s, wo sie, wenn sie nicht gerade Patiencen legten, einander gegenseitig die Hölle heiß machten mit ihren angelernten wütenden Tiraden?

Die Kolonne näherte sich dem Gipfel. Gesänge, untermalt von den Trommeln und dem rhythmischen Stampfen der Stiefel, wurden hörbar. Ich erblickte die ersten Fackelträger an der obersten Biegung. Ein beweglicher Wald aus Standarten schritt ihnen voran. Die Kohorte der Fackelträger, zehn Mann pro Reihe, bog auf den Vorplatz vor der Berghütte ein. Sie beschrieben einen Bogen und stellten sich dann gegenüber von unserem Balkon auf. Auf Befehl des Anführers brach die Musik ab, und in der wieder eingetretenen Stille trat aus der ersten Reihe ein Mann nach vorn. Er war riesig, trug einen Helm und eine schwarze Uniform, deren Beschläge silbern blitzten. An Dolfi gewandt, der in einem Strahlenkranz aus Scheinwerfern stand, trug er, den Arm ausgestreckt, einen Treueschwur vor, den die Stimmen der Männer, die in Habtachtstellung hinter ihm standen, Satz für Satz wiederholten. Ich schauderte, war aber nicht sicher, ob es von dem kalten Wind kam, der plötzlich über den Gipfel blies, oder ob diese Beschwörung der Vergangenheit daran schuld war. Natürlich erinnerte dieses Kasperletheater an andere Aufmärsche, die ich zwar nicht miterlebt hatte, deren Ausgang ich aber nur zu deutlich erinnerte. Vielleicht hatte ich dem Grog ein wenig zu heftig zugesprochen. Plötzlich drehte sich wieder alles. Von Schwindel erfasst, hielt ich mich am Geländer fest. Was noch folgte, war für mich eine entsetzliche Qual. Es nahm kein Ende! Dolfis Erwiderung auf den Treueschwur, die rituellen Sieg-Heil!-Rufe, die bis zum Erbrechen aus den Lautsprechern wummernde Nationalhymne, der aufbrandende Beifall, während die Fackelträger laut grölend den Rückweg antraten … Als wir endlich wieder bei den Limousinen angelangt waren, konnte ich mich kaum mehr auf den Beinen halten.

Wir fuhren wieder hinunter ins Tal, und ich überlegte, ob es eine gute Idee wäre, Gentschel zu erzählen, dass ich am nächsten Tag abreisen und nicht länger am Schliffkopf bleiben wollte. Ich hatte die Schnauze voll von diesem Trip in die Vergangenheit. Aber vermutlich war es das Beste, das Thema mit Pölzl zu besprechen. Ich nahm mir vor, es gleich am nächsten Morgen zu tun.

Gentschel, der stumm dasaß und einen zufriedenen Gesichtsausdruck zur Schau trug, schien die gerade erlebte Zeremonie noch einmal Revue passieren zu lassen. Gerta neben ihm schnarchte, mit breitem künstlichem Lächeln. Wir kamen gerade an der Staatskanzlei an, als der Alte sein Schweigen brach.

»Wie schön, was für eine großartige Nacht, nicht wahr? Und morgen erwartet uns ein weiterer, wunderbarer Moment. Diesmal wird es kein Massenaufmarsch sein, sondern eine Pilgerfahrt in kleinem Kreis, nach Braunau am Inn …«

Braunau am Inn, natürlich! Der Name riss mich aus dem Halbschlaf, in den ich taktloserweise gleich bei der Abfahrt am Gipfel gefallen war. Im österreichischen Braunau am Inn, etwa sechzig Kilometer von Salzburg entfernt, befand sich der Gasthof Dafner, das Geburtshaus des Führers … 1889 war er dort als Kind des Zollinspektors Alois Hitler und der Klara Pölzl geboren worden, hatte aber nur sehr kurz dort gelebt. Als er 1938, nach dem Anschluss, dorthin zurückkehrte, wurde ihm ein triumphaler Empfang bereitet. Eine gute Idee von Gentschel, ihn nach Braunau zu bringen – damit wurden Henne und Ei gleichsam wieder eins. Adolf Hitler kam in Gestalt eines Klons an seinen Ursprungsort zurück.

»Von Kehl aus dauert der Flug weniger als zwei Stunden«, erklärte Gentschel.

Die Flugdauer kam mir lange vor, es handelte sich doch nur um eine Entfernung von maximal vier- bis fünfhundert Kilometern Luftlinie. Gentschel, der sich freute, mich überrascht zu haben, kam meiner Frage zuvor.

»Wir werden nämlich wie der Führer zu seiner Zeit reisen, an Bord desselben Flugzeugs!«

Stimmt, vor dem Hangar am Flughafen Kehl hatte ja eine alte JU 52 gestanden. Das konnte ja eine hübsche Zeitreise werden mit dieser alten Propellermaschine, dem Prachtstück der deutschen Zivilflotte in den 1930er-Jahren und im Krieg dann Lasttier der Luftwaffe! Gentschel hatte wahrscheinlich das letzte noch flugtaugliche Exemplar gekauft, sofern er nicht eine brandneue Replik hatte bauen lassen ... Obwohl so ein Flug sicher etwas Romantisches an sich hatte, verspürte ich nicht die geringste Lust, daran teilzunehmen. Es reichte jetzt mit diesem Naziklamauk.

»Ungefähr um 1990«, sagte Gentschel, »ließ einer der Stadtväter vor dem Haus ein Monument als Zeugnis eines entsetzlichen Konformismus aufstellen, einen Granitblock aus einem bestimmten Steinbruch Österreichs, der mit einer das Andenken des Führers besudelnden Inschrift versehen war. Ich habe dafür gesorgt, dass dieser Inbegriff der Geschmacklosigkeit den Blick nicht mehr verstellt. Allerdings ...« – Gentschel unterbrach sich kurz, von einem Kichern geschüttelt –, »... allerdings werden wir ohnehin nicht mehr gestört, wenn wir dort zu Besuch sind, denn der Gasthof Dafner ist mittlerweile in meinem Besitz, ebenso wie die benachbarten Häuser und, um der Wahrheit die Ehre zu geben, die ganze Straße, die jetzt wieder von rechtschaffenen Ariern bewohnt wird. Wir brechen frühmorgens auf und kehren spätabends wieder zurück. Herr Pölzl hat mir erzählt, dass Sie noch ein paar Tage bei uns bleiben werden. Das freut mich! Und bitte fühlen Sie sich ganz wie zu Hause, Sie können das Dokumentationszentrum, das gerade im Aufbau befindlich ist, nach Lust und Laune nutzen, solange Sie wollen.«

Ich war müde, und ich hatte Kopfschmerzen. Ich schwor mir, morgen einen Vorwand zu finden, um die Pilgerfahrt nach Braunau nicht mitmachen zu müssen und stattdessen unverzüglich nach Frankreich zurückkehren zu können ... und nie wieder einen Fuß auf den Schliffkopf zu setzen! Morgen, morgen würde ich meinem Gewissen gehorchen, das mir befahl, hier abzubrechen, Gentschel und Germania für immer den Rücken zu kehren und Dolfi und Marilyn ihrem Schicksal zu überlassen.

Einige Minuten später hielt die Limousine vor dem Palast an. Ich verabschiedete mich von Gentschel und Gerta, die wie immer lächelte, genau wie eben im Schlaf. Mit unsicheren Schritten ging ich die Granitstufen hinauf. In der Eingangshalle sah ich Dolfi und Marilyn, die sich gerade von ihrem Gefolge verabschiedeten. Marilyn winkte mir aus der Entfernung freundschaftlich zu, was mich freute, dann verschwand sie. Würde ich sie je wiedersehen, wenn ich morgen einfach abhaute, ohne an dem Ausflug teilzunehmen? Wie stets umsichtig und effizient, übergab mich Anton Pölzl in die Obhut eines Offiziersburschen, ohne den ich vermutlich die ganze Nacht umhergeirrt wäre und meine Suite in diesem riesigen Bau nicht gefunden hätte.

Kaum war der nächste Morgen angebrochen, kam ein Dienstmädchen herein. Sie stellte ein Frühstückstablett auf einen niedrigen Tisch und öffnete dann die Vorhänge. Fast hätte ich sie zum Teufel gejagt. Als sie wieder weg war, stand ich auf, noch ziemlich benebelt, aber vom Duft des Kaffees, des frisch gepressten Orangensafts und des Gebäcks angelockt. Zwischen der Kaffeekanne und dem Orangensaft fand ich eine Nachricht von Anton Pölzl. Der Wagen zum Flughafen Kehl war für neun Uhr bestellt, wodurch mir gerade noch Zeit blieb zu frühstücken und mich fertig zu machen. Ich hatte immer noch keine Lust, an dieser Pilgerfahrt teilzunehmen, daher überließ ich mich einer Trägheit, die eine rasche Entscheidung eher hemmte. Schlaffheit, Faulheit, eine latente, aber sehr reale Neigung zum Aufschieben … Es schien mir einfacher, mich treiben zu lassen, als mich zu widersetzen. Heute Abend, wenn wir wieder aus Braunau zurück waren, konnte ich den Generalsekretär ja immer noch darüber informieren, dass höhere Gewalt mich früher als beabsichtigt zur Heimreise nach Frankreich zwang. Was das sein konnte, wusste ich immer noch nicht. Aber das fiel mir sicher während des Ausflugs nach Österreich ein. Um zehn vor neun folgte ich resigniert und ohne Widerrede dem Offiziersburschen, der mich abholen kam.

Das Wetter war noch immer wunderschön. Der Himmel war heute blasser, aber von einer unendlichen Klarheit, was einen angenehmen Flug über die verschneiten Landschaften des Schwarzwalds und Oberösterreichs verhieß. Um nach Kehl zu gelangen, fuhren wir in einer jener überlangen amerikanischen Limousinen, die fast lächerlich wirkten, wie aus einem Zeichentrickfilm entsprungen. Dolfi und Marilyn, Reinhard und Gerta Gentschel, Anton Pölzl und ich, wir sechs hatten bequem darin Platz zu beiden Seiten der Bar aus gemasertem Nussholz. Der Sicherheitskonvoi bestand aus zwei Wagen: einem, der vorausfuhr, und einem, der uns folgte.

Die Gentschels waren ganz mit sich selbst beschäftigt. Gerta lächelte vor sich hin, während Reinhard in seiner gewohnten Besessenheit von der Kindheit seines Helden salbaderte, von der Geburt in Braunau natürlich, den häufigen Umzügen, die durch den Beruf des Vaters als Zollinspektor bedingt waren, nach Passau, nach Lambach in der Nähe seines geliebten Linz, nach Leonding, wo seine Eltern begraben liegen … Ich wusste das alles und lauschte nur mit halbem Ohr, als er von den ersten kleinen Kämpfen in Feld und Wald, der eifrigen Lektüre von Karl Mays *Winnetou*-Romanen erzählte. Auch Dolfi und Marilyn beachteten ihn kaum. Sie saßen nebeneinander, stumm und schläfrig, und schauten durch die Scheibe auf die Winterlandschaft draußen. Ich beobachtete sie heimlich. Dass die beiden da vor mir saßen, ohne genau zu wissen, was für Berühmtheiten sie eigentlich waren, fand ich noch genauso faszinierend wie am ersten Tag. Es war, als hätte man ihnen bei ihrer Geburt ein unsichtbares und vor allem schmerzloses Nessusgewand um die Schultern gelegt. Ich bezweifelte, ob sich der Schmerz nicht eines Tages doch bemerkbar machen würde. Sie waren als Klone zur Welt gekommen, ohne die grundlegende Einzigartigkeit jeder Persönlichkeit. Auch wenn es den Anschein hatte, so verhielt es sich bei ihnen nicht wie bei eineiigen Zwillingen. Zwar wächst hier jeder Zwilling wie vor einem Spiegel auf, aber was da zurückgeworfen wird, ist ein falsches Spiegelbild, es gehört einem anderen, die Bewegungen oder Grimassen stimmen nur zufällig überein … Dolfi und Marilyn dagegen, den Vorbildern wie aus dem Gesicht geschnitten, gewissermaßen Analogien aus Fleisch und Blut, waren nur Zeichen – ihre Körper waren nur das Symbol eines anderen, völlig gleichen Körpers, der allerdings ein Unikat war. Hatten sie je darüber nachgedacht? Hoffentlich nicht, das war wohl besser für sie beide. Weder bei ihm noch bei ihr hatte ich je eine Tendenz zur Selbstbeobachtung bemerkt, aber aller Wahrscheinlichkeit nach würden sie sich eines Tages selbst entdecken, so wie man irgendwann feststellt, dass man Linkshänder ist oder rote Haare hat. Eines Tages würden sie sich der Seltsamkeit ihrer Beschaffenheit bewusst werden, einer nicht vorgesehenen Variante des menschlichen Seins.

Noch ganz erschöpft von den Festivitäten des gestrigen Tags, träumten sie gerade. Doch wovon? Dolfi sah sich vielleicht wieder auf der Tribüne stehen, wie er große Reden schwang und umjubelt wurde, oder wie er auf dem Balkon der Berghütte stand und den Treueschwur seiner Legionen entgegennahm … Doch Dolfi interessierte mich weniger, viel weniger als Marilyn! Zu gerne hätte ich mich in ihre Gehirnwindungen geschlichen und mich darin umgesehen wie in einer Wohnung, einem Haus. Ich wäre von Zimmer zu Zimmer gewandert, hätte über die Buchrücken und die Möbel gestrichen, hätte die Bilder eingehend betrachtet. Ich hätte, vielleicht vergeblich, nach meinem eigenen Bild Ausschau gehalten.

Epilog

Bis heute ist nicht geklärt, was zu dem tödlichen Crash der JU 52 geführt hat, die vor fast zwei Jahren an einem sonnigen Vormittag von Kehl aus nach Salzburg gestartet war. Handelte es sich um einen Unfall, bei dem alle Passagiere umkamen? Oder um ein Attentat? Beide Theorien haben ihre Anhänger. Beide sind durchaus denkbar. Die Maschine, die von einer erfahrenen Crew geflogen wurde, war ein antikes, sicherlich bestens gepflegtes Modell, dessen Technik aber eben veraltet war. Dass das Unglück sich bei besten Wetterbedingungen ereignete, mutet dennoch seltsam an. Witterungseinflüsse scheiden als Erklärungsversuch also aus. Auch die Anhänger der Attentatstheorie führen einiges ins Feld, was für ihre These spricht. Durch seinen sagenhaften Reichtum hatte sich Reinhard Gentschel viele Feinde geschaffen, und das Gedankengut, das er propagierte, stieß vielen sauer auf... Jedenfalls erbrachte die Untersuchung der verkohlten Überreste des Flugzeugs keine entscheidenden Ergebnisse. Es fiel einfach wie ein Stein vom Himmel, ohne dass irgendetwas – Feuer, Rauch oder eine Explosion an Bord – den Augenzeugen zufolge dafür Anzeichen gegeben hätte. Es zerschellte am Boden, tötete dabei seine Insassen auf der Stelle und explodierte danach. In dem Feuer, das dabei entstand, und zwar in einer Höhenlage, die die Rettungsmaßnahmen erschwerte, blieb fast nichts von den Leichen übrig. Es ging sogar so weit, dass man gar nicht ganz sicher sein konnte, wie viele Passagiere eigentlich an Bord waren! Zwar erscheinen nicht mehr so viele Artikel zu dem Thema wie früher, die Welt hat längst andere Sorgen, aber die Akte ist keineswegs geschlossen und liefert immer noch Stoff für neue Theorien und Mutmaßungen. Jeder kann seine eigenen Schlüsse ziehen. Ich weiß auch nur das, was ich weiß.

An diesem Morgen, als ich gerade zusammen mit den anderen die JU 52 besteigen wollte, spürte ich plötzlich ein dringendes Bedürfnis. Ich hielt es für besser, ihm nachzugeben, bevor ich an Bord eines Flugzeugs ging, bei dem ich mir nicht sicher war, ob es über alle üblichen Annehmlichkeiten verfügte. Ich gab Pölzl Bescheid und lief zu den Toiletten im Terminal hinüber. Als ich wieder herauskam, tauchte ein Mann hinter mir auf und umklammerte mich fest. Während er mein Gesicht an die Wand presste, flüsterte er mir folgende Worte zu, die mich beruhigen sollten: »Rufen Sie nicht um Hilfe, seien Sie kein Dummkopf, ich will Ihnen nichts Böses, im Gegenteil!«

Plötzlich fühlte ich einen Stich in der Wade. Im nächsten Augenblick war ich vollkommen kraftlos. Als der Mann seinen Klammergriff löste, fiel ich wie eine Marionette zu Boden, deren Fäden man durchschnitten hatte. Ich wollte etwas sagen, brachte aber kein Wort heraus. Wie im Nebel sah ich das Gesicht meines Aggressors über mir. Seine Lippen bewegten sich. »Es ist zu Ihrem Besten, Monsieur Mercier … nur zu Ihrem Besten …«, glaubte ich zu hören. Bevor ich in Bewusstlosigkeit versank, erkannte ich den Mitarbeiter der »Interessenvertretung zur Wahrung ethischer Grundsätze«, der sich mir seinerzeit als Benjamin Klotz vorgestellt hatte.

Vierundzwanzig Stunden später kam ich wieder zu mir. Ich blieb mehrere Tage zur Beobachtung im Krankenhaus von Germania. Ich wurde aufs Beste umsorgt in diesem ultramodernen Komplex, der fast völlig leer war … Ehrlich gesagt kam mir diese Fürsorge etwas seltsam vor, zumindest am Anfang. Man hatte mich bewusstlos aufgefunden, in einem beinahe komatösen Zustand, wenige Augenblicke vor dem Start der

Maschine, die dann abstürzte. Das Flugzeug hatte also ohne mich abgehoben. Eigenartig, dass im Nachhinein kein Verdacht auf mich fiel. Aber es ließ sich leicht rekonstruieren, dass ich zu keinem Zeitpunkt an Bord der Maschine gewesen sein konnte. Ich hütete mich davor, den Angriff, dessen Opfer ich geworden war, an die große Glocke zu hängen. Das wäre gewissermaßen die Bestätigung der Theorie eines Attentats gewesen, und mit Sicherheit hätte man um jeden Preis versucht herauszufinden, warum ausgerechnet ich davongekommen bin. Ich weiß es selbst nicht. Fand Benjamin Klotz mich einfach sympathisch? Wenn ich genauer darüber nachdachte, bin ich mir fast sicher, dass er derjenige war, den ich am Vortag im Bürgerbräukeller allein am Tisch hatte sitzen sehen. Jedenfalls war er nicht der Typ, der gleich sentimental wurde. Wie es wirklich war, werde ich wohl nie erfahren, und damit muss ich mich nun einmal abfinden.

Ohne große Betroffenheit nahm ich die Nachricht vom Tod Gentschels, Pölzls und ja, auch Dolfis auf. Wahrscheinlich denke ich da genauso wie die »Interessenvertretung zur Wahrung ethischer Grundsätze«, die das Attentat in Auftrag gegeben hatte: Reinhard Gentschel hatte bestimmt Vorsichtsmaßnahmen getroffen, das hatte er mir selbst am Vortag gesagt. In diesem Augenblick, irgendwo, vielleicht in Germania, vielleicht in einem fernen Land, reifen Klone von A.H. heran. Und ganz bestimmt ist ihnen die »Interessenvertretung« bereits auf den Fersen.

Was den Tod Marilyns anging – dieser Marilyn, der ehemaligen Marilyn Bassompierres –, so war das schon etwas anderes. Die Erinnerungen an unser kurzes Zusammensein tauchten wieder auf und brachten mich völlig durcheinander. In der ersten Zeit nach meiner Rückkehr nach Frankreich hatte ich Albträume: Klotz war nicht eingeschritten, ich hatte das Flugzeug bestiegen und war mit den anderen abgestürzt. In der Kabine klammerte sich Gentschel mit verzerrten Gesichtszügen an die Armlehnen seines Sitzes, während Gerta ein absurdes Grinsen zeigte, sodass man sämtliche Implantate blitzen sah, und Anton Pölzl weinte heiße Tränen. Dolfi, ganz ungerührt, studierte einen Katalog für Benzinrasenmäher und feuchtete den Finger zum Umblättern mit Spucke an. Marilyn hatte die Augen geschlossen. Mit ihrer Piepsstimme sagte sie immer wieder: »O mein Gott, o mein Gott!« Der Absturz dauerte lange, viel, viel länger, als er in Wirklichkeit vermutlich gedauert hatte. Endlich zerschellte das Flugzeug am Boden. Nach der Explosion wachte ich unversehrt auf, der einzige Überlebende inmitten der glühenden Trümmer der JU 52 und der verkohlten Leichen. Ohne Erfolg versuchte ich mit blanken Fingern – die ich mir dabei ordentlich verbrannte –, ein Stückchen Fleisch oder einen Knochensplitter von Marilyn aus der Glut zu holen, gerade so, als ob ich probierte, eine gekochte Kartoffel aufzuheben, die in die Glut eines Lagerfeuers gefallen war.

Das Entsetzen, das ich beim Aufwachen empfand, wenn ich an diese vergeblichen Versuche dachte, war bodenlos. Mit Sicherheit war es dieser immer wiederkehrende Albtraum, der mich dazu brachte, einen Gedanken in die Tat umzusetzen, der mich seit jenem Tag in regelmäßigen Abständen überkam, als ich Bassompierres Marilyn auf dem Weg zum Supermarkt begegnet war …

Bruno war noch größer und kräftiger aus den USA zurückgekommen. Dank Phoebés Einfluss hatte seine Leidenschaft für die Geschichte des »Dritten Reichs« nachgelassen. Er schien jetzt eher Literaturwissenschaftler werden zu wollen. Kein Historiker. Eigentlich war das gar nicht so schlimm. Ich selbst hatte gerade auch nicht so viel übrig für mein ureigenes Fach. Doch es war zu spät, um noch mal umzusatteln. Ich nahm meinen Unterricht an der Sorbonne wieder auf. Ich war jetzt in dem Alter, in dem man weiß, dass man die guten Jahre, die einem noch bleiben, an den Fingern einer

Hand abzählen kann. Wenn ich noch etwas vom Glück abhaben wollte, musste ich mich beeilen. Ich versicherte mich, dass Bruno mir keine Steine in den Weg legen würde, und mit seiner Unterstützung bestellte ich eine autorisierte Marilyn. Ich war so aufgeregt und auch voller Befürchtungen, als sie schließlich geliefert wurde! Aber in körperlicher Hinsicht entsprach sie voll und ganz meinen Erwartungen. Was das Übrige und auch ihr Wesen anging, war ich mir bewusst, dass sie nicht die heimliche Ausbildung ihrer Vorgängerin genossen hatte. Ich nahm mir vor, den neuen Pygmalion zu spielen und alles daranzusetzen, sie ganz nach ihrem Vorbild zu formen. Ich bin vorsichtig und geduldig ans Werk gegangen und hatte bislang keinen Grund, mich zu beschweren. Ja, ich glaube, sie macht mich glücklich. Ab und zu denke ich vielleicht ganz flüchtig an die andere, die ja genau genommen keine andere war, und dann spüre ich einen ganz, ganz leichten Stich im Herzen. Eigentlich spüre ich ihn gar nicht, ich stelle ihn mir nur vor. Und dann vergesse ich ihn wieder und stürze mich erneut auf mein Glück, von dem ich mich einen kurzen Moment lang entfernt hatte.